JN208405

『平家物語』の能・狂言を読む

山下宏明　著

はじめに

下関、壇ノ浦、赤間神宮に最寄りの宿から関門海峡を挟んで対岸、「柳浦」をのぞみながら、わたくしには最後の機会になろう、招かれた赤間神宮で講演を行いました。二〇一七年四月二十四日の午後のことです。当地では毎年、この四月二十四日に平家を偲ぶ会を催していらっしゃいます。ちなみに「柳浦」の地名を括弧で括ったのは、宿から眺望する対岸の門司の地が柳浦と思っていたのですが、その夜、参加してくださった方々から、「柳浦」の地を現地では特定できないことを教わったのです。史跡の地名が特定できないのは、実は下関や門司に限らず、わたくしの故郷、神戸や、五十余年の永きにわたって過ごした名古屋でも同じでした。現地の人々は、名所旧跡をわが身の近くにひきつけようとする、この種の話は、世界いずこにもある現象です。当日、その講演を無事おえて質問を受けました。これまで専攻して来た『平家物語』など、「いくさ物語」から、どうして能と狂言に転換したのかと問われたのでした。その質問者は、どうやら現地在住の、若い軍記物研究者であったようです。実は、この課題を、名古屋を離れる頃から、約三年がかりで考えて来たのでした。その答案が本書です。当日、頭を過ぎったのは、わたくしの専攻して来た『平家物語』が、ジャンルの別を越えて、たえず動く、これをわたくしは「生成」と呼ぶのですが、動く物語であったからだと思います。拙著の表題が「『平家物語』の生成」で、その「生成」は、一般に言う、「成立」の意ではなく、たえず変わり続けるとの意で使用したのでした。『広辞苑』によりますと「物がその状態を変じて他のものになる」

ことだと見えます。『平家物語』が出来上がり、確立した一つの世界ではなく、『源平盛衰記』のような、これをわれわれは「読み本」と呼ぶのですが、物語の内部から突き動かして動き続ける物語でした。その生成の一つが能であり、その能をぶっつぶそうとする狂言でありました。若い頃の拙著『平家物語の生成』の目次を見ていただければ、御納得いただけるでしょうか。その最終章を、「南北朝・室町時代の『平家物語』の受容と再生」でしめくくっています。そのわたくしの次のステップとして『琵琶法師の『平家物語』と能』をまとめていますが、平家琵琶への思いに停滞しがちであったと反省します。能・狂言への視野が拓けていなかったと思います。今回、五十余年に及ぶ名古屋での体験、思いが背を押して本書をまとめさせたと申しておきましょう。長い前書きになってしまいました。

目次

『平家物語』の能・狂言を読む

序　能と狂言

能は、どうして狂言と対になるのか、以下、わたくしなりの思いを述べる。

名古屋には『平家物語』を語る平家琵琶（へいけびわ）の継承者、いずれも盲人、井野川幸次（いのかわこうじ）・土居崎正富（どいざきまさとみ）・三品正保（みしなまさやす）の三検校（けんぎょう）が健在であった。『平家物語』を物語としてどのように読むかを考えようとしていたわたくしは、琵琶法師の継承者の一人、井野川検校について平家琵琶の弾き語りを教わることになったのだが、しあわせなことに、和泉流を継承する狂言共同社（名古屋）の狂言を見る機会に恵まれた。『平家物語』の語り本を「平家」と略称するのだが、その「平家」を主な「本説」（出典）とする世阿弥作の能を軸に、能を読む中で、その能と対になる狂言の笑いとは何であるかを考えて来た。

名古屋からわたくしには「東下り」ならぬ「東上り」して見れば、鎌倉には薩摩琵琶奏者、須田誠舟が、早く国語学者、金田一春彦の教えを受け、横浜の能楽堂で平家琵琶を語り、その共演として狂言役者による座頭物の狂言公演を組んだのだった。この須田の公演は今も健在である。

能・狂言は見る人々が参加するものと思うので、わたくしは、「観客」ではなく、あえて「観衆」の語を使うのだが、その観衆席から見て舞台の正面、横板（よこいた）に近く、左、舞台裏へと通じる橋懸かりへのとっかかりに、狂言方役者の座がある。能には、一場物の単式能と、前後の二場から成る複式能がある。その複式能で能が前場をおえ、

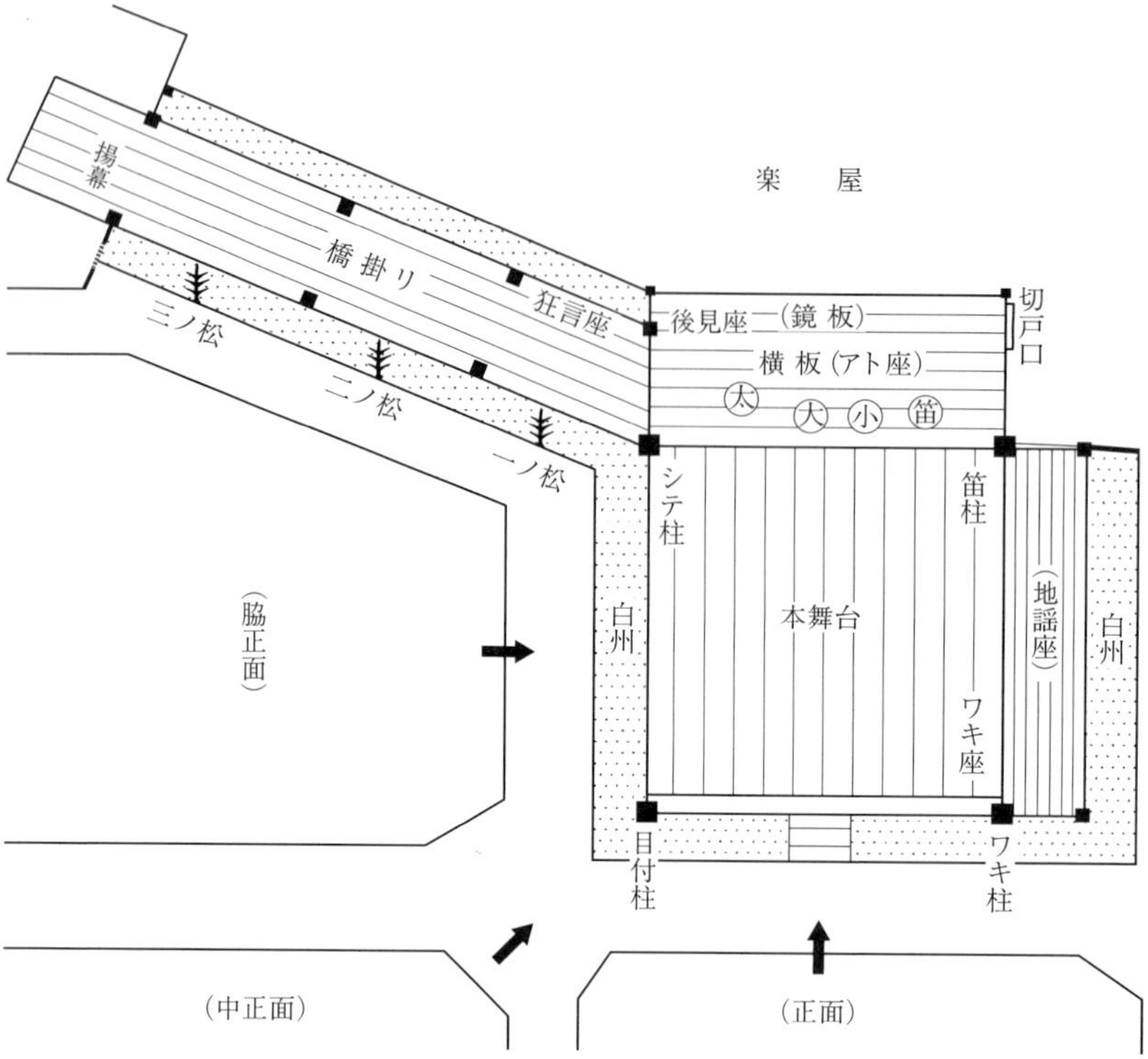

鏡ノ間
揚幕
橋掛リ
狂言座
三ノ松
二ノ松
一ノ松
楽屋
後見座
（鏡板）
横板（アト座）
太　大　小　笛
切戸口
シテ柱
笛柱
白州
本舞台
（地謡座）
ワキ座
白州
（脇正面）
目付柱
ワキ柱
（中正面）
（正面）

能舞台

後場へつなぐ所で、アイ（間）狂言が立って観衆に向かい、演じられている能を解説する。

数年前に気づいたのだが、修羅能〈実盛(さねもり)〉を読む中で語る、その間狂言(あいきょうげん)に驚いた。実盛が中国古典の朱買臣(しゅばいしん)の故事を踏まえて、「六十に余る」おのれの高年齢を隠して戦に参加するために白髪を染めた、その実盛の決意を間狂言がぶっこわしてしまうのである。本書の〈実盛〉論を見てほしい。能をぶっこわすアイ狂言とは、芸能として、いかなる意味があるのだろうか。

能の出典を「本説」と呼ぶ。『平家物語』の巻七、平家を都に攻めようと入洛を狙う木曾義仲(よしなか)と篠原に対決する平家の軍にとどまる老武者の斎藤実盛が、戦に臨んで高齢であることを隠すために中国古典の朱買臣の故事に倣って白髪を墨で染めていた。その実盛の決意を知らずに取っ組んだ相手、無名の若者が実盛の首をとった。本説の物語では、義仲と同じ木曾の育ちである手塚太郎光盛の手下が実盛に組むのだが、アイ狂言では若武者が、取った頸の主の素姓がわからないのでは、論功行賞のための手柄にもならぬと、その首を側の池に投げ捨ててしまった。実盛が高齢を隠すために染めていた、その髪の「渋墨」が流れて白髪になったと語る。能を介して物語を知っている観衆は唖然とし、同時に、思わず笑っただろう。後場に入って、「本説」（出典）としての『平家物語』が語るとおり、老武者、実盛の決意を語るのが能〈実盛〉のシテの決意である。その実盛の決意に文字通り水をぶっかけるのがアイ狂言である。このアイ狂言にこだわっては、能の読みを進められない。わたくしは困って、注釈者の解説を見るが、何の説明も見えない。活字本では、このアイ狂言を削除したり、改作するものがある訳で、今回、能を読む底本に使う観世謡本も、このアイ語りを削除している。能の上演でも省くことが多い。以下、この狂言を表章に従い「カタリアイ」と呼ぶ。

実はこのアイ狂言、カタリアイが能と狂言の関係を考える上で重要な手がかりになるのであった。当時の観衆は、このアイ狂言の意味を考えたのだろうか。考えなくても、その機能を知っていたはずである。しかし、それがわからなくなったために省略するようになったらしい。なぜ能にこのようなアイ狂言の笑いが介入したかを考えるのが課題である。ここでサーカスの間に挟まれるピエロを思い出してほしい。『広辞苑』によれば、フランス無言劇の道化役とある。そして「今はサーカスなどの一役」ともある。手元にあった『新世紀ビジュアル大辞典』には、「特に滑稽ななかにも哀愁を含んだ性格」と言う。

能とは無縁の世界。英国生まれのチャールス・チャップリンの一九五二年の作と言えば、かれが六十三歳、映画制作の上では晩年の制作になる〈ライムライト〉がある。若いバレーガール、テレーズが老道化師（どうけし）カルベロに救われ、苦難の末、プリマドンナの座を獲得する。そのテレーズがカーテンコールに万雷の拍手を浴びているのを、チャップリン扮する老カルベロが、二階席からじっと見つめている。その喜劇役者カルベロ自身が救われたのだった。

映画〈ライムライト〉の開始早々、失意の余りガス自殺までしようとしたバレーダンサーのテレーズをカルベロが危うく救う。カルベロは、哀愁を帯びたパントマイムが次第に厭きられて人気が傾く中、心身症から立ち歩きもできなかったテレーズを励まし続け、文字通り立ち直らせる経過を描く映画であった。チャップリンその人が、両親の時代から波瀾万丈の世界をくぐり抜け、ロンドンやパリでロシアバレー、フォリ・ベルジェールなどのバレーを見ていたことを、その自伝が語っていた。晩年、アメリカから追放処分に遭ったチャップリンの思いを、この映画〈ライムライト〉の老喜劇俳優チャップリンその人の思いに重ねて見るわたくしだった。映画批評家の千葉伸夫が一九〇一年一月、ロンドンの下町、チャップリンの故郷ケニントン通りに、当時のパントマイムを見た夏目漱石（なつめそうせき）の日記を介して、チャップリン映画に二つの系譜、スラプスティック（どたばた）喜劇と非喜劇的な人情映画との出会いがあったことを論じている。そのチャップリンが自作自演、演出をも行う名画〈ライムライト〉の上述の場面が、わたくしに能と狂言の出会いを思いつかせたのだった。

能舞台における狂言座の位置、シテや、そのシテの相手になるワキとは別次元にあるアイが、わたくしに、この〈ライムライト〉のバレーと喜劇の重なりを見せたのである。その幕間の喜劇はサーカスの間に登場して、意図的に、きわどいしくじりを演じ、観衆をハットさせ、笑わせるピエロの演技に似ている。芸能には、こうした二種の芸の相乗りがあったのである。「平家」物の能と狂言をとりあげる訳であることを記して本論へと進む。

参考文献

『チャップリン自伝』中野好夫訳　新潮社　一九六六年

千葉伸夫『チャップリンが日本を走った』青蛙房　一九九二年
山下『語りとしての平家物語』岩波書店　一九九四年
金田一春彦・石毛直道・村井純監修『新世紀ビジュアル大辞典』学習研究社　一九九八年
山下『琵琶法師の『平家物語』と能』塙書房　二〇〇六年
山下『平家物語入門』笠間書院　二〇一二年
表章「間狂言の変遷─居語りの成立を中心に─」『鑑賞　日本古典文学　謡曲・狂言』角川書店　一九七七年
山下「『平家』物の能と間狂言カタリアイ」『日本文学』二〇一六年二月

一　能・狂言を「読む」ということ

連続大河ドラマに『平家物語』　NHKテレビ番組の連続大河ドラマ、年が改まるごとに一年のロングラン、新しいドラマが始まる。近現代の歴史や小説・ドラマよりも、前近代の歴史や物語に素材を求めることが多い。近現代を避けるようだ。その不安が古典の読みにも見られる。秋山虔が『源氏物語』論で、現代の古典の読みに批判を呈したが、古典を読むのが現代であることを無視できない。大津雄一が軍記の読みに気づいたことであった。「読む」とは、今を生きる中でのわが古典の読みであることを銘記したい。

二〇一二年度の大河ドラマには平清盛を軸に『平家物語』が採られ、多くの書肆が『平家物語』を素材に、多様な刊行物を出版した。能の公演に関する情報を伝え、研究の進展にも貢献する檜書店の月刊誌『観世』が『平家物語』の特集を行った。

動く物語としての語り本『平家物語』の読み直しをしていたわたくしは、語り本を「本説」（典拠）とする「平家」物の能の読みにも参加した。能・狂言が本説とするのは、主として『平家物語』の「語り本」である。「読み本」は、合戦のあった地の伝承や記録まで引用してまさに読む、語り本の再読、一種の注釈であると見る。『平家物語』による能の主な「本説」（出典）は語り本である。中世には『平家物語』を琵琶法師たちが略して「平家」と呼んだことから、わたくしは『観世』誌上、「「平家」物の能を読むために」と表題を立てたのを編集部が「平家物の能を読む」

に改めるよう指示したのは幸せで、「読む」ことを課題とすることになった。その『観世』誌掲載の論文を許しを得て解体、再構成する。

名古屋に五十三年を過ごし、見る幸せに恵まれ、和泉流・狂言共同社（名古屋）の狂言に学ぶことが多かった。それに現役の最晩年に書いた、狂言を「虚仮」と読む論をも解体して「平家」物の狂言として読み、改めて能と狂言の関係をも考えることになった。能と狂言は、能があっての狂言であり、狂言があっての能であることを、今回、間狂言の読みを通して改めて感じる。

能・狂言を読むということ　ところで「能・狂言を読む」とはどういうことか。能・狂言の上演には、出演者の前に参加する「観衆」がいる。その観衆の多くが謡や仕舞いを通して能に参加し楽しむ。「芸能」である所以で、単なる「観客」ではない。

思えば、能を見、読みに参加するのは、ドラマや映画、さらに物語を見るのとも変わらない。一回きりの参加ではなく、何度も見ること、読むことによって世界が見えて来ること、日常、体験するところである。特に能・狂言には読み、見るだけではなく、謡や仕舞いの稽古にも参加することが期待される。能・狂言を専攻する人々の多くが、日ごろ、師匠について能・狂言に参加していることは国際的にも見られる現状である。専門家が『能を読む』のシリーズ四冊を刊行している。

その能について、哲学者内田樹が現在の観世宗家、二十六世観世清和との対談に、松岡心平が加わり開口一番

能は観るものでなくやるものですね

と言い、観世清和が、

見るだけでなく、ぜひおやりになってほしい。謡、仕舞いの稽古をすると能を観る目が変わりますよ

と応じている。この両氏の対談が面白い。能や狂言は身体で理解し体感するものだろう。

本文があって、それを声に出して謡い、身体を動かして舞い、演じるのが能である。残念ながら、わたくしには、ごく短い間、謡いの稽古をした以外に、その素養がない。したがって例えば三浦裕子の労作に見るような現代の能楽界の制度や状況についても全く知識が無い。片山幽雪を主役とする宮辻政夫・大谷節子との対話を見ながら、軍記物語を考える者として、**軍記物の受容から能・狂言の世界を覗き見る**にとどまることをおことわりしておきたい。幸いにして文字化されたテクストが完備し、謡いから、役者の動き、しぐさにまで目配りを行っていて、テクストの「読み」を通し、何度も追体験を重ねることが可能である。

時代は下るが、江戸時代の劇作家、近松(ちかまつ)の作劇法を論じる原道生が、作者と座本(ざもと)や演者との交流の中で謡いをも含め成り立つことを、その読みについて論じている。「読み」は一過性の音声ではなく、文字化することによって構成力を獲得し、立ち止まり、もどりもして、繰り返すことが可能で、その過程で読者として参加することになる。瞬間的な現在性を命とする発話やドラマを視聴するのとは違って、わたくしにとって、能や狂言は、文字を介して何度も読むことによって参加できることを思い知ったのだった。織物としてのテクストの精読に挑むこともできる。

能を支えた一つが戦(いくさ)物語であった。『保元物語』から『平治物語』『平家物語』をも意識しつつ制作され演じられた「平家」物の能・狂言をわれわれは読むことができる。能や狂言が「本説」の物語をどう読んでいるかを読むことを通して「平家」をも、改めて読みなおそうとするのが本書である。

ちなみに上述の四冊から成る『能を読む』は「刊行の辞」に、「能を読む」について、詞章や所作の意味を具体的につかむこと、「曲の背景にある中世的世界観」を説くことに、能の理解を深める方法を求め、「新釈の現代語訳」を付しているわけである。

能の現代語訳としては、早く一九三〇年から翌三一年にかけて完成した佐成謙太郎の労作、名著『謡曲大観』があり、小山弘志・佐藤喜久雄・佐藤健一郎の訳もある。能を現代語に訳すことが大変であることを今回改めて痛感したのだった。その注釈に読みの行われていることにも気づいた。

それらを一般に「注釈」と呼ぶ。詞章の成り立ちを論じ、和漢両古典籍の引用、さらに、近年、文学史を塗り替えるきっかけとなった、『日本書紀』の神話の伝承を集めた「中世日本紀」など、中世、寺院で流布した古典籍の注釈書までもが出典・基盤として指摘され、テクストとしての織り方が検討される。直接、能の「出典・典拠」とは言えないが、その基盤となった、古典を支えた文化や伝承をも考えるべきだろう。それらを本書では**〔読み〕**と**〔補説〕**とする。

参考文献

佐成謙太郎『謡曲大観』（新版）明治書院　一九五四年
中村保雄『能の面』河原書店　一九六九年
片山幽雪『無辺光　片山幽雪聞書』（聞き手／宮辻政夫、大谷節子）岩波書店　二〇一七年
秋山虔『王朝女流文学の世界』東京大学出版会　一九七二年
『日本古典文学全集　謡曲集』小学館　一九七三年
戸井田道三『狂言　落魄した神々の変貌』平凡社　一九七三年
山本安英の会編『きくとよむ　2』未来社　一九七四年
J・オング『声の文化と文字の文化』桜井直文・林正寛・糟谷啓介訳　藤原書店　一九九一年
大津雄一『軍記と王権のイデオロギー』翰林書房　二〇〇五年

山下『琵琶法師の『平家物語』と能』塙書房　二〇〇六年
スタンカ・ショルツ・チオンカ「戦記物能と平家物語」『日本の叙事詩　平家物語をめぐる戦物語と演劇』リブヌーブ　二〇一一年（仏文・未訳）
梅原猛・観世清和監修『能を読む』（四冊）角川学芸出版　二〇一三年
内田樹・観世清和『能はこんなに面白い！』小学館　二〇一三年
原道生『近松浄瑠璃の作劇法』八木書店　二〇一三年
テリー・イーグルトン『文学とは何か』大橋洋一訳　岩波書店　二〇一四年
山下「『源氏物語』を精読した秋山虔さんを偲ぶ」『日本文学』二〇一六年四月
山下「延慶本『平家物語』が語る後白河法皇」『文学』二〇一四年一・二月
山下『愛知淑徳大学論集』二〇〇二年・二〇〇六年・二〇〇七年各三月
山下「書評　大津雄一『軍記と王権のイデオロギー』」『国文学研究』一四八　二〇〇六年三月
山下「平家物の能を読む」『観世』二〇一二年五月
竹内晶子「語りとセリフが混交するとき―世阿弥の神能と修羅能を考える」『能楽研究』41　二〇一七年三月
三浦裕子「近代における能楽伝授と受容の諸相―免状に見る梅若家と素人弟子」『研究成果報告書』二〇一七年三月

二　戦物語と能

王権と戦、そして芸能　今に及んで考える。わたくしは、なぜ戦の物語を読んで来たのか。なぜ戦はやまないのか。なぜ戦をめぐる能が演じられたのか。

中世に入り、戦を対象とする戦物語が語られ読まれた。その中世と言えば、「戦」の時代、院政を守り、荘園の獲得・維持を考え、そのために採用した武士、その武士の介入が、かえって戦を促すことになった。地球物理学を専攻する友人が語っていたことだが、太陽系の一惑星として生まれた地球に、ようやく生物として、まず植物が生まれ、そして動物が住み始める。その生物の中でもっとも手に負えない、地球を住めなくさせるのが人間だと言う。人間は身を守るために集団をなして住む。人と人が、各集団を構成する人々の欲望、覇権欲がぶつかりあい、これに私領としての荘園の争奪が重なって戦うことにもなった。残念ながら、これが人間の歴史、日本の歴史であった。戦を未然に防ぐのが政治だと思うのだが。

わが国の歴史、特に平安王朝末期から中世にかけて、もともと王権が定めたはずの公地支配体制を、王家そのものが崩して私的な荘園の増大・拡大を図り、その公的な保障を求め王権（支配者）に接近を図って争う。これを抑えようとする院に召し抱えられた北面の武士が国司となって、その任地で既成の現地荘園と衝突したことを、『平家物語』巻一「鵜川軍」が語る。すなわち、後白河院に仕える北面の武士藤原師高が加賀（石川県の南部の旧国名）の国司に任ぜられ、その弟師経（もろつね）が目代（もくだい）（代官）となって現地に着任する。新任の国司が、これも利権を求めて、国府（こくふ）（今の小松市）の近く、白山神社の末寺、鵜川寺の僧に対し狼藉をはたらく。『平家物語』が語るところだが、現地に天台宗の管長、座主（ざす）の「御坊領」があった。それに対し、武士上がりの国司の代官が狼藉をはたらくのである。怒った鵜川寺の僧がこれと衝突。鵜川寺を支える白山神社が介入、白山の本山、延暦寺（えんりゃくじ）に訴え、果ては山（延暦寺）の僧兵が決起し、京を防護する平家の軍と衝突、戦闘になったと語るのであった。うんざりする、われわれ人間の歴史である。『平家物語』は、巻一の後半、これが世の動乱の始まりであると語るのであった。

もともと農耕儀礼として生まれたはずの芸能が、中世には支配者を護持し、世の安寧のために穢れを祓い退けるためにその滅びを芸能として演じた。戦によって生み出された敗者や犠牲者へのおそれから、その怨霊を外へ追いやるための芸能の徒は、その汚れを背負って怨霊を演じ、異界へ鎮め治める、それを演じる芸能者であった。そのために畏れられもしたのであった。

この歴史の動きを中世の戦物語にたどれば、王権護持の任を果たすはずの、藤原氏をも含む軍事貴族が争い、源氏と平家の両氏が抽（ぬき）ん出て覇を競う。保元の乱以後を、『平家物語』にも、

昔より今に至るまで、源平両氏、朝家（ちょうか）に召しつかはれて、王化に従はず、おのづから朝権（ちょうけん）をかろむずる者には互いにいましめをくはへしかば、代（よ）の乱れもなかりしに、保元に為義きられ、平治に義朝誅せられて後（巻一、二代后（にだいのきさき））

と保元の乱以来、乱が始まると語った。実は、この間に中央王朝からの派遣軍が東国の現地で戦を繰り返していたのだが、中央の都ではそれを語らない。都を戦の現場として語る戦物語（軍記物語）は、その東北の動きを「夷狄」と言う一語ですませる。一方、それを描く『陸奥話記』『後三年記』など地方の軍記は中央の戦を語らない。実は、京

から離れた東国で源氏は、その力を拡大して行ったのだった。それらの戦を語る戦物語は歴史資料ではない、世を乱す朝敵追討の経過と、その鎮魂を語るものだった。

ちなみに、この「保元・平治」という語をめぐって、軍記物語研究会で阿部亮太が、古くは「平治」を欠いたと言う。それは保元から（平治の戦を挟みながら）治承・寿永へと源氏を軸に語るためであろう。これらの戦物語を根底から支える源氏の影が存在し続ける。『平家物語』では、いわゆる読み本、特に延慶年間に編まれた延慶本である。北条が執権として支えた源頼朝を神格化して、王家を軸とする王権をめぐって足利が源氏として、戦国の時代に入り、あげくは三河武士の松平が徳川を号し、やはり清和源氏を名のるのである。

人間社会の歴史とは、このように階層間の分断に因る悲しい戦の連続であり、その戦が勝者と敗者を生み出し、それぞれの思い、特に敗者の怨みを怖れて鎮魂の物語を語らせた。勝者の賛歌がある一方、敗者の霊を鎮めるための芸能が行われるのは、現代まで跡を絶たない。戦物語は、史実を逐い求めるための史料ではない。見て来たような、戦に思いをこめて歴史を読み、語るものである。

平安の文化を閉じて、世は武家の社会へ転換、その区切りが源平合戦であったことを、比較文化・文学論のピエール・F・スウイリや、フロランス・ゴイエが論じる。人権問題研究の谷口真由美は大河ドラマをめぐって「一般の人々が為政者の側に立ちたがる」と言い、主役について「本来、リーダーとは自ら動き、民を思い、流血を避け、平和裏におさめる人ではないのか」とも言う。芸能、特に修羅能（しゅらのう）は、まさにその争いのゆえに、地獄へ落ちて苦しむ人々の怨霊をなだめるために語り演じたのであった。

中世の時代を画することになった源平の争い、それを軸に語り演じる「平家」物能の典拠は、源平の戦の、主として敗者の悲劇を語る語り本の『平家物語』である。一方で、勝者源頼朝を源氏将軍として讃美し、その論功行賞のために勝利の経過を詳しく考証、注解しながら読み、再構成する読み本（延慶本）があり、それを敗者の霊を鎮める琵琶法師が語る物語を、構成・言葉ともに語りやすく正本としたのが語り本であった。能は、この語り本を「本説」（出典）とし、読み本の背後にあった伝承や言説をも承けて芸能を構成した。わたくしは、それを「「平家」物の能」と呼ぶ。この「平家」物の能の大成者が世阿弥であった。その父観阿弥の遺訓を祖述した、教育論としても出色の『風姿花伝』の「物学条々」に、戦を扱う「修羅」をとりあげ、

　これまた、一体のものなり。よくすれども、面白きところ稀なり。さのみにはすまじきなり。

と言いながら、

　ただし、源平などの名のある人のことを、花鳥風月に作り寄せて、能よければ、何よりもまた面白し。これ、ことに花やかなるところありたし。

とも言う。室町時代に源平の戦を語り演じる芸能には、このような芸能者の思いが籠められている。世阿弥の芸道の教訓を、次男元雅が筆録・整理した『申楽談儀』には、〈経盛〉〈重衡〉〈六代〉〈実盛〉〈通盛〉〈八島（屋島）〉〈頼政〉〈敦盛〉など、いずれも敗者をモチーフとする能を掲げる。修羅能からは離れるが〈江口〉について、能の「かかり」（表現の姿）を「河竹の流れの女と成る、前の世の報いまで、思ひやるこそ悲しけれ」と言い、狂言はそれを「平家節」と読んだ。

能と平家琵琶　この「琵琶語り」と能は、戦の敗者や犠牲者の霊鎮めを行うことで通じ合う。「平家節」とは「平家」を語る琵琶語り（「平曲」とも言った）のことで、能との間で、実態は必ずしも重ならないが、謡いのほかに謡いを伴わないカタリ（平曲では〔白声〕や〔クドキ〕）がある。曲節名にも〔サシ〕〔上歌〕〔下歌〕など共通の用語がある。しかも、能楽論が平家琵琶を意識して、

平家に心得ぬ節の付けやうあり、「この馬、主の別れを惜しむと見えて」と云所を三重に繰る、かやうの所をば言葉にて云ひて、譬などを三重に言ふはよし（『申楽談儀』）

と言う。中世には琵琶法師が語る『平家物語』を「平家」とも呼んでいたのだった。

ちなみにこの『申楽談儀』の引用は本書でとりあげる能〈知章〉の一節で、本説（出典）『平家物語』巻九、一の谷合戦で、平家公達の中でも武将として名高い父知盛の身代わりとなった子息知章をシテとする。父の身を庇う子息の知章を知盛が見殺しにした、己の生への執着を思い知り、自分の窮地を救ってくれた、それに知盛は日頃秘蔵する愛馬の命を救うために、これが敵の手に落ちるのをも構わず追い返す場面である。これを節のない「言葉ニテ云」うのがよいと言うのであった。「言葉」とは、節のない、「平家」を語る琵琶の「白声」（素声）に相当する語りで、「譬」は、故事など出典のある美文の言説を指し、それを「平家」琵琶の花、最高音を軸とする〈三重〉で謡うのを良しとするのである。能の「平家」琵琶への関心も深かったことを語っている。室町時代から江戸時代にかけて「平家」琵琶が、この能を強く意識して改めたらしい。現在伝わる「平家」の譜本では、問題の箇所を〈三重〉よりは一段、音高の下がる〈中音〉の曲節が付されている。改めたのだろう。

世阿弥は、負修羅の〈頼政〉や〈実盛〉など、「平家」物の曲を作るが、晩年には鬼能の〈鵺〉を手がけるほどの「平家」への思い入れを見せた。本書でとりあげる〈鵺〉を見てほしいのだが、修羅能の大成者、世阿弥が芸能を背負って佐渡へ流される、その思いを託したとも言われる。

本書では、その「平家」物の能を読む中で、間狂言を介して能と狂言の関わりを考える。能の読みが『平家物語』の読みを促すことにもなるだろう。

能について、これまで研究者は成り立ちを考え、その「本説」（出典）「平家」との関わりを見て来たのだが、以下述べるように、能なりの解釈が本説に入り込み、新しい「平家」物語を作ることにもなった。すなわち「平家」、特に八坂流第二類本は、能に学ぶこともあった。能について、出典探しに終わらないことを心得るべきだろう。ちなみに、この八坂流第二類本には義経を語る判官物の戦物語も介入している。

能が行われた社会　修羅能が行われた当時の社会状況を戦物語を読む観点から概略、展望しておこう。

武者の世、北条政権にも政権内部の争いや将軍直属の武士、御家人の疲弊など、翳りが見え始める十四世紀の初期から、皇位継承に、二つの系統を交替に立てる迭立が進む。その後深草に始まる持明院統に属しながら亀山に始まる大覚寺統との和を求めた、和漢の学問にも精通する持明院系の花園天皇ら王朝人の日録に、「平家琵琶」上演の記録が見え始め、十五世紀にかけて琵琶法師の動きが活発になる。京都五山の禅宗の僧、太極の日記『碧山日録』の寛正三年（一四六二）三月の条に、当時、洛中には、五、六百人もの琵琶法師がいたと記録するのはどうしたわけか。

足利第三代将軍義満の死後、将軍家内の争いや倭寇の跋扈など、相次ぐ内憂外患に加えて飢饉や疫病が発生、それを鎮めるために年号の改元が続く。その中を保元の乱以後の戦没者の霊を招いて鎮めようとする琵琶法師「平家」の語りが流行したのだった。

さかのぼれば、物語に平清盛と並んで重要な位置を占める後白河法皇が、保元の乱の敗者、讃岐院こと崇徳上皇や、源平合戦の敗者安徳帝を擁した平家の怨霊を怖れ、御陵を設営したことが知られるところで、それが明治のラフカディオ・ハーンの、壇ノ浦、古く阿弥陀寺と号した赤間神宮を舞台とする『怪談』「耳なし芳一」にまで伝わってゆく。作者論や成立論ではなく、こうした受容の側からも『平家物語』の「読み」を考えねばならない。

琵琶法師と三つの戦物語　琵琶法師について、真言宗、説教の指導書『普通唱導集』が職人別に、法会の始めに読み上げる表白の中に琵琶法師と題し、

平治保元平家之物語、何れも皆暗滞る事無し
音声気色容儀の体骨共に是れ麗しくして興有り

を掲げる。ちなみに「真言」とは、日々の苦悩を解脱するための呪文としての、真の言葉の意、いわゆる「密教」の世界である。

当時、清盛と後白河院を軸につながりを見せる三つの戦物語、『保元物語』から『平治物語』、その動乱の集約としての源平合戦を語る『平家物語』を琵琶法師が語り歩いていた。保元・平治の戦物語にも、大別すれば語り本と読み本の別があり、その「語り」と「読み」が交流する中で多様な諸本を生み出し読み物化もしていた。『源平盛衰記』が、その一つの典型で、能の本説にはならないが、能の制作に読みの上で示唆を与えた。清和源氏、足利幕府の政権下、将軍義満の死後、その『平家物語』の語り本を主な本説とする能が世阿弥らにより制作、上演された。

十四世紀の中頃、琵琶法師の巨匠、覚一検校が興行団体「当道座」を確立し、その語りを座の正本とした。これら三つの戦物語が相互に補完する状況を想定して能を読み、改めて「平家」流行の意味を考えてみたい。戦物語を本説とする能は、琵琶法師が語る「平家」同様に敗者をシテとするのが大部分で、勝者を寿ぐ祝言色の濃い、読み本系の『平家物語』や、武家芸能と言われた幸若舞とは対照的である。能としては、頼朝の賛歌とも言うべき現在能の〈七騎落〉〈木曾〉などがあるのだが。

参考文献

国文学研究史大成『平家物語』三省堂　一九五八年
山下『平家物語研究序説』明治書院　一九七二年

ヘイドン・ホワイト『メタ・ヒストリー』ジョンズ・ホプキンズ　一九七三年（英文）
松長有慶『密教』（新書）岩波書店　一九九一年
網野善彦『日本社会の歴史』中（新書）岩波書店　一九九七年
フロランス・ゴイエ『概念的枠組みのない思想―戦争叙事詩の機能』オノレ・シャンピオン　二〇〇六年（仏文・未訳）
松岡心平『能～中世からの響き～』角川書店　一九九八年
兵藤裕己『平家物語の歴史と芸能』吉川弘文館　二〇〇〇年
ピエール・F・スウイリ『下剋上の世界』（ケース・ロスの英訳）ピム・リコ　二〇〇二年
山下『いくさ物語と源氏将軍』三弥井書店　二〇〇三年
大津雄一『軍記と王権のイデオロギー』翰林書房　二〇〇五年
山下『琵琶法師の『平家物語』と能』塙書房　二〇〇六年
野中哲照『後三年記の成立』汲古書院　二〇一四年、『後三年記詳注』汲古書院　二〇一五年
松尾葦江編『文化現象としての『源平盛衰記』』笠間書院　二〇一五年
小林責・西哲生・羽田昶『能楽大事典』筑摩書房　二〇一二年
エリザベス・オイラー、マイケル・ワトソン編『Like Clouds or Mists』コーネル大学　二〇一三年（英文・未訳）
山下『中世の文学　平治物語』三弥井書店　二〇一〇年
原水民樹『『保元物語』系統・伝本考』和泉書院　二〇一六年
山下「ラフカディオ・ハーンの〝語り〟」『文学』二〇〇九年七・八月
谷口真由美「「善良な市民」の三無運動」『世界』二〇一四年二月

三　「平家」物の能を読む

本書の構成

逐語的な直訳を避けるが、必要に応じて引用する原典の解読にも努める。文字を介して読みながら、七五調を快く聴き、聴覚を通して音声の上でも楽しみたい。

舞・歌と並び、シテの着ける面（おもて）が、その形に色彩をも含め『平家物語』から能への視覚的な効果をも行っていることをスタンカ・ショルツ・チオンカの論文に教わった。

その面については、老人を除く普通の男性は、多くが直面（ひたおもて）で登場するが、神を演じるための面、公達を演じるための面、女を演じるための面、鬼神や怨霊を演じるための面などに大別される。各系統に多くの下位分類があり、演出の上から内容にふさわしい面を選んで着ける。

田﨑未知の仲介と撮影により、保田紹雲制作の能面を写真で掲載できることを感謝したい。名古屋で入手できなかった面の写真を、お許しを得て東京、銕仙会所蔵の写真を利用できることを感謝する。

『平家物語』を読んで来たわたくしは、前著で本文・語りを支える平家琵琶に注目したのだが、本書でも演出の中の曲節、いわゆる音曲としての謡い、そして必要に応じて役者の動きにも注目し、読みの妨げにならぬよう小書きで記す。

能の詞章の基盤にはりめぐらされる多様な古典や伝承、その修辞、和歌の掛詞や縁語などの修辞、さらに『連珠合璧集（れんじゅがっぺきしゅう）』などが指摘する、連歌を詠むための語や事項の決まったとりあわせ（付合）などまでもが能の基盤にある。能には、制作時から享受を支えて来た場、文化が織り込まれている。それらを探りながら読むのが能・狂言の読みであるのだろう。

例えば〈朝長（ともなが）〉の第三段、前シテ、美濃青墓（みのあおはか）の長者が侍女（じじょ）や従者とともに登場し、朝長の墓に参り、人の生死を思い知るところを、シテが〈サシ〉の曲節でさらさらと、

人の嘆きを身の上に、かかる涙の雨とのみ、萎（しお）る袖の花薄（はなすすき）、穂に出すべき言の葉も、なくばかりなる有様かな

と謡う。これをどのように現代語に訳せばよいのか。身のかと蓑の掛詞（かけことば）、「かかる涙　萎る（しおる）袖（そで）薄（すすき）」などが連歌の付合（つけあい）で、「言の葉もなく」の「無く」と「泣く」を掛詞とする。それらの根底に和歌があり、いずれも文字を越えて音声を介している。そのことばのドラマとも言うべき語りに、驚くべきものがあることを改めて実感した。単に訳するために考える対象ではすませない、いわゆる掛詞である。たとえばテレビの報道で、佐渡と瀬戸内だったか二度見たのだが、漁村で出漁に当たって網の中に柿を入れたのは、「掻き入れ」を掛ける、それは、だじゃれではない、祈願の思いを音声を介する掛詞として使っていたのだった。音声に頼る言語の力である。この難解な言葉の技巧が能を構成する重要な命であることを思い知ったのだった。

音声としての言葉の劇として考えたのが木下順二・山本安英らのことばの勉強会であった。その会員として参加した心理学の南博が、「読み」は、受動ではなく、「何かを」つくり出し、「自分なりに完成していく」、「自分のものとして表現して」ゆくと言う。テクストに質問を発しながら読んでゆくと言い、「読み」を強調している。

言うまでもなく、「本説」（出典）となった『平家物語』や、さらに他の能をも引きこむことを読む「読み」（精読）も欠かせない。

シテ・ワキたちの面や動きを語りの展開にたどって、ドラマとしての謡い、語りの読みの進行を**〔読み〕**とし、参考事項を**〔補説〕**として加え、必要に応じ演出にもふれる。読みを進め、立論する上で参考となった成果を**〔参考文献〕**として掲げた。

ちなみに「段」（段落、切れ目）、および「本説」（出典）の語は、早く世阿弥の時代に、

> まづ脇の申楽には、いかにも本説（ほんぜつ）正しきことの、しとやかなるが、さのみに細かになく、音曲、はたらき（動き）も、おほかたの風情にて、するすると、やすくすべし（『風姿花伝』物学条々）
>
> 本説の種をよくよく安得して序・破・急の三体を五段に作なして、さて、詞を集め、曲を付して書連ぬるなり（『三道』）

などと見えた。音声や動きを文字を介して想像し、読んでゆく。「読み」が多層的になることを念じている。

『平家物語』を素材とする能が、番外曲を含めると「八〇余曲」と言うから驚く。現行曲だけでも約四五曲におよぶ。本書では、その中でも古くから上演された十四曲に、その源平闘争の前史とも言うべき『平治物語』に取材する〈朝長〉を加えて十五曲を読む。

能の詞章は、主として檜書店刊、観世流謡曲全集（一九四一年）により、間狂言は、必要に応じて各種注釈書が引用する詞章をとりあげる。この「平家」物の能を支えたのがアイとしての間狂言であることに注目したい。本書では、この間語りに、能との関係を考える重要な原点を求めることを銘記し、活字化された編著者に感謝する。

凡例

一、本説（素材、出典）となった『平家物語』の語り本を軸に、読みを助けるために、必要に応じ各能の史的・文化的な**背景**を適宜、述べる。

二、内容解読のために、各曲を伊藤正義の新潮日本古典集成『謡曲集』などを軸に佐成謙太郎の『謡曲大観』、小山弘志・佐藤喜久雄・佐藤健一郎の日本古典文学全集の『謡曲集』に従って「段」を立て、その各段数を洋数字ゴチック体で示した。

三、ワキ・シテらの動きを、つとめて登場人物の名をも掲げて示した上で、必要に応じて本文を掲げ、能としての曲節名と、その節の特徴を小文字で記して**〔読み（注解）〕**を行う。

四、読みを助ける必要な事項**〔補説〕**を加える。直訳的な現代語訳はなるべく避けた。

五、能の詞章は、原則として檜書店刊行の『観世流謡曲全集』による。ただし、第九章の〈知章〉は、世阿弥の近くで行われたと思われる、古本「トモアキラノ能」をとり、現行の観世流や宝生流の詞章を参照した。

六、歴史的な事象を扱う研究書ゆえに、不適切な用語を使う場合があることを諒とされたい。

1　〈朝長〉あらありがたの懺法やな

「平家」物の能をとりあげるのに、まず源平の直接対決する平治の乱を描く〈朝長〉を読んでおかねばならない。

背景　軍記物語の祖と言えば、古く『古事記』や『日本書紀』などが古代の戦物語をおさめ、その個々の戦物語が変形しながらも『今昔物語集』（世俗部）などの説話集に採録されている。

平安の地に王権社会が確立し安定期を迎えるが、早く奈良時代から蝦夷対策として陸奥国に鎮守府を置き、それを統率する将軍を任命していた。『尊卑分脈』によれば、桓武天皇の血を引く平家は国香が、清和天皇の血を引く源氏は、その孫、経基が鎮守府将軍となり、藤原氏でも、平貞盛とともに平将門を討った秀郷が将軍（事実は副将軍だったか）になって坂東の平将門を追討、次第に軍事貴族が出来上がっていった。やがて源氏の頼義が東北征討により歴史の表舞台に登場して東国に勢いを拡げ、物語としての源平対立、交替史を形成していったのだった。この間、軍記として坂東の乱の追討を描く『将門記』、奥州の乱、前九年の役を描く『陸奥話記』から後三年の役を描く『後三年記』など、源平の両氏の直接対決を語ることになった。『保元物語』『平治物語』そして『平家物語』もが、

> 昔より今に至るまで、源平両氏、朝家（王家）に召しつかはれて、王化（天皇の政治）に従はず、おのづから朝権をかろむずる者には、互にいましめをくはへしかば代の乱れもなかりしに（源氏の）為義きられ、平治に義朝誅せられて（巻一、二代后）

と源平の対立を語ることになり、その源平の対決から頼朝の天下平定を語り、真言宗の根来寺や醍醐寺を場に源頼朝を征夷大将軍とするまでを語る、『平家物語』の読み本（延慶本）を編み出した。それを陰の側から琵琶法師が敗北し

た平家を軸に『平家物語』を語る中、能が登場し、源氏将軍の頂点としての足利将軍、特に義満がその制作・上演を支え、成育を加速した。その清和源氏を称する徳川が将軍として登場したのだった。ちなみに『神社辞典』では「群馬県新田郡尾島町世良田」について「当地は江戸幕府の祖先、世良の徳川氏の発祥地という」とする。中世史に始まる「源氏」の位置づけが課題となるのだろう。足利以来、王家に並ぶ執政の主として頼朝を将軍の祖と仰ぐのが定石となる。いずれかと言えばとりあげることを避ける清和源氏を軸とする能が〈朝長〉である。軍記物語としての『平家物語』、それも語り本を本説（出典）とする能の背景には、こうした武士の歴史があった。源氏再興の犠牲者となった朝長を弔う能である。

作者未詳の修羅能〈朝長〉は『平治物語』を本説（出典）として源義朝の子息、朝長父子の物語をドラマとして演出する。早く源頼義・義家父子が東北の地で活躍する戦物語があったことは『平家物語』にも読みとれる。背景に東北の悲劇があったことを忘れてならない。その痕跡が上記の『将門記』や『陸奥話記』『後三年記』に見られる。東北の各地に八幡社が見られるのと通底するのだろう。実は、現地での鎮魂をめぐる貞任伝説があったのだった。しかも、その鳥居が小さく、低いのはなぜなのか、識者の教示を得たい。

物語が語る源平両氏の歴史　遡れば天応元年（七八一）から延暦二十五年（八〇六）まで、この頃としては異例、桓武天皇が二十五年にわたり在位して拓いたのが京の平安王朝である。以後、四世紀にわたって維持された平安王朝であるが、まず、その軸になる王朝貴族が皇位の継承をめぐって分裂し、王家に寄り添って王を補佐し、子女を入内させた摂関家が王家と対立することになる。かくて貴族の藤原氏内部にも分裂が生じる中、摂関家の介入を却けようとする後三条天皇、その遺志を継ぐ白河天皇が院政を開始、孫、鳥羽天皇が祖父の遺志を継いで天皇自身の親政を志す、

国富み民安し。されば恩光あたたかにてらして国土皆豊なり。徳仁あまねくうるほして人民悉く穏やかなり。

（『保元物語』第四類本　後白河院御即位の事）

と『保元物語』は語り始めるのだった。しかし保元の乱が発生、王家内部の王位継承をめぐる「角逐抗争」、戦が戦を呼ぶ。ちなみにこの「角逐抗争」の語は、『平家物語』の主題を平家の興亡史とするのに、文章論の観点から違和を感じた、言語学者、時枝誠記が提起した語である。

鳥羽天皇が退位して即位したのが鳥羽の第一皇子、崇徳である。その父、鳥羽院が崇徳を却け、寵妃美福門院得子腹の体仁を即位させる。近衛天皇である。しかし、その近衛帝が十七歳の若さで夭折、陰に崇徳の呪詛があったと『保元物語』が語る。王家にとっても危機を迎えるのである。近衛が夭折の後、崇徳はみずからの重祚、もしくは、その皇子重仁の即位を願っていた。いずれも戦物語の読みによる語りである。

ちなみに、宮廷の女性が名を隠したことから、一般に名の読みは明らかでない。そのために本書では女性の名は音読で通すことにする。

近衛の生母、美福門院は鳥羽天皇の第四皇子である雅仁の皇子守仁を養育していた。その守仁の即位を図るために、幼帝が続く当時としては珍しく、二十九歳に達していた雅仁を即位させる。後白河天皇で、かれは守仁の父である。陰に摂関家の動きがからむ。物語は、その父子の不仲を巻一「二代后」に、二条帝のあるまじきこととして語る。『平家物語』読み本系の（延慶年間原写、応永書写）延慶本は、当時の史料を参照したのであろう、両者の対立を露骨に記す。注釈的な読みを行う異本を生み出す『平家物語』であった。

この間、崇徳と後白河は待賢門院璋子を母としながら、真偽は不明だが、崇徳の実の父は白河法皇だとの噂が流れていた（『古事談』）。

あくまでも噂で、その実状は不明である。戦物語も表だっては語らないのだが、そのような噂を生み出す白河であり、崇徳であった。にもかかわらず、大河ドラマの多くの清盛像が、この説話を史実と見て長編の大河ドラマを始めるのが現代の定番になっているのは、その清盛を物語の主役とするだけに、気になる演出である。

物語では、この説話的な噂を背景にするものか、崇徳と鳥羽父子の仲が悪かったことを語る。物語が語る王家の分裂・内紛である。『保元物語』は、この噂に基づいて物語を語る。それが物語としての戦(いくさ)語りである。

後白河は、美福門院らが予定した通り、三年在位して守仁（二条）に譲位しながら、これは明らかに、みずからが望むところで、「院」として治天(ちてん)（執政）の君の座に押し坐り、白河と鳥羽の意図を継承する。その結果、同じ待賢門院璋子を母とする崇徳と後白河が対立、その動きを『保元物語』は、物語の冒頭、鳥羽院に熊野権現(くまのごんげん)が予告すると語るのだった。熊野信仰を軸とする、物語としての歴史の読みである。

一方、鳥羽院みずからが主導、国政を補佐する関白に立てていた藤原摂関家の忠実(ただざね)が、その長男忠通(ただみち)を嫌って次男頼長(よりなが)を寵愛していた。美福門院は忠通と意を通じていた。その結果、崇徳と後白河の対立に摂関家の内紛がからまり、崇徳側につく頼長と、後白河側につく忠通が対立、それが保元の乱になったと語るのであった。

このような王権をめぐる覇権争い、王朝内の分裂、「角逐抗争」が戦の原因となったと語る。しかも王権を守るべき源平両氏が、保元の乱に、それぞれ内部分裂し骨肉相食むことになっていたとする。これが戦物語である。

この保元の戦に一門と袂を分かって生き残った源義朝(よしとも)が平清盛と対立する。物語によれば、その後の清盛の巧みな王朝への介入が、遅れをとる義朝を焦らせ、源平両氏の対立を加速し平治の乱になると語る。その戦を語る『平治物語』を「本説」とするのが修羅能〈朝長(ともなが)〉である。本書で、「平家」物の能を読むにあたって、この〈朝長〉をとりあげねばならぬ訳である。

見て来たように王家、摂関家ともに、その内部は複雑である。その読みを補うために関連する範囲の系図を掲げる。

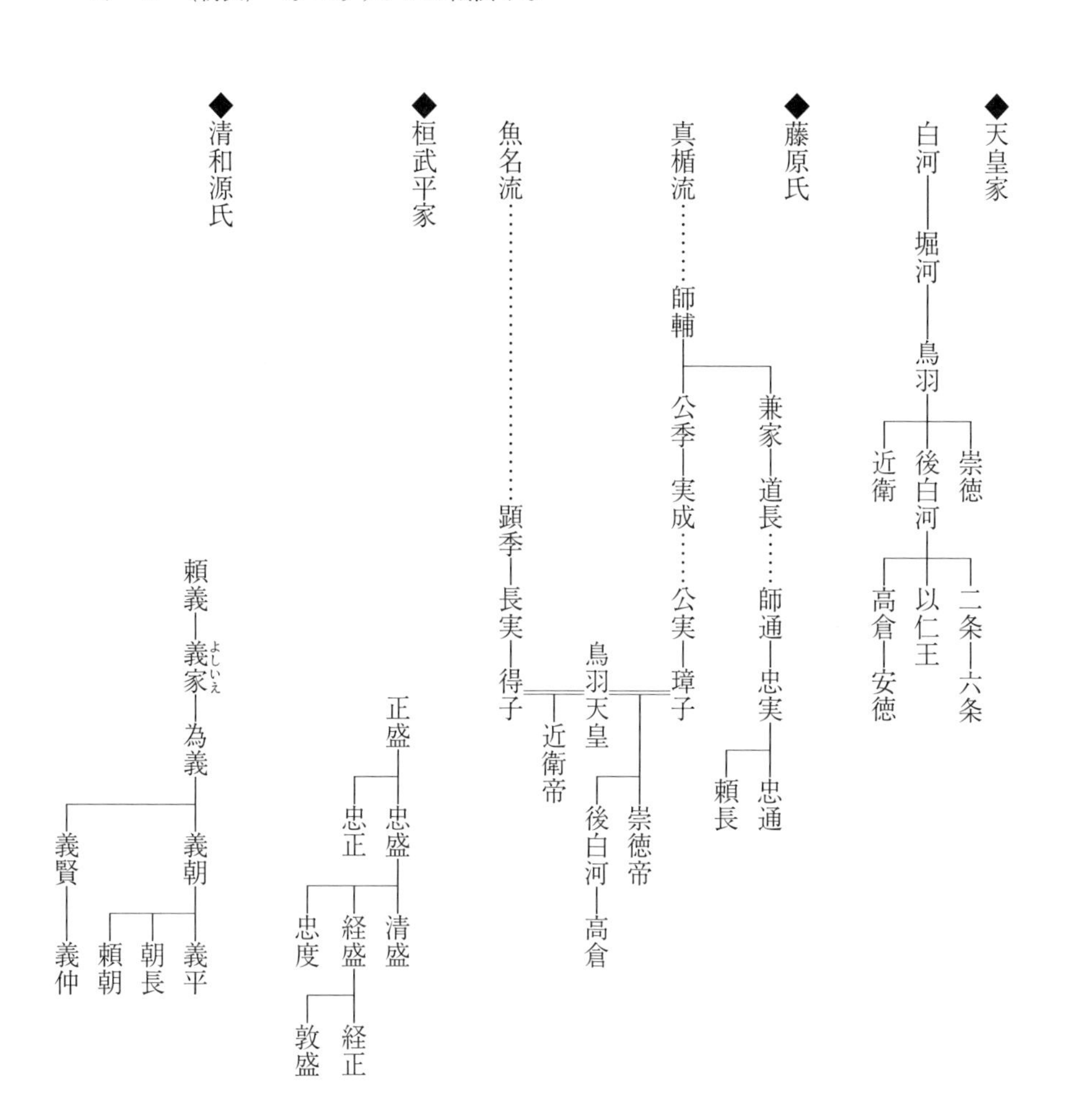
◆天皇家
白河
堀河
鳥羽
崇徳
後白河
近衛
二条
六条
以仁王
高倉
安徳
◆藤原氏
兼家
道長
師通
忠実
忠通
頼長
真楯流
師輔
公季
実成
公実
璋子
鳥羽天皇
崇徳帝
後白河
高倉
魚名流
顕季
長実
得子
近衛帝
◆桓武平家
正盛
忠盛
忠正
清盛
経盛
忠度
経正
敦盛
◆清和源氏
頼義
義家
よしいえ
為義
義朝
義賢
義平
朝長
頼朝
義仲

前半と後半の二部構成をとる複式能〈朝長〉の後場、第十三段、シテ朝長の亡霊が語るところだが、

　昔は源平左右にして、朝家を守護し奉り……万機の政事直なりしに

王家の対立をめぐって両家が対立し戦乱となった。『平治物語』や『平家物語』が物語として語る歴史である。兵藤裕己が物語としての源平交替史を想定した訳である。その論は史学の立場で論じた論でないとわたくしは氏の論を読む。諸史料と戦物語の読みについては野中哲照にも論があり、これまでの史学と文学の姿勢のありかたについて批判を呈している。文学の側から何が見えて来るのか。

保元の乱に、平家では清盛、源氏では義朝が後白河側につく。平家では清盛の叔父忠正が、源氏では義朝の父為義が崇徳側について、源平ともに骨肉相食む状態になったのだった。結果は崇徳が敗れて、讃岐（香川県）に遷され、その地に憤死。讃岐の現地には今も崇徳への思いが濃厚に伝わっているようにわたくしには思われる。その怨霊が後白河を苦しめることを九条兼実の『玉葉』などが記すのだが、後白河の腹心であった藤原氏の傍流、信頼が信西と争って平治の乱になる。保元の乱後の論功行賞に不満のあった義朝が信頼側につき、信西側についた清盛と対決する。その陰には意外にも、摂関家の介入をめぐる二条と後白河の父子対立があったと史学者は言う。それを語り本「平家」は、巻一「二代后」で二条に見初められた多子が亡き近衛を追慕する悲話を語り、二条の行いを責めるのである。『平治物語』でも読み本とも言うべき本は、ここで二条を批判する物語の読みを行う。まさに注釈を行って、両者の行動を『愚管抄』とも重なる歴史を探り読もうとするのが、これまで古態を保つとされた「読み本」である。わたくしは物語を読むためにあえて、その注釈的な読みを避け、語り本を立てることにした。

その二条天皇は摂関家に支えられて側近、藤原経宗・惟方を信任、関白基実を重視して父、後白河と対立した。それが平治の乱のきっかけとなったのだった。しかし『平治物語』は、もっぱら院の側近、信頼と信西の私情による対

立が乱の原因だと語る。

戦の結果は清盛が勝利、以後、後白河の寵妃建春門院（けんしゅんもんいん）（滋子（じし））を介して外祖父となり、栄花の道を登り詰める。この間、雌伏を余儀なくされたのが源義朝で、その遺児、頼朝・義経の巻き返し、滅ぶ平家を哀話として語るのが語り本系『平家物語』であり、勝った頼朝の栄光を語るのが読み本系の延慶本『平家物語』である。この同じ戦物語の分岐は以後の源氏を軸にする歴史の読みにも重要である。歴代、王権補佐の志、特に頼朝を祖と仰ぐ源氏の任務継承を志す思いが、江戸時代、源氏を名のる徳川家康に至るまで不思議な政治史を構成する。この間、武門貴族の王朝への接近があった。王家を助けることによって、みずからの立場の支えにしようとした明治維新まで続く、いわば順応、遵法（じゅんぽう）主義、コンフォーミズムである。これは早く、軍記物語の祖とも言うべき『将門記』以来、『陸奥話記』『後三年記』にも見られる歴史の読みであった。京都を軸とする戦物語の実態である。

源氏と宿場　修羅能の多くは、世阿弥に見るように、『平家物語』を本説とするのだが、珍しくこの『平治物語』を本説とする修羅能ながら、以下見るように、本説とはかなり離れる〈朝長（ともなが）〉がある。作者は未詳、観世元雅（もとまさ）の可能性が高いと言う。観世音菩薩を本尊として懺悔（ざんげ）の法を行う「観音懺法（かんのうせんぽう）」を重要なモチーフとし（後述）、室町時代の作と考えられるが、『平治物語』を本説とし、なぜこの朝長を後シテとして立てたのか。義朝・朝長父子の物語として構成し、それに青墓（あおはか）の宿の長者が参加する。海（街）道の宿場の長（おさ）、主（ぬし）が王権を支える芸能として関与したらしい。後白河院が、この宿場の長を介して今様の世界に熱中し『梁塵秘抄（りょうじんひしょう）』を編んだ。同じ清和源氏ながら、この義朝ら河内（かわち）源氏は、摂津源氏が京侍を務めるのと違って東北征討に官軍の長となった頼義（よりいえ）や義家（よしいえ）を受け、青墓など宿場を拠点として東国に力を蓄えた。当時の宿の長（おさ）は、境界領域を「自由に往来する」精霊「宿神（しゅくじん）」を信仰する「百太夫（ひゃくたゆう）」が「菩薩のめざすべき心の境地」を志していたと言う。

物語としての能の機能　「平家」物の能に、わたくしは、第三者としての語り手をも想定する。「語り手」の語は、物語を読む用語として使われるが、映画やドラマのナレーターを考えてみればわかりやすいだろう。それに能には、事件当事者の外に狂言方のアイが登場して能の内容を解説する。八人で構成するシテ方の謡う地謡は、シテの動きや思いへと収斂してゆく。これを野上豊一郎はシテ一人主義と言う。シテ方が演じる地謡は、主としてシテの思いを謡い語るが、時にワキやツレの思いをも謡う。しかし語り物語の進行としては、シテの思いや行動を軸とする。

以下「〔サシ〕すらすらと淀みなく」のように、そのテクストを支える謡曲としての曲節を、読みを妨げないように、「名のり」などの曲節名と、その特徴を小書きの形で記し、曲節が読みを補うことを示し、「シテはワキが立つのを見てコトバで対話」のように、シテ・ワキ・ツレなど登場する人物の動きもつとめて小書きで記す。なお『保元物語』の諸本について原水民樹の分類があり、分類そのことが論になることを論じているのだが、本書では、これまでの永積安明の諸本論を踏まえて論を進める。修羅能の「本説」〔出典〕の多くが戦物語である。〈朝長〉の場合、「保元」「平治」ともに金刀比羅本系の本文に「本説」を想定する。以下、能の本文は、原則として観世流の謡曲全集本による。

1　〔名ノリ〕の笛でワキ、京、嵯峨の清凉寺の僧が従僧を連れて登場し、源氏の嫡男、朝長が自害を遂げた美濃の宿場、青墓へと向かう。面を着けない直面である。

〔読み〕ワキが〔名ノリ〕コトバで名のり、平治の乱に敗れた義朝が都を落ち、義朝の子息、中宮に仕える三等官「進」の朝長が美濃の国青墓の宿で自害し果てられた。縁者であるわたくしは、それを弔おうと、〔上ゲ歌〕高音の声でリズムにのり京を出て近江路を、歌枕として著名な瀬田の長橋から鏡山、老蘇の森、伊吹山の麓、不破の関を過ぎ青墓の宿場にたどり着く。これを能に参加する観衆に向かって語るのである。

〔補説〕ワキの登場を語る一つの型であるが、そのワキ僧は「朝長のおんゆかりの者」だと名のる。「御傅」であることを第四段で語る。朝長の養育に当たった乳人子子守役だと言うのである。ただのワキ僧ではない、「御所縁の者」と言った訳である。その道行きを七五調で謡い、一つの聞き所、見所とする。なだらかで安定し、よわく謡う。

2 アイ「所の者」長者の従者（男）が、〔次第〕の囃子で登場する。能の一つの型である。底本には欠くのを光悦本により補う。

〔読み〕 ワキ、朝長の乳人であった僧が〔問答〕コトバで青墓宿の長者の従者アイに朝長の墓がいずれにあるかを教わり、「一見」なさいと促される。

〔補説〕アイの働き　アシライアイとカタリアイ　間狂言には、能の進行に参加する「アシライアイ」と、〔中入り〕に登場して能の解説を行うカタリアイがある。ここは、その前者、アシライアイ、ワキとアイとの問答語りである。

3 〔次第〕の囃子で前シテ宿の長者一行が登場、向かい合って閑かに亡き朝長を回想し、無常を嘆く。

〔読み〕 前シテがツレとともに〔次第〕七五調二句、リズムにのり花の跡訪ふ松風や、雪にも恨みなるらんシテ長者が花の散ってしまった桜に吹く松風、それに季節おくれの雪をも花は恨めしく思うだろうと謡って名のる。若くして自害する朝長を桜に重ねている。

〔サシ〕すらすらと淀みなくこれは青墓の長者にて候。それ草の露水の泡、儚き心の類ひにもはかない物とされる草の露や水の泡、（そのあわれさは）、しがないわたくしのような身にもわかるものだが、これは特に思いがけない人の嘆きを見て、嘆きの涙が雨のように袖をしおらせる。その嘆きを、花薄が出す穂のようには言葉には出せない。〔下ゲ歌〕中音高の声で過ぎゆく年を惜しむのだが、

〔上ゲ歌〕音高を上げる歌で鶯の春は来にけり鶯の凍れる涙今ははや日は経過して雪の中にも春が来ると啼く鶯の凍る涙が解けるようには、今は眠れない。せめて夢にでも、そのお姿を

お見せになるようにとお慕いするのはあさましいことだと嘆き謡う。

〔補説〕面とことばのドラマ　能の曲節〔サシ〕は、平家琵琶の平板な声で流れるように謡う〔指声（さしごえ）〕に似ている。能のことばの一つに、同音による掛詞の使用が目に付く。それらに注意を促すために、読みに傍点を付しておいた。こうした掛詞は現代でも漁村、出漁にあたって魚網に柿を入れる。（魚を）掻き入れるよう、祈りの思いをこめて、この音声言語を念頭に行うのをテレビで見たのだった。瀬戸内と佐渡の漁村であった。この行事は、かなり広く行われているのだろう。

花のように散ってしまった朝長に寄せる、宿の長者前シテの口惜しい思いを託す。シテは白に近い「色無シ」の衣装に、肉付きが落ち、更けた深井（ふかい）の面（おもて）を着ける。能の演出が、内容にふさわしいシテの面が重要な役割を果すことは

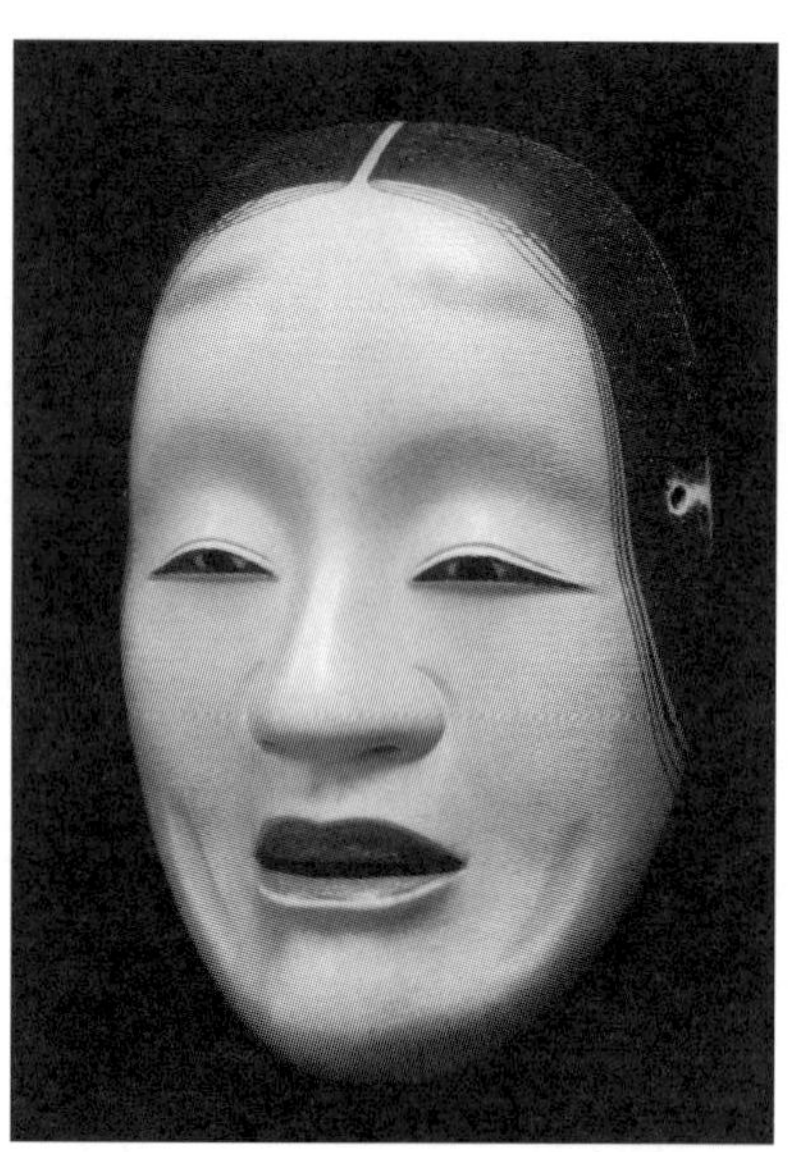
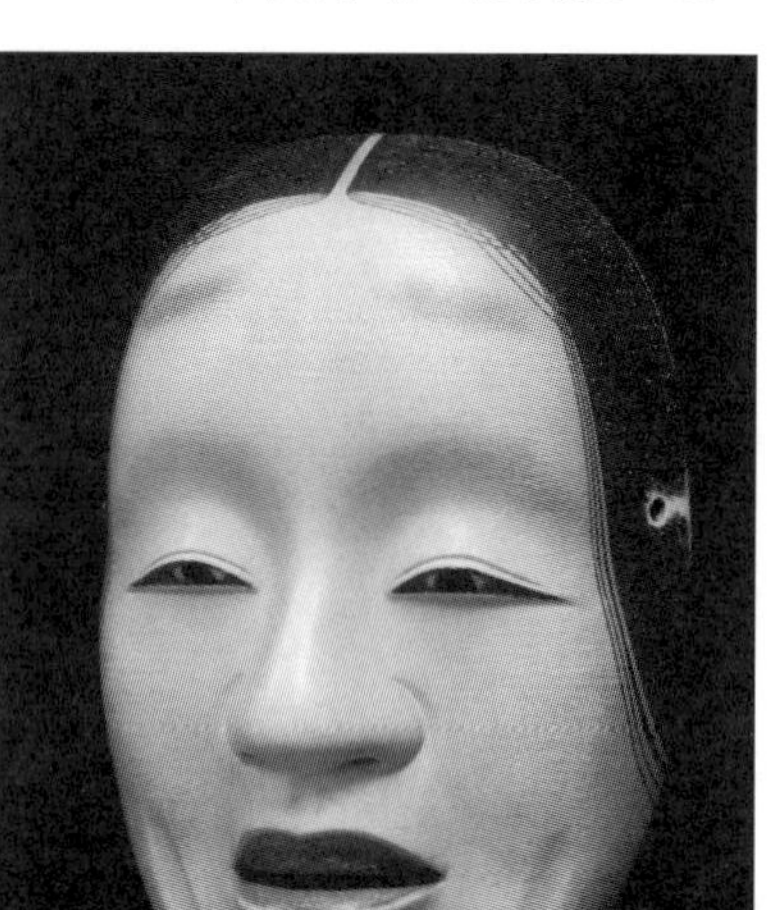
深井（保田紹雲作、田﨑未知撮）

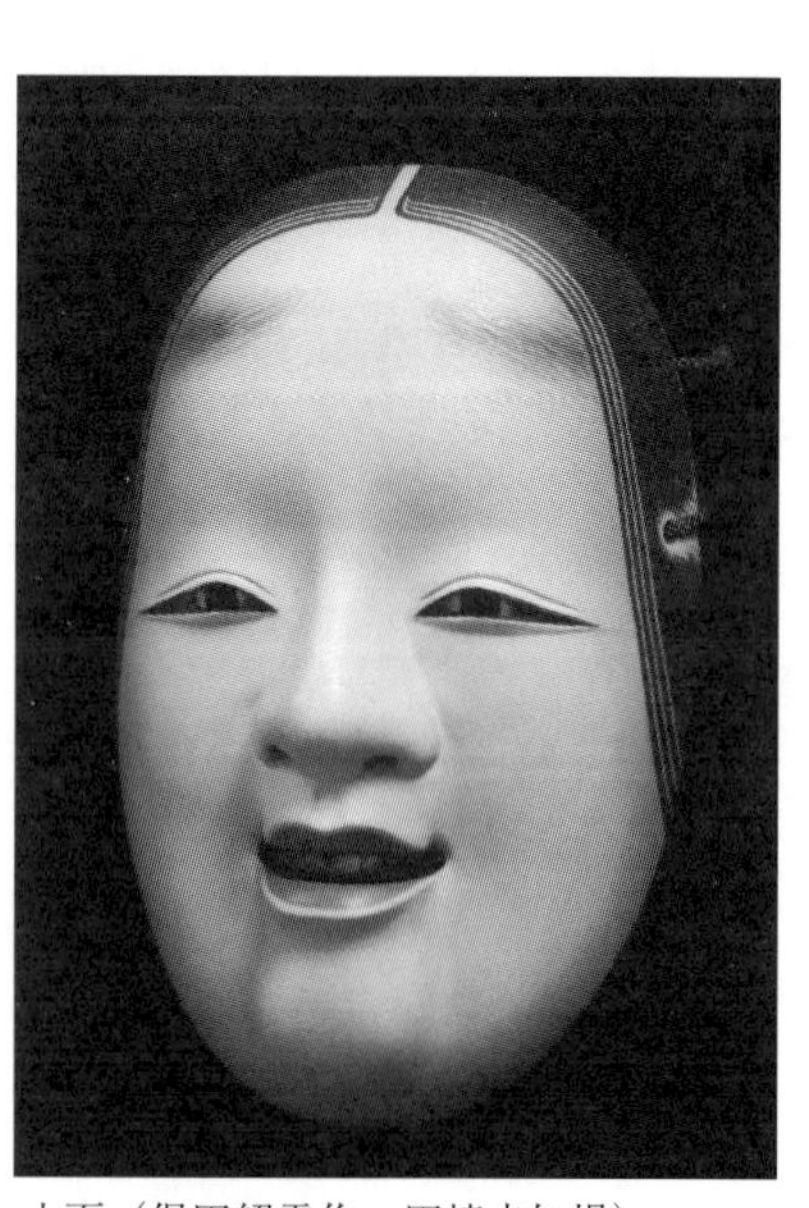
小面（保田紹雲作、田﨑未知撮）

スタンカ・ショルツ・チオンカが論じるところである。本書では、その思いから各能のシテらの面を保田紹雲の理解を得、田崎未知の撮影により掲げる。お二人に感謝する。

平治の戦に敗退した源義朝の次男、朝長が京での戦に脚を負傷して、歩行困難になる。前シテ、宿の長者は「雪にも恨み」を抱く花のように、小面(こおもて)を着けるツレ侍女(じじょ)や、直面の従者ともども、亡き朝長への思いを嘆き謡う。涙、袖、かかる、雨、しおる、花薄、穂など、連歌の手法、語の付合(つけあい)の手法を踏まえ、いわゆる「縁語」を連ねる、まさに言葉のドラマであり、それらを謡い舞うのが能の世界である。能の基盤として詞章を支える連歌のはたらきに注目したい。前頁の二つの面を見られたい。

4　シテ長者との応答に、ワキ僧は京での戦の体験を語る。

〔**読み**〕シテはワキが立つのを見てコトバで対話 わたくしは七日七日に朝長の墓にお参りする。不思議なことに、わたくし以外にも、あなたさまがお参りくださり、涙を流して弔ってくださる、あなたはどなたですかとワキ僧に問う。ワキは実は朝長ゆかりの者で、朝長さまの御遺跡を弔うために参っているのですと答える。シテは朝長さまのゆかりの人とは、なつかしいこと、朝長さまにどのような御縁がおありなのですかと問う。ワキは朝長さまの乳人(めのと)の「なにがしと申す者」ですが、事情があって職を辞し、「十箇年」にわたり、このような姿になりました。早く名を明かして御菩提を弔いたかったのですが、平家が源氏ゆかりの者を、出家の身であっても赦さぬと言うので回国行脚(かいこくあんぎゃ)の僧に姿を窶(やつ)しひそかに罷り下るのですと。シテは驚きなるほど、おなじみの方だから、そう思われるのですね。わたくしが朝長さまの「一夜(いちや)の御宿り」をお貸ししたのですが、朝長さまが「あへなく自害し果て給へば」、その嘆きにこうしてお参りするのですと語る。ワキは〔カカル〕相手に語りかけるようにほんとうにおいたわしいこと、わたくしも元は朝長さまとは主従の契りの仲、世に言う三世にわたる結びつきですと言う。シテは朝長さまに、雨や露を避ける一夜の樹(き)の陰のような宿、一夜のお宿をさしあげたのが他生の縁と申しますが、これは街道の宿の主と源氏の交わり「二世の契り」夫婦の契りですと言い、ワキ・シテが今日の日にめぐりあって、ともに朝長の菩提を弔うのですと声をあわせて言う。

ここでようやく参加した地謡が、前シテ長者の思いを軸にして、朝長への思いを重ね、

〔上ゲ歌〕音高を高く七五調を主として死の縁の所も逢ひに青墓の　跡の標か草の蔭の青野が原は名のみして

過去からの縁、ともに朝長を死に至らせた縁、そなたに逢うべき所として「青（逢ふ）墓」は「跡の標か草の蔭の」、青野が原の青野とは名ばかりで、

古葉のみの春草はさながら秋の浅茅原

今は「古葉のみの春草は」、まるで「秋の浅茅が原」のように淋しい荒れ野。「あき」と「おぎ」の語呂合わせから「荻の焼原の跡」焼きの跡と言えば、郊外葬の「北邙の夕煙」、朝長を葬る火葬の煙が一片の雲となって消えてしまい、その空は色も形もない、あわれな光景であると謡う。

〔補説〕地謡について、戦物語を読んで来たわたくし、戦物語の語りを考えて来たわたくしの目から見れば、これまでシテとワキの語りとして進行して来た語りが〔上ゲ歌〕で、第三者視点の語り手に転じ、シテの思いを謡うのが地謡であろう。この地謡の機能については世阿弥当時から現行の能にまで変遷があったらしいが、地謡がシテの語り・謡いを主に、時にワキの語り・謡いをも支えるものとして、〔同音〕（斉唱）、藤田隆則が言うコーラス的な役を演じるのである。

源氏の墓参　朝長の墓所に卒塔婆はない、それが中世の墓所の常であった。平治の乱に雪中敗走する朝長が、「都大崩（京から近江へ出る地）にて」「膝の口を射」られて苦しみ、覚悟の上「おん自害」あったことをシテである宿場の長が語る。ちなみにワキが「さる事ありて御暇賜はり」とは、平治の戦に敗れ、主を替えて仕えるのを避け、その

乱に自害を遂げた主を弔う墓参であった。平家が栄花をきわめる世の中での、ワキの源氏に寄せる忠誠には、後日、源氏の世を迎える頼朝の影が透けて見える。頼朝を祖と仰ぐ源氏将軍、足利から源氏の血を引く徳川（得川）にかけて能が流行する時代であった。保元の乱以後、武家貴族としての源平交代を文化史に見る論がある。特に源氏が文化の前面に登場するのだった。

5　ワキの要請に応えてシテ長者が義朝ら一行、特に朝長の最期を語る。

〔読み〕ワキ僧の願いに、シテ宿の長者が応えて語り始める。コトバでしっとりと いたわしい事です。「暮れし年の八日」、とは平治元年（一一五九）十二月八日、その夜、「門を荒けなく敲く音す」。どなたかと問うと義朝の乳母子で側近の鎌田正清と名のられたので門を開こうとすると、武装した四、五人が入って来られた。それは義朝一行で、金王丸とやらが、この青墓の宿に一夜、かくまってほしい、夜が明け次第、川舟で野間の内海へ落ちられると言う。義朝の次男朝長さまが都大崩で膝頭を負傷していた。何かと苦しまれたが、その夜、人も静まって朝長さまの南無阿弥陀仏と唱えるお声を二声耳にしたが、鎌田殿が参り、何と朝長さまが自害なされたと報せる。義朝さまが驚き御覧になると朝長さまはすでに肌衣を血に染められ、目もあてられぬ御様子。その朝長さまを父義朝さまが抱き、どうして自刃するのかと問われる。朝長さまは息の下に、

〔カカル〕語りかけるようにさん候都大崩にて膝の口を射させ

大崩の戦に膝口を重傷する身で難儀して馬に乗せられここまでやって来ましたが、今は一足も動けません、このまま落ちて道中敵の手にかかっては犬死になります。父上の行方も見届けないで先立つふがいない者と思われましょうが、と言って見捨てられては雑兵の手にかかるのが口惜しい。「これにて御暇たまはらん」と〔下ゲ歌〕中音の高さで〔地謡〕が最期のお言葉で息を引きとられた。義朝さま、それに鎌田が朝長さまにとりつき嘆く御様子は「見る目も哀れさを

何時か忘れん」と謡うのだった。

〔補説〕前シテ宿場の長者が、後シテとなる朝長の体験した経過を直接見ていた、その記憶を語る巫女としての機能を果たす前シテ、宿の長者である。修羅能には珍しい演出と言われる。義朝は、能の舞台には登場しない、**陰の存在**である。能にはよく見られる演出である。

6　前シテ一行がワキ僧を宿へ導く。

〔読み〕宿の長者シテの思いを〔地謡〕が〔上ゲ歌〕高い音高の歌　抑えてしっとりと謡う。

悲しきかなや、形を求むれば、苔底が朽骨、見ゆるもの今は更になし

求めても、苔の底に朽ち果てる（朝長の）骨は見えず、今は見えるものがない。草の小道の骨となって声も聞こえないのだが、

〔地謡〕が三世十方の仏陀の聖衆も憐れむ心あるならば、亡魂幽霊もさこそ嬉しと思ふべき

とシテ長者の思いを謡う。過去・現在・未来の三世にわたり、四方・上下の十方に、人々を哀れむ仏陀や同行の聖衆も、朝長の亡魂・幽霊も喜ぶことだろう。

〔下ゲ歌〕音高を中音に下げ、しずかにかくて夕陽影うつる、かくて夕陽影うつる雲たえだえに行く空の

赤く染まる夕日が西の空に傾き、雲もきれぎれになる青野が原の露を踏み分けつつ、シテとその従者が、ワキ僧とともに立つ

シテの一行はワキ旅僧を青墓の宿へ導き帰って行く。

7　シテ長者がワキ僧に朝長の菩提を弔うよう依頼する。

〔読み〕シテが〔問答〕コトバでワキと掛け合い

御僧に申し候、見苦しく候へども暫くこれに御逗留候ひて朝長の御跡御心静かに弔ひ参らせ候へ

と敬譲表現を使って、ともに朝長の死を弔うようワキに願う。宿場の長者の、義朝父子への思いを語る。

8 観世謡本が欠くのを光悦本により補う。シテとアイの応答。

〔読み〕シテが土地の状況を理解するアイに僧をもてなすよう依頼、アイが〔問答〕コトバでしっかり了承する。前場を閉じ〔中入り〕となる。

9 後場へのつなぎを語るカタリアイである。

〔読み〕長者の従者アイ（狂言）がコトバでワキと応答「この家の長（おさ）に仕へ申す者」と名のり出、シテの指示によりワキ僧の様子を見ようと言い、ワキとアイの応答。

長の指示によります、御用があれば仰せくださいとワキ僧に促す。ワキが義朝・朝長父子の最期を語れと乞い、アイのカタリアイに入る。

勝手を知ったアイが、ワキ・シテを前に語る。朝長さまが京の竜華越えで受けた膝の傷が雪中悪化し、この青墓の宿で「夜更け人静まつて念仏申しおん自害なさるるが、頭の殿（義朝）御覧じておん首打つておん骸とさし合ひ、おん小袖を被けて」、その看取りを依頼し、実は死去していたのを長者が葬ることになったのですと語る。「小袖」は旅立つ夫や思い人の無事を祈って女人が贈る肌着であった。父としての思いがあった。語り系『平治物語』に「くびをかき、むくろにさしつき」とは、古本には見られない、笑いさえこめたきわどい語りであるのか。

義朝の長男、悪源太義平は源氏の再興を期して北国へ派遣され、三男頼朝は道中、一行に遅れ、「朝長はかくなり給ふ」。義朝一行は、「極月（十二月）二十九日に」尾張の野間内海に相伝の家来、長田庄司忠宗を訪ねる。長田は一行をもてなすが、「忽ち心変り仕り」湯殿で義朝をだまし討ち、聟の鎌田を長田の長男景宗が討ったと申します。いたわしいことながらわたくしどもは、このように朝長さまの跡をお弔いするのですと宿の長者が語る。

〔**補説**〕本説の『平治物語』は、語り本の物語である。朝長は願って父に討たれ、それを長者が弔うことになる。本説にさかのぼれば、『平治物語』では、敗走する義朝の一行を落ち武者と見て横河法師が攻め立て、義朝の伯父、陸奥六郎義高が首に矢を受ける。義朝が伯父の首を敵の手にわたすまいと、みずからが手にかけ、その首を琵琶湖の底深く沈める。後日、治承四年（一一八〇）後白河の第三皇子以仁王をかたらって平家討伐の兵を挙げた源頼政が同じ経過をたどって、その首を宇治川の底に沈められることになる。あるいは覚悟の死をとげた武者の顔の皮をけずりとって、だれの首とわからぬよう処理するのであった。討ち手としては戦功のあかしとして首級を確保しようとした、それを防ぐ敗者の処理だった。物語としては、これが当時の武士の戦であったのか。能はそれを語らない。

そして義平は北国へ遣わされ「佐殿（頼朝）は道にて遅れ朝長はかくなり給ふ」。遅れる頼朝に別れ、朝長の死を見届けた義朝の悲嘆。結果として頼朝にとっては、この遅れが幸いすることになるのだった。

朝長の死　本説の『平治物語』では、朝長は父との再会を期していったん信濃へ向かうが、傷の苦痛にたえかね、引き返したのを、父が「敵のかたへとらはれ、うき名をながさんずらん」、それよりは「義朝が手にかけて失」おうと言う。朝長が喜び父の手にかかるのであるが、その朝長を、

朝長生年十六歳、雲の上のまじはりにて、器量・ことがら（体格、人品）いう（優）にやさしくおはしければさすがの父も「刀のたてどもおぼえずして」と語るところに武勇の士ながら優美さをただよわせる。義朝を主軸に語る本説『平治物語』を、能は朝長を軸に立てて語り変える。清和源氏が歴史の表舞台に立つ経過を父子の物語として演じるのである。戦物語の型の構造を引く。

負傷する朝長を父義朝が手にかける間際に、保元の乱後、清盛の「和讒」（かけひき）に遭って父為義や弟らを斬らざるをえなくなったことを回想し、『保元物語』で弟の乙若が、

平家は終に敵なるべし。我らをたすけをき給はば、一ぱうの固めならんずるものを、今に思ひしり給ふべし

と言ったことを思い出し、そのとおりになったのだった。『保元物語』を受ける連作的な『平治物語』である。義朝にすれば、父や弟を手にかけた、その報いが、今この子息の朝長までも手にかけることになったことを思い知る。能ではまず朝長が自刃し、苦しむところを父が看取ることになる。伊海孝充は、父の手にかかるのが自然だが、能では後シテとなる朝長が自害、修羅道へ落ちることになるのだと言う。

実は、この朝長の死の場を室町時代の物語『剣巻』が語っている。その話を『平家物語』屋代本は別巻とし、

イカガ思ケン、ソコニテ朝長ヲバ密カニ頸ヲ昇（掻き）切テ是ハ足ヲ病メバ留置トテ衣引被テ遊君ニ云置テ

と、『平治物語』に近い形で語る。八坂系『平家物語』の百二十句本が巻十一におさめ「朝長は痛手なれば自害しつ」と語るのは、能に近い。能では、この自害を義朝の介錯ととりあわせていると言えるだろう。朝長哀話の原点となる美濃、円興寺の絵に、やはり義朝が朝長の首を摑んで刎ねている。ただ、その戦を宿の長者が前シテとなってこの朝長最期の経過を語るのが注目される。

義朝一行は「極月（十二月）二十九日に」野間内海に着くが、相伝の郎等長田庄司忠宗の「心変り」により義朝と聟の鎌田が討たれたことを語り、朝長について、この青墓宿の長者が女ながら、亡き朝長を七日七日墓所に弔うと語る。この「女人」語りに感動したワキが、ここで実は朝長の乳人だと名のる。大蔵流狂言の貞享松井本が、これに近いカタリアイを伝える。観世文庫蔵、江戸中期、「十五世観世元章が明和の改正の一環として新たに制定したワキやアイのセリフとアイの語りを集成して刊行」した『副言巻』は、青墓の宿を夜訪れた義朝一行を迎えるのを人々が尻込みするところに語り、

長ハ泣々奥の間へしやうじ奉り、色々もてなしまいらせ夜深て皆御休ありたるが俄に女ども泣騒候間こハ何

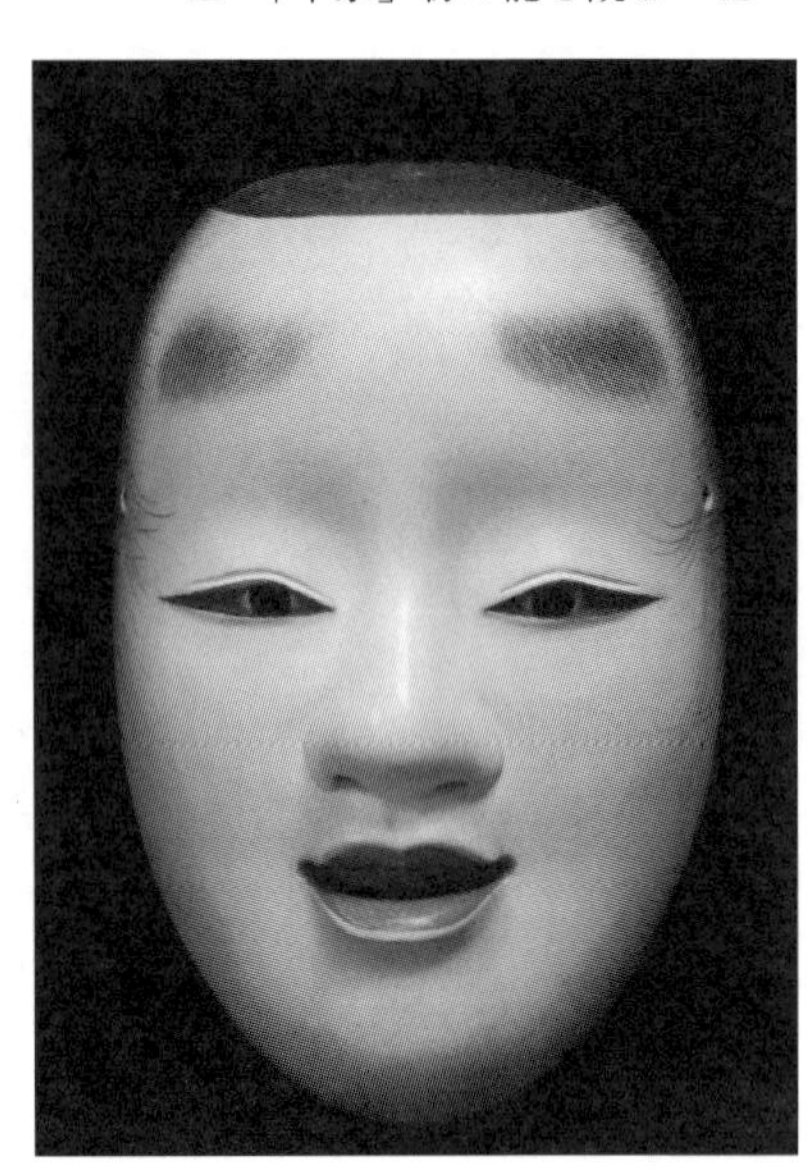
今若（保田紹雲作、田﨑未知撮）

事ぞと尋候へば朝長の殿御生害ありと承り我等まで仕て候

と、朝長が自刃したとし、以下「さて夜あけぬれば義朝の殿はうつみへわたらせ給ふ、朝長の御骸をば」長者が葬い、「七日〳〵に参弔奉られ候」と語る。観衆のために語るカタリアイには、その裁量により語り変えが行われたのだった。昔あった戦、古典をドラマ化する修羅能ながら現在物としての語りを見せるのが狂言の語りである。観衆に語りかけ、能に引き込む間狂言の役割である。〈中入り〉がおわる。

10　ワキ僧が、亡き朝長のために観音懺法を読み、後シテ朝長の霊を弔う。

〔読み〕　仏事の中でも、特に朝長も尊んだ観音懺法を人々が〔待謡〕上げ歌の一種〔カカル〕相手に語りかけるようにつよく読む声が室内に満ちて辺りに澄み渡り、さながら山風が吹くように聞こえて来る中に、春の夜も更けて月の光も和らいで来る。眠りを覚ます懺法専用の鐃鈸や鼓の音の中に時が移って、おりから「後夜の鐘」の音が澄み渡る頃、われわれの読経の声に感動した亡者（後シテ朝長の霊）が成仏を遂げようと浮かび出る様子である。面は中将または今若である。流派の別を越え、演出者の判断により選ばれたのだろう。

〔補説〕　二十五世観世左近、十三回忌追善能にこの曲を上演し、小書に指定することがあるように、後半への、この後シテ朝長の幽霊が「とりわき亡者の尊み給ひし観音懺法」の声に導かれて喜び現れることになったと言う。

43　1　〈朝長〉　あらありがたの懺法やな

貴公子ながら、シテ朝長の幽霊はやや翳りのある中将もしくは今若の面を着ける。

11 後シテ朝長の霊が出端（では）の囃子で登場し、観音懺法をありがたく思う。

〔読み〕

後シテが〔サシ〕すらすらと淀みなくああ、ありがたい懺法やな、昔在霊山名法華今在西方名阿弥陀　娑婆示現観世音

中国天台宗の第二祖慧思禅師の偈に、釈尊が霊鷲山で『法華経』の説法をなさった。今も西方で阿弥陀と名のり現世には観世音として現れ、その妙なるお声で、過去・現在・未来の三世に同一の観世音として導かれる。本当にありがたい、頼もしい限りです。今、そのお声を三度にわたって聴き、楊の枝に清浄な水が滴るように観音がわれわれを導いてくださるよう願う。〔地謡〕がシテの思いを

〔ノル〕リズム感を際だたせ心耳を澄ませる玉文の瑞諷感応肝に銘ずる

心の耳にしみ渡るそのお声を感じ、感銘ひとしおである。ああ尊い廻向であることよと、後シテ朝長の霊の思いを謡う。

観音懺法　霊の登場に使われることの多い、調子の良い〔出端〕の囃子、太鼓・大鼓、そして笛が奏し後シテが登場する。その太鼓の奏法に気配りし、シテ朝長の思いを強調した。前半をワキ僧らの「観音懺法」に引かれて〔懺法〕を奏する上演が重視された。室町時代初期に流行したと言う。十五世紀前半、禅宗で観音を本尊とし、六根の罪障を懺悔する法要で、後崇光院貞成親王や室町第四代将軍義持が国家的法要とした。特に後崇光院が催した源氏の立場から平家を供養する法要に「平家」琵琶を検校に語らせたことが注目される。『平家物語』を語る当時の文化基盤があった。

12　後シテ朝長の亡心が現れ、世は無常、説法を続けてくださいと乞う。

〔読み〕ワキの目に後シテ朝長の霊が見え始め、

〔カカル〕語りかけるようにさっぱりと不思議やな観音懺法声澄みて灯火の影幽なるに

ああ不思議だ、観音懺法の声が澄み渡り、かすかな灯火により朝長の姿が影のように見えるのを、ワキは夢か幻かと迷う。シテが「もとよりも夢幻の仮の世」、その疑いを止めて説法をお続けくださいと乞う。ワキはこのようにお目にかかれるのも、ひとえに御法のおかげと、今念い、念珠を繰る。その御法の声の力によって姿を見せるのは、まことの朝長さまか、

〔地謡〕がワキの思いを受けて〔上ゲ歌〕声の音高を上げあれはとも言はば形や消えなまし

幻なのかと声をかけると、相手は見えつ隠れつ次第に見えなくなる。灯火に背を向けてお姿を見えなくさせないでください。深夜の月の光が添えて姿を見せるおりから、この一時を惜しんでください。シテがいやまことに時は人を待たず過ぎゆく世のならい、すべてを捨て御法、観音懺法をお説きくださいと願い謡う。

〔補説〕この能の重要なモチーフになる「観音懺法」は、足利義満の創建になる臨済宗相国寺派本山、相国寺の梵唄の基礎になった。こうした文化の基盤がある能である。シテ朝長の亡心が、この世への思いを重ねながら妙法の声を聴く。四番目現代物の能〈隅田川〉において、人商人に子息を拐かされ狂女となった母が、隅田川にわが子の亡霊を見かける場面と共通の演出を朝長の亡霊登場に使い、謡う芸能である。この後も見るように能は演出の型やモチーフを曲の間で転用する。

13　シテの思いを地謡が代行し動乱の世となるのを嘆き、戦の経過を語る。

〔読み〕〔クリ〕最高音のクリに上げそれ朝に紅顔あつて世路に誇るといへども、夕べには白骨となつて郊原に朽ちぬ

朝、少年として紅顔を誇っても、夕べには白骨となって郊外の野に朽ちると謡う。

昔は源平が左右に並び朝廷を護り、国家を鎮め王権が正しく行われて来たのだが、「才機の政事直(すなお)なりしに保元平治の世の乱れ」、保元・平治の乱により、思いがけず争乱の世になったと謡う。『保元物語』から『平治物語』、さらに『平家物語』へと三つの戦物語が相互乗り入れする語りを謡う。地謡が本説『平治物語』の語りを一曲の中心部で、中音・下音・上音と音高を変える〔クセ〕で謡う。修羅能の定型である。

〔クセ〕曲の山場、物語るように　そうする中に嫡子悪源太義平は石山寺(いしやまでら)に籠もっていたのを多勢に攻められ、無勢敵(かな)はねば力なく生捕られ、ついに誅たれてしまった。義朝の三男頼朝も平忠宗(ただむね)の手に渡され京都へ連行される。また義朝は乳母子(めのとご)鎌田正清(まさきよ)の舅長田(おさだ)を野間内海に頼りながら、どうして頼りにする木の下の雨宿りに雨が洩れかかるように討たれたのか。なぜ長田は頼りがいもなく主人を討ったのか。一方で、この宿の主は女人なのに頼まれて一行に一夜の宿を貸し情をかわすにとどまらず、なぜこのように朝長の弔いまで買って出たのか。

後シテ朝長の霊は、その宿の長と、いかなる世の縁があるのか。「一切の男子をば、生々(しょうじょう)の父と頼み、万(よろず)の女人を生々の母と思へとは今の身の上に知られたり」。さながら親子のように弔うのは、宿の長者として「実(まこと)に深き志(こころざし)(を)請(う)け、喜び申すなり、朝長が後生をも御心安く思し召せ」とは地謡が長者の志を喜び感謝し、亡き朝長の霊に成仏を願って鎮めるのである。

源氏将軍頼朝　上に掲げた冒頭の句は『和漢朗詠集』仏の徳を称える偈「無常」に発し、現代でも浄土真宗では通夜の場で、導師としての僧が蓮如(れんにょ)『御遺文(ごいぶん)』の一つとして遺族に諭すように謡うのをわたくしは度々体験した。

当時の戦闘の兵糧などは現地調達で行われ、農民が野武士として徴兵された。そのため戦となれば現地の農民たち「人民(にんみん)」は逃散する外なかったと言う。

なお室町時代には、承久の乱を描く『承久記』を加え、「四部合戦状」を称することになるのだが、それは北条政権が源頼朝を神格化し、南北朝の動乱を体験する中で、足利尊氏・直義兄弟が京都五山の禅僧、夢窓疎石が聖徳太子を経て源頼朝を仰ぎ、動乱の戦没者の霊を弔い、国家安泰を祈願することになったのだった。

青墓という土地　青墓を通る街道は、壬申の乱に大海人皇子（天武天皇）が敗れて通った道でもあった。この地を舞台にして、朝長や義朝の体験した苦悩が、後日、頼朝によって霽らされることになる。中世にはそうした人々の思いが重層する土地であった。保元の乱の勝者、後白河が、その宿場の女を通して芸能の世界にのめり込む、王権を支える芸能の地ともなる、そうした源平にも縁の深い宿場であった。その宿の長の参加により朝長が能の主題になったのだった。そしてこれまで説話としての成立基盤や伝承団体が指摘されたのであった。

14　シテ朝長の亡心が怒りにかられて戦いながら、負傷して修羅道に苦しむ。

〔読み〕シテが〔地謡〕と〔ロンギ〕リズムを合わせ交互にげに頼むべき一乗の功力ながらになどさればまことにおっしゃるとおり、衆生を一様に救う一乗妙典『法華経』の功力を頼りとしながら、いまだに怒りのゆえに甲冑を身に帯びておられる、いたわしいことだと、ワキのシテへの思いを地謡が謡う。シテがしっかりと甲冑を身に着けた元の姿のまま、魂は浄土を志しながら、魄は現世の修羅道に残りとどまって、しばし苦しむのである。地謡が受けてそもそも修羅道の苦難とはどういう敵に遭ってこの世で戦うのか。源平両氏の間の争いに、白雲の中、紅葉が散るように源氏の白旗と平家の赤旗が入り交じって戦い、運が尽きて悲しいことに大崩の地に朝長は膝口を深く射られ、馬も太腹を射られて跳ね上がり、鐙を踏んで降り立とうとするが負傷した。重い傷を負って一足も退くことかなわず、乗り替えの馬に舁き乗せられて、つらい思いで近江路を耐え凌ぎ、この青墓まで下って来たが、雑兵の手にかかって討たれるよりはと、決意して腹一文字に掻き切って、そのまま修羅道に落ち、この青野が原の土となったのだった。「亡き跡を弔ひて賜（た）び給へ」後世を弔ってほしいとワキ僧に乞いつつ謡いきって能を閉じる。

〔補説〕 亡心ながら朝長は瞋恚（しんに）（仏道の障りとなる烈しい怒り）にかられて戦い、修羅道へ落ち込んでゆく。シテの思いを力強いリズムに乗せてシテと地謡が交互に謡う〔ロンギ〕から、言葉を詰めて謡う躍動的な〔中ノリ地〕で謡い進む。清和源氏が歴史の表舞台に登場する経過の義朝・朝長父子苦難の物語を語り、その死後の霊を弔う「女人（にょにん）」が登場する、その女人語りを軸にする能であるとわたくしは読む。芭蕉に「義朝の心に似たり秋の風」の一句がある訳である。

この〈朝長〉の能に足利将軍義持の思い入れが強かった。修羅能にはシテに源氏の霊を立てるのが困難な能であったが、源氏一門の再起のために犠牲になった朝長の霊を鎮め、弔うために演じられたのであろう。頼朝を神格化する源氏賛歌の色の濃い演出である。二番目物修羅能でありながら、戦の悦びのようなものに昂ぶると山中玲子は言う。

参考文献

野上豊一郎『能　研究と発見』岩波書店　一九三〇年

白井永二・土岐昌訓『神社辞典』東京堂出版　一九七九年

伊藤正義『新潮日本古典集成　謡曲集　中』新潮社　一九八六年

山下『語りとしての平家物語』岩波書店　一九九四年

兵藤裕己『平家物語』（新書）筑摩書房　一九九八年

兵藤裕己『平家物語の歴史と芸能』吉川弘文館　二〇〇〇年

藤田隆則『能の多人数合唱』ひつじ書房　二〇〇〇年

ピエール・F・スウイリ『社会の転換』（ケース・ロス英訳）コロンビア大学出版　二〇〇一年（英文・未訳）

山下『いくさ物語と源氏将軍』 三弥井書店 二〇〇三年
西山美香『武家政権と禅宗』 笠間書院 二〇〇四年
今村仁司『抗争する人間』 講談社 二〇〇五年
山下『中世の文学 平治物語』三弥井書店 二〇一〇年
五味文彦『後白河院 王の歌』山川出版社 二〇一一年
伊海孝充『切合能の研究』 檜書店 二〇一一年
坂本義和『人間と国家』上下（新書）岩波書店 二〇一一年
阿部幹男『東日本貞任伝説の生成史』三弥井書店 二〇一二年
山下『平家物語入門』 笠間書院 二〇一二年
野中哲照『後三年記の成立』 汲古書院 二〇一四年
松岡心平『中世芸能講義』（学術文庫） 講談社 二〇一五年
時枝誠記「平家物語はいかに読むべきかに対する一試論」『国語と国文学』一九五八年七月
二十五世観世元正・観世元信・広瀬信太郎「「朝長」懺法について」『観世』一九七一年二月
里井陸郎「作品研究『朝長』」『観世』一九七一年三月
大津櫪堂・久山忍堂・長尾守峯・山木康稔・荒木元悦・小寺金七「座談会「「朝長」懺法」をめぐって」『観世』一九七一年三月
表章「間狂言の変遷―居語りの成立を中心に―」『鑑賞 日本古典文学 謡曲・狂言』角川書店 一九七七年
松岡心平「足利義持と観音懺法そして「朝長」」『東京大学教養学部人文科学紀要』94 一九九一年三月
観世清和・観世元伯・山中玲子「座談会〈朝長〉懺法について」『観世』二〇〇二年八月
橋場夕佳「観世文庫の文書 観世元章著『副言巻』」『観世』二〇一〇年二月
スタンカ・ショルツ・チオンカ「修羅能と平家物語」『日本の叙事詩 平家物語における叙事的物語と演劇性』リヴヌーブ

二〇一一年（仏文・未訳）
天野文雄「「風流能」の詞章とその構造」『能を読む④』角川学芸出版 二〇一三年八月
山下「延慶本『平家物語』が語る後白河法皇」『文学』二〇一四年一・二月
中沢新一「菩薩としての遊女」『観世』二〇一四年十一月

2　〈俊寛〉船影も人影も消えて見えずなりにけり

背景　後白河法皇とその側近　能の多くが先行する物語を本説とする。その意味で能の成立の大きな契機になったのが、平安の王朝に風穴をあけた武士の登場を語る戦物語であった。早く東北征討を語る戦物語、『陸奥話記』『後三年記』に登場した軍事貴族の中の源・平両氏の対立が保元の乱に前面に出る。その乱を語る金刀比羅本『保元物語』に、

源平両家左右の翅にて、共に朝家の御まぼり（中巻　白河殿へ義朝夜討ちに寄せらるる事）

と語るが、『平家物語』が同じく、

昔より今に至るまで、源平両氏、朝家に召しつかはれて、王化に従はず、おのづから朝権をかろむずる者には、互ひにいましめをくはへしかば、代の乱れもなかりしに、保元に為義きられ、平治に義朝誅せられて後は、末々の源氏ども或は流され、或はうしなはれ、今は平家の一類のみ繁昌して、かしらをさし出す者なし（巻一「二代后」）

と語るのだった。王朝内部、院と天皇が孕む対立抗争に召されて都に登場した源平武士の参加が、かえって王家を始め王朝貴族の間に分断をもたらし、平安朝の体勢を切りくずすことになった。ちなみに以下、『保元物語』を引用するのに、古本ではなく、人口に膾炙し、語りの熟した語り本を引くのも、流伝の中に物語を読みとるためである。

戦物語によれば、鳥羽院の代に確立する院政の開始を支えたのが武士である。この鳥羽院から、その皇子、崇徳の登場が保元の乱に参加した武士の行動を加速させた。幼帝が続く当時、異例の中継ぎとして後白河天皇が二十九歳にして即位し、巧みに王朝社会の維持に努めた。その諡が示すように白河の院政を継承して、武家をも抑えにかかる

治天の君となったのが後白河院であった。それを語るのが『保元物語』から『平治物語』を受ける『平家物語』で、これらの戦物語を能は「本説」（出典）としたのだった。

これら三つの戦物語の中核になったのが平清盛であるが、藤原氏に替わって王家を補佐する、この平家政権に揺さぶりをかけたのが、後白河とその側近、藤原氏の中流貴族であった。後白河が、権勢欲に駆られる人々を戦へと追い込むことになる。

藤原氏ながら摂関家に比べて格の下がる、名家格の中御門系、成親が盛んなる平家に対し謀叛を図る。その父家成が鳥羽院の近臣であった。家成の背後にあって唆すのが、本説『平家物語』によれば後白河である。みずからの皇子でありながら二条天皇とは不仲であった。二条は、その母が摂関家に次ぐ清華格の藤原経実の娘、懿子で、その母の死後、美福門院得子に養育されていた。その二条帝が二十三歳の若さで夭折した後、（前掲29頁の系図を参照）後白河は、これもみずからの皇子で、清盛の室、時子の妹、滋子（建春門院）腹の第七皇子憲仁を即位（高倉天皇）させながら、治天の君としての執政権を確保するために出家して法皇になり、しかも平家の繁栄に不満を抱く側近を唆して清盛を牽制するのであった。出家の身としてはあるまじき執政であった。

保元から平治の乱へ、そして源平合戦へと三つの動乱を語る戦物語を通して生き抜くのが、この後白河であった。『保元物語』から『平治物語』へ、そして『平家物語』にまで登場して生き抜き、その崩御を以て戦物語（『平家物語』巻十二）を閉じることになる。

その後白河の側近、俊寛が奢れる平家に背く上述の中流藤原氏の成親らとともに謀叛を企て失敗して挫折、しかも物語によれば、死後、怨霊になって平家に祟りをなすことになるのであった。その俊寛をシテとする能が〈俊寛〉である。

俊寛という男　成親らの動きに参加した俊寛は、村上源氏、木寺法印寛雅の子息で、母は未詳。子息に天台、延暦寺の僧俊玄があり、中宮権亮、村上源氏国雅の室（北の方）になった娘がある。本説の『平家物語』巻一「俊寛沙汰　鵜川軍」には、その祖父雅俊を、

余に腹あしき人にて、三条坊門京極の宿所の前をば、人をもやすく通さず、常は中門にたたずみ、歯をくひしばりいかッてぞおはしける。それゆえに「此俊寛も僧（法勝寺の執行）なれども、心もたけく奢れる人にて、よしなき謀叛にもくみしけるにこそ

と語る。物語が語る、その孫の俊寛がたけき人である。何時の時代にも、こうした「たけき人」が世をかき乱す。清盛は、かれのことを、

随分入道（清盛）が口入（口添え）をもッて人となッたる物ぞかし、それに所しもこそ多けれ、わが（俊寛みずからの）山庄、鹿の谷に城郭をかまへて、事にふれて奇怪のふるまひ共が（巻三「赦文」）

あったと、事件発覚後、特にこの俊寛を強く責めることになる。俊寛は、法勝寺内の諸務や法会を管掌する執行を務めた。法勝寺は、天皇親政を志し軍事力を借りようとした白河天皇が洛外、白河の地に建てた六つの勅願寺、六勝寺の嚆矢（はじまり）である。栄花を誇る平家に、物語で一番早く反抗したのが、白河の意図を再活性化しようと後白河の側近として動いた藤原成親であり、俊寛がその山庄での謀議に場を提供したと語る。しかも法皇が同席する酒の座で、

新大納言（成親）けしきかはりて、ざッと立たれけるが、御前に候ける瓶子を狩衣の袖にかけて、引倒されたりけるを、法皇、あれはいかにと仰ければ、大納言立帰て、平氏（瓶子）倒れ候ぬとぞ申されける。法皇ゑつぼにいらせおはしまして、者ども参ッて猿楽つかまつれと仰せければ、平判官康頼参りて、あらあまりに瓶子（平氏）

のおほう候に、もて酔て候と申す。俊寛僧都さてそれをばいかが仕らむぞと申されければ、西光法師、頸をとるにしかじとて、瓶子のくびをとッてぞ入りにける（巻一「鹿谷」）

と、まさに音声「へいし」にたよる掛詞を使っての猿楽（こっけいな物まね芸）に一役を演じたことになっている、物語の語りである。音声言語が、掛詞として力を発揮し、かれらの陰謀を加速するのである。それは単なることば遊びではない、音声のはたらきである。

後日、成親らの謀叛が発覚、成親は流罪先で処刑され、その子息成経が、この鹿谷謀議に参加した康頼とともに薩摩の果て、鬼界が島へ流される。成経と康頼は信仰する熊野権現の利生により赦免されるが、二人が誘う熊野参詣に同行を拒んだ俊寛一人が島に残されることになる。清盛独断の断罪であったとも言われる。それを素材にするのが、四番目、人情物、作者未詳の〈俊寛〉で、観世十郎元雅の作とする説が有力である。

1　赦文使の登場

清盛が高倉天皇に入内させた娘、徳子の皇子安産を祈って発した大赦の赦文を持つ使者が登場する。面を着けない直面である。

〔**読み**〕ワキ使者が名ノリ笛にのって中央に行き〔名ノリ〕名のり座に出てコトバで「相国（平清盛）に仕へ申す者」と名のり、「中宮御産の御祈の為に、非常の大赦」が行われ、成経（鹿谷謀叛の首謀者成親の子息）、平判官康頼「二人赦免」の赦文を「鬼界が島」へ持参すると言う。俊寛を除く二人の赦免であり、俊寛は外されている。

〔**補説**〕怨霊となるはずの俊寛その人の思いに絞って語り演じるために、二人赦免の赦免状を持参する使者の島渡りである。

2　二人のツレが登場

いずれも直面の成経・康頼が登場、日頃、熊野権現に帰洛がかなうように祈ると語り、舞台の中央に立って向き合う。

〔読み〕ツレ成経と康頼が日頃崇める熊野権現に帰洛が叶うようにと祈る。〔次第〕七五調二句リズムを合わせ弱く「神を（斎ふ）硫黄が島なれば」とは、これも音声を駆しての掛詞ながら、神を斎う（祈る）と、悪臭を放つ硫黄とは逆、対照をなす。本説の物語にあるように、日頃、熊野を信仰していた成経・康頼の両人が、この硫黄の島にも熊野権現を勧請して帰洛を祈願していたのだった。二人の「願ひも三つ（満つ）の山ならん」とは、祈願が「満つ」叶えられると、熊野三山（本宮・新宮・那智）とを懸ける。この掛詞が、やはり連歌にも通じる能の聴き所の一つである。そして〔サシ〕すらすらと淀みなく成経と康頼が名のるとは、音曲が二人の人柄と、この物語での役割を示唆する。都での日頃の祈願が流刑に遭って半ばにも達せず、願立てが空しくなってしまった。思い余ったあげく、この流刑地の島にも熊野詣でさながら九十九王子を見立て、〔下ゲ歌〕中音の高さでリズムを持ちすべての参詣に幣を捧げて〔上ゲ歌〕音高を高く上げ同じ熊野の宮だと思い、柿本人麻呂の詠歌「三熊野の浦の浜木綿」百重ならぬ粗末な「一重なる麻衣」が（潮に）「萎るるを」とは対照的な取り合わせを駆使した神詣での白衣に見立てた御祓いをし、浜の「真砂」を「散米」に見立てる、窮する中での思いを尽くした熊野詣である。赦免使到着の場面で、両人の日頃の権現への利生、祈願成就を謡う構成である。

掛詞　「三山」の掛詞について記しておく。この掛詞という、一見言葉遊びに見えるのだが、実は音声による、ことばの力を発揮する手法であることを〈朝長〉で述べておいた。

能の詞章とは、このような修辞法、音声を手がかりとする掛言葉、縁語をもからめ、言葉のドラマを以て進行し、宗教的な効果をも期待するものであった。文字化してしまえば他愛ないと見える修辞が、音声的には予期以上のはたらきを持つ。和歌に始まり、連歌から物語へと継承される語りが行う手法であり、文字を越えた音声の世界として語り、謡うのである。この逆をゆくのが、例えば第四（し）（死）号室を忌んで欠くホテルの部屋番号などの欠番である。

3　〔一声〕笛・打楽器の囃子でシテ俊寛が登場し、一の松に立ち、絶望の思いを語る。

〔読み〕〔一セイ〕リズムの合わない七五調で後の世の成仏を期待できない俊寛の嘆き、正面へ向き「後の世を待たで鬼界が島守となる身の果の冥きより冥き途に入り」と、黒髪ながら死者を思わせる凄みのある「俊寛」の面を着けて登場し舞台へ入る。南北朝時代の禅僧の法語の偈に、〔サシ〕すらすらと淀みなくさらりと玉兎（兎が住むと言う月）は昼間、仙界に眠り、金鶏（太陽）は、夜、花のない木の枝に休むと詠みますが、わたくしは、この島で月も日もない日々を送ることになります。それは枯れ木にとまって啼き尽くし、頸を回す力もない秋蟬のようだと、シテ俊寛がみずからの思いを七五調〔サシ〕で淀みなく淡々と謡う。この曲節は平家琵琶の〔指声〕に通じる。芸能として能は平家琵琶と無縁でなかった。

〔補説〕早くも俊寛は「鬼界が島守となる身」と自らの果てを語っている。着用する面を堂本正樹は肖像性の強い面だと言う。

死後の世界も期待できない「鬼界（冥途）」の名のある「鬼界が島」の「島守」となる身が暗黒の世に入ると嘆くのは、本説、物語で、中宮（建礼門院）御産の祈りのための非常の大赦にも一人外され、「憂かりし島の島守に成りにけるこそうたてけれ」（巻三「有王」）と本説の物語が語ったところである。物語としては、まだわが

俊寛（保田紹雲作、田﨑未知撮）

身一人が残されることになるのを知っていない俊寛が登場する、物語とは違ったドラマの世界である。能では早々と失意に沈むおももちである。

4　ツレ康頼・成経と、絶望するシテ俊寛。

〔読み〕コトバで応答 俊寛がみずからの運命を嘆き語る。熊野詣でをしていたツレ二人の一人、康頼が立ち戻り、俊寛に気付きシテに向かって「あれなるは俊寛にて渡り候か、これまでは何の為に御出でにても候ぞ」、なぜここにいらっしゃるのかと質す。まだ真相を知らない俊寛が、「早くも御覧に咎めあり」早くもわたくしに気付かれましたね。「道迎へ」〔満願に達し〕帰って来る二人を迎えるために「酒を持ちて参りて候」と応じるのは、なんと悲しい応対であることか。ツレ二人が「この島に」「竹葉」酒のあるわけがない。「や、これは水なり」と言う。酒のあろうはずはない、水をたずさえるとは悲しい。

シテは、仰せのとおりですが、「酒と申す事は、もとこれ薬の水」だから、「醽酒」濁り酒ならぬ漉す酒、透明でないはずはありませんと応じる。ツレ成経と康頼は俊寛の答えを、なるほどもっともだとし、〔カカル〕語りかけるように「頃は長月、時は重陽」、おりから「長月」と応じるのに、シテは静かに「時は重陽」の節句と声を合わせ、「所は山路」、汲むは「谷水」、あの慈童説話に言う、中国の仙人彭祖が七百歳の長寿を全うしたのも、深山の水の真価を体験したからで、「千年を経る心地」がすると言う。伊藤正義は養老の滝をモチーフとする脇能「〈養老〉」の〔ロンギ〕を承けるかも知れない」とし、俊寛の思いの語りを慈童説話に基づくとする。〔地謡〕が〔上ゲ歌〕高音の声で歌う 飲めば効く、菊の露で濡らした白衣も、もう千年も経た気がするのだが、ツレと向き合い「配所はさても何時までぞ」、この「配所」での暮らしはいつまで続くことになるのか。シテ 俊寛はまだみずからの立場を知らない。

春過ぎ夏闌けてまた、秋暮れ冬

が来る、季節の移り変わりも、この島では教えてくれる人がいないとは、本説、巻三「有王」で、後日、島に残される俊寛を訪ねて来る童、有王に向かって、暦もない島に、ひたすら「草木の色」の変化に年月の経過するのを知るのみと語るのだった。今になって、昔の都での暮らしが思い出されると、その思いをすべて現行観世流では地謡が謡う。

高音〔上ゲ歌〕で ああ都にいた頃、俊寛が執行を務めた法勝寺や、藤原道長が建立した法成寺での暮らしは、さながら須弥山上、刀利天に住む帝釈天の、「春の花」の世界であった。それが今は、うって変わって天人が死ぬ時に現れる五種の死相を表すと言う滅びの秋なのか。落ちる木の葉が浮かぶ「盃」、その飲む水は谷水のように流れるわが涙の川で、みなもとは、わが体験にある。盛時の栄花の奢りの報いであるのだが、その「物思」いも、いよいよ終わりの時と思われると謡う。赦免で、しかも二人のみが赦されることになろうとは思いもしなかった。状況を知り尽くしている観衆が俊寛の苦悩を思いやる。だから俊寛の面が着用される（55頁）。能における面の効用を思い知るだろう。

〔補説〕本説には見られない、早々と俊寛の行く手を示唆し、〔地謡〕が謡う能である。みずからが招いた運命ながら、まさか他の二人のみに大赦があろうとは思いもしていないシテ俊寛である。

5　ワキ赦免使が舟を急がせる。アイが作り物の船を持ち出しこれに乗って操る。

〔読み〕ワキ赦免使が島へ向かう。〔一セイ〕リズムは合わないが七五調で早舟には好都合な「追風」と勇み、漕ぐ船足は速い。鬱屈したシテ俊寛の思いとは対照的である。

〔補説〕この間、謡本には欠くが、狂言方のアイ船頭が「鬼界が島」への到着を告げ、ワキに流人の行方を探せと促す。狂言が直接能に参加して役を演じるアシライアイである。成経と康頼にとっては帰洛を促す「早舟」と「追風」であり、俊寛にとっては惨い使者到来の舟であることを観衆は知っている。俊寛の悲劇を知り尽くしながら、その芸を見る観衆である。

6　ワキ使者を迎える島のシテ俊寛と、ツレ康頼・成経が登場する。

〔**読み**〕赦免使が赦文を捧げ、

コトバで いかにこの島に流され人の御座候か

流人の行方を求め、「赦免状」を持参、これを渡したい、膝をつき急いで御覧なさいと促す。その状に手をつけるのが本説では皮肉なことに俊寛であるのだが、能では、シテ俊寛が赦免との声に状をささげ「あらありがたや」と喜び受け取りながら、その赦免状を「康頼御覧候へ」と康頼に手渡す。喜びのあまり、まさか自分一人が赦免からはずされているとは思いもしないからである。

ツレ康頼がこの度の「中宮御産の御祈りの為」、非常の大赦が行われ、「国々の流人」赦免、その中でも「鬼界が島の流人の中」として成経と康頼「二人赦免ある処なり」と読み上げるところで、驚いたシテ俊寛が間をおかず「何とて俊寛をば読み落し給ぞ」と問う。思いがけない展開に驚く。この場面の転換が見所である。

ツレ康頼は文を指し出し、使者が（俊寛の）「御名はあらばこそ」、そなたの名は書かれていない。当惑する康頼が俊寛に、そなたが「赦免状の面を御覧候へ」と促す。シテが文を見て「さては筆者の誤りか」と詰め寄ると、

ワキの使者がいや某都でも康頼・成経二人は御供申せ、俊寛一人をばこの島に残し申せとの御事にて候。

と俊寛を突き放す厳しい口添え。本説にはない使者の言葉で、俊寛を悲嘆のどん底へ突き落とす。本説の物語を超えるドラマとしての能である。

〔**補説**〕赦免状を読み上げる康頼は、物語で熊野を信じ赦免のきっかけを作った第一の人であった。能では一時喜んだ俊寛が、赦される成経・康頼と違って絶望・驚きに落ち込んで行くのを対照的に演じる。

7　シテ俊寛の思い　激昂と慟哭　物語のやまばである。

〔読み〕俊寛の悲嘆と絶望。

シテがよわい声で こは如何に罪も同じ罪、配所も同じ配所、非常も同じ大赦なるにひとり、誓ひの網に洩れてしづ
み果てなん事は如何に

と涙をおさえ、烈しい感情の高まりを〔クドキグリ〕で謡う演出があるとも言う。同じ罪、配所も同じ、それに救うべき大赦も同じであるはずが、一人、阿弥陀如来の「念仏衆生摂取不捨」の誓いにも洩れるわが身はどうしてなのかと嘆く。阿弥陀信仰をも虚仮にしかねない能の世界である。惨い成り行き。苦悩を低い声で口説くように嘆くシテが、これまで二人の誘う熊野詣に加わらなかったことを忘れている。〔クドキ〕「三人一所に在りつる」さえ、「さも恐ろしく凄まじき」荒い磯の島に「唯一人離れて」海士の捨てた草が波に漂う藻屑のように寄るべなく、頼るすべもなく住めるのだろうか。あさましいことだ、嘆くかいもない「渚（なぎさ）の千鳥」のように泣くだけのわが身の状態であると嘆き、慟哭する。甲斐と櫂を掛ける。

このシテの思いを〔地謡〕が受け（杜甫の「春望」を踏まえ）、〔クセ〕一曲の山場で七五調を基本としながら文字足らずもまじえしっとりと「時を感じては」、時機に感じては非情の花も涙を流し、別離の恨みには「鳥も心を動か」す。もとよりこの島は名も「鬼界が島」と聞くから、鬼の住む処で、まさに生きながらにして「冥途なり」。しかし、たとえいかなる鬼であっても「この哀れなどか知らざらん」、知らぬわけはなかろう。『古今集』の序に、歌が「天地を動かし鬼神も感をなす」とあるのを引いて強く訴える。まさにその思いで、今この島で耳にする鳥獣が啼くのも、このわたくしを宥めようとするのかとは、突き放される俊寛の悲痛な思いを訴える。和歌の世界をも破る俊寛の現実である。先に俊寛みずからもが読み上げた赦文を又取り出して読み返すとは救いようのない俊寛、赦されると書かれる名はやはり成経・康頼の二人のみ。「もしも」追而書の「礼紙」にわが名を加筆することもあろうかと「巻き返して見れども、僧

都とも俊寛とも書ける文字は更になし」と追いつめられてゆく、地謡がはかない俊寛に視点を重ねる。物語ならぬ、俊寛の動きをも見せるドラマの世界である。

シテが両手を打ちあわせ状を捨てこれは夢だろうか、夢ならば早くこの悪夢から覚めたいと「現(うつつ)なき俊寛」の有様だと、その経過を次第に盛り上げる漸層法(ぜんそうほう)を使って謡い、逆に俊寛の思いを「哀れなりけれ」と結ぶ。

地謡の語り　本説は三人称視点の語り手ながら俊寛その人に接近、同化して行く語りで、能はそれを地謡が支えて、藤田隆則が言うコーラスのように謡うのであった。嘆きと悲しみ、そしてそれを直接行動に移して身もだえするのを、地謡は本来の語り手にもどって「俊寛が有様を見るこそ哀れなりけれ」と謡う。

ここで一つの区切りを迎え、成経・康頼が使者ワキとともに次の動きへと転じてゆく。

8　アイが舟を整えて乗る。続いて乗船するツレ成経と康頼、これにすがりつこうとするシテ俊寛。

〔読み〕　シテ俊寛の愁訴は使者に拒まれる。使者ワキが成経・康頼に〔カカル〕語りかけるようにつよく「時刻移りて叶ふまじ、成経康頼二人ははや、お船に召され候へとよ」、〔掛ケ合〕よわくワキ使者の指示により成経・康頼がいたし方なく「外(よそ)の嘆きを振り捨て、」とは俊寛の願いを拒み、二人が舟に乗ろうとするのに俊寛がその袂にとりつき舟に乗ろうとする。

本説での俊寛は「綱に取りつき、腰になり脇になり」と深みに入ってゆく。それを能ではワキ使者が「叶ふまじと、さも荒けなく言ひければ」、シテは「うたてやな」公ごとの中にも私情は入れるものだ、このわたくしの思いを思ってみなされとすがりつき、一層、追いつめられてゆく。コトバで「せめては向ひの地までなりとも」は、本説でも「都までこそかなはず共(とも)」「九国(くこく)の地（九州）へつけてたべ」と乞うのだった。

情けを知らぬワキ使者、船頭が右肩を脱ぎ〔カカル〕語りかけるようにつよく俊寛を「櫓櫂(ろかい)を振り上げ打たんとす」とは惨(むご)い。

しかし俊寛もさすが命の惜しさには、やはり立ち返り「出船の纜に取りつき引き留むる」、コトバでワキがそれを「舟人（が）纜を押し切つて船を深みに押し出す」。シテは「せん方（なく）波に揺られながら、舟に向かって合掌し〔カカル〕語り訴える「ただ手を合はせて」「船よなう」、ワキが「船よ」と舟に呼びかけるが、ワキが「乗せざれば」、シテは「力及ばず」、渚に帰って「ひれ伏して」、勅命により朝鮮半島南部の地任那に向かう夫を悲しみ見送る松浦佐用姫のように「声も惜しまず泣き居たり」。この間、本説が語る乳母や母を慕う幼き者のような「足摺をして」の愁訴するのを、能は避けて俊寛は「声を惜しまず泣き居」るばかり。能の世界である。

〔補説〕出船を急ぐワキ船頭と、私情を振り捨て乗船しようとする成経・康頼と、これにすがりつこうとする俊寛の対比を〔掛ケ合〕が謡い続けるのである。

9　シテ俊寛を慰撫しつつ、ワキ・ツレは遠ざかってゆく。

〔読み〕シテと、これに同化する地謡が交互に謡いかわす。

〔地謡〕が〔ロンギ〕地謡とリズムを合わせ痛はしの御事や漕ぎ去る舟の中から康頼・成経が、帰洛して必ず、そなたの赦免を願ってみる、「軈て帰洛はあるべし」、きっと、間もなく、そなたにも帰洛が可能であろう、その赦免を待つようにと声をかける。シテ俊寛が腰をあげ舟を見やり「これは真か、なかなかに頼むぞよ」と頼みにし、地謡が「待てよ待てよと言ふ声も、姿も次第に遠ざかる」「船影も人影も消えて見えずなりにけり」とは、シオリ留めか。さすが能としては本説に見るような足摺の場面は演出しなかった。白州正子は、それを能の節度だと言う。

〔補説〕第六段、ワキ赦免使が登場して以後、第三者としての語り手が視点をシテに接近してゆく。これを物語論では「同化」と呼ぶ。地謡を介してシテに「同化」してゆく謡いである。語り手が赦免使を迎える俊寛に接近し、次第に激してゆく思いと動きを演じる能である。観世流の能楽師片山幽雪が、このシテの思いと動きを細かく語っている。

能の面　本説では、後日、元、俊寛に仕えていた童、有王（ありおう）を島に迎えながら、その願いをも拒んで、自ら食を断ち俊寛が怨霊となって、近くは中宮の出産を苦しめるのに始まり、平家の行方を妨げてゆくと語る。さすがに能は、それを演じない。能面の俊寛の表情が、ひたすら、この苦悩を語っている。ドラマとしての能は、物語と違って、始めから憂いそのものの面を着けている。

絶海の孤島での、俊寛の孤独を演じる。能なりの、物語の再読を行う。上述（55頁）の面に見るように眼窩（がんか）が窪み、耄けた俊寛専用の面を使う訳である。修羅能ならぬ四番目現在能で元雅（もとまさ）の作かと言う。略二番目物とも言われる。

参考文献

中村保雄『能の面』河原書房　一九六九年
白洲正子『旅宿の花　謡曲物語』平凡社　一九八二年
堂本正樹『世阿弥』劇書房　一九八六年
ウォルター・J・オング『声の文化と文字の文化』桜井直文・林正寛・糟谷啓介訳　藤原書店　一九九一年
藤田隆則『能の多人数合唱』ひつじ書房　二〇〇〇年
山下『琵琶法師の『平家物語』と能』塙書房　二〇〇六年
伊藤正義『謡曲入門』（文庫）講談社　二〇一一年
白井永二・土岐昌訓『神社辞典』東京堂出版　一九七九年
片山幽雪『無辺光 片山幽雪聞書』（聞き手／宮辻政夫、大谷節子）岩波書店　二〇一七年

3　〈頼政(よりまさ)〉　よしなき御謀叛を勧め申し

背景　源頼政の決起　戦(いくさ)物語は、歴史を語るのに、人と人が殺しあう戦を時代・社会の転機として語る物語である。中世、桓武平家と並ぶ軍事貴族の座を確立した清和源氏の一門、義朝ら河内(かわち)源氏の一行が、保元の乱に一門の分裂をも辞さず、後白河院側に従って戦った。乱後、混乱する王朝に巧みに介入して座を確立する平清盛らに謀られ、遅れをとって不遇をかこつ。院政を支えた能吏信西に忌避され天下第一の不覚仁(ふかくじん)藤原信頼に誘われて従い、平家と戦って敗れた。その平治の乱を源平の対立として語るのが『平治物語』である。王権に接近し栄花を極める平家に対し洛中、治承四年（一一八〇）、正面切って戦いを挑んだのが清和源氏、中でも（頼朝ら河内源氏ならぬ）京の王朝に仕える京侍、摂津源氏の頼政である。この争いには王権の動きが直接からまる。

栄花をきわめる平清盛に意趣を抱く頼政は、一門、河内源氏との決別をも辞さず平家に対し謀叛を起こし、謀叛を正当化するために王家の内部に目を向ける。『平家物語』によれば、当時、平家の推す高倉天皇から安徳へと繋がる王位継承の陰に追いやられ、「親王」の宣下(せんげ)もなされない高倉宮以仁王(もちひとおう)をかたらう。王は後白河法皇の第三皇子で、即位の有資格者でありながら平家に嫉(そね)まれ、不遇をかこっていたと『平家物語』が語る。頼政は、この以仁王に接近する。堂本正樹が言うように、頼政は私怨から謀叛を起こしながら大義の戦に殉じることを自覚できたのである。

奢る平家を滅ぼし、おりから軟禁状態にあった王の父、後白河法皇の心をも「やすめまゐらせ、君も位に即かせ」たまえと王を唆す。あくまでも物語としての語りであるが。

鎌倉幕府の編年史とも言える『吾妻鏡(あづまかがみ)』は、冒頭、治承(ちしょう)四年（一一八〇）四月九日、この以仁王の謀叛、頼政の挙兵に源氏再興の契機を見て、その政権掌握の記録を始める。この頼政の物語を素材とするのが世阿弥の作になる修羅能〈頼政〉である。

1　名ノリの笛でワキ旅僧が直面で登場し常座に立ち正面を向き

〔読み〕名ノリの座に立ち〔名ノリ〕コトバで「これは諸国一見の僧にて候」と名のる。その諸国一見の旅僧、ワキの南都への道行。京の洛中、寺社参りをおえ、「南都に参らばや」と南都へ向かう道中、「天雲（あまくも）の（居るを掛け）稲荷（いなり）（の）社伏しをがみ」〔上ゲ歌〕高い音高の五七調で稲荷から深草、木幡を経て宇治の里に着く。

〔補説〕春日神社の縁起と仏法のありがたさを語る里女、その女が猿沢の池に身を投げた采女であることを語る三番目鬘物〈采女〉の道行「深草山の末続く、木幡の関を今朝越えて」と重なる奈良への道行である。采女は古代、郡の有力な一族が差し出し王朝に仕えさせた女官である。この道行に見るように、能は曲の間でモチーフを転用する。この後、第四段に語られる宇治の地は、南都への「中宿」の地で、頼政にとっては終焉の地となる。王家が別荘地とした鳥羽に対し、摂関家がこの宇治を別荘地とし、遁世者が隠棲した地でもあった。

本説『平家物語』巻四において、以仁王をかたらって兵を挙げた源頼政が、いったん三井寺を頼りながら天台宗の本山である山門、延暦寺の協力が得られず、仏教学の拠点、南都の寺院の協力を得て、以仁王に同行し南都へ向かったのであった。その頼政がたどった歩みと重なるワキの歩みである。

2　ワキ僧が、正面を向きアイ、所の男「里人」の登場を待つ。

〔読み〕〔カカル〕相手に語りかけるようにコトバで「げにや遠国にて聞き及びにし」、まことに遠国にて聞き及んでいた宇治の里は、山の姿、川の流れ、ツヨクカタル遠くの里の橋の風景、いずれも見所多い名所かなと感嘆するワキが、当地の名所案内を乞うためにアイ里人の登場を待つ。脇座へ行こうとするこのモチーフは能の定型であるのだが。……

〔補説〕未知の地の案内として、アイ、所の人を待つのが定型であるが、登場するのは？　定型に乗りながら、そうはならないのが〈頼政〉（その面を72頁に掲げる）である。それはなぜなのか。

3　期待した所の者ではなく、早々と前シテ老翁が登場する。シテがワキに呼びかける型を踏まえ、名所・旧跡を教えようとするのだが……

〔読み〕前シテ、里の卑賤な老人が、笑尉、もしくは朝倉尉の面を着けて登場し、〔呼掛〕コトバを主につぶやく問答で「なうなう御僧は何事を仰せ候ぞ」と問う。ワキが脇座に立って応え、里人が問答の形で当地の歌枕を語り始めるのだが、普通の定型、名所教えとは変わっている。シテは「所には住み候へども」この地に住みますが、賤しい氏（うじ）の、宇治の里人であるので、一の松に立ち名所とも旧跡とも、さあ知らず、〔カカル〕語りかけるように白（しら）波の立つ宇治川に舟や橋はあるものの、「渡りかねたる世の中に、住むばかりなる名所旧跡、何とか答へ申すべき」、わたりかねる世に住むだけのわたくしに、どうお答えすべきでしょうかと、気乗りのしない案内である。傍点を付しておいたが、音声による掛詞と、川、橋から世を渡ると縁語を引き出す。歩み出たワキは、コトバでそのようにおっしゃるけれども、当時のことわざ藤原氏で子弟の教育を行う勧学院の雀は幼学の書（中国古典入門書）『蒙求』を囀ると言う。この地のお方でいらっしゃるから、知らぬとは御謙遜でしょう、喜選法師の庵はどのあたり

笑尉（出目満志作、銕仙会蔵）

でしょうかと問うのに、シテは常座に立ちようやく大切な事を問われますね。その庵については、

わが庵は都の巽（東南）しか（鹿）ぞすむ　世を宇治（憂し）山と人は言ふなり、人は言ふなりとこそ主（喜選法師）だにも（その人までも）申し候へ、（しかし、わたくし）尉は知らず候

と喜選法師について世の噂です。その主詠者が言う、ましてわたくしにわかるわけはございませんと応える。

「宇治」に「憂し」を掛ける掛詞は明らかに後への伏線をなす。世の人の噂だが、わたくしのような老人にわかるわけがありませんと、喜選法師の歌枕をも知らぬと突き放して取り合おうとはしない。なぜなのか。ワキが、修羅の世界ながら、（『古今集』以下、『源氏物語』宇治十帖（浮舟）をめぐる連歌の世界の型、「源氏寄り合い」を踏まえ）、またあれに一つの村が見えるのは中世の歌枕となった槇の島ですかと問う。シテが、そうです、槇の島とも宇治の川島とも申すのです。こちらに見えるのは名に立ち（著名な）橘（たちばな）の小島が崎、〔カカル〕語りかけるように、正面先を見やりあの向こうに見えるお寺は、きっと恵心が説法されたお寺ですねと問うものだから、シテ老人が東を見やりようやく遮るようにさらりと「なうなう旅人あれ御覧ぜよ」と語り始める。

しずかに〔上ゲ歌〕高い音高の五七調で歌う名にも似ず、月こそ出づれ朝日山

御覧なさい、月が出るおりから、朝日山とは「名にも似ず」とは、「月」と「朝」のとり合わせねじれを示す。地謡がひきとって「宇治」と言えば連歌の句を付ける約束事、付合から山吹が咲き影を映す浅瀬、その浅瀬に月の姿が映り、川を下る柴（を運ぶ）小舟が雪を運ぶかと見まがうようで、「山も川もおぼろ〳〵として是非を分かぬ（なんとも言えぬ）気色かな」、なるほど有名な、都に近い宇治の里、「聞きしに勝る名所かな」と、改めて思い知らされ感動するのは、定型のワキならぬ、シテ自身である。いずれも歌枕を列挙する謡いで、世阿弥が花鳥風月に寄せて修羅能に採り入れたいとした謡いである。

〔補説〕『源氏物語』などを踏まえる名勝ながら、名所教えを買って出るはずのアイ、所の男ならぬ前シテが登場する。連歌の手法を基盤に踏まえ、音を介して通じる掛詞、それに縁語まで駆使する、能のことばのドラマである。

4　前シテ老翁がワキ僧に平等院と扇の芝を教え、実は頼政の幽霊だと名のり消える。

〔読み〕シテがワキを平等院へと案内する。コトバでシテがそれまでと打って変わり、ワキと応答する。すらりと いかに申し候、この所に平等院と申す御寺の候を御覧ぜられて候か シテが進んで買って出る案内にワキがひかれてゆく。シテが平等院を教え、その「釣殿と申して面白き所にて候よく〳〵御覧候へ」とまで促す。この釣殿への案内がシテの狙いだった。どのような願いなのだろうか。境内の北側にある観音堂の前身が釣殿で、ワキがコトバで げに〳〵面白き所にて候、又これなる芝を見れば、扇の如く取り残されて候 と気付き、それはどういういわれがあるのでしょうかと問う。シテがそうです、この芝について物語があるのです。語って聞かせましょうと語り始める。シテは真中へ出てワキは脇座に座る シテが正面を向き〔カタリ〕物語るように 昔、ここ宇治で頼政が高倉宮以仁王のために戦い、敗れて扇を敷いて自害しました。その扇の形を芝に残し「名将の古跡」として「今に扇の芝と申し候」、よくお弔いくださったと感謝する。ワキが〔カカル〕語りかける いたわしいことに頼政は文武に名を馳せた人だが、その遺跡も草露に濡れる道のほとりになってしまって、ただ旅行く人や駅馬が往来する、いたましいことですと言うと、シテがワキに感謝し、その以仁王の戦のあったのが、この月の、この日、まさに命日ですと語る。何とその王の祥月命日だったのですかと驚くワキに、シテ老翁が、実はこう申しますわたくしが来世に向かう旅人で、草の露のようにはかない、この世にもどろうとして姿を見せるのです。生きている者と思わないでくださいとは、これはただ事でない。シテが正面を向くうちに、〔地謡〕が〔上

扇の芝（紺谷路子　撮）

ゲ歌〕高い音高の歌で「夢の浮世の中宿」、六道を輪廻する中間の現世、それに京と奈良の中間の宿でもある宇治に橋守として老いを送るのです。遠方からお越しの方に申しあげます。この老人こそ、その頼政の幽霊ですと明かしながら姿を消してゆく。シテが正体をほのめかして退場するのは定型である。

〔補説〕なるほどアイではなく前シテが登場し、名所教えをためらった訳である。シテは、ひたすら、この平等院を教えることに狙いがあって登場したのであった。釣殿の北側に扇形の芝生が今も現地に名跡として実在する。その本説（典拠）は能〈頼政〉である。物語や能が現地にゆかりの名所を作るのが一般であるのだが、この扇の芝について、天野文雄は世阿弥の時代にすでにあったろうと言う。とすれば〈実盛〉の首洗いの池同様、霊の原点になるものである。それにしても舞台は、摂関家の主、藤原頼通が開いた平等院、摂関家の聖地でもあった。古典を踏まえながら、しかも扇は戦の聖性を示唆する軍扇である。

5〔中入り〕となり、ワキの問いに、所の男アイが扇の芝をめぐる子細を語る。なるほど、アイの登場をここまでとって置いた訳である。

〔読み〕間狂言を重視する大蔵流、山本東次郎本によれば、頼政が高倉宮以仁王を促して挙兵に踏み切った経過をアイが語る。カタリアイである。

本説に従って語る。頼政の嫡男仲綱の愛馬を強引に奪い取りながら、頼政父子を侮辱する平宗盛の奢りが頼政挙兵のきっかけとなったこと、三井寺に籠った以仁王が、三井寺衆徒に心変わりのあることを察して南都（奈良）へ落ちようとし、宇治で休むところを追手の平家の軍に攻められ、敗れて頼政が扇を敷いて「御腹をめされた（切腹）」、その跡を残した扇の芝だと答える。

〔補説〕修羅能の方法として、アイが本説の世界を総ざらえして語り、**注釈**をも加える。このカタリアイが前場と後場をつなぐ。ワキは納得しながら、前に現れた前シテ老人が幽霊だと言って姿を消したのはなぜなのかと質す。アイは、それは頼政の幽霊だと教え、その霊を弔ってほしいと言う。実は、この扇の芝は、頼政にとって幽霊となって現れる原点としての墓標でもあった。アイが、シテの本体をここに語るのは修羅能の定型である。

ワキ旅僧から宇治の里の「名所旧跡残りなく御教へ候へ」と乞われる前シテ、土地の老翁が、修羅能の、たとえば〈田村〉の「名所教え」とは違って、気乗りのしない応対の中に旅僧を平等院の「扇の芝」へと導き、頼政が以仁王をかたらい戦って自刃した芝で、今日がその祥月命日だと言い、「われ頼政が幽霊と名のり」消えて行ったのだった。本説『平家物語』には見られない世界である。能作者が本説の世界を読み解くのである。

保元の乱から平治の乱へ　頼政が自刃をとげる経過をアイが語ったのだが、保元の乱が、源平両氏ともに内部分裂して骨肉相食む戦となった。河内源氏の義朝が、崇徳上皇側についた父為義らと袂を分かち後白河側に味方して戦う。敗れて降伏して来た父為義を救おうとしながら、義朝は平清盛に謀られて余儀なく父を斬る。清盛が、

忠正と申すは（清盛にとっては）伯父なりければ申し預かつて助けたりけるを、我が伯父を斬らずは義朝父を斬る事よもあらじと思ひければ、信西に内々言ひ合はせ（金刀比羅本『保元物語』中、忠正・家弘等誅せらるる事）

斬らせた。義朝は清盛と藤原信西との計画にしたがった策略「和讒」にはまったのだった。

保元の乱に源氏一門の分裂を深め、義朝は窮地に追い込まれた。戦後の論功行賞にも平清盛に遅れをとり、三年後、

後白河院の側近の中、能吏（有能な官人）の誉れ高い信西と、「不覚仁」（たわけもの）呼ばわりされた藤原信頼の対立が平治の乱となり、乞われて信西側についた清盛に対し、義朝は焦りから余儀なく無能な信頼の側に従い苦戦したと物語るのだった。

平治の乱後、同じ清和源氏ながら、鎌倉前期まで大内守護を勤めた摂津源氏、『平治物語』によれば、その頼政が去就に迷うところを、義朝の長男、義平に日和見するかと揶揄され、頼政は一門と対決し戦うことになった。結果は義朝らの敗北に終わり、王家の守護を務める京侍の頼政は危うく生き残るのだが、続く、

> 平治の乱にも親類をすてて参じたりしかども恩賞これおろそか也き（『平家物語』四、鵺）

と戦物語は頼政の不遇を語っている。

この平治の合戦に清盛の異母弟頼盛の母、池の禅尼が情けをかけて助命したのが源頼朝・義経兄弟であった。後日、この生き残りの源氏兄弟に背かれ、急速な滅びを駈け落ちることになった平家を語るのが『平家物語』である。

源平の直接対立のきっかけを作ったのが、保元・平治の戦を経て悩む頼政である。乱後、栄花を昇りつめる清盛の陰に、保元の乱後の義朝同様、報われず、盛んなる者、清盛の奢りに不遇をかこつ頼政であった。かれが、平家に対し謀叛する大義を立てるために担ぎ出した以仁王は後白河の第三皇子で、母は大納言季成の娘、成子。その母方の祖父公実は藤原摂関家、権大納言で、その娘が後白河の生母、待賢門院璋子であるから、摂関家につぐ清華家の家格の家の娘成子を母とする以仁王は、皇子として異母建春門院を母とする憲仁（高倉）に遜色のない、むしろ上位に立つ皇子であった。

本説の『平家物語』は、頼政が、この王をかたらって諸国の源氏に檄をとばしながら、王ともども悲劇におわることを語った。史学では真相は、以仁王が主になって反旗を挙げたとも言うのだが、物語は頼政が仕掛けたとする。そ

の頼政の悲劇を語る『平家物語』を本説として作ったのが世阿弥作、負修羅（まけしゅら）としての〈頼政〉で、前シテの老人、実はその頼政の亡心（ぼうしん）（霊）が第三段に見たようにワキ僧に鬱屈した態度を示したのだった。

「よしなき」謀叛　栄花をきわめる平家のために不遇を余儀なくされた源氏の頼政と以仁王のまいた種が、一門の頼朝や義仲、さらに義経の挙兵を促し、平家を追いつめることになる。結果から見れば、頼政は源氏再興の起爆剤になりながら、頼政の思いとしては「よしなき」、捨て石に終わった。アイから経過を聞きおわったワキが頼政の霊を招き出して弔おうと、「扇の芝」を敷いて夢見を待つのだった。

芝の民俗　「芝」と言えば、平安後期、歌人、橘俊綱（たちばなのとしつな）の著と言われる庭造りの指南書『作庭記（さくていき）』が庭造りに、

　山と庭との境、芝の伏せ果ての際（きわ）には、忘れざまに、高からぬ石を据えもし、伏せもすべき也

と言い、飛田範夫によれば、室町時代以後、庭造りには陰陽道がからまり、禁忌があったらしい。民俗学の野本寛一は、「埋め墓」と「参り墓」を区別する両墓制を採る地域で、「死者をサンマイ（埋め墓）へ埋葬し、その翌日にたしかめに行く。帰りに、直径二〇センチほどの石を三個拾い、その石を据えることのできるほどの三枚の芝を掘りとってくる。そして、寺にある石塔墓（参り墓）の横に芝を重ねて敷き、その上に石三個をそなえて墓標とし、以後サンマイには参らないと言う。

この民俗儀礼は上記『作庭記』の記述との接点を見せるだろう。そうした意味で、この芝は頼政の霊が動き始める原点であった。

天野文雄が引用する『謡曲拾葉抄（ようきょくじゅうようしょう）』に三条西実隆（さんじょうにしさねたか）が、この「扇の芝」について、

　咲き匂ふ梢をとへば苔の下に其の名も花にあらはれにけり

と詠んだと言う。「苔の下」は、頼政の墓、背後に中世に伝わる、上述した民俗が見え、頼政の霊にとっては現世と

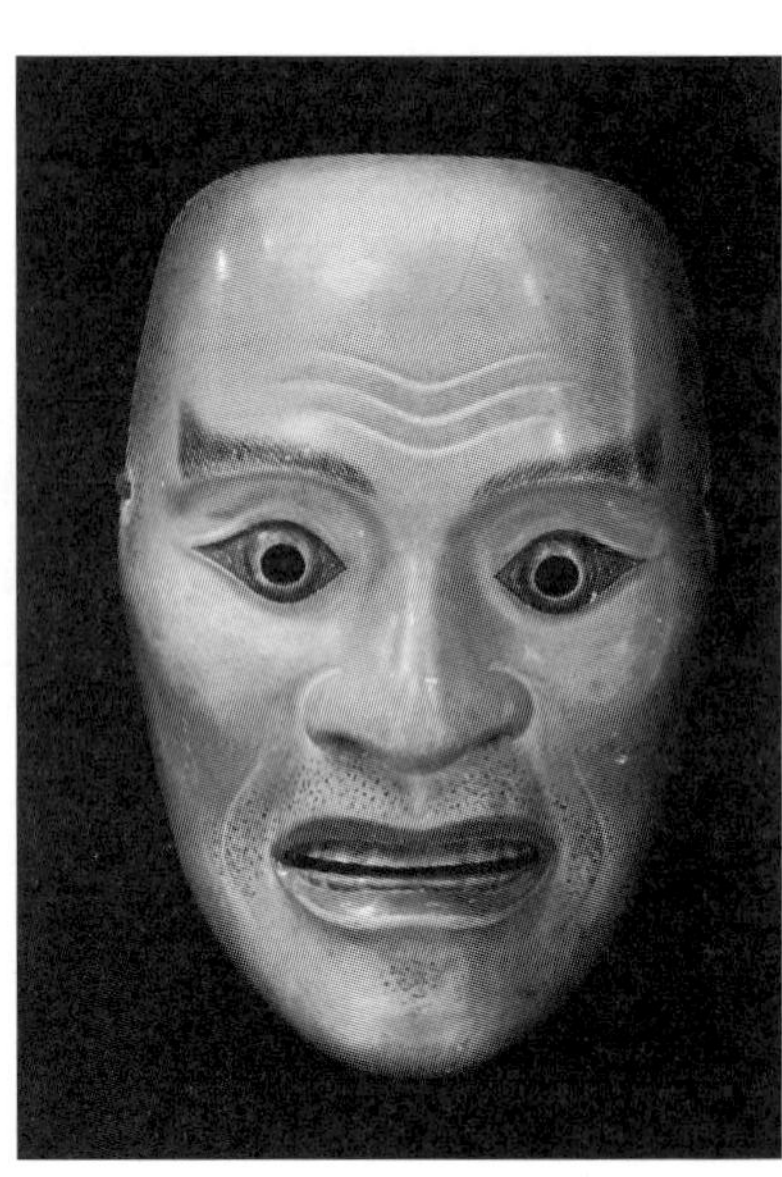

頼政（近江作、銕仙会蔵）

の接点、原点をなすものであった。能の基盤には、こうした文化があった。

修羅能〈忠度〉でも、アイ須磨の浦人が山陰の「一木(ひとき)の桜」が忠度に遺跡であったと明かすのだが、〈頼政〉では、シテ自身が、この芝に「我(われ)頼政が幽霊」と名のって消えた。冒頭のワキとの出会いから愁いに満ちた前シテ老翁であったのだった。

6　ワキ僧は幽霊を頼政の霊と知って、後シテとしての登場を待つ。

〔読み〕前(さき)に現れたのは頼政の霊で、ワキがこれと言葉を交わしたとわかり、その霊を弔おうとワキが地謡が受けて〔上ゲ歌〕高い音高の歌この波の音を、お跡を慕うたよりとし、扇の芝を敷物として宇治川の波の寄るのを待つように約束した、頼政その人の霊の登場するのを待とうと謡う。

〔補説〕頼政にとって、やはり原点としての扇の芝であった。その扇は異界としての死の世界との交信を行う場であった。

7　後シテ頼政の霊が登場橋掛かりの一の松に立つ

〔読み〕〔一声〕笛と打楽器の囃子で後シテが老人法体(ほったい)の武将、専用「頼政」の面を着けて登場し常座に立ちワキと応答。

〔サシ〕すらすらと淀みなく血は涿鹿(たくろく)の河となつて、紅波(こうは)楯を流し、白刃(はくじん)骨を砕く

激戦のあった宇治川は、死傷者の血が楯を流し、白い剣が骨を砕く。まさに中国の古戦場、涿鹿河を思わせる、すさ

まじい宇治川の網代に波が寄せるように、後シテが「あら閻浮恋しや」この世が恋しいと言って登場する。その宇治川の「網代の波」に、シテが正面へ向き〔上ノ詠〕高い音高で、朗々と詠唱する伊勢武者が「みな緋縅の鎧」を着て流され網代にかかったのだった。シテが不遇におわった頼政の亡心にしてみれば、〔一セイ〕七五調だがリズムは合わせないでシテが「泡沫」のように、「あは（泡）れ（哀れ）はかなき世の中に」、この争いは地謡が引き取り『荘子』の故事が言う「蝸牛の角のあらそひ」、左角の上の触氏と右角の上の蛮氏が争うように、はかなく、つまらないとは、死者として現実を突き放して見る、戦に寄せる思いである。

〔補説〕 本説では網代に掛かる武者を頼政の長男、仲綱が、

　伊勢武者はみな緋縅の鎧着て宇治の網代にかかりけるかな

と落首めかして詠んだのだが、能ではそれをシテ頼政が謡うために笑いの色は消えしまう。戦物語と能の違いである。

8　後シテ頼政の幽霊がワキ僧に読経供養を乞う。

〔読み〕 シテ頼政の幽霊は相手ワキを僧と見て、

〔掛ケ合〕韻文で交互にあら尊の御事や、尚々御経読み給へ

と乞う。ワキは「不思議やな」〔カカル〕語りかけるように相手が「法体の身」ながら、「甲冑を帯」し「御経読め」と乞うたのは、きっと、その相手が頼政その人の幽霊でしょうと言う。幽霊は、まこと園に植えた紅花のように目立つものはどこにあってもすぐにわかってしまう。名のる前に頼政と見られてしまったのは恥ずかしいことだ、ただ『法華経』をお読みくださいと乞う。ワキ僧はどうぞお心やすくおぼしめせ。『法華経』を五十番目に聞いた人であっても、その功徳により成仏するのは疑いのないところ、まして直接、僧の導きを得る、僧から直接『法華経』の弔いを受ける力にめぐり逢っておられる。〔地謡〕が受けて〔上ゲ歌〕高音域で歌うここは直接、仏の法を聞き、平等に大慧を受けるという

平等院の庭、そう言えば思い出しました、仏が直接、法(のり)を説かれた説法の場です。〔地謡〕がその法力により頼政が成仏することは疑いないところと喜ぶのであった。

〔補説〕頼政は重病に苦しみながら治承二年（一一七八）十月、平清盛の推挙により三位に昇り、この宇治川の合戦があった前年、治承三年十一月出家していたと言われる。戦を語る本説『平家物語』と違って死者頼政の霊を供養する色を濃くする。

9　シテ頼政の霊が生前の宇治川の合戦を語る。

〔読み〕シテ頼政の霊は舞台を大きく回り名のりながら、

〔クリ〕高いクリ音で遅滞のない今は何をかつつむべき、これは源三位頼政、執心(しゅうしん)の波に浮き沈む、因果の有様（を）顕(あらわ)すなり

ワキ僧の読経にシテが今は何を隠しましょう、悪因の結果として修羅道に浮き沈みする頼政ですと名のる。頼政にとっては、これが戦である。〔地謡〕が支えて〔サシ〕すらすらと淀みなく生前「治承(ちしょう)の夏の頃」その名も高い高倉宮以仁王が帝の御所の外にあって不遇でいらっしゃるのに「よしなき御謀叛を勧め申し」、王は夜明け方、月の中、都を脱出し「憂き時しもに近(あう)（会う）江(み)路や」近江の三井寺へ向かわれたのでしたと語り始める。〔地謡〕が〔クセ〕曲の山場、物語るように寄せ手の平家が時を移さず関の東へ向け発向、数万騎が寄せると聞き、シテが少し右へ向き頼政軍は山科の音羽(おとわ)山から、藤原氏の霊場、木幡(こはた)をよそ目に憂き世の宇治橋を渡る。地謡の中に、追う平家から追われる源氏軍へと視点が転換する。地謡が本説物語の、第三者としての語り手に類する役を担って引き取る。

王は三井寺を出て、興福寺の衆徒を頼み南都へ向かう。逢坂の関、木幡を休むことなく駈けて、眠らず、その疲れから六度も落馬された。これは前夜から御寝もなかったためと王を休ませるために平等院で御座を整え、宇治橋の

「中の間」、中程の板をひきはずして寄せ手の攻めに備える。むき出しの橋桁から下を見れば激しく流れる白波、上を見れば、源氏軍の白旗をたなびかせて待ち受けた。やがて橋を挟んで源平が戦う。

〔補説〕頼政の亡心にしてみれば、源平の争いそのものが（仏の教えに言う）「蝸牛の争ひ」であった。このシテの思いを地謡が受けとめて「よしなし」としたのだった。その思いは第十一段の遺詠にも籠められることになる。

本説の物語では、頼政の自刃を語った後、五十歳代当時の頼政を回想して、幼帝を悩ます鵺を退治して褒美を賜り、子息仲綱を伊豆の受領になし、「我が身（も）三位して、丹波の五ケ庄」、若狭の宮河庄を知行して、「さておはすべかりし人の、よしなき謀叛おこいて宮をも失ひまゐらせ、我が身もほろびぬるこそうたてけれ」と語るのだった。能は本説とは違って頼政自身に視点をすえ、その悲劇を謡うのである。

10　シテが地謡に支えられ宇治川での合戦を語る。

〔読み〕曲の山場をなす段である。シテが謡い始める。

〔語り〕緩急・抑揚を加えつつコトバでさる程に源平の兵、宇治川の南北の岸にうち臨み

鬨の声、矢を射る叫び声が川波のようにおびただしい。音もきこえる戦物語である。

〔カカル〕語りかけるように鬨の声、矢を放つ叫び声が波の音とおびただしく重なる中、「橋の行桁」、橋の架かる方向、縦に渡された桁を渡る三井寺の荒々しい「悪僧」浄妙・一来法師らの橋上での合戦が目を驚かすとは、本説を要約した語りである。

かくて平家の大勢、橋は引いたり、流れの水は高く、さすが難所の大河なれば左右なう渡すべき様もなかつし処

に

曲の山場をなす段である。寄せ手は、橋板をはずした宮の軍の守りの堅さ、それに水の烈しい流れ、「難所の大河」

なので、簡単に渡せる所ではなく、ためらうところを、第三者の視点にもどり、先陣「田原（俵藤太秀郷の子孫）の又太郎忠綱と名のつて」〔地謡〕が支え七五調を主に言葉を詰めて力強く「鑣を揃へ川水に少しもためらはず」、「翼を並」べて飛び立つ群鳥の羽音のように「ざつざつと」音を立てて川の白波に駈け入り、三百余騎が浮き沈みしつつ渡す。「忠綱、兵を下知して」ただちに語り手としての地謡が引き取って逆巻く水に流されぬよう「弱き馬をば下手に立てて強き〔馬〕に水を防がせよ」と渡る。流される武者を弓の先端、筈にすがらせ、大河を力をあわせて渡せと指示し「一騎も流れず此方の岸に」源氏の陣へと喚いて戦いながら、本説によれば弱冠十七歳だった忠綱の指揮に従い攻める平家軍に、味方、源氏の軍は、たえきれず「半町ばかり」退いて太刀を抜き「切先を揃へて此処を最期と」戦ったと語り続ける。

〔補説〕流派により能の詞章には内容・順序に異同があるのだが、本書は現行観世流の謡い本による。

能としては舞台に出さない相手方の忠綱をシテが代行して謡う。この行動の主の代行語り、語りの順序・進行が、能の方法である。後述の〈忠度〉にも見られる、戦の相手役に代って頼政の敗戦を語るのである。能の戦語りの演出で、頼政みずからを敗戦、死へ送り出す相手を代行して語る。

11　シテが戦と自害する経過を語り扇の芝に消えてゆく。

〔読み〕〔地謡〕がシテの動きに伴って〔ロンギ〕上音と中音を昇降してさる程に入り乱れ我も〳〵と戦へば両軍乱れあって戦う中に、本説によれば「七十にあまッて」戦う頼政が痛手を負い頼りとする〔地謡〕がひきとり二人の子息、仲綱・兼綱の兄弟が討たれる。

シテが今は何をか期すべきと

「老武者」地謡がひきとり頼政は「ただ一筋に」戦った後、今はこれまでと「平等院の庭の面、これなる芝の上に」扇〔軍扇〕を敷き、と言えば第四段を受ける。「刀を抜きながらさす（刺す）が名を得しその身とて」刀を「刺す」のだが、

さす（刺す）が歌としてとは、音声を介しての掛詞のつなぎである。シテみずからが正面へ向き遺詠を、

〔上音〕高音域を中心に　埋木の花咲く事もなかりしに身のなる果はあはれなりけり

と詠み、ワキに対し、これも前世からの因縁としてお目にかかった、〔地謡〕がひきとり「跡弔ひ給へ」と、墓所となる「扇の芝」の草陰へと消えてゆくのだった。現地の芝の形、扇が、この頼政の敷いた扇とする能に由来すること言うまでもない。

〔補説〕能と本説　ちなみに、頼政の遺詠が、本説において死に臨む頼政その人の思いの集約として、物語のモチーフ（主題）となる。しかもその遺詠の末の句が本説では頼政みずからの思いを「かなしかりけり」と詠うのを、能ではワキを前に亡心としてのシテの思いを「あはれなりけり」と詠み変えて結ぶのは、シテの思いを引き取りながら、語り手としての地謡が介入する謡いのためである。ちなみに『平家物語』でも読み本が末の句を「あはれなりけり」とする。

　本説を要約する語りながら、悪僧らの動きをも本説が語る物語を総まくりして演じ尽くす。以仁王を立て、公的な大義名分をかざして、「七十にあまッて」老軀に鞭打って挙兵、十七歳と名のる忠綱に翻弄されて自刃に追い込まれる。頼政としては老武者としての矜持（誇り）もあったろう。前に読んだ〈実盛〉の思いがわたくしには残響となってよみがえって来る。

　奢る平家の前に不遇であるとのシテ頼政の思い、能を解説するカタリアイに見るように、一頭の馬をめぐる宗盛の奢りに対する怒りに「よしなき」謀叛を起こすことになった。世の無常を説く仏の教えに照らしてみれば、まさに「よしなき」争いに巻き込まれたのだった。決起の名分として担いだ宮を死に追いやり、みずからも思いを達することなく、後日、源氏再興を果たす頼朝から見れば捨て石になるほかなかった、頼政はそれと自覚しようもないまま恨みを

残す怨霊となったのだった。「よしなき」の語には、こうした思いがこめられる。それゆえに頼政は修羅道に堕ちるのである。本説を超える能の世界である。松本雍は、その頼政をつむじまがり、「世を拗ねた」と読むのだが。その怨念を語らせるのが世阿弥であった。

おのれを「埋れ木」にたとえる頼政は、五十歳代にみずからが退治した鵺にも通じる。秦恒平が以仁王は、やはり埋れ木だと自己を見ることができると言う。続いてとりあげることになる、その鵺の身が鬼能〈鵺〉において「埋れ木」と嘆くことになるのと連動している。本説『平家物語』を保元・平治の物語と重ねて読むことが、能の読みを活性化する手がかりとなる。視覚・聴覚の両面から迫る能であった。

なお狂言の山本東次郎が、梅原猛との対談で、〈頼政〉の専用面である「頼政」の眼に金泥を塗られた恨みの眼であると言う。荒男類、老年の法体の武士、専用の面、「頼政」を着ける。二番目修羅能である。

そして能の緊張を虚仮にする狂言〈通円〉について、かつては〈頼政〉の読みをめぐってとりあげ、能を「もじり」、「虚仮にする」と論じたのであった。山本東次郎は、その狂言の作者を一休宗純だと言う。橋本朝生の調査によると、文禄三年（一五九四）五月、秀吉が大阪城本丸での能に、その〈通円〉を演じさせている。

参考文献

小山弘志・佐藤喜久雄・佐藤健一郎『日本古典文学全集 謡曲集（二）』小学館 一九七五年
堂本正樹『世阿弥』劇書房 一九八六年
橋本朝生『狂言の形成と展開』みづき書房 一九九六年
飛田範夫『庭園の中世史』吉川弘文館 一九九八年

秦恒平『能の平家物語』朝日ソノラマ　一九九九年
『日本民俗大辞典』吉川弘文館　一九九九年
山下『琵琶法師の『平家物語』と能』塙書房　二〇〇六年
天野文雄『能苑逍遙　上』大阪大学出版会　二〇〇九年
山下『中世の文学　平治物語』三弥井書店　二〇一〇年
高橋昌明『京都〈千年の都〉の歴史』（新書）岩波書店　二〇一四年
片山慶次郎・生島遼一・里井陸郎「座談会『頼政』をめぐって」『観世』一九七四年五月
松本雍「作品研究「頼政」」『観世』一九七四年五月
スタンカ・ショルツ・チオンカ「修羅能と平家物語　転換の方法」『日本の叙事詩　平家物語における語りと演劇化』リブヌーヴ　二〇一一年（仏文・未訳）
座談対談　山本東次郎に聞く　狂言のすすめ『能を読む①』角川学芸出版　二〇一三年
天野文雄「世阿弥の芸術的革新」『能を読む②』角川学芸出版　二〇一三年

4　〈鵺〉盲亀の浮木、闇中の埋木

背景　頼政と鵺　十四世紀の前半には、琵琶法師が『保元』『平治』それに「平家」の物語を語り、いずれも多様な諸本を生み出していた。島津忠夫が説くように、いわゆる「平家」物の能の本説となったのは、多くが、琵琶法師の語る『平家物語』語り本である。芸能としても、本書の始めに引用した『申楽談儀』に見たように、能には平家琵琶（「平曲」）との接点があった。

『平家物語』では、後白河天皇の第三王子以仁王をかたらって平家討伐の兵を挙げた源頼政の自刃を語った後に、その生前を回想し、鵺退治の功名談を語るのだった。なぜ能が怪獣、鵺をシテとする五番目物、切能（鬼能）〈鵺〉を制作したのか。本説の『平家物語』同様に〈頼政〉の続編、補完とも読めるのだが。後半、暗黒に閉じ籠められるシテの思いを語ることから修羅能に近い。三つの戦物語に比べて不気味な能である。世阿弥が作者に想定される。

1　〔次第〕笛・小鼓・大鼓の囃子で熊野詣でをおえ上洛するワキ旅僧が登場する。面は着けない。

〔読み〕ワキ僧が道行を謡う。

常座に立ち〔次第〕七五調二句、リズムに合うのをくりかえし　世を捨て人の旅の空、世を捨て人の旅の空、来し方何処なるらん

熊野参詣をおえて都を志すワキの旅僧が世捨て人として旅に明け暮れしたわが身を、「来し方何処なるらん」、どこをどう通って来たかがわからないとは、冒頭から異様な暗さ。それは後述するような熊野が関わるだろう。あるいは第四段以後のワキの体験、鵺と遭うことになるのを早々と示唆するものであろうか。ワキが正面を向き〔名ノリ〕コトバで

諸国一見の僧と名のり（熊野から都へと）、

〔道行〕高い音高の〔上ゲ歌〕の一種の歌で帰り紀（来）の路の関越えて、なほ行く末は和泉（いずみ）なるらん（いずれともわからない）

信太の森から、松原、住吉へと歌枕をたどる道行きを経て難波潟へ。「難波」と言えば（連歌の付合で）「蘆」、コトバでその「津の国蘆屋の里」に着き宿を求める。

〔補説〕戦物語と熊野　江戸時代、謡曲の注釈書『謡曲拾葉抄』が、この里近くにあるとする「鵜塚」は、まさにシテ、鵜にとっては原点である。その鵜塚は、能が史跡として造り出した塚である。各地の「平家」の遺跡は能によるものと見てよい。

冒頭にとりあげた『保元物語』に始まる三つの戦物語には、「熊野」の影が濃い。熊野権現が鳥羽院に、その死と保元の乱を予告し、平清盛は崇徳の皇子、重仁の乳人子（父忠盛の後妻、池禅尼が王の乳母）であったにもかかわらず、鳥羽院の遺志により後白河側につき、有能な能吏、信西に接近して栄花の道を歩み始める。その清盛が熊野詣でをして京を空けた隙を狙って藤原信頼に従う源義朝の起こしたのが平治の乱である。特に『平家物語』は清盛の栄花を熊野権現の利生による（巻一、鱸）とし、その父の奢りを止めようとする嫡男重盛が、思い余って熊野に祈願し、みずからの寿命を縮めた。この重盛の死が世を動かしたと本説の物語は語るのだった。熊野権現が世の動きに関与していると語る。

源氏、頼朝挙兵の仕掛人となった荒聖、文覚が熊野での荒行（巻五、文覚荒行）で修験の法力を体得し、頼朝の挙兵を支えることになる。一方、平家一門の都落ちに平重盛の子息、維盛は戦場にあって、京に留める妻子を思い、戦線離脱して（巻十、維盛出家）、高野山から熊野へ詣で、妻子の行方を思いやりつつ那智の沖に入水する。平家が滅亡した後、子息の六代がこの熊野に参り、亡父（維盛）を、さらに祖父（重盛）をも偲ぶ（巻十二、六代）ことになるのである。

それに三つの戦物語が語る時代を通して生きた後白河法皇が、歴代で最多、三十四度も熊野詣でを行い、院御所、法住寺殿の近くに新熊野神社まで勧請したのだった。その熊野詣では、道中が難行で、京からの往復に一月近くを要する、文字通り苦行であった。

熊野は、古代神道が仏教学を採り入れ、本宮の祭神、木の神、家津御子神の本地を阿弥陀如来とする垂迹説にもとづく熊野権現の聖地で、公的な記録『日本書紀』を伝承化した「中世日本紀」が熊野を伊勢大神宮や熱田大神と「一体分身」であるとするなど、八幡大明神と並び王権の行方を示唆する神々に列せられた。

一方、争いに敗れて異界へ追いやられる怨霊を鎮め、生者救済のために浄化を行う修験道の道場でもあった熊野は、死の影を見せながら再生の地でもある。このように生と死が重なる両義性を持った聖地である。その熊野への参詣をおえて帰洛するワキ僧が「来し方何処なるらん」と語るのである。さあ、そのワキにとって何が待ち構えているのだろう。

ワキ僧が熊野から上洛する途中、摂津の蘆屋に着くとするのは道順として合わないのだが、ここは上述したような連歌の世界が基盤にあって、その型が先行する。中世の紀行文が同じ傾向を示すことを考慮しておこう。現実の旅程と、その旅案内とは必ずしも重ならない。能をも含め、旅案内には、歌枕を重視するための虚構がある。

2　ワキ僧がアイ、所の男に一夜の宿を求め乞う。能の定型だが、底本である観世流謡曲本などはそれを欠く。

〔読み〕『謡曲大観』によると、所の男、アイがコトバでの応答 宿を貸すのを禁じられていると断りながら、思い直して「我等の建てたる御堂にてはなし。寄りあひて建てたる堂」へと、洲崎の御堂を教える。

〔補説〕「寄りあひて建てたる」とは、堂本正樹が言う、外部との境界に、村が共同で建てた堂（惣堂）で、救われるべき縁を持たない無縁の空間として、異霊が入り込むことがある、異界へ通じる境界でもあった。現に、里人アイが、その堂には夜な夜な光る物が現れるとも言う。ワキ僧は、それを承知の上で仏の力を頼り「法力をもッて泊」まろうとするのである。

3　〔一声〕の囃子で前シテ舟人（実は鵺の化身）がうつほ舟に乗って登場する。

〔読み〕前シテ舟人が正面を向き〔サシ〕すらすらと淀みなく悲しきかなや身は籠鳥、心を知れば盲亀の浮木、ただ闇中に埋木の

ようだと揺れて身を籠鳥や盲亀に託す。その夜更け、前シテ、舟人、実は鵺の「亡心」幽霊が現れる。暗黒の世界に閉じこめられる籠の中の鳥同様で、その思いは浮木にすがる、目の見えぬ亀さながら。仏の世にはあいがたいわが身、どうせ埋れ木ならば埋もれてしまえばよいのに、そうもならず、どうして亡魂として、この地に残るのかと嘆く。

シテが〔一セイ〕リズムは合わないが七五調で浮き沈み、涙にくれながら「うつほ舟（空舟）」に乗って、その思いを地謡が受け「こがれて堪へぬ」昔への思いを抑えかね、しかも昔を十分にしのぶ隙もないと嘆くのである。

怪士（保田紹雲作、田﨑未知撮）

〔補説〕**鵺流し**　前シテ、舟人は、猛々しい男体の怪士

もしくは、その変種の千種男（阿波男）の面を着けて登場する。そのシテが「こがれて堪へぬいにしへ」、抑えかねる懐古の思いとは、何なのか。「漕ぐ」と「焦がれる」の同音による掛詞。本説「平家」で、源頼政に射殺された鵺は「うつほ舟にいれて流され」たとあった。古く山村に見られた「うつほ舟」は、木を彫りえぐって造った舟で、鵺にとって棺となる舟である。ちなみに民俗で棺を「ノリフネ」と呼び、納棺式を「フナイリ」とも言うことは最近、見聞したところであった。

4　ワキの問いに前シテ舟人（鵺）が迷いを語る。

〔読み〕ワキと前シテが応答

ワキが着座のまま〔カカル〕相手に語りかけるように不思議やな夜も更方の浦波に、幽かに浮かみ寄る物を、見れば聞きしに変らずして、舟の形はありながら

夜も更けた頃、シテが「埋木の如くなる」空舟に乗ってやって来るが、ワキには、乗る人の姿もさだかでない。「あら不思議の者やな」とワキが問う。シテがワキへ、わたしを不思議とおっしゃるそなたはどなたですか。問うわたくしは、「もとより憂き（浮）」「埋木」同様の身、人に知られぬ者とお思いなら、不審がらないでくださいと言い、みずから名のるのを拒む。

ちなみに「人知れぬ」「埋木」とは鵺を退治した頼政自身が本説『平家物語』で「人知れぬ大内山の山守は木隠れてのみ月を見るかな」（平家物語巻四、鵺）と、その不遇を詠んでいたことは〈頼政〉に見たとおりである。

ワキは、いや先ほどのアイ、里人が、不思議な舟人が舟を寄せて毎夜やって来ると言っていた。そのとおり現れたそなたを不審に思う、どなたなのかと問う。シテはコトバでその里人が「蘆の屋」の灘と言えば「塩焼く（浜の）海士人」、わたしも同じ塩焼く海士、どうして疑われるのかと問い返す。〔カカル〕ワキが応答してそれにしても忙しい塩焼きのわ

ざをよそにして暇がありそうに「夜々」来るとは不思議であると責める。シテがなるほど疑われるのももっともなことだ。（『伊勢物語』八十七段の）物語の古歌にも詠う「蘆の屋の」と謡うと言うと、ワキが引き取り「蘆の屋の　灘の塩焼き暇無み　黄楊の小櫛は差さず来にけり」。塩焼きは忙しく黄楊の櫛を刺す間もなくやって来たと詠むと言うと、シテは塩を焼くのではない、つらい思いに心のゆとりがないのだと言う。ちなみに「黄楊の小櫛」は恋人と逢う女が、この良質の櫛を刺したと言う。ワキが、そなたは潮に差し寄せられて来ると言うと、〔地謡〕が受け〔上ゲ歌〕高い音高の歌シテは櫛ならぬ棹を差すこともない空舟で流されやって来た。これが現実であるのか、夢であるとは、〈実盛〉にも類似の言説が見えるのだが）、夜が明けておわかりになりましょうとワキとシテの掛け合いの中で、海松藻を刈り揃えるようには蘆の先を揃えることもない、粗い造りの、あばら屋の蘆屋に一夜休まれて、海士である、わが心の闇を弔ってください。ありがたいことに、旅人のそなたは世を遁れた僧でいらっしゃる、一方わたしも世を捨てたのではないが、名は「捨て」小舟で捨てられた身、仏の「のり（法）の力」を頼って迷いを解脱し、成仏しようと願うのですと訴える。

〔補説〕「さす」の一語を、忙しい中、櫛を「刺す」から、現実に舟の棹を「差す」へと、シテとワキ、さらに地謡が加わり音声による掛詞を駆してのやりとり。果ては世捨て人の「捨て」から捨て小舟へと語のずらしが空舟に身を託するシテの苦悩から成仏、仏法の力の願いへと移ってゆく。語り物としての本説の物語には見られない、ことばの多義性を駆使するやりとりを行って、シテの成仏の願いへとしぼってゆく。シテとワキの応答は、まさに**ことばのドラマ**としての魅力である。現代語や外国語に訳すのを困難にするのだが。

5　ワキの問いに、前シテ舟人（実は鵺だが）が頼政に討たれたと語る。

〔読み〕ワキが着座のまま前シテに対しコトバで「何と見申せども更に人間とは見えず候」。そなたはどうしても「人間とは見え」ない、どなたなのか、名のりなさいとワキが重ねて責める。

ようやくシテが「近衛院の御宇（御代）に」頼政の「矢先にかか」って射殺された鵺の「亡心」ですと告白し、その経過を詳しく語りましょう、「跡を弔」ってくださいと乞う。ワキが承諾し、〔地謡〕がシテをひきとり語り始める。〔クリ〕最高音高で、とどこおりなく近衛の院の御代、仁平の頃、主上が夜な夜な悩まされる。シテが着座のままその御悩を払うため〔サシ〕すらすらと淀みなく高僧・貴僧が大法を修めるが一向に効験がない。地謡が受け深夜「丑の刻」頃、「東三条の森の方より」黒雲が一むら立ち現れ御殿の上に覆うと帝が必ず怯えなさる。シテがさっそく「公卿僉議」、〔地謡〕が受け「定めて変化の者なるべし、武士に仰せて警固あるべし」と、源平両家の中から、〔クセ〕曲の山場、物語るように当時兵庫頭であった源頼政が選び出される。頼政は「頼みたる郎等」として猪の早太「唯一人」を召し連れ、わが身は二重の狩衣を着て、山鳥の尾の羽を矧ぎ、矢羽とした二本の尖り矢を「滋籐の弓」に添えて持ち、御殿の大床、広廂に謹しんで控え、御悩の刻限を今か今かと待っていた。そうする中に「案の如く」現れた一むらの黒雲が御殿の上を覆った。シテが正面上方を見上げ頼政がぐっと見上げると雲の中に怪しいものがあり、頼政が扇を左手に持ち矢をとり番えて狙い、〔地謡〕がひきとり八幡大菩薩を念じて、十分引きしぼって「ひやうど放つ矢に」手応えあって怪獣を射落とし、猪の早太がしてやったりと叫び声をあげ、膝をつきつっと寄り、怪獣をおさえ、続けざまに突き刺す九刀刺す。さて「火を灯しよく見れば」怪物だったと語る。本説をなぞりながら、怪獣の姿を本説に比べて簡略化し「頭は猿、尾は蛇、足手は虎の如くにて、鳴く声鵺に似たりけり」、「恐ろしなんども疎かなる形」であったと語り結ぶ。シテは中央に座る

〔補説〕能のクライマックス〔クリ〕〔サシ〕から〔クセ〕へと進む。シテを鵺にするために登場させることのできない頼政を、前シテ舟人が代わって演じ、その頼政が討つことになる、能の語りのシテ一人主義の演出方法であるが、

この場合は本説の物語を引用する語りである。鵺そのものは後半、後シテとなって登場するのである。

6 前シテ舟人（実は鵺の亡心）が成仏を願いつつ、空舟に乗り消え去る。

〔読み〕 前シテが、

〔ロンギ〕上音と中音を昇降しつつシテと〔地謡〕が応答、よわくげに隠れなき世語りの、その一念をひるがへし、浮かむ力となり給へ

なるほど「隠れなき世語り」、世に広く知られた語りぐさの鵺、その執念を翻して成仏なさいと促す。応えるシテ舟人は、伊勢神宮で、三枚の柏の葉を水に投げ入れ、それが立てば願が叶うとする占いに用いられる三角柏であるのなら、沈むことが浮かぶための手がかりになろうが、それも叶わぬと嘆く。いかにも前世からの因縁だと、この宵に「亡き世（節）に合ひ竹の」「棹取り直し」乗って漕ぎ出すと見えたが、空舟は夜の波に浮き沈みし、見え隠れしながら去ってゆく。「世（節）」と「竹」は縁語。後にはとぎれがちな鵺の声が幾度となく聞える、おそろしやと地謡が本来の第三者視点に帰って謡って閉じ〔中入り〕となる。

〔補説〕 ちなみに前段、頼政が二本の尖り矢を用意したのは、甲矢と乙矢の二本を以て弓術の一手を構成するのだが、特に、この場合は、本説において、頼政にしては、怪獣退治という不本意な務めに頼政を名指しした主、藤原雅頼に対する遺恨から、万一事が不首尾におわった場合にその雅頼を射殺しようとしたのだが、そのわけを能は語らない。実は、この雅頼に仕える青侍が、夢に、奢る清盛の行動を怒った神々が王権補佐するしるし（レガリア）を清盛から取り上げようとすると見たとするのだが、その雅頼についても能は語らない。それはシテが頼政ならぬ、鵺の化身であるからである。

7 所の男、アイが再登場し、ワキ僧に補足語りをする。

〔読み〕江戸期版本によれば、アイが重ねて、頼政が鵺を射落とした経過を語り、さらに御悩から平癒された帝が頼政に褒美として御剣、獅子王を賜る。剣を手渡すのが保元の乱で一方の主となる悪左府こと、気性の烈しい左大臣、藤原頼長で、おりから訪れたほととぎすの鳴き声をかけて「ほととぎす名をも雲居に揚ぐるかな」と片歌を詠み、その頼政の技をたたえた。それに応じて頼政が巧みに「弓張月のいる（入る・射る）にまかせて」と付け歌を以て応じたと本説『平家物語』に従って解説し、「また」その怪鳥を「空舟に乗せて流し申されたると承り候」と謡う。

〔補説〕敬譲表現が示すように観衆のために本説に即して解説するカタリアイである。後場に先立ち、アイが、前場の〔サシ〕〔クセ〕で謡った演技を観衆のためになぞりながら、あわせて割愛した頼政への褒美伝達を語り、その頼政の歌の才をほめて本説を語り尽くし、後場へとつなぐのである。

ちなみに間狂言の一本には猪早太が射た鵺に「走りかかり、取つて押へ突く程に〱」としたところで、「九刀にてとめたると申す」は本説によるものだが、その語り本を受けて「十八刀にて突きとめられたると申す」と語り「尤も今思ひ出いて御座る、九刀では御座らうが、疵をようで見たれば十八か所あつたと申すが、太刀にて突いたによつて刀が裏へ通つて疵が十八か所あつたもので御座らうず」とあるのはアドリブとも言うべき咄嗟の笑いである。緊張の中に間狂言がしばしば見せる遊びが笑いをかき立てたのだが、やがてこれを削除することになった。間狂言は、能の進行を観衆のために解説して語りながら、このような喜劇的な、息抜き、駄洒落（ギャグ）を挟み込んで観衆を笑わせ、後場の緊張に備えるのである。その笑いの詳細は次章、〈実盛〉で述べる。

頼政の三位昇進　本説の物語では頼政の自刃を語った後、生前を回想して老後、和歌の才能による昇殿から三位の位を得たことを語っていたのだった。実は頼政の不遇を見かねた清盛の推挙による昇進であったらしいのだが、物語は、もっぱら平家に対する妬みを押し通す形で頼政の悲劇を語るのだった。その頼政が討ち取った鵺をシテとして演じる、凄みのある能である。

頼政の謀叛　後白河法皇の第三皇子でありながら、法皇の寵姫、建春門院（平滋子）に疎まれ不遇をかこつ以仁王をかたらって謀叛の名分を立て平家討伐の兵を挙げた源氏の頼政が、物語の主役であり、その頼政が五十歳代当時の体験を回想するのが鵺退治の話である。

頼政に討たれた鵺が前場、第三段で「盲亀の浮木、ただ闇中に埋れ木のさらば埋もれも果てずして亡心」になったと言えば、本説『平家物語』の頼政、それを受ける能〈頼政〉でも頼政が戦に敗れて自刃する前、わが身をふり返って「埋れ木の花咲く事もなかりしに身のなる果てはあはれなりけり」と詠じたことを想起する。敵対する平家とはとうぜんのこと、一門とも袂を分かつ、ねじれのある頼政が、鵺と重なってゆくのである。〈実盛〉でも、その第八段で、シテがみずからを「埋もれ木」にたとえる。栄花を極める平家に辱められ、以仁王を立てて「よしなき御謀叛を勧め申し」討死した頼政と、その頼政に射殺される鵺が、ともにみずからを「埋木」と見るのである。しかもその鵺が「浮き沈む」「うつほ舟」に乗せられ、「こ（漕・焦）がれて堪へぬいにしへを忍び果つべき隙ぞなき」、おさえきれぬ懐古の思いとは何なのか。

東三条殿　能の本説となった『保元物語』が気になる。早く阪倉篤義が鵺に崇徳を重ね、伊藤正義もその読みに注記するのだが、保元の乱で頼長の謀叛が露見し流罪と決まった後、「又東三条にして秘法を行ひ、朝家を呪詛したてまつる者ありと聞え」、義朝を派遣して調べてみれば、三井寺法師の勝尊が呪法を行っていた。『源平盛衰記』巻一では清盛も、この法を行ったと言う、王権を守る密教の世界、異神、陀枳尼天の法だろう。『保元物語』では、この東三条で、その前、鳥羽院崩御の後、

院（崇徳）のかたのつはものどもあつまりて、よるはむほんをたくみ、ひるは木のこずゑ山の上にのぼりて、（新

帝、後白河の）内裏高松殿をうかがひけるよし聞えけるあひだ

義朝に命じて調べさせ、「東三条のるす（留守番役）少監物光員以下三人をからめとる」とあった。そして、その直後に新院（崇徳）が「はるかの末弟、近衛院に位をうばはれたりしかば、人にたいしてめんぼくを失ひ、時にあたつてちじょくを抱」いたと言う。『保元物語』語り本の言説だが、古本でも同じ趣旨の語りを見せる。

二条大路南、三条坊門小路西、西洞院大路東に、南北二町にわたる摂関家の邸宅、東三条殿があった。王家の外戚となって摂関家の座を確立した藤原良房が居住、兼家から道長へと、以後、氏の長者の所有として、世に「東三条殿」と言った。氏の長者とは、氏集団の中、高位・高官に昇る統率者で祭祀を主宰した者を言った。

当時、王権を核としながら、王家、それに王を補弼した摂関家が内部分裂して覇権を争い、確執を繰りかえしていた。摂関家の関与を排除しようとする後白河院が、その確執を煽る。遡れば出生をめぐる不和から、その崇徳を嫌った鳥羽院が皇后美福門院得子と謀って崇徳を退位させて位に即けたのが三歳の近衛天皇であった。

一方、摂関家でも気性の烈しい悪左府頼長が兄忠通と対立し、久安六年（一一五〇）兄を退けて氏の長者になっていた。その伝領する邸がある東三条からの黒雲が幼帝、近衛を脅かすとはただごとでない。

鵺と崇徳　『保元物語』で勝尊が呪詛したという相手とは、当時の帝、後白河である。秘法を行わせた主は、見て来た経過から推して崇徳と読めるだろう。

『保元物語』から『平家物語』を読めば、近衛帝の御代、帝を悩まし頼政に討たれた鵺に崇徳の怨念が透けて見える。

『保元物語』によれば、近衛が眼病により十七歳で夭折した後、みずからの重祚、もしくは皇子重仁の即位を志していた崇徳を、美福門院が鳥羽院とともに嫌い、その美福門院が養育していた守仁を立てるまで、中継ぎに、忠通と謀って守仁の父、当時、二十九歳であった雅仁（後白河）を即位させたのだった。金関猛は近衛の夭折に天皇家の「影の

側面」を見る。崇徳が「させる由緒もなく」退位させられ、しかも近衛の死後、後白河が即位したことをめぐって、特に語り本の『保元物語』では「新院（崇徳）・重仁親王の御呪詛ふかきゆゑに、近衛院かくれさせ給ひぬ」との噂があったとまで語る。そのため近衛の生母美福門院は、「御恨深くして」崇徳父子を退けたのだった。

崇徳・後白河ともに鳥羽を父、待賢門院璋子を母とする。崇徳は、実は祖父「白川院の御胤子と云々」との風評を十三世紀成立の説話集『古事談』巻二が記すが、その背後に鳥羽と崇徳父子の不仲があった。それが平治の乱になったとも物語は語るのである。

本説の『平家物語』では、二条は、亡くなった近衛の后であった多子を、再度、みずからの后に立てた（二代后）ことでも父、後白河の不興をかったのだった。

8　ワキが読経して後シテ鵺の登場を待つ。

〔読み〕本題の能の後場にもどる。

鵺を救おうとするワキ僧が読経する。

ワキは着座のまま〔待謡〕〔上ゲ歌〕の一種、高い音高、七五調で御法の声も浦波も、御法の声も浦波も、みな実相の道広き
法を受けよと夜と共に

このワキ僧の読経の声が浦波の音と重なって聞こえる。浦波の音そのものが、仏の説く不変の真実の道を説くものとして聞こえる。

9　〔出端〕ノリの良い太鼓入り囃子で後シテ鵺が背に打杖をさして登場する。

〔読み〕ワキが合掌しつつ仏が悟りを開けば、

〔サシ〕すらすら淀みなく、もしくは〔一セイ〕で一仏成道観見法界、草木国土悉皆成仏

小飛出（保田紹雲作、田﨑未知撮）

草木・国土、有情も非情も成仏できるという、密教、天台の本覚思想が説くように、み仏の力を頼みなさいと謡い、ワキがシテに参加し〔地謡〕が受け仏の涅槃入りに五十二類の生類が参集したが、われもその仏性を持つ身として導かれ、この月の夜、潮に浮かんでここまで来た、ありがたいことですと謡う。

〔補説〕後シテは男体、ベシミ（悪見）類、赤褐色、活動的な異相の小飛出の面を着けて登場する。スタンカ・ショルツ・チオンカが〈頼政〉と〈鵺〉の面を並べ掲げて論じるのが示唆的である。

10　ワキが後シテ鵺を受け、頼政に討たれたこと、その後の経過を地謡が謡う。

〔読み〕鵺が頼政に討たれる。

ワキが着座のまま〔カカル〕相手に語りかけるように不思議やな目前に来る者を見ればその変化の姿は、前場で〔地謡〕が謡ったとおり「頭は猿、尾は蛇、足手は虎」の恐ろしい様だと語る。もとより想像上の怪獣である。

シテがワキに、みずからがよこしまな変化となって仏法・王法を妨げようと都、王城のまわりにはびこり、シテが一の松で正面に向かい〔サシ〕すらすら淀みなく「東三条の林」のあたりを「暫く飛行し」、夜更け「丑三つ（午前二時から二時半）ばかりの夜な〳〵に」「御殿の上に飛び下れば」、シテが舞台を大きく回り、〔地謡〕が受けたちまち主上がしきりに悩み怯え「魂消らせ」気絶なさるのも、わたくしのなすところだと、猛々しく振る舞っていたところ、思いもよらず扇の要を胸に当て、反り返って頼政の矢先にかかり、神通力を失い、がらがらと地に落ちて落命してしまった。思えば、それは頼政の矢先にかかったと言うよりは、主上を悩ませた、その天罰に当たったと今こそ思い知られたとは、シテ鵺自身の心情告白を語り手としての地謡が謡うのである。

ここで本説に即し「主上御感あつて」頼政に褒美として「獅子王といふ御剣」を賜るのを「宇治の大臣（頼長）」が受け、頼政に渡そうと御前の階を降りられたところ、拍子をくずし「郭公」が訪れて啼いた。ほととぎすの異名として、この「郭公（かっこう）」の字が当て用いられる。『平家物語』では頼長がとりあえず郭公の登場に託してシテが見上げ「ほととぎす名をも雲居に揚ぐるかな」と頼政の高名を褒めたたえるのだが、能では〈地謡〉が受け拍子を合わせ頼政は即座に右膝をついて「弓張り月のい（入・射）るにまかせて」と返す、掛詞を使う付け歌を行って「御剣を賜」る。

主上から賜る剣を手渡すのが頼長であることも気がかりである。ともに胸に一物のある、複雑な頼長との取り合わせである。ここでも、背後に崇徳の影が見える。その頼長と頼政の動きシテが演じながら鵺の動きを、〈地謡〉が受けて謡う。

頼政は、この怪獣退治によって名をあげたのだが、わが身、シテ鵺の亡心は「うつほ舟に押し入れられて淀川」へ押し流され、よどんだり流れたり、行く先は、シテが橋掛りへ行きこれも蘆の名所、鵜殿から蘆屋の浦の浮洲に流れ着き、月日も見えぬ暗黒の闇路に落ちてしまった。山の端に照らす月のように、わが身を照らしてほしいと願いつつ、山の端に入る月、その水面に映る月の影とともに海中へ沈んでゆく。月と鵺の重なりが曲の暗さを増幅する。

〔補説〕 ちなみに、この変化の姿は『往生要集』をはじめ能〈羽衣〉にも登場し、極楽に住むという、顔は美女、声は仏の声に似る人頭鳥身姿の迦陵頻伽の逆をゆく怪物である。頼政は七十五歳の高齢で、ようやく三位に昇った歌人である。事実は清盛の推挙によるのだが、本説の『平家物語』や能は頼政の歌才によるものとする。それがこの頼長との連歌唱和の場にも演じられるのである。

〔まとめ〕 これまで物語を読み解いて来たのであるが、『保元物語』の語りから想像をめぐらせば、前場で鵺が「こがれて堪へぬいにしへを忍び果つべき隙ぞなき」と嘆いていた「いにしへ」とは崇徳の想いではなかったのか。そして「げに隠れなき世語」は頼政の鵺退治の武功談であるとともに、崇徳に遡る暗い思いをもしのばせる。みずからを「埋木」になぞらえる不遇な思いは崇徳から、以仁王をかたらう頼政へ、そして頼政に討たれる鵺にまで引き継がれる。この鵺に芸能者、世阿弥みずからの境涯を鵺に重ね合わせる読みがなされるのだった。見たように開曲早々から暗い能であった。

世阿弥と鵺 すなわち松岡心平は、『風姿花伝』第四神儀に申楽の開祖とされる秦河勝が「摂津難波の浦よりうつほ舟に乗りて」流れ出、播磨の坂越にたどり着き、当地の大荒（大避）大明神として、「諸人に憑き祟るような悪神の側面をも同時にあわせ持」ったとする。現在の地名「さこし」は「しゃくし」とも読む。それは民俗学の柳田国男が言う、境に置かれた「石神」、シャグジ、道祖神、サイノカミに通じるだろう。国の境に築いて邪神の侵入を防御するする神である。それを演じる芸能であった。坂越は播磨の西端に近い地である。

中世の芸能者 世阿弥は修羅能〈頼政〉で「埋木」として排除される頼政を演じた。そして晩年には、みずからを鵺に重ね、王法に奉仕して怪異を鎮め排除する、両義性を具有する芸能者を以て自認していた。それは敗れて異界へ追いやられる怨霊を鎮め、生者救済のために浄化を行うという熊野権現とも通底するのだろう。崇徳の怨念をみずから背負う鵺、これを射落とす頼政がともに「埋木」であることを自覚した。それは松岡の論に従えば、芸能人、世阿弥に重なる。島津忠夫は、世阿弥が足利将軍義教に却けられ、悲運の境涯にあったことを重ねる。また鵺の心情を演じることから清田弘は、内容的に四番目、世話能にふさわしいとも言う。松岡は、異類異形の恐ろしい怪物「鬼の芸の血を濃厚に受け継いでいた」芸人としての世阿弥が「用意周到に鬼を退けていく」にもかかわらず「晩年になって鬼の血のなかに戻ろうとしていたのではないか」と言う。それを天野文雄は「その構成や文体などからどうも世阿弥らしくない」と言うのだが。

熊野詣(もうで)を遂げたワキ僧を「来し方(こ)何処(いずく)なるらん」と惑乱させた亡心をもようやく成仏させることにより、ワキの思いも霽れよう。崇徳の怨念を考える秦恒平が「わたしは、夙(はや)くから、あの能の「鵺」をも崇徳怨霊の変化(へんげ)と読み取って来たのである」と言う。上述したように阪倉篤義が早く指摘していたのだった。それをわたくしは『保元物語』の語りの中で読み取る。

鳥羽院の意向として王権維持のために排除される崇徳、その崇徳の怨念を背負った鵺が頼政に退治される。その頼政が後白河の皇子、以仁王をかたらって奢る平家に背き敗れる。平家が平治の乱を受け、生き残った源頼朝・義経兄弟に敗れる。こうした覇権の行方を見る中で〈頼政〉〈鵺〉を製作した世阿弥は頼政を意識し、その源氏将軍頼朝を征夷大将軍の祖として仰ぐ足利尊氏(たかうじ)・義満(よしみつ)ら以後の室町政権を芸能によって支えることになった。

ちなみに本説巻十「藤戸(ふじと)」で、功名を逸る佐々木盛綱(もりつな)にだまし討ちされた藤戸の浦男の遺体が、やはり「浮きぬ沈みぬ埋れ木」の身となるのだった。能に見られるモチーフの共用である。四・五番目物、現代・鬼能〈藤戸〉である。

参考文献

柳田国男『石神問答』創元社　一九四一年
堂本正樹『世阿弥』劇書房　一九八六年
山本ひろ子『異神』平凡社　一九九八年

松岡心平『能〜中世からの響き〜』角川書店　一九九八年
金岡猛『能と精神分析』平凡社　一九九九年
秦恒平『能の平家物語』朝日ソノラマ　一九九九年
山下『琵琶法師の『平家物語』と能』塙書房　二〇〇六年
山下『中世の文学　平治物語』三弥井書店　二〇一〇年
島津忠夫「作品研究『鵺』」『観世』一九八六年三月
片山慶次郎・阪倉篤義・野村広二・前西芳雄「座談会「鵺」をめぐって」『観世』一九八六年三月
清田弘「謡と舞台」『観世』一九八六年三月
『日本民俗大辞典』吉川弘文館　一九九九年　この項、井阪康二執筆
スタンカ・ショルツ・チオンカ「修羅能と平家物語　転換の方法」『日本の叙事詩　平家物語における語りと演劇化』リブヌーブ　二〇一二年（仏文・未訳）
松岡心平「鬼と世阿弥」『能を読む②』角川学芸出版　二〇一三年
天野文雄「世阿弥の芸術的革新」『能を読む②』角川学芸出版　二〇一三年

5　〈実盛〉　実盛が名を洩らし給ふなよ

背景　実盛と義仲　修羅能〈俊寛〉のシテ俊寛が、後白河院の側近として王朝内部にあって平家を排除しようとしたのとは違って、王朝を外から武力で直接揺さぶるのが、平治の乱に敗れて伊豆に流されていた従兄の頼朝であり、同じ源氏で木曾に兵を挙げた義仲である。

頼朝を討とうとする平家の軍、小松家三位中将維盛が率いる「十万余騎」の中に斎藤別当実盛がいた。その先祖は、越前の人を母とする藤原利仁に遡る。利仁は藤原氏ながら京を離れて坂東諸国の国司を歴任、源平に並ぶ軍事貴族として鎮守府将軍にも就いた。新しい天皇の即位にともない伊勢神宮に仕えることになる未婚の内親王を斎王と言う。利仁の子息、叙用がその斎王の祭事を管轄する斎宮寮の頭（長官）に就いたことから「斎藤」を号した。その叙用の子、吉信が加賀守となり、孫伊傳が越前に住み、土地の群盗や凶党を追捕する押領使を務めた。実盛は、その子孫で、清和源氏の中、河内源氏の為義に家族のように仕える家人となったが、武蔵、平家の領地、長井（埼玉県熊谷市内）の現地荘園を管理し、その長井を姓に付した。平治の乱に源氏の義朝に従って戦い敗れたが、乱後、平家の小松家に仕えていた。中世の地方武士の生き方であった。

伊豆にあった頼朝が治承四年（一一八〇）八月、挙兵して富士川で、平家、維盛が率いる軍と対決。『平家物語』によれば、合戦を前にその平家の軍に属していた実盛は、大将軍の維盛から「東国の案内者」として、戦を前に東武士の気性について意見を求められる。実盛は東武士が京侍と違って命を惜しまず勇猛果敢なことを語って、居並ぶ平家軍の心胆を寒からしめ戦意を喪失させたのだった。そこへ矢合せの前夜、水鳥の飛び立つ音に、おびえる平家の軍は敵襲と誤り、戦わずして敗走することになった。それまでの経過から実盛は、当時の行動を無念と思い、この度、北国、篠原（石川県加賀市内）での義仲軍との対決に従軍し、討死を覚悟していたのだった。『平家物語』巻七、「実盛」が語る話である。

秦恒平は、本曲が『源平盛衰記』巻二十六「木曾謀叛の事」を踏まえたと言う。それはどういう意味であろうか。『盛衰記』はくせのある物語で能の本説とはしがたく、能の本説は『平家物語』の語り本であると考える。

時は遡り、久寿二年（一一五五）坂東の地で義仲の父義賢が、覇権争いから兄の義朝の長男義平に討たれた。前出、〈朝長〉の章に掲げた系図（29頁）を参照されたい。当時二歳であった義仲は、桓武平氏、武蔵の秩父氏系、畠山重能の配慮と、斎藤実盛の指示により、坂東を避け、木曾、明経道の家を祖とする中原氏へ送られ養育されたとも言われる。物語ながら、当時の坂東源氏の内部状況をとらえた読みで、この修羅能〈実盛〉における義仲と実盛の仲を理解する手がかりとなろう。

かように実盛は、もともと源氏の義仲やその家来手塚らとも知己の仲にありながら、義仲が挙兵の頃には上述したように平家に従っていたのである。

なお本書の冒頭に述べたように、能は本来、謡いの音声を聴き、それに舞の動きを見て楽しむ芸能である。それを舞台を離れ、音曲を文字化して読むのは、『平家物語』を平家琵琶として読むのに譜本が提供されるのと類する。国外でも覚一本を英訳するのに、曲節を意識して改行、分かち書きする試みが始まっている。

1　「狂言口開」のアイのことばを底本が省略するのを、狂言方の山本東次郎本により補い、本書の後半、狂言の役割を考える手がかりとする。

ワキ時宗の遊行、他阿弥上人と、そのワキツレ従僧が無言で登場し正面を向き脇座に着く。

〔読み〕アイ、里人が登場。能の進行に参加するアシライアイである。幽玄能としては異例だと言う。その意味で役割の重いアイが〔名ノリ〕コトバで加賀、篠原の在の者と名のる。毎日、ありがたい法談をなさる遊行他阿弥太空上人が、昼頃になると、「独言」をなさる。それを土地の人々が目にしながら、その話しかける相手の姿が見えず、不思議に思う。アイ里人はワキ上人に、そのわけを確かめるために、日中、念仏の終わった頃に参ろうと言う。

2　直面（素顔）のワキ遊行上人が、念仏の功徳を讃歎し、ツレ従僧がワキ上人と念仏に唱和する。

〔読み〕ワキが床几に着き『観無量寿経』の偈を踏まえ、〔サシ〕すらすらと淀みなく七五調、それ西方は十万億土、遠く生まるる道ながら、此処も己心の弥陀の国

西方浄土は、十万億土の遠方ながら、念仏を唱えれば、ここも浄土と変わらぬ弥陀浄土の国である。貴い人も賤しい人も集まり、日夜、説法の場に称名念仏する者を阿弥陀如来が摂取不捨、仏の道を知る人も知らぬ人も見捨てることなく、すべて救おうとされる。〔上ゲ歌〕高音、五七調で従僧とともに説法の場から念仏を唱えよう。弥陀の願いを知る人も知らぬ人をも救ってくださる、かの国へ行き成仏するのはたやすいことだと唱和して謡う。

3　橋掛かりに待機していた前シテ老人が説法への思いを謡う。

〔読み〕卑賤な老人、笑尉の面を着けた前シテ老人が（原点となった池から）登場し、その思いを述べる。

笑尉（出目満志作、銕仙会蔵）

正面を向き〔サシ〕すらすらと淀みなく

笙歌遥かに聞ゆ孤雲の上、聖衆来迎す落日の前

日が西に入ると浄土から聖衆がお迎えに来てくださる笙の音が雲上に響き、尊い紫雲が立っていますよ。さては今こそ説法聴聞の時だ。立ち居に苦しい老いの身、説法の場に近づけぬなら、離れた所でも聴聞しよう。一度の念仏の声をも聞きつけ救ってくださると言う仏の光明に曇りはないが、老眼には、やはり曇って通路が見づらい。歩みは遅くとも、ままよ、ここ説法の場からも浄土は遠くあるまいと「南無阿弥陀仏」を唱える。常座でワキに向かって合掌する

〔補説〕この謡いは、大江定基（寂照法師）が宋の清涼山に登り作った詩句で、『平家物語』では大原に隠棲した建礼門院が浄土を志して色紙に書き「障子」（ふすま）に貼ったとも語る。本説において語る素材やモチーフを他の場面や曲から転用するのが能の詞章の構成法である。

4　ワキ上人が人々の不審をはらすために、世の人々には見えないシテ老人に名のりを促す。シテはこの篠原に討たれたことを語る。

〔読み〕まず前シテ老人にワキ上人が 床几のまま対話態で問う

コトバで応答 いかに翁さても毎日の称名怠る事なしされば志の者と見る処におことの姿（が）余人に見る事なし

そなたは毎日、念仏を唱えられる。殊勝なお方とお見受けするのだが、「おこと」（シテ老人）の姿が「余人」には見えないので、世の「皆人（が）不審しあへり」。

異界と現世が重なる空間で、シテの姿が現場の人には見えないと言う。そのシテとワキの対話を観衆が覗き見る形を演出するのである。だからワキはシテに、今日はぜひ、名のりなされいと促す。この名のりが物語としても重

要なモチーフをなすことを注目したい。

シテは着座のままこれは思いも寄らぬ仰せ、京から離れる「鄙人なれば」名のるに価する者ではありません。上人さまの「御下向」は、まさに弥陀如来の御来迎と同じこと、これまで生きて正面を向き〔カカル〕相手に語りかけるようにコトバで盲亀の浮木、優曇華の花待ち得たる心地して、喜びの涙、袂に余る長生きして、上人さまの念仏の場にめぐりあえるのは〔中音〕中間の高さの声で浮木にめぐり会えた盲目の亀の思い、さらに三千年に一度咲く優曇華を見るような心地で、老いの身に余る喜びに涙が袂にあふれ、このまま「安楽国」（極楽浄土）に生まれることができようかと嬉しい限りです。それなのに妄執にかられる「閻浮」、人間界での名を明かせとは不本意でございますと拒む。ワキ上人は困りながら、重ねて「懺悔の廻心」、罪業告白のたよりになるから、名のりなさいと促す。シテはワキの願いを容れ、ワキが人目を憚るならばと人払いまでする。謡の節が物語の内容と重なる。『平家物語』の内容と平家琵琶の曲節が重なるのと同じである。

シテが真中へ出て昔、斎藤別当実盛がこの篠原で討死した、そのことをご存じでしょうと言うのをワキは制止し、「戦物語」は「無益」、この場ではただ名のりをと重ねて促す。シテは、いや、その実盛が名を隠したのですが正面に池を見て「この御前なる池水にて鬢髭をも洗はれ」、素姓を隠そうとした「その執心」が残ったのでしょうか、土地の人々に知れるのを憚るためにワキ「今もこの辺の人には幻の如く」に見えるとの噂があるのですと言う。この能では、名隠しが重要なモチーフをなす。物語としての語りのつながりを見るべきで、ワキはなるほど、それが今も、特にこの辺りの人々を不審がらせるのですねと問うと、〔カカル〕相手に語りかけるように シテは「深山木のその梢とは見えざりし桜は花に顕れたる」という古歌がありますが、その「老木（のような身）をそれと御覧ぜよ」と答える。深い山中の梢が目につかない桜も開花とともに目につくようになりますと言う。名を隠す訳が見え始める。

ここでワキ上人は実盛の戦物語を思い出し、コトバで不思議なことです、そなたこそが「実盛の、その幽霊にてましますか」との問いに、シテはおっしゃるように実盛の幽霊です。「魂は冥途に在ながら、魄はこの世に留まり」、ワキ魂は冥途に行ったのに、〔カカル〕相手に語りかけるように肉体はこの世に留まり、シテ合戦があった当時から「二百余歳の程は経れども」いまだに成仏できず、池に立ち騒ぐ波が寄るようにワキ昼となく、シテ夢とも、現ともなく、闇に閉ざされるばかりです。シテが正面を向き〔上ゲ歌〕音高をあげ「篠原の、〔地謡〕が参加し草葉の霜の翁さび」、草葉の霜の翁さびその思いをこの篠原の草葉に置く霜のような、わが白髪の老いの姿をお咎めなさるな。ワキに向かいこうして仮に現れ出た実盛の「名を洩らし給ふなよ　亡き世語りも恥かし」人の噂になるのも恥ずかしいことですと言って立ち常座へ行き「篠原の池の辺にて姿は幻となりて失せにけり」姿を消す。シテはこの池から現れ、その池に消えたのであった。

〔中入り〕

〔補説〕 シテはなぜ、この池にとりつかれているのだろうか。みずからを「深山木」にたとえるのは、本説（出典）『平家物語』巻一の頼政にも見られる。すなわち加賀、鵜川寺で、その荘園をめぐる国司目代（代官）の狼藉から白山の訴えに発展し、本山、延暦寺の大衆が朝廷へ強訴する。京侍として朝廷に仕える摂津源氏、源頼政がその防御の任に着きながら、矛先を巧みにかわそうとするのを若い僧がなおも攻めかける。その場の摂津の竪者、勅命による論議の場で問者に答える役柄の豪雲をして「近衛院御在位の時、当座の御会ありしに、深山花といふ題を出されたりけるを」人々が詠みづらく苦労をしたのを、その頼政が「深山木の」の名歌を差し出し、「御感」に預かったほどの「やさ男」、頼政に恥辱を与えるべきでないと制止させたのだった。その話のことばを、この実盛に借り引用するのである。能作の一つの方法である。

能とモチーフ、原点　実盛同様老いた作者世阿弥が、深山の桜の老木に重ねる実盛にみずからを重ねたとも思われる。

本説とした『平家物語』の巧みな読みの摂取を示唆する語りである。「幽霊」となって姿を現したこの池を、実盛の原点としたのであった。現地に能が契機となって「首洗いの池」を伝承、遺跡として残すことになったのだった。前シテがワキの面前から退場する。実はシテは年齢を隠して戦ったのに、その名を明かされたことを恨んだのだった。実盛の霊は極楽往生を願いながら、武士としての名を惜しむ実盛の思いを曲のモチーフとする。この「幽霊」の語が念仏宗の用語だとする説がある。

実は、『平家物語』を支えた宗教の時代をめぐって、浄土真宗の念仏義とするかどうかが問われたのであるが。

5　アイがカタリアイとして実盛討死の経過を語る。能に参加してワキらと応答するアシライアイとは違って、〔中入り〕に入ってアイが能を解説し、後場に備えるのである。

〔読み〕前シテ老人、実盛の幽霊は、わが名を隠せとアイ里人に乞うていた。

冒頭に登場したアイが再度登場し、遅参を詫び、ワキ上人に世の人々が不審がる、上人が日中、ひとりごとするわけを問う。逆にワキ上人が里人アイに、姿を隠した実盛最期の様を尋ね、アイは修羅能の定型通り実盛出陣後の経過を語り始める。

アイ狂言のはたらきを考える手がかりとして伊藤正義が、「上演台本ではないが」として、謡本刊行と併行して読まれたとする江戸期版本を掲げる。実盛がお仕えする大将軍の宗盛様、「君にお受けを申し、（生国へ実盛が）おん下りなされ、合戦させられうずるとのおんことにてござ候」合戦しようとなさるのですと、実盛の行為に敬語を使って、観衆に向け、丁寧表現で語る。このカタリアイが能と狂言の関わりを示唆するだろう。

〔補説〕狂言の笑い　アイは能と観衆との間をつなぐ役割を演じる。これをカタリアイと言う。それはアイが能を解説するとともに即興的に観衆の緊張を解き後半に備える場でもある。そこから笑いが生じる。

この江戸期版本がおさめるカタリアイでは、越前生まれの実盛が出陣するにあたって、錦の「単肩衣（ひとえかたぎぬ）」（江戸時代の礼服）着用を許されたとは意外ないでたちである。能には「直垂（ひたたれ）」とあるのを、アイは、江戸時代の礼服に置きかえた。この意外な語りの笑いは、能の緊張した場に即興的に語る、アドリブ、ギャグであり、一時、観衆の緊張を解くのだが、現代の観衆は気付かないようだ。浄瑠璃や歌舞伎の、いわゆるチャリに当たる。ちなみに現代演劇でも、この種のギャグが、たとえばニューヨーク、ブロードウェイで苦労の末、俳優の座を確立した渡辺謙の「仕事」にも見られ、瞬間的にわたくしの緊張を解き、笑いを引き出したのだった。渡辺にとっては瞬間的に緊張を解くつぶやきであった。テレビで見た一場面であった。

以下、そのカタリアイである。本説『平家物語』に従ってたどれば、実盛が戦の場に臨む。身の老いを侮られまいと、白い鬢髭を「渋墨（しぶずみ）」で染め、寄せ手の大将級の人との組み討ちを決意していたところ、若武者一騎が懸け合う。本説の『平家物語』や能の後場では、実盛の討ち手を手塚とするこのアイを、無名の若者とする。狂言の演出である。老と若の対立がモチーフをなす。語り手の視点は実盛から、相手の若武者に転じ、その若武者が、いかなる相手かと不審に思ったが、討ち取った頸の主を見知る人もない。当時の武士にとって、これでは論功行賞申請の役にも立たぬと、その頸を「これなる池へ捨てさせられ」ました。そのために「百入（ひゃくしお）染めの墨、一入（ひとしお）づつ落ち候へば」何度も染めた髪の渋墨が次第に流れたので「その時」実盛とおわかりになったと承りますとは意外な語り。思いを込めた実盛の決意を若者が虚仮（無）にする語りである。この場の笑いが、この後の本番、実盛の決意を際だたせ、それゆえに修羅道での覚悟の死を強調する。能とは辻褄があわないが、後場の緊張を引き立てるアイの語りである。

〔中入リ〕に入る前、名のりを促すワキに対し、シテみずからが「その実盛はこの御前なる池水にて鬢鬚をも洗はれしとなり、さればその執心残りけるか」と言っていたし、後場で後シテが演じて、その実盛の日頃の決意を明かし、

「この池波の岸に臨み」「鬢を洗ひて見る」ことになるのであるが、このカタリアイで、若武者が討った相手の頸を池へ捨てたとは、実盛の武名ゆえの覚悟、執心を無にする行為である。能の後場でも、不思議に思う義仲の指示により、冒頭に述べたような人脈から、昔、親しくしていた樋口が呼び出されて、生前、実盛が語っていた朱買臣（しゅばいしん）の故事に倣った決意を明かし、その場で実盛の首を洗わせ、実盛の本意を確認することになるのだが、このカタリアイのさりげない瞬間的な笑いが、せっかくの実盛の執心を虚仮にしてしまう。この戦功争いにせっかくの実盛の頸を捨ててしまう行為が、逆に能の後半、実盛の行為を賞賛、強調することにもなる、大谷節子の言うバランスがとれるという論をわたくしはこのように理解する。その効果をねらったカタリアイの機能であるのだろう。後半、シテ実盛の修羅の苦悩を強調することになり、ドラマを活性化する。ちなみに本説『平家物語』も、「まことに染めて候けるぞや、あらはせて御らん候へと申しければ」、洗わせて見れば「白髪にこそ成りにけれ」と結ぶのであって、「池で」洗わせたとは語らない。カタリアイでは実盛の霊にとって、この池が原点、トポスとなり、今も現地に伝わる遺跡となった。能が本説であろう。多くの史跡が能を本説とする。

アイ狂言と『源平盛衰記』　それにしても、なぜ能を破壊しかねないカタリアイが入り込むのか。ここで思い浮かぶのが、『平家物語』の、読み本でもくせのある『源平盛衰記』巻三十、「実盛討たる附朱買臣錦の袴並新宝県の翁の事」の付けたり「並」（ならびに）である。すなわち、

昔も今も蛮（えびす）に征（ゆ）く者千万なれども、一人も帰らざりければ、新宝県（しんぽうけん）に男あり、兵に駆（か）られて雲南（うんなん）に行きけるが、彼の戦ひを恐れつゝ、歳（とし）二十四にて夜更け人定（しずま）つて、自ら大石を把つて己（おのれ）が臂（ひじ）を打折り、弓を張り旗を挙ぐるに叶はねば、行く事を免（ゆる）されて再び故郷に帰りけり。骨砕け筋傷（やぶ）れて悲しけれども六十年を送りけり。雨降り風吹き、陰（くも）り寒き夜は痛みて眠れざれども、これを悔（くや）しと思はず、悦ぶ処は老いらくの八十八まで生くる事を。こ

れは異国の事なれども、此の国の歌人（うたびと）よめるとか。「一枝をを（折）らでは争（いか）で桜花八十（やそじ）余りの春にあふべき」。新宝県の老翁は八十八、命を惜しみて臂を折り、斎藤別当実盛は七十三、名を惜しみて命を捨つ、武きも賢きも人の心とりどりなり。

とまさに物語を逆転、朱買臣の故事を虚仮にする話を並べ語っている。「武きも賢きも人の心とりどりなり」とは、実盛の決意の拠り所となった朱買臣の思いを相対化し、実盛の決意をも虚仮にしてしまう、醒めた笑いである。この『盛衰記』の語りは、カタリアイで実盛の決意を無にする若者の行為にも通じるだろう。実盛の決意を笑いものにする、醒めたユーモア、アイロニーだが、芸能としては危険な語りである。こうしたカタリアイの延長線上に、例えば地蔵の霊験・利生をも虚仮にしてしまう〈川上（かわかみ）〉（後述）のような自立した本狂言の世界がある。笑いに満ちた『太平記』が読まれ、語られる時代の狂言であった。

「しかれどもはや二百年に余るとやら申し候間（あいだ）、覚束なく候」とは、能を上演するための時代を銘記するカタリアイである。『源平盛衰記』が『平家物語』の読み直しを行うのは狂言のカタリアイにも通う。それは琵琶法師の語り、ひいては、それを本説とする能をも相対化しかねない、醒めた『盛衰記』編者の語りであったのだろう。カタリアイのみならず、広く狂言に、この『源平盛衰記』の語りにも通じる笑いの世界があった。それは能をも虚仮にする。

このカタリアイについては戸井田道三にも論がある。その論をわたくしなりに理解すれば、アイは能の世界を外から語る。つまり狂言は能とは別次元の世界で、能を解説しながら相対化し、その笑いを以て能を一時虚仮にし、緊張を解くことができた。能舞台における狂言座の位置も、それを語っているだろう。先に掲げた舞台略図を見てほしい。ひいては、瞬間的に能の修羅の恐怖を和らげることによって、後半の緊張をさらに活性化することになろう。

この能と狂言の関係が次第にわからなくなるのが現実であった。それを今日再生できるものかわからないが、まさに猿楽としての、芸能本来の機能を、こうした間狂言が見せる。もともと文字化されることの稀なカタリアイは、ある意味で道化にも通じる。サーカス公演が、本来、公演する土地の神に奉納するものであり、神に捧げる芸能であった。相撲などが芸能として寺社に奉納するものである。そのサーカスにあわせてピエロや、それに相撲の公演にも先立って行われる初っ切が、やはり観衆の緊張を一時解くのであった。

このアイのはたらきがわたくしにはわからず、はたと困り、意味を取り違えそうになったことを告白せざるを得ない。この実盛の決意を虚仮にする一時の笑いが逆に後半のシテの堕地獄の苦悩をひき立てることになるのである。

武道家で哲学者でもある内田樹が、観世清和と、松岡心平も加わって能を演じる緊張を語る。能は歌舞伎と違って「内側へ内側へと気持を込めてゆく」と言う。そこへこの間狂言の語りは、外へ開きシテ実盛の意図をも虚仮にする。この笑いが後場のシテの行動を振るいたたせる。その笑い、ギャグとして、即興的なカタリアイがある。世阿弥が「アイ狂言の詞章も自分でたぶん、書いてるんですよ」とまで言うのであった。現在紹介されるテクストを当時の語りそのままの文字化とは考えがたいが、能と狂言を考えるべき一資料と考える。

演技の場で、アイはそのカタリアイを語り変えていた。その結果がこの〈実盛〉のカタリアイに数種類のテクストを残すことにもなった。ちなみに四世茂山千作が梅原猛・松岡心平・天野文雄との対談の場で〈車僧〉〈黒塚〉をめぐってワキ・地謡・囃子方で笑わせるものがあると言うのは、この〈実盛〉のような例をも言うのだろうか。

実盛の霊の原点　本説『平家物語』同様、実盛を組み敷いたのは若侍ならぬ手塚太郎光盛であった。組み敷く相手（実盛）に名を問うが、実盛が答えなかったため、手塚は討ち取った首を義仲に見せる。冒頭に述べた当時の東国武士の人間関係を思い出してほしいのだが、実盛が幼時から「なれあそンで見知ッたるらん」と樋口次郎が呼び出され、実盛が、日頃、高齢であることを隠し、髪を染めて戦おうと語っていたことを明かすのである。それを能は、北陸合戦があった寿永二年（一一八三）から二百余年を経過、ワキの面前に実盛の幽霊が、能や語りアイが演じるこの池から現れたとする。頸洗いの池として現代まで伝わる実盛の幽霊の原点である。前のカタリアイは、この実盛の原点をも虚仮にし、一時、緊張を解きながら後場へとつなぐのである。能が現地に遺跡を残すことになった。

現地に実盛幽霊の巷説、その背景　南北朝時代に、北朝を支えた京都醍醐寺の座主、満済の日記『満済准后日記』応永二十一年（一四一四）五月十一日の条に「去る三月十一日の事歟」として、実盛の幽霊（亡霊）が現地篠原に現れたと記す。まさに現地での合戦から二百余年後のことである。

その満済の『日記』に見るとおり、かれは平家琵琶の愛好者で、物語に通じていた。芸能の興行に幽霊が出現するには、背後に芸能をも含む社会状況があった。

足利将軍、義満の死後、その子、義持が弟たちと争い、内訌や内乱、外には和寇に対する報復として朝鮮軍が対馬に襲来するなど、内憂外患が続き、応永二十年代から寛正年間へと大飢饉と疫病を誘発、そのために三十余年の間に九回もの改元が行われている。保元の乱以来の戦没者の霊の怨念を恐れ、招き鎮める五、六百人もの琵琶法師が洛中、「平家」を語り歩いていたと『碧山日録』が記録する。応永当時、時衆、特に遊行上人十四世を相続した他阿太空を軸に世阿弥が能〈実盛〉を制作した。他阿弥こそ将軍義持が帰依した上人であった。源氏将軍としての足利義持には平家の怨霊を遊行上人が鎮魂してくれるという期待があったと言う。堂本正樹は、時宗内部で、七条道場の藤沢派と、金光寺の四条派の対立があり、義持に接近する太空が、実盛の霊に真阿弥陀仏を追号したと言う。世阿弥を貞治二年（一三六三）の生まれとすれば、この歳、五十二歳になるのだろうか。その意味で世阿弥にとっては現在物の能であった。本曲について現在能と幽霊物の二重構造を香西精が指摘し、堂本が「時事性のある能」と言うわけである。

山本東次郎本のアイ狂言　江戸版本の語りアイを読んだのだが、アイ狂言の機能を考えるために重ねて大蔵流、山本東次郎本を見ておく。

アイが遅参を詫び、篠原の人々がワキ上人の独言を不審に思うと言う。ワキ上人は独言する事情を明かす前に、アイ、所の男に、この古戦場で実盛が討死した経過を語れと促す。定型である。アイは二百余年も昔のこと「およそ承り及びたる」と経過を語り始める。本章の冒頭に記したように中世武士として生きる実盛が「源氏へ御参(おんまいり)あり」、為義の御家人として平治の乱には源義朝に従って戦って敗れたが、平家に仕え武蔵長井の庄を管理していた。伊豆に流されていた源頼朝が挙兵、石橋合戦を機に実盛は上洛して平家の「宗盛公」に仕えた経緯をアイが語る。この度の北国合戦に、願って討死を覚悟で参加、平家方が義仲率いる木曾勢に敗れて退く中、実盛はなおも「よき相手もがな、討死せんと取つて返し」たが、木曾方の兵が「進み出で」実盛の「耳の裏よりごそりと首を掻き落としたる」とは狂言らしい即興、ことばのギャグである。「木曾殿」に御覧に入れたが首の主(ぬし)がわからず、実盛の首だと申す人、「いやいやそでないと申す者」もあり、わからぬのももっともなこと、実盛は「抜群の老武者」、「若く出立ち討死せんと、鬢髭を渋墨(しぶずみ)」で染めていた、その墨がとけ「お顔が汚れて」わからなくなったとは、幼時から知っていた樋口次郎の実検を抜きにしてアイが語りギャグをとばす笑いである。「ある人」に促され「あの篠原の池」で「すすいで」見ると、「正真(しょうじん)の」実盛とわかった。「言語道断」、驚くべき実盛の「弓取り」の「嗜み(たしなみ)」を義仲が「御誉めなされた」と語る。前述の版本のカタリアイに通じながら、くだけた狂言のことばづかいを交え、多少の手直しを行っている。見方によれば、能と狂言のせめぎあいまでうかがえそうな場である。ひいては、それが能を活性化する、カタリアイの真骨頂であったのだろう。

そこでようやく日中の法談に独言したわけをワキ上人が語り始める。近日、「いづくともなく」老人が一人来た。

今日もやって来たので尋ねると「古の戦物語」を語り実盛の幽霊だと言い「池のほとりにて姿を」消した。これはきっと「実盛の御亡心」が、上人のありがたい法談を聴聞し成仏を遂げようと毎日姿を見せたに違いないとアイは思い、説き語るのである。話題の池のほとりで、時衆「臨時の」踊り念仏により、亡霊を弔おう、篠原の人々にふれてほしいと求め、ふれが回る。まさに修羅の芸能である。能・狂言が作り上げた聖なる場、原点である。

6　ワキ上人が説法しつつ後シテの登場を待つ。

〔読み〕

ワキ・ワキツレが正面先に並ぶところへワキが〔カカル〕相手に語りかけるように いざや別時の称名にて、かの幽霊を弔はんと、〔待謡〕〔上ゲ歌〕の一種、高音の歌 篠原の、池の辺の法の水

池のほとりでの称名念仏の声に深い頼みをかけ、「初夜（夜になった頃）」から「後夜（明け方）」まで、月が傾く西方を志し、曇りのない鉦が響く中、数珠を持ち夜を徹し南無阿弥陀仏と唱える。

7　後シテ実盛の霊が登場 常座に立ち 弥陀を讃歎する。

〔読み〕池のほとりに後シテ実盛の幽霊（亡霊）が現れる。しかも面は前場と変わらず、笑尉である。

神などの登場にノリの良い謡い〔出端（では）〕で正面へ向き 極楽世界に往きぬれば、永く苦海を越え過ぎて

上人の説法に随喜し、極楽へ赴けば、永い間苦しんで来た、六道を生死流転する、この人間の世界からも離れられる。なんと喜ばしいことか。再び迷いの穢土へもどることのない、命は無限と説く無量寿仏こと、阿弥陀如来の世界を志し、まことに頼もしいことだ。

〔一セイ〕リズムは合わないが七五調でシテが 念々相続する人々は、〔地謡〕が受け 念々毎に往生す

たえず念仏を続ける人は、念仏ごとに往生する。リズムに乗り「南無と言つぱ」とは〔地謡〕仏に帰依すること、シテが舞

台を大きく回り〔地謡〕阿弥陀仏とその念仏を唱える行によってシテ必ず往生を遂げることができる、ありがたいことですと合掌する。

8　後シテ実盛がワキと応答

〔読み〕シテ幽霊が修羅の苦悩を語り、その思いを〔地謡〕が受けて謡い出す。

着座のまま〔カカル〕相手に語りかけるように不思議やな（夜から）白みあひたる池の面に、幽かに浮かみ寄る者を見れば、さきほどの老人が現れ甲冑を帯する不思議さ。なるほど前場とも面を変えないわけである。シテがワキに「埋もれ木（のように）人に知れぬ身と沈めども」、口では言い尽くせない修羅の苦しみ、苦患の数々を救ってください、成仏をと願う。この修羅の訴えは、同じシテが第四段においてワキに対し、みずからが頼政の詠をひき「深山木のその梢とは見えざりし桜は花に顕はれたる老木をそれと御覧ぜよ」と応じたのと類似、対照をなすと言う。

シテわが身は上人以外の人ワキに見えず、声も聞こえない。残雪のようにシテ「鬢髭白き老武者」が、ワキはなやかで、シテ曇りのない姿がワキ月の光やシテ灯火の影によって見える。

〔地謡〕が〔上ゲ歌〕高音の歌夜錦の直垂に「萌黄匂ひ（威し）の鎧を着て、黄金作り（飾り）の太刀刀」を帯びている。本説『平家物語』のまま、実盛が宗盛に着用の許しを得た、大将クラスの武将の装いである。

しかし死者の身には何の宝となりましょう。極楽の池の蓮の台こそ宝であろう。まことに疑いのない、ありがたい仏の教えこそ不朽であり、シテが小回りしその「黄金の言葉（念仏）多くせば」極楽へ至らぬことはあるまいと謡う。

9　後シテ、実盛の霊が、舞台の正中でみずからの行い、懺悔の思いをこめて謡い語る。

〔読み〕シテが成仏を願う思いを、

〔クリ〕高音域ので謡い始めそれ一念弥陀則滅無量罪、地謡即ち廻向発願心、心を残す事なかれ一度念仏を唱えれば数えきれぬ罪がたちまちなくなるから、心を翻して成仏を願う心が肝要、他に心を移してはなりません。シテが〔サシ〕すらすら淀みなく機が到来すれば今宵、逢いがたい仏の法に逢え、昔を忘れかねて、しのぶ篠原の草葉の露と消えた様子を恥じ悔やみながら話しましょうと、第四段でワキに制止された篠原の戦を修羅能の定型どおりに語り始めるのである。

コトバで語り物としての物語を登場人物が語る。シテ自身がみずからを対象化して、みずからを討つ相手の手塚をも演じて語り謡う。藤田隆則は「能の人物はしばしば自分の声で自分のおかれている状況を説明したり、することがある」と言い、小西甚一は、「役者（この場合シテ）が当人の動作や状況をいちおう地謡の視点に移し、地謡という鏡に映った自分を謡う意味において、これを反射視点とよぶことにしたい」と言う。この実盛の場合、実盛ながら霊魂としておのれを見ているものと言える。同じく修羅能〈忠度〉でもシテ忠度の霊魂が、討ち手、岡部六弥太の思いを語っている。これが**能の話法**である。

シテが正面を向き〔語り〕さても篠原の合戦に平家は敗れ、実盛を討った源氏方の手塚光盛が「木曾殿の御前に参り」、「奇異の曲者」を組み討ちにし、首をとりました。大将かと見れば従う勢もなく、侍かと思えば錦の直垂を着ていた。名のれ、名のれと責めたが結局名のりません。その声は坂東声でありましたとの弁に、〔カカル〕相手に語りかけるように「木曾殿」義仲は、（幼時、おのれを救ってくれた）長井の斎藤別当実盛であろうと想像する。これまで実盛の霊が名のりを拒んで来たわけである。

しかし実盛なら白髪のはず、鬢髭の黒いのが不思議だと、実盛と旧知（義仲の乳兄弟）の今井四郎の兄、樋口兼光なら知っているだろうと呼び出して質すと、樋口は首を見たとたんに落涙。無惨なことです、まさしく実盛その人。かれは日頃から申していました、六十歳を越えて、戦に臨むのに、若い武者と戦って先を駈けるのもおとなげない。

と言って老武者と侮られるのも口惜しい、鬢鬚を黒く染め、若やいで戦って討死したいと常に申していましたが、まことに鬢を染めていました。洗わせてみてはと、〔地謡〕が謡う「御前を立って辺（あたり）なる、この池波の岸に臨みて」髪を洗わせる。白髪が水の碧（みどり）と映り合う、

〔地謡〕が〔上ゲ歌〕音高く気霽（は）れては、風新柳（かぜしんりゅう）の髪を梳（けず）り

うららかな天候、暖かい風萌え出る新柳のような髪、はりつめた氷も溶ける流れに水苔（みずごけ）のような鬚を洗うと、墨は流れ元の白髪となったのだった。伊藤正義が緑白の色のイメージに注目する。実盛の「名を惜しむ」武者にあるべき心構えだと人々は感動するのであった。曲の山場である。

地謡がシテの動きを謡う〔クセ〕曲の山場で、物語るように実盛が生国での戦に臨むのに錦の直垂を着用するのは「私ならぬ望み」、勝手にしたことではない。かねて源氏から賜り、それを「近年」平宗盛様から管理を委ねられた「武蔵の長井」に住んだ。シテが舞台を大きく回りこの度、北国での戦に討死を覚悟、老後の思い出に、生国（しょうごく）に武名を上げようと、宗盛様にお許しを得て赤地の錦の直垂を着用しました。シテ古歌にも謡う、紅葉の中を地謡分け入れば、その紅葉を錦のように身につけて帰ると人目にわかると詠むように、シテが舞台を回り真中へ出て昔、朱買臣（しゅばいしん）が錦の袂を故郷の会稽山（かいけいざん）に翻したという故事にならって、今は弓取りの名を生国の北国に末代まで残すことになりましたと、悟れぬ心の修羅を懺悔し、有明の月が照らす夜を通して語り謡うのである。

〔補説〕この段では、全体にシテの体験と思いを地謡が第三者としての語り手の位置を保ち、亡心が自己をも振り返る。首洗いの場に都良香（みやこよしか）の朗詠「早春（そうしゅん）」をそのまま引く。ちなみに本説の『平家物語』でも八坂流の第二類本は「成遭（なりあい）ノ水」「ない（り）あひの池」と、現地の池にこだわりを示す。能に学ぶ語りである。「平家」語りを読んで来たわたくしとして、その「平家」語りの延長線上にある能をも物語論に照らして読むことになる。

10　地謡がシテ実盛の霊の生前の最期を謡う。

〔読み〕シテが常座へ出て正面を向き、

〔ロンギ〕リズムを合わせ〔地謡〕と交互にげにや懺悔(さんげ)の物語、心の水の底(そこ)清く、濁りを残し給ふなよ

心を水のように清く、濁りを残さぬようにと促すと、シテはその執心がまたもや、めぐりめぐって湧き出して来る。実盛が狙っていた「木曽と組まんと企(たく)みしを手塚めに隔てられた」とは、相手をののしる意の接尾語に見るようにシテ実盛自身の悔しさが噴出する。手塚めに義仲との対決を妨げられた、その無念の思いが「今にあり」と謡う。実盛が歩んだ経過を思えば複雑である。その実盛の霊をシテとする能の演出である。これでは実盛が修羅道に堕ちるはず。〔地謡〕が受け「続く兵(つわもの)、誰々と」、シテ「手塚の太郎光盛」と名のり演じるのはシテであり、〔地謡〕が「主を討たせじ」と、手塚の郎等がシテ「駈け隔たりて実盛と」地謡「押し並べて組む処を」、実盛の思いに復してシテ「あつぱれおのれは日本一の剛の者」に組むことよと褒めつつ首を鞍の前輪(まえわ)に押しつけ扇を太刀に見立て掻き切って捨てる。〔地唄〕が受け左手へ廻った手塚太郎が実盛の草摺(くさずり)をまくし上げ二刀刺し、二人はともに落馬、シテは「老武者の悲しさ」、戦の疲れもあり、風に痛めつけられた枯木のように力も尽き、手塚に組み敷かれる所へ馳せ参じた手塚の郎等に首をとられ、篠原の土となり、今は影も形もない。南無阿弥陀仏、菩提を弔ってほしいと願って留める。

〔補説〕以上、ワキ上人の見た世界で、それを観衆が見る。すべてがワキ上人の見る夢幻の世界であった。それを観衆が見るのである。

後年、俳聖、芭蕉が現地を訪れ、

むざんやな甲(かぶと)の下のきりぎりす

と詠み、農村の各地に稲の害虫駆除のために、実盛の苦悩を、実盛が稲に躓いて倒れ、討たれたと別様に語り、その

遺恨を鎮めるサネモリオクリ（サナブリ）を行事として行うのを名古屋郊外の地で見たことを思い出す。そこには農村生活にまで能が影をおとしていたことを思わせるのであった。背後に能があった。

この最期の場は、シテ実盛の幽霊がその思いと行動を軸に、相手の手塚光盛、主義仲を実盛から隔てようとする手塚の郎等をもシテと地謡が謡い演じる。まさにシテ一人主義である。

能に精通する英文学者の野上豊一郎をして「台詞（せりふ）担任の不合理」と言わせた演出の典型である。野上は能の英訳に際してこの難題に困惑したのだった。全知視点を以て登場人物や語り手を一人で演じ分ける平家琵琶の語り物とは違った、舞台芸術としての能が見えて来る。シテ一人主義を論じる野上が「初めのnarrative（物語）の形式は全く跡を断つことがなかった」とも言う。本説の語りの方法を伝えると言うのであろう。観衆のためにアイの語りが加わり、「候ふ」「申す」などの丁寧語も多い。琵琶法師の語り物を超える歌舞劇として成り立っている。この実盛の決意と死を演じることによって、実盛の霊を鎮める能を上演する時代の安定をも図ることにもなる。一地方武士ながら『平家物語』にとって大きな人物であることを能が演じてくれる。本曲が拠ったという『源平盛衰記』は、このカタリアイに見るように能そのものを**虚仮**にしかねないことを注目しておきたい。現地には首洗いの池が史跡としてある。能によるものと考える。二番目物修羅能である。

なお、後日この実盛の子息斎藤五・六兄弟が、父の遺志に従い、小松殿維盛の子息、六代に仕えることになる。物語の重要で主要なモチーフである小松家の物語に参加する斎藤である。

参考文献

野上豊一郎『翻訳論』岩波書店　一九三八年

小山弘志・佐藤喜久雄・佐藤健一郎『日本古典文学全集 謡曲集（一）』小学館 一九七三年
戸井田道三『狂言 落魄した神々の変貌』平凡社 一九七三年
伊藤正義『新潮日本古典集成 謡曲集 中』新潮社 一九八六年
堂本正樹『世阿弥』劇書房 一九八六年
田代慶一郎『夢幻能』朝日新聞社 一九九四年
秦恒平『能の平家物語』朝日ソノラマ 一九九九年
藤田隆則『能の多人数合唱』ひつじ書房 二〇〇〇年
山下『琵琶法師の『平家物語』と能』塙書房 二〇〇六年
山下『平家物語入門』笠間書院 二〇一二年
ロイヤル・タイラー英訳『平家物語』ペンギンブック 二〇一四年
内田樹・観世清和『能はこんなに面白い!』小学館 二〇一三年
小西甚一「能の特殊視点」『文学』一九六六年五月
香西 精「作品研究『実盛』」『観世』一九七〇年十一月
表章「間狂言の変遷—居語の成立を中心に—」『鑑賞 日本古典文学 謡曲・狂言』角川書店 一九七七年
山下『平家物語』（文庫）の解説 岩波書店 一九九九年
山下「平家物狂言を読む」『愛知淑徳大学論集』二〇〇六年三月
茂山千作・片山幽雪・梅原猛・天野文雄・松岡心平「茂山千作に聞く京都・前衛狂言の人」『能を読む①』角川学芸出版 二〇一三年
天野文雄「実盛」『能を読む②』角川学芸出版 二〇一三年
土屋恵一郎「砧—夢幻能からの修辞学的逸脱」『能を読む②』角川学芸出版 二〇一三年
大谷節子「狂言の「をかし」—天正狂言本「柑子」を読む」『世阿弥の世界』京都観世会 二〇一四年一月

山下「「平家」物の能と間狂言カタリアイ」『日本文学』二〇一六年二月
竹内晶子「語りとセリフが混交するとき—世阿弥の神能と修羅能を考える」『能楽研究』41　二〇一七年三月

6　〈清経〉本の社に手向け返して

背景　清経という平家公達　伊勢平氏の小松家と言えば、本説『平家物語』では、天武天皇を祖とする高階家の娘を母とする重盛が中心人物で、清盛の嫡男である。物語では、その重盛の亡き後、王朝に仕える一門の堂上平家、平時信系、清盛の後妻となった時子腹の宗盛が一門の棟梁となって平家に翳りが見え始める。略系図を示す。

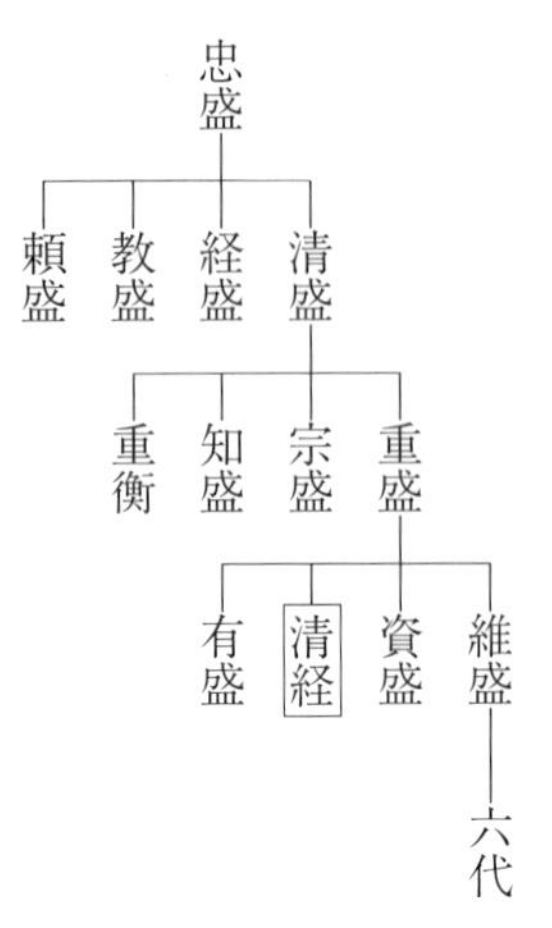

信濃に挙兵した木曾義仲の入洛を恐れて一門が都落ちした当時、宗盛は三十七歳であった。一門の行方に絶望して若死した重盛の三男が左中将清経で、祖父清盛が鳥羽院の寵臣藤原家成の邸に出入りし、縁戚関係を結んだ、その娘を母とする。清経は当時一門の棟梁であった宗盛の甥に当たる。一門の都落ちに、妻子を都に留める長兄維盛（その母は未詳）が二十五歳、清経は二十一歳。妻子との別れに苦悩する維盛を、同じ小松家の兄、二十三歳の資盛らと訪ね、

都落ち同行を急がせる。遡れば清盛の奢りを制しかね、みずから早々と寿命を縮めた父重盛が四十二歳、その後、祖父清盛も六十四歳で死去していた。

曾祖父忠盛の後妻で平治の乱後、清盛に源頼朝の助命を促した池の禅尼の息、五十二歳の頼盛が一門と袂を分かって都に留まる。平家都落ちの怱劇の中に一門が分裂する不安を抱いていた。棟梁、宗盛は気がかりで、そこへ遅れる維盛ら小松兄弟が追いついたので安堵したのであった。このように軍事貴族としての平家一門の中でも分裂を孕んでいた。上述した公達の年齢を比べてみればよい。清経は一門の中で最年少に属する。

『平家物語』での清経は、源頼朝が派遣する東国軍に備えて、叔父知盛、弟有盛と並んで大将軍を務めるが、他に目につく行動がなく、豊前、柳浦で入水したことを能がとりあげる。

『平家物語』諸本と平家大宰府落ちの順路　筑紫（九州）へ落ちた平家の歩みを『平家物語』一方流の語り本では、元、大宰大弐、と云えば、（鎮西を治める大宰府の次官だが）、事実上の長官の働きを務めた、その清盛が生前宋との交易の拠点とした大宰府に着いた。筑紫（九州）を鎮める拠点をなしたのが、この大宰府で、おりから知盛がこの地域の有力な支配者であった。ところが物語では、平家が始めに行ったのが、昔、京から左遷されて帰洛できなかった菅原道真の墓所安楽寺（今の大宰府天満天神）への参詣であったとは。そして菅原天神の遺恨を一行の中の重衡が思いやり、

住みなれし古き都の恋しさは神（道真）も昔に思ひ知るらむ

と都を落ちた望京の思いを天神もおわかりになりましょうと道真の体験に重ねて詠み、その加護を祈るのである。この物語の語りとしては、この後の平家一行の先行きは見えているだろう。一行のたどる行方を語り系の覚一本によれば、平家の一行は、まず大宰府とは逆の東九州、豊後（大分県）にある宇佐八幡へ行幸、神に加護を祈る。宇佐は八幡信仰の初発であった。その神にもつれなく見放され、九月十三夜に望京の思いを籠めて月見をする。いったん大宰

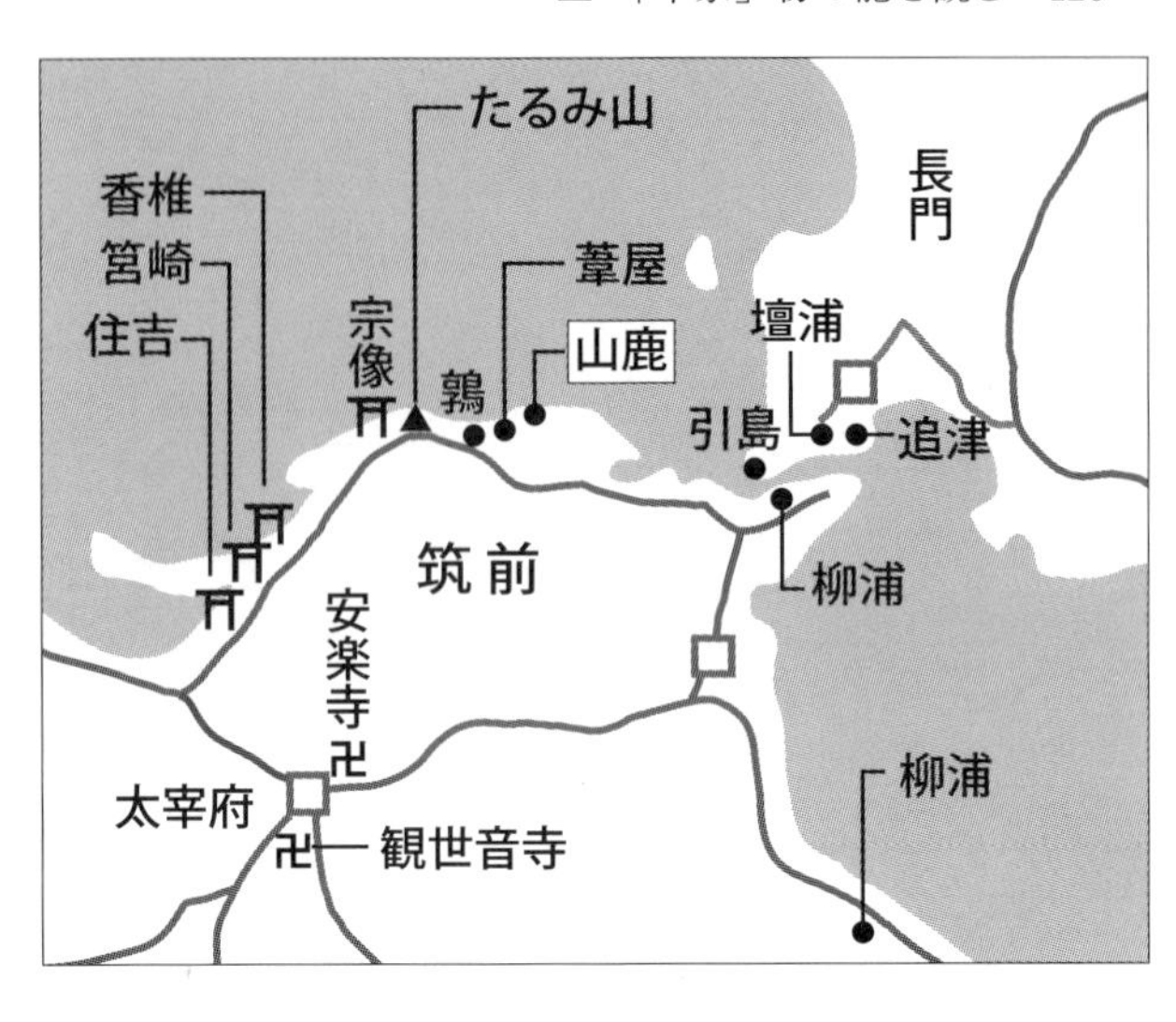

府へ帰ることになる。

地図を見てほしい。

柳浦の史跡　ここで、元、小松家の御家人として仕えて来た豊後の豪族、尾形（緒方）維義が、いち早く後白河の指示により、平家を追い出しにかかったため、平家は現地の原田種直らの助けを得て大宰府を落ち、山鹿（熊本県山鹿市）秀遠の導きで柳浦に着く。山鹿氏は藤原道兼を祖とし、その子孫、隆家が大宰権帥（長官）を務め平家に志を通じていた。本説の『平家物語』は、清経が一門の行方をはかなんで、生きる思いを失い、柳浦で、

月の夜、心をすまし、舟の屋形にとり出でて、横笛ねとり朗詠してあそばれけるが、閑に経よみ念仏して

入水をとげたと経過を語る。ところが現地の下関で教わったのだが、この柳浦が門司の周辺に数カ所あると言う。気づいた限りでも門司の外に宇佐寄りの地に柳浦があり、清経の史跡が複数あると教わったのだった。おそらく、特に観世や宝生の謡が、各地に史跡を造らせたのだろう。

能の「大宰府落ち」　これを『平家物語』でも八坂系の八坂本では、大宰府着から、早々と尾形に追われて大宰府をも落ち、山鹿を経て柳浦着、九月十三夜、京の都を偲んで月見の詠を行い、ここで宇佐へ行幸、ここでも神から加護を拒否され、柳浦へもどり、清経の入水となるのだった。

この八坂本『平家物語』では、平家一行の落ち行く順路から見て宇佐行幸は十月上旬のこととなる。事実、語り系、一方流覚一本では、後日、大原の寂光院に隠棲する建礼門院を訪ねる後白河法皇に、女院が平家一門がたどった経験を語る中に、「神無月の頃ほひ」、清経の中将が入水を遂げたと語るのである。この清経の入水に一門の行方を不安に見通す女院の思いがあった。

この間、京では、平家が擁する安徳天皇の不在から皇位継承を考えた後白河法皇が、亡き高倉上皇の第四皇子、尊成を即位させていた。後の後鳥羽天皇である。皇位継承を示唆し王権を加護する宇佐八幡にも拒否された平家一門の悲嘆は大きい。その絶望から清経は入水を遂げるのだった。

このように物語の諸本間に、語りの繋ぎ、つまり一門がたどる歩みに、物語では順序に異同がある。そのために覚一本では、宇佐からいったん大宰府に戻ったと加筆する本があるほどである。しかし現実の地理と物語の順路とは必ずしも重ならない。天神（菅原道真）に見放され、重ねて宇佐八幡にも拒まれて大宰府を落ちる運びになる思いを語るのが一方流覚一本の物語であった。物語を本説とする能や紀行も、時に事実を超えて語るのが能である。

清経の北の方が後に登場することから考えて、能の本説になったのは、宇佐詣から清経入水への順序で語る八坂流の『平家物語』である。すなわち都を落ちる際に清経が残し置いた「鬢のかみ（結い髪の左右両側）」を北の方が、筑紫にいた清経に送り返す。能は、この北の方の拒否が清経に入水を促したとする八坂流の、いわゆる八坂本と重なるが、物語と能の成立については、世阿弥作の能が逆に八坂流の「平家」に影響を与えた経過を考えねばならない。八坂流でも時代の下る諸本の語りである。その八坂本は、中世芸能による義経物語の動きを加える語りにも見られる。他の芸能とも交流を見せる八坂流第二類本の八坂本『平家物語』であった。清経が入水を遂げたという柳浦がどこなのか。今の大分県宇佐市の柳浦がある一方、門司市、門司駅の辺りとする説がある。そのわけを解けないのだが、神

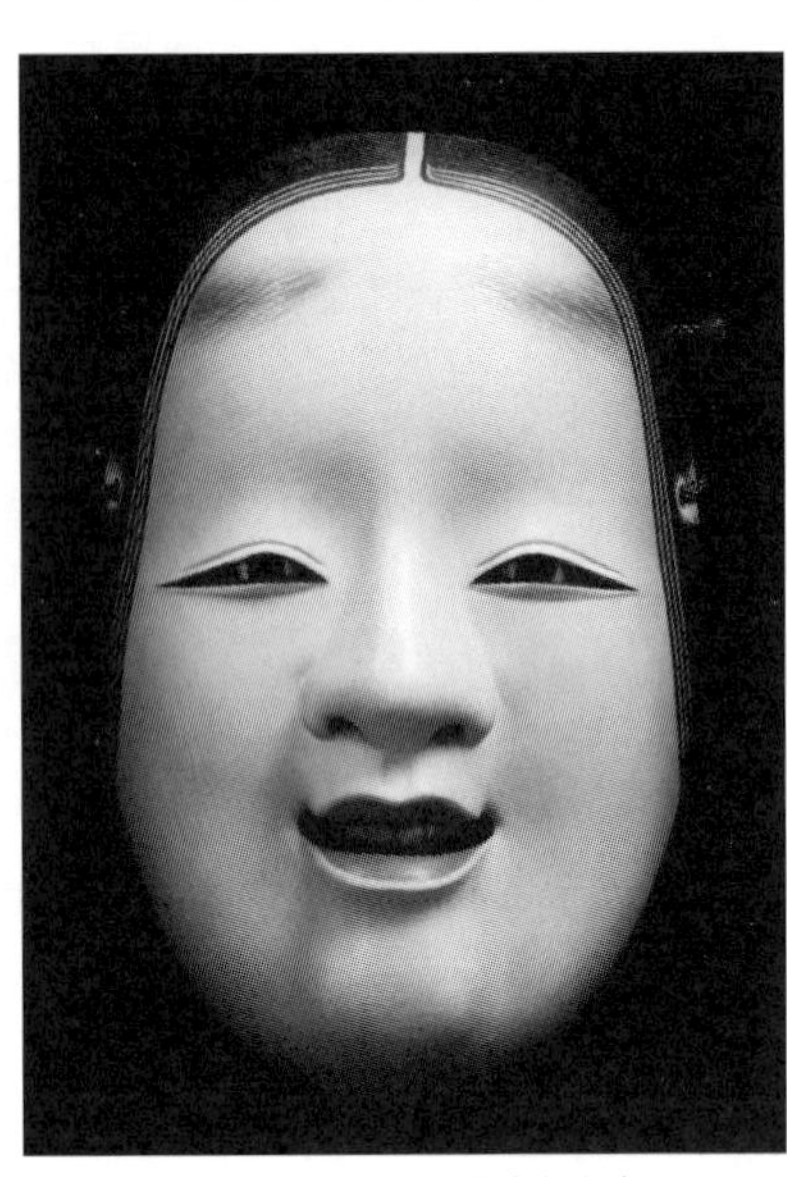

小面（保田紹雲作、田﨑未知撮）

戸で、いわゆる一の谷、鵯越が二カ所あり、筒井康隆は、この対立を短編「こちら一の谷」として笑いの対象にしている。おそらく筒井が笑い話にしかねない、史跡の奪いあいがあるのだろう。以下、史実の詮索ではなく、物語としての壇ノ浦での最後の決戦へのつながりから、門司の柳浦を当てて読むことにする。驚くべきことに、現地に詳しい宮田尚によれば、清経の供養墓（供養碑）が数カ所あると言う。壇ノ浦合戦語りに、この清経が重要なモチーフをなしたと見られる。これまで読んで来た「平家」物の能から推して、まさに、この能〈清経〉が史跡の本説になったものと考える。この後、とりあげる〈通盛〉を見てほしい。下関に伊勢神宮に流れる「御裳濯川」（五十鈴川）が流れたと言い、今、みもすそ公園があるとするのも、鬘物の〈大原御幸〉による想定であろう。『平家物語』では、平家が柳が浦に内裏造営が叶わないと語るが、能〈清経〉では「いと仮初（かりそめ）の皇居を定」めて、ここで宇佐へ参ることになる。現地では能や謡いによるものだろう、北九州市門司に大里（だいり）（内裏）の地名や戸上（とがみ）神社の別社、安徳天皇ゆかりの御所（ごしょ）神社が存在し、それを柳の御所跡だとする。能を、現地の現状にあわせて読む外ない。史実の詮索ではないことを重ねて言い添えておく。

1　ツレ北の方が登場し脇座へ行き座る　ツレは小面（こおもて）を着け、ワキは直面である。

〔読み〕〔次第〕笛と打楽器の囃子の中、清経に仕えた淡津（あわづ）三郎が ワキ直面で笠をかむり 登場し 常座に立ち囃子座に向き 〔次第〕能開始の

定型の一、七五調二句で
八重の汐路の浦の波、八重の汐路の浦の波、九重にいざや帰らん
海路、八重の（はるかな）浦波を渡って九重の都へ帰ろうとする。「八重」と「九重」は縁語である。「八重」が「九重」（京都）をも想起させる。

ワキが正面へ向き〔名ノリ〕コトバで清経さまにお仕えする淡津の三郎です。清経さまは、一門が去る筑紫での戦に敗れ、都へはとうてい帰れぬ御身、道中、雑兵の手にかかるよりはと思われたのか、豊前の国、柳浦の沖に、更けゆく月の夜、舟から身を投げ入水し果てられました。その船中を見ればこの遺髪が形見として残されていました。その清経さまの鬢の髪を持って都へ上ります。

〔道行〕〔上ゲ歌〕の一種、音高を上げこのところ鄙の里に住み慣れ、久しぶりに帰る故郷の都は、栄花をきわめた昔の春に比べて今は物憂く、「秋暮れてはや時雨降る」頃、落ちぶれ、やつれ果てた姿で夜ひそかに京へ上るのだった。都に着くと言って後見座に着く

〔補説〕道行きの冒頭である。清経をシテとする単式修羅能で、この〈清経〉は、世阿弥初期の作で、本説には登場しない、元、清経の一門、小松家に仕えていたと言う淡津の三郎がワキをつとめ、筑紫での戦に敗れた清経が北の方のために船中に残した「御形見」の「鬢の髪」を持ち帰るのである。世阿弥が本説としたのは、北の方が登場することを見れば、八坂流の本であろう。それをどのように能として構成するのか。

2　ワキが、ツレ清経の妻を訪ね、清経の入水を報せる。

〔読み〕ワキが名のり座に立ちツレに案内を乞う。ツレ（清経の北の方）はコトバの応答「なに淡津の三郎と申すか」、珍しい。外ならぬそなたなら人に取り次ぎを乞うまでもない、「（早く）此方へ来り候へ」と招き入れ対面する。何のための主

からの使いかとのツレの問いに、ワキは、さらりと面目もないお使いに参りましたと答える。ツレは、「面目もないお使いとは、もしや御遁世でもなさったのか」と問う。ワキがさらりと「いいえ御遁世ではありません」と応える。ツレは「去る筑紫の戦にも御無事だったと聞くのに」と尋ねる。ワキは「さようでございます、去る筑紫の戦にも御無事でしたが、清経さまは、とても都へ帰る目処がなく、道中「雑兵の手にかゝらんよりはと思し召されけるか」、豊前、柳浦の沖で「更け行く月の夜船」から入水を遂げられました」と語る。

これを聞いたシテ方が演じるツレ北の方は、〔カカル〕相手に語りかけるようになんと身を投げてむなしくなられたと言うのかと、低い声でくどくように着座のまま

怨めしやせめては討たれ、もしは又、病の床の露とも消えなば

せめて討死されたとか病で亡くなられたと言うのならまだしも恨みが霽れよう。自ら身を投げ命を縮められたとは、かねて都落ちの際に交わした再会の約束が「偽りなりつる約言（約束）か」と地謡がツレの思い〔下ゲ歌〕中音に声を下げもはや生きる甲斐無き世だと嘆く。〔上ゲ歌〕声の音高を上げて歌日頃、夫に別れて以来、人目を憚り、垣根の薄を音もなく吹く風のように忍び音に泣くばかりであったが、今となっては夜通し憚ることなく啼く「郭公」のように名を隠すこともなく泣くばかりだと謡う。

〔補説〕柳浦について、今の門司の外、宇佐の近くに想定する説が行われる。何事も思いつめる人だとする清経に寄せる土地の人々が、その名跡を議論するのだろう。神戸にも、一の谷（鵯越）が二カ所にあるし、忠度についても神戸に対し、明石にもその史跡を置く。

3　ツレ清経の北の方は、ワキが差し出す清経の遺髪を見て悲嘆。

〔読み〕ツレにワキが語る。柳浦でコトバで応答「また船中を見奉れば、御形見に鬢の髪を残し置かれて候」、「これを

御覧じて御心を慰められ候へ」とワキは守袋に入れた遺髪をツレに差し出し元の座に戻り手渡すのだが、ツレ北の方は文を受けとり正面へ向き清経の遺髪と知って、その黒髪を、

（カカル）相手に語りかけるように見れば目も昏(く)れ心消え、なほも思ひの増(まさ)るぞや、見る度に心づくしの髪なればうさ（宇佐・憂さ）にぞ返す本(もと)の社(やしろ)にと、手向け返す

増さる憂さのあまり、「本の社に」（死去した清経へ）送り返すとつき返すのである。「うさ」は音声を介して「憂さ」と「宇佐」の掛詞でもある。「社」は遺髪の主であった清経であろうが、本説の八坂本『平家物語』をあわせ読めば、北の方の思いとしては、平家の祈願しながら、それをつれなく却けた宇佐八幡に対する亡き清経の思いをも含むものと読める。

ここでワキは退場、この後、ツレの意識の中で清経の霊と対決、応答することになる。

眠る夢の中にでもお姿を見たいと思うために寝付かれず枕を整える、その思いを枕が知っていることでしょうと謡う。

〔補説〕後半、難解なツレ北の方とシテ清経の霊との対決を読むための参考事項を述べておく。

清経にしてみれば入水の直接の原因は、この前に宇佐に詣で帰洛を祈るのを八幡が見放したことであった。その清経が残した「黒髪」に松岡心平は女性的な色を見、観世清和は軍体能ながら鬘物(かつらもの)の心構えで演じると言う。二〇一二年十月の観世会能楽講座での対談である。このツレ北の方の行動はシテ清経に準じて重い。

本説八坂流『平家物語』でも、その第一類本では、形見の髪を見た「北の方」が嘆き「見るたびに心つくしのかみなれば」の詠を添え送り返し嘆き死にするのである。

読み本『平家物語』の延慶本では、清経が「最(いと)心苦シク被思(おもはれ)ケル人ヲ置テ」都を落ちるのに「髪ヲ切テ形見ニ遣(つかはし)

タリケルガ」、その後音信もないので、「女恨テ彼ノ形見ニ一首ヲソヘテゾ遺シケル」とする。
それが八坂流『平家物語』でも第二類の八坂本では、都落ちの際に清経が「せめての名残に鬢のかみを一むら」京に留め置いた。その清経の願いに背き「北の方より御文あり」。その文の奥に（留め置いた）「鬢の髪をひとむら巻具して一首の歌を」添え送り返して来たのだった。それを能では、北の方が夢ではない、意識の中に突き返すことになるのは、世阿弥の演出による。遺髪をめぐる、清経（の霊）と北の方とのやりとりが主題をなす。その遺髪の動きが読みを複雑にする。

『平家物語』八坂本では、平家が山鹿を経て「豊前国柳の浦」に着く。やがて九月十三夜の月見に望郷（京）の詠歌に続き宇佐へ行幸、七日の参籠をおえたところで「おほい殿（宗盛）の御為に御夢想あつて」、

世中の宇佐（憂さ）には神もなき物を（神が何の助けもできないのに）なに禱るらん　心つくし（筑紫・尽くし）に

と神詠があり、平家が願う加護を拒む。この八幡の拒否が清経を入水へと掻き立てたのだった。

物語でも、一方流覚一本では、大原に隠棲した建礼門院（灌頂巻・六道沙汰）が、一門のたどった歩みを回想し「神無月の頃ほひ清経の中将が」入水、これが「心憂きことのはじめ」になったと語る。その「神もなき物を」とは、文字通り、陰暦十月、中世の俗説に神々が出雲に集まり不在の（神無し月）頃でもあったのだった。藤原清輔が著して崇徳に献じたと言われる歌学書『奥義抄』にも見える、当時の俗説である。〈千手〉にも同じ修辞が見られる。この神々に見放されたことが平家一行の絶望を加速させた。

物語の八坂流第二類の八坂本では、平家には柳浦に内裏の造営を図るが財力がなく「又船にとり乗つて海に浮び給」う。そこへかねて清経が形見として京に残して来た「鬢の髪を」北の方が送り返して来た。清経は、「かやうの事共をおもひ給ひ」「舟の屋形に立出」「月の夜心をすまし歌よみ朗詠して」「静に経よみ念仏し給ひ」二十一歳の若さで

海に身を投じたのだった。二人の間の閨怨が重なり、北の方は入水を遂げた清経への恨みを、夢中、返す遺髪に託するのである。

ちなみに読み本でも物語スタイルの濃い『源平盛衰記』（巻三十三「清経入海の事」）では、清経がこの女房（北の方）を同行しようとするのを女房の「父母大いに嗔（いか）りつつ免（ゆる）し給は」ねば、清経は悲しみのあまり、道中「鬢の髪を切って形見に返し遣し」たまま「三年が程」文も送らない。そのために女房は清経に「心替りのあればこそ」と恨み、「うさにぞ返すもとの社に」の詠を添えて鬢の髪を宇佐へ送り返したのだった。物語として合理的に再構成する『盛衰記』であるが、両人の閨怨の思いにおいて、能や八坂流「平家」には及ばない。

能の周辺には多様な伝承が行われていた。それらを踏まえて再構成したのが『盛衰記』であった。ちなみに伊海孝充が、能〈巴（ともえ）〉をめぐって『盛衰記』が能を摂取していることを論じたとするのが当たっている。『源平盛衰記』を文化現象としてとらえる松尾葦江らの成果の一環とした論である。

「社」には、上述したように憂さのあまり宇佐八幡と、あわせて鬢の元の主清経の意をも籠める。藪田嘉一郎が、清経の行動などが史実を超える物語だと見るのだった。

能でワキが届けた「御形見の」「鬢の髪」を、ツレ、北の方が「本の社に手向け返して」とは、清経を嘆かせ、入水へと追い込むことになった宇佐の方向に向けて遺髪を夢中「手向け返す」のである。その北の方の詠は清経に対する閨怨の情であるとともに、その「かみ（髪と神）」「うさ（憂さと宇佐）」「つくし（尽くしと筑紫）」の共通項から見て、「もとのやしろに」には、平家の願いに対してつれない宇佐八幡の社に対する恨みをも含意すると、わたくしは読むのである。

清経への憂さ、恨みから、せめて「（清経が）夢になりとも見え給へ」と訴える。やがて北の方の意識の中に清経の

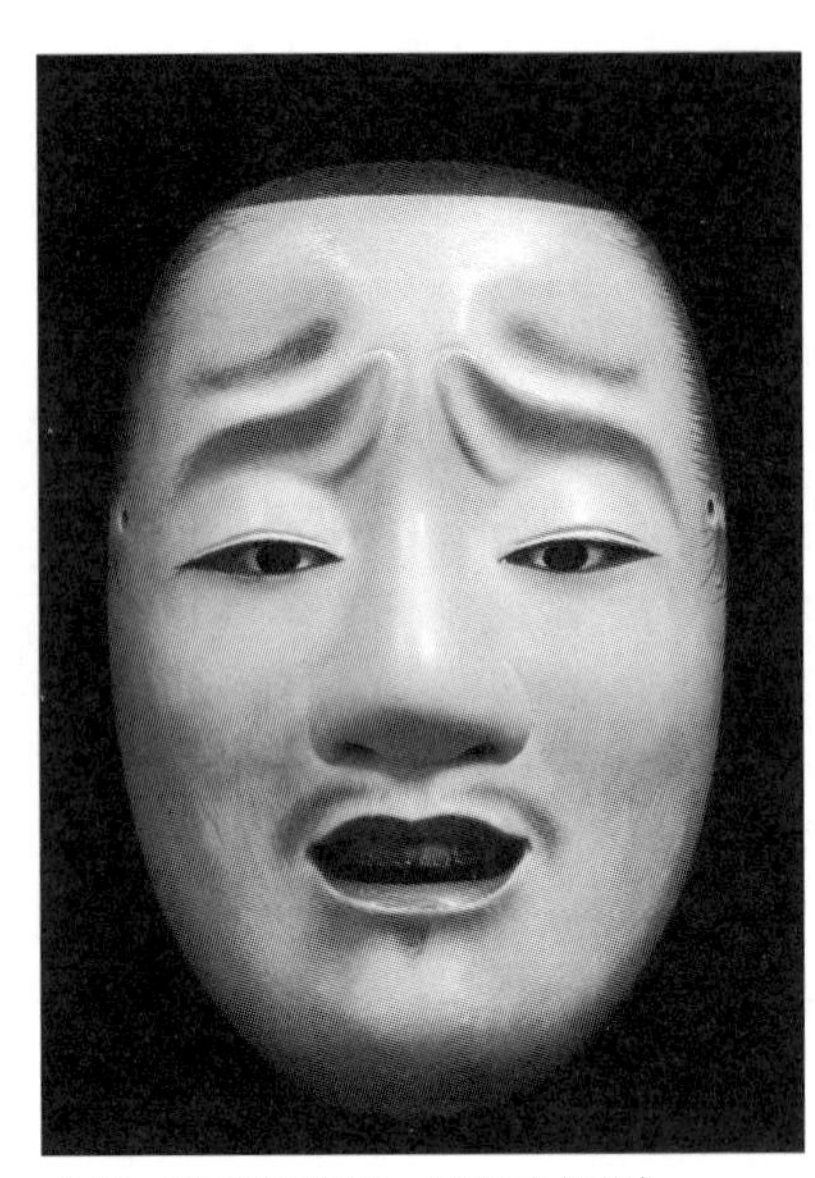

中将（保田紹雲作、田﨑未知撮）

霊が現れることになる。木下順二は自然主義的なリアリティによって成り立つ前半に対し、後半には、異次元の霊の世界、「透明なあやうさ」が見えると言う。単式能ながら、ワキを介して清経の幽霊とツレ北の方の恨みを、その夢の中に謡う、夢幻能の世界にも通じる。中村格が現在物に近いと言う訳である。ワキは切り戸から退場する。

4　前段を受け、シテ清経の亡霊が中将の面、もしくはシュタンカがさらに気品を感じせるという今若の面を着けて登場、一の松に立ち、正面を向きツレ北の方の枕に立つ。〔地謡〕がツレの思いを受け〔下ゲ歌〕低い音高の歌で

〔読み〕シテ清経の霊が〔サシ〕よどみなく、さらさらと謡い始める。

聖人に 正面を向き 夢なし、誰あつて現と見る

「聖人に夢なし」と言うが、凡人だって夢を現実とは思わない。目に塵が入れば三千世界が狭く見える。しかし心に迷いがなければ、一人だけの狭い床も広く見える。そのはかなさを観念的には知りながら、迷いの多い人間世界にひかれてゆく、「閻浮（俗世）の故郷に」行くとも帰るとも迷う愚かな心だと嘆く。あさはかなことに望郷の思いを断ちがたく、弱い声で（小野小町も）うたた寝に恋しい人を夢に見てから夢をたよりにしたと詠むが、こうしてそなたの夢枕に出る、はかないことだとツレ北の方に訴えるのである。二人ともしおる

大宰府を追い出され、加護を祈る宇佐八幡にも見放されて、なすすべない清経は絶望して入水をとげたのだった。

〔補説〕 八坂本『平家物語』では清経が都を落ちる際に、北の方に形見として髪を残していた。それを能〈清経〉では、船中に残していたとする。それをワキが京へ持ち帰ったのだった。ツレ北の方はそれを見るのがつらく、まるで夢の中で、「う（憂）さにぞ返す本の社に手向け返」す。「手向け」は、神仏、この場合「本の社」宇佐八幡に向け、そして清経の霊にも髪を返したとするのである。

ツレ北の方の思いとして、清経が「我と身を投げ給ふ」「偽りなりつる約言（かねごと）」ゆえの閨怨、恨みのゆえでもある。この北の方の恨みが清経の霊を夢の中に引き寄せたのだった。北の方は恨みを責めに転じる。

石井倫子が、維盛の北の方などに比べて「より激しい気性の持ち主」「恋しい人を思う執心の余り狂乱する女物狂のような」と言う。それは〈千手〉に見るような、戦物語の亡夫の霊を鎮める「女人（にょにん）」とは対照的な女性である。ツレ北の方の胸中には、平家一門を見放した宇佐八幡に対する清経の恨みもある。伊藤正義が（第三段で）髪を返す相手を「宇佐八幡の社」と詠んだのだった。

5　シテが清経（の霊）と名のるのに対し、ツレ北の方が訴えかける。

〔読み〕「夢」ではなく、異常な空間でのドラマである。シテとツレの恨みの対決となる。シテはツレに（カカル）相手に語りかけるように「いかに古人（いにしえびと）」もうし、なつかしい人よ、清経が参りましたと声を掛ける。これをツレが受け、

ツレが正面を向き 不思議やな睡（まどろ）む枕に見え給ふは、げに清経にてましませども、正（まさ）しく身を投げたまへるが、夢ならで如何（いかが）見ゆべきぞ

貴公子の中将、もしくはやや暗いかげのある今若の面を着けたシテ清経の霊が現れ、ツレ北の方に呼び掛ける。北の方は相手を清経の亡霊と気付き、再会を喜びながら、天命を待たず「我と身を捨てさせ給ふ御事は、偽りなりける約言（かねごと）」だと恨ん

で斬り込む。清経はツレに向き「さやうに人をも怨み給はば、我も怨みは有明の」恨みがある、形見として送った髪を「何しに（どうして）返させ給ふらん」と斬り返す。ツレ北の方が応じ、「形見を返す」とは思い余っての行動で、あなたがその髪を見て慰めよとはとんでもないこと、見る度ごとに「見れば思ひ」が乱れる髪だと、両人が「互に託ち」「託たるゝ」「形見」の遺髪の押し問答を続ける。

〔地謡〕がシテの思いを〔上ゲ歌〕高い音高の歌でそなた（北の方）は、みずから命を断ったわたし（清経）を責め、わたしは髪を返された恨みをかこつ。たがいに愚痴と不安の投げ合い、これでは、せっかく逢える二人の添い寝が、まるで一人寝と変わらぬ。小野小町が「夢てふものはたのみそめてき」と詠んだのだが、形見を見るのが「なか〳〵憂けれ、これなくは忘るゝ事もありなん」、なまじっかこの黒髪が無ければ忘れることもできるのにと袂を濡らすのであったとは、地謡ながら重ねて北の方が清経を恨んで、清経は、その遺髪の「手向け」返しを怨めしいと北の方に訴える。両人の思いの掛け合いである。まさにこれこそ修羅場である。

〔補説〕八世観世銕之亟は「男と女の修羅」と言い、戸井田道三は、このツレ北の方を、狂言〈川上〉（後述）のような、わわしい女になるべき中世の女とまで言うのだが。

ちなみに『源平盛衰記』巻三十三「清経入海の事」は、清経が都落ちの道中に、かねて契りを結んでいた女房に「鬢の髪を」形見として贈った。女房は親の怒りにも堪えて待つが清経からの音信は無く、怒りに清経の形見の髪を筑紫へ送り返した。受けとる清経は心の痛手に入水を遂げたと語る。女房の怒りが能と通底し、この『盛衰記』の影を能に見ることもできる。

6　ここでシテ清経の霊が、真中へ出てこれまでの歩みを語り、ツレ北の方を納得させようとする。

〔読み〕コトバ受け身に回るシテ清経の霊が「古の事ども語つて聞かせ申し候べし」昔の戦の苦悩を語りましょう、「怨みを御晴れ候へ」とは、修羅能の定型として、入水までの経過を語り始める。語ることによってみずから成仏へと歩む。現代の通夜に、参加する人々が死者の生前を語りあうのを想起させるだろう。

シテが〔サシ〕さらさらと淀みなく寄せ手が山鹿の城を攻めると聞き、急ぎ夜を徹して高瀬舟に乗り豊前柳浦に着く。〔地謡〕がその名にふさわしい浦の波、その並木、「いと仮初の」柳の蔭に仮の皇居を定め、「それより」地謡神馬や金銀など色々な物を捧げて宇佐八幡に参ろうとすると謡う。

〔カカル〕相手に語りかけるようにツレ北の方が烈しく斬り込む。シテは正面へ向きこんな言い方では、重ねて恨みになりますが、いかに平家一行が追いつめられようと「未だ君（安徳帝）まします御代の」、その一門の最後を見届けもしないで、一人、身を投げるとは「実に由なき事ならずや」と武将としての清経を責める。

清経の霊は、北の方の責めをもっともとしながら「頼みなき世の証の告、語り申さん」と語り始める。二人は正面を向き〔サシ〕に戻しさらさらと地謡が神の拒否に対してシテ清経の霊も神を恨み、お聞きなさいと語り始める。様々の祈りを行い、願を懸けるが、かたじけなくも神前の幕の内から神がシテに対し、

地謡世の中のうさには神もなきものをなに祈るらん心づくしに

と神の返しの詠歌。『平家物語』では、神に拒まれた失意の「おほい殿」（宗盛）が、

〔上ノ詠〕上音、クリ音で詠唱 さりともとおもふ心も虫の音もよわりはてぬる秋の暮かな

とその思いを詠むのを、能ではシテ清経が詠み、地謡がシテの思いを受けて今は負け戦、シテ「さては仏神三宝も〔地謡〕捨て果て給ふと」「気を失ひ力を落して」進みの遅い車のように柳浦へ「すご〳〵と還幸なし奉る」と謡うのである。

以下、一曲の中心部を地謡が謡う。ようやく能の定型構造に戻る。

シテが立ち〔クセ〕物語るようにそうする中に長門まで源氏の軍が迫るとの報に、正先へ出て平家は舟に乗って沖へ押し出る。これが世の現実である。保元の乱の勝利に春の花を迎えながら、寿永の秋には紅葉のようにシテが正先へ出て散り〱になって一枚の葉のように浮かび、脇座へ行き「柳浦」の秋風が追い風となって立つ波、松に群がる白鷺を源氏大軍の白旗かと「肝を消」す。ここで清経は正面を向き思う、つれない宇佐八幡の神詠に神意を悟り、どうせ死ぬべき露のような身だと嘆きながら、浮き草の波に誘われるように生きながらえてつらい思いをするのか、いっそ思い切って沈み果てようと思い、人には言わず岩代の松ならぬ、常座で空を見上げ待つことなく仏が救ってくださるのを待つのか、明け方の月に息を吐き、正先へ出て船の舳先に立つ。腰から横笛を抜き出して吹き鳴らし、今様を謡い朗詠する。舞台を大きく回り行く末を思えば帰らぬ昔の栄花、物思いの尽きぬこの筑紫の地、この世とても旅のように仮の世、「外目にはひたふる、狂人と人や見るらん」、人は何とも見よ、海草を刈る仮の世、夜の空に、西に傾く月を見てわたくしもお連れください扇を畳み常座で合掌、「南無阿弥陀仏」お迎えくださいと願う一声を最後に小回りし「船よりかつぱと」身を投げ、引き潮に引かれて底の水屑となって沈んでゆく。つらい身の果てであると、清経の思いと行動を、ツレを目の前に置いて地謡が受けて、くどいばかりに掛詞を使い謡い尽くすのである。

〔補説〕高瀬舟　平家一門が大宰府を落ち、山鹿の城をも攻められ「取るものも取りあへず夜もすがら高瀬舟に取り乗つて」は、本説八坂本「平家」語りに「蜑小舟」とあり、語りの古本、屋代本も「海ノ小舟」、八坂流第一類本も「あまのをぶね」、覚一本は「小舟」とするのを、読み本の延慶本や『源平盛衰記』が「高瀬舟」とし、『盛衰記』は、後日、重ねて柳浦を脱するのに「海士の小舟」とする。

高瀬舟は、古く備前・美作の国で使われ、室町末期、角倉了以がこれを見て京に開削した川に採用したと言う。箱形、急流山川の浅瀬（高瀬）に使った喫水の浅い川舟で、川の水運や遊びに使ったが、古川薫は、壇ノ浦合戦に義経の使ったのが現地、櫛崎の漁民が急流に使った小舟、櫛崎舟であったと言う。平家が大宰府落ちに使ったのが、まさに、この櫛崎舟であったのだろうか。それを浅瀬の意の高瀬に使ったのが能や『平家物語』諸本の「高瀬舟」や「小舟」なのだろう。流れの速い瀬戸内の海への進路を考えたのであろうか。

到着した柳浦の岸に柳の並木、その柳の陰に「いと仮初（かりそめ）の皇居を定」め「それより宇佐八幡に御参詣あるべし」と神馬に金銀などの捧物を整えようとする、八坂流第二類の八坂本同様に、いったんこの柳浦に着いた後に宇佐へと行幸参詣する、その八幡にも突き放された。そのあげくに清経の不安と入水決行を語る。

7 シテ清経の霊が地謡に支えられツレ北の方に修羅道で体験した苦悩を謡う。

〔読み〕 ツレがシテに向かって拍子に乗って最高音の〔クリ〕に近く　聞くに心もくれはとり（呉・呉服・鳥）、憂き音（ね）に沈む涙の雨の、涙をおさえ　怨めしかりける契りかな

清経の体験を聞くにつけても心は暗くなり、つらくて雨のような涙に暮れ、心も沈んで、二人の仲を怨めしい契りだったと思う。観世流でも光悦（こうえつ）謡本は、低音で心の揺れを謡い、言葉を詰め力強く躍動的にシテの苦闘を地謡が受けて謡う。

シテが扇で腰を打ち　さて修羅道にをちこち（落ち・遠近）の

（一門が保元の乱以来、体験した）罪業のゆえに修羅道、地獄へ堕ちる。立木（たちき）は敵の刀の林、雨が矢先のように降りかかり、土は鋭い剣、山は地獄鉄城の門さながらに、修羅の鬼が雲を旗の楯として、驕慢（きょうまん）の心は剣をかざして斬りかかる。仏法がいましめる邪見、世にはびこる愛欲・貪欲・怒り・瞋恚（しんに）・愚痴がたがいに戦う道場さながらに攻め立てる。無明の暗黒と真如（しんにょ）（悟り）のせめぎあい、打つ波、引く潮が四国や九州の海での戦の結果を見せて苦しめ続ける。この世も地獄と変わらない。もはやこれまでと思い、南無阿弥陀仏と十念を唱え、その念仏の功徳により彼岸へと導かれ

てゆく、ありがたいことだと結ぶ。

〔**補説**〕二人の思い、閨怨のせめぎあいは鎮まるのだろうか、鎮まるまい。それを鎮めるための能である。宇佐八幡まで巻き込み、ツレとシテの烈しい苦悩の鬩(せめ)ぎ合いを演じる。二番目修羅能である。

原点としての現地　この〈清経〉を宇佐では「お止(とめ)能」として禁止すると言う。読み本が納める諸伝承をも考慮に入れて、このような能と重なる『平家物語』、それも八坂本の読みがきわだつ。それは八坂流（第二類）「平家」が能に学んだ可能性が高い。

足利政権の九州探題を務めた源氏今川了俊(いまがわりょうしゅん)が紀行『道行きぶり』に、

　この島（彦島）の向ひは柳が浦とて、昔、里内裏のたちたりける所なるべし

と記すから、能を介して了俊も現地に内裏跡を見ていたはずである。その背景に能があったのだろう。

この世阿弥の能と、『平家物語』の読み本をも含め、諸本が持ちこむ伝承芸能との交流を考えるべきだし、何よりもこの能が現地に史跡の成立を促したのだろう。大谷節子は江戸中期のことながら京観世、素謡い流行があったと言う。上述のとおり宝生の謡いが同じく史跡を生み出したのだろう。

物語や能の享受論を超えて、死者の霊に寄せる人々の思いがとどまることを、わたくしは訪れた現地で今更ながらに実感したのだった。諸事件がもたらす、悲劇があった現地に死霊が立ちあがることは、現代でも日頃体験するところである。

ちなみに、現、熊本県八代市の五家荘(ごかのしょう)には、清経がひそかに緒形（緒方）家に身を寄せ、その娘と結ばれたとの伝説が伝わる。それほど人々の清経の記憶が強かった。背後に源氏（頼朝）の影が見えるのだろうか。能や『平家物語』が平家かくれ里に生み出したものか。文化史の一つの課題である。江戸時代、源氏を名のった徳川の影が背後に見え

るのだろうか。

清経落人伝説　この清経については平家落人伝説まで参加する。今の熊本県八代郡（市）は、元、平家が支配していた。それが壇ノ浦合戦の後、源氏の支配下に入るのだが、中でも高山が連なる五箇荘を元平家を号する緒形氏が支配していたらしい。この緒形氏には貴種流離の伝説があり、問題の清経が、この緒形に入り、当家の娘と結ばれたと言うから驚き。日本歴史地名大系が、この伝説を記録している。

参考文献

戸井田道三『狂言 落魄した神々の変貌』平凡社　一九七三年
伊藤正義『新潮日本古典集成　謡曲集　中』新潮社　一九八六年
堂本正樹『世阿弥』劇書房　一九八六年
中村格『室町能楽論考』わんや書店　一九九四年
石井謙治『和船』法政大学出版局　一九九五年
古川薫『城下町長府』新日本教育図書　二〇〇〇年
砂川博『平家物語の形成と琵琶法師』おうふう　二〇〇一年
石田孝喜『京都高瀬川』思文閣出版　二〇〇五年
清永安雄・志摩千歳・佐々木勇志『平家かくれ里』産業編集センター　二〇一一年　民俗資料にもこの伝を見せる。
林屋辰三郎・中村保雄・河野八百吉・井本哲一・檜常太郎「座談会「清経」をめぐって」『観世』一九六九年七月
藪田嘉一郎「作品研究「清経」」『観世』一九六九年七月
木下順二「清経」「第二九回サンケイ観世能パンフレット」一九八二年二月
石井倫子「作品研究『清経』」『観世』一九九八年八月

観世銕之丞・水原一「座談会『清経』をめぐって」『観世』一九九八年十一月
大谷節子「素謡の場—京観世林喜右衛門と田福・月渓」『神女子大国文』二〇〇〇年三月
宮田尚「清経入水—平家物語の作者に見えなかったもの—」『梅光学院 日本文学研究 43』二〇〇八年一月
スタンカ・ショルツ・チオンカ「修羅能と平家物語 転換の進展」『日本の叙事詩 平家物語における叙事詩物語と演劇』リブヌーブ 二〇一一年（仏文・未訳）
梅原猛・観世清和・天野文雄・松岡心平「座談・対談 世阿弥の脇能と修羅能」『能を読む②』角川学芸出版 二〇一三年
伊海孝充「小袖を被く巴の造型——源平盛衰記における能摂取の可能性をめぐって」『文化現象としての源平盛衰記』笠間書院 二〇一五年

7　〈忠度〉　花や今宵の主ならまし

背景　忠度という公達　清盛が築いた平家一門の栄花に翳りを投げかけたのが、まず後白河法皇の側近、藤原成親たち、そして、その院に仕えた北面の武士であった。さらに武士たちの行動に怒る山門の衆徒までもが法皇を苦しめた。ついで平清盛の奢りに反発した源頼政が法皇の第三皇子以仁王をかたらって兵を挙げたが山門の協力を得られず敗北、以仁王の発した平家討伐の令旨に応じる東国の源頼朝、この頼朝を越えて先駆けしようとした従兄弟、木曾義仲の京攻めが迫って平家は都を落ち西国へと向かうことになる。

平家一門の栄花を築きあげた清盛、その義弟、忠度は、寿永二年（一一八三）七月、一門の都落ちに同行し、翌三年二月、福原・一の谷合戦に参加して討死を遂げる。享年四十一歳であった。修羅能〈忠度〉は『平家物語』の巻七「忠度都落」と巻九「忠度最期」の両場面を重ねる世阿弥の作である。現行「平家」物の秀作、修羅能の多くが世阿弥の作であるが、中でも世阿弥はこの〈忠度〉を愛好し、

通盛・忠度・義経（屋島）、三番、修羅がかりにはよき能なり。このうち忠度、上果（じょうか）なり（『申楽談儀』）

とした自信作である。

1　〔次第〕笛・小鼓・大鼓の囃子の中ワキ、都の旅僧が、ツレ従僧を同行、西国行脚に出かける。いずれも能の主題にはかかわらない、全く外部の人である僧たちが、どのように忠度にかかわってゆくのか。

〔読み〕　ワキ僧たちが向き合って正面先に立ち並び

〔次第〕七五調二句　リズムに合い　花をも憂しと捨つる身の、花をも憂しと捨つる身の、月にも雲は厭はじ

出家した身であるから、風雅の世界、月を隠す雲にもこだわらず、心憂くも思わないと謡うのだが。ワキ僧は元、歌壇の重鎮であった（御子左家の）藤原俊成身内の者で、俊成に仕える身であった。そのワキが〔名ノリ〕コトバで「さても俊成亡くなり給ひて後、かやうの姿となりて」風雅の世界を脱出し、まだ見たことのない西国へと行脚を志す。〔サシ〕さらさらと淀みなく「城南の離宮」に始まり、山崎、「関」とは言いながら世が治まるために関所は無く名ばかりの関戸、ゆっくり腰を落ちつけることもなく、世俗の塵を思わせる芥川から、猪名の小篠を分けて行き、ワキ僧たちが向き合い〔下ゲ歌〕低い音高の声で月も宿を借る小屋（昆陽）〔上ゲ歌〕高い音高に上げ蘆の葉を分けて吹く風の音が憂く、聞くまいとする出家の身でありながら有馬（ありま）山へと掛詞をも駆使した道行を続ける。

　憂きに心は徒夢の、覚むる枕に鐘遠き、難波は後に鳴尾（なるお）潟

世のつらさに心はあだ夢のようにはかなく、旅寝する夢を覚ます難波の天王寺の鐘も後になる鳴尾（なるお）潟に沖の小舟を見る。縁語と同音声による掛詞を駆使する道行きを謡って脇座に着座する。観世流卯月寛永本によれば、急いでいたので須磨の浦に着きましたと謡い、遠く沖に浮かぶ小舟、その小舟にもたとえるべき心許ない身であると謡うのである。

〔補説〕ワキの「花をも憂しと捨つる身の」は、この後、第四段で登場する前シテが引用する、

　行き暮れて木の下蔭を宿とせば花や今宵の主ならまし

の「花」をも念頭に置いた謡いである。世阿弥自身が、修羅ながら花鳥風月にこと寄せて作詞作曲しようとした「花（桜）」を早々とワキに謡わせるのである。忠度が和歌の道をめぐって俊成に私淑していた、その主の俊成が元久元年（一二〇四）十一月、死去したため出家したワキ僧であった。当時の歌聖と称された俊成との死別に、悟りを開こうと、風雅の世界をも超え、相対化すべき旅僧であるのだが。

西国行脚の道行き、時は北条時政が将軍の源頼家を廃して実朝を立てた頃のことである。その中に「有馬山」を出すのは、有馬（温泉）へ通じる歌枕の有馬山、現実の旅程の順路とは重ならない、摂津の歌枕を連ねる、修辞が事実を超える道行である。

2　一声の笛などの囃子の中シテ老海士が登場し、山蔭の桜に木の葉をたむける。

〔読み〕卑賤な老人、笑尉もしくは朝倉尉の面を着けた前シテが登場し、常座に立ち正面に向き〔サシ〕さらさらと淀みなくげ

　に世を渡る習ひとて

世渡りのすべとして「かく憂き業にもこりずまの」俗世の営み（潮焼き）にこりもしないで住む、須磨の地。潮を汲まない時も、塩を焼く木を運ぶので、干して乾かす間もない、よれよれ衣を着て、海と山に暮らす須磨の浦ですと謡う。

笑尉（出目満志作、銕仙会蔵）

須磨の地と言えば、

〔一セイ〕リズムに合わない七五調で海士の呼び声隙なき

　に、しば鳴く千鳥、音ぞ遠き

絶え間なくかわす海士の声が聞こえて、しきりに啼く千鳥の声も遠くなる。千鳥と言えば、源兼昌の、

　淡路島かよふ千鳥のなく声にいく夜寝覚めぬ須磨

　の関守（『金葉集』四・冬）

を思い浮かべ、さみしいことで名をなす須磨の浦（在原行平の）、

〔サシ〕さらさらと　わくらはに問ふ人あらば須磨の浦に藻塩たれつつ侘ぶと答へよ（『古今和歌集』十八・雑下）

を思い浮かべる。なるほど漁をする海士の舟、塩を焼く煙、松に吹く風と、いずれも暮らしに逐われる淋しいことばかりでとは、〈敦盛〉にも見える歌枕としての須磨を謡う定型である。連歌を介して行われた『源氏寄合』に従いながら、そのシテが、

コトバ　又この須磨の山陰に一木の桜の候

とは、前のワキ、「花」の世界を解脱したはずの出家の身の旅僧に向かってシテが、

これは或人の亡き跡の標の木なり

墓標である。その「標の木」に、とりわけ、

時しも春の花、手向けの為に逆縁ながら、〔下ゲ歌〕音高を中に下げた歌　足引の山より帰る折毎に、薪に花を折り添へて

塩を焼く薪とともに春の花を折り添えて持ち帰り、縁はないが、通りあわせた旅僧として標の木にたむけて弔うのですと語る。

〔補説〕老翁シテが世のたずきを語りつつ、やがて明らかになるのだが、化身老翁の本体であることを顕して後シテ忠度の霊を弔おうとする意をも示唆するシテの思いである。

3　脇座に立つワキ僧がシテと問答する。

〔読み〕シテに須磨の浦、海と山に暮らしのたづきを得るシテに対して、

コトバで応答　いかにこれなる老人、おことはこの山賊にてましますか

そなたは山の木樵ですかと質す。シテは、そのとおり、この浦の海士ですと答える。しかし、ワキは浦に住むべき海

士の身が、

　山ある方に通はんをば（通うとは

と不自然、それなら、「山人とこそ言ふべけれ」、山人と言うべきでしょうと不審がるのを、シテが、

　そも海士人の汲む汐をば

潮水を、そのまま置くわけにゆかぬ、汐を焼くための木を採りに山に入るのですと斬り返し、〔カカル〕相手に語りかけるようにワキがなるほどと納得する。わびしい須磨の暮らしである。

　藻塩焚くなる夕煙

潮を含む藻を焼くと言う、その夕煙が立ち上ると唱和する。シテそのたえ間を急いで、

　塩木採るワキ道こそかはれ里離れの

塩木を焼く木を採ると言えばせわしい日々。山と海とはその道こそ変わるものの、いずれも人里離れたすまい。「人音稀に（住む）須磨の浦」、ワキが「近き後の山里に」シテが〔上ゲ歌〕歌の声の音高を高くし薪にする木がある。〔地謡〕がその木を採るために山に通い来るのを咎めるとは、なんと愚かなお僧かなとシテが返す。塩焼きをめぐるシテとワキの問答である。シテの思いを〔地謡〕が謡う。

　げにや須磨の浦余の（外の）所にや変るらん

そう言えば、須磨の浦は、よその浦とは趣きが違っている。

　それ花に辛きは嶺の嵐や山颪の、音をこそ厭ひしに、常座へ回り

花にとって峰から吹く風や、山颪の音を嫌うのですが、

　須磨の若木の桜は海少しだにも隔てねば　通ふ浦風に脇正面から眺め山の桜も散るものを

海が近く、吹き来る浦風に山の桜も散るものなのにとは、第三者としての語り手の視点による地謡である。

〔補説〕「藻塩焚くなる夕煙」は、すでに引用した在原行平の「わくらはに問ふ人あらば」の詠とともに本説『平家物語』巻七「福原落ち」の結び近くの、

　海人のたくなる夕煙

を意識して引用する。つまり平家一門の都落ちの物語りをも含意する。その平家公達の中の一人、忠度がその一行に加わっていた。しかも「須磨の」「海少しだに隔てねば」と言えば、若木の桜の身であった光源氏の『源氏物語』「須磨」でのわびしい住まい、

　海づらはやや入りて、あはれにすごげなる山中なり

　須磨には、いとど心づくしの秋風に、海はすこし遠けれど

と語る、（政争を避け）若くして都から下る光源氏をも想起する。ちなみに光源氏は二十六歳の若さで都から須磨に下っている。

これが能の語り、謡である。ワキの提起した「花」がシテの「標の木」を引き出し、その場に兼昌・行平の詠歌や光源氏の物語までひき寄せて重層的に謡い込むのである。

4　ワキ僧がシテ老翁に宿を借ろうと乞う。

〔読み〕　コトバでいかに、尉殿、はや、日の暮れて候へば、一夜の宿を御貸し候へ

ワキ旅僧が「一夜の宿を」と乞うのは能の定型である。ところがシテが、

　すらりとうたてやなこの花の蔭ほどの、お宿の候べきか

と応じるのは、シテが忠度の詠歌、

行き暮れて木の下蔭を宿とせば、花や今宵の主ならまし

を示唆し、この花の蔭ほどのお宿はありますまいと言うのである。ワキなるほど、思えばこれはシテ、忠度の化身が示唆するとわかれば、野暮なワキの願いのことばであった。しかも、そのシテが、

〔カカル〕相手に語りかけるように辺りを見回し詠めし人はこの苔の下

とは、その歌の詠作者、コトバ忠度の霊が、この花の蔭の宿の主であると示唆する。

おいたわしいことだ、わたくしのような海士でも常に立ち寄り弔っているのに。お僧ならばワキ忠度の霊を、

など逆縁ながら弔ひ給はぬ

逆縁（かりそめの縁）であっても、どうして弔ってくださらないのですかと責める。

ここでワキは、問題の「行き暮れて」の詠者が「薩摩の守忠度」であったと気付く。そのワキのことばを受けてシテは、「忠度と申しし人」が、この一の谷の合戦で討たれた、その忠度にゆかりのある人が墓標として「植ゑ置きたる標の木にて候なり」と応じるのである。

ワキは相手が忠度その人の幽霊であったことに気付き、これは不思議な御縁です。あれ程、俊成のシテ和歌の友として縁のあった忠度の霊に、今宵の宿の主として逢えるとは。〔ロンギ〕〔地謡〕とシテがリズムをあわせ交互に法の声を耳にして地謡とともに「花の台」、極楽浄土の蓮台に「坐し給へ」と促す。シテは真中に進み着座して、この弔いの声を聴いて成仏を遂げる事は嬉しいことだと言う。地謡が語り手の視点からワキの思い、不思議なことだ、今の老人がわたくしのたむけの声を聞いて喜ぶのはなぜだろうと言うと、シテが「お僧に弔はれ申さんとて」ここまで来たと言い、〔地謡〕「夕べの花の蔭に寝て夢の告げをも待ち給へ都へ言伝申さん」とは、忠度の霊が都への〔望郷の〕思いを言づて申しましょうと地謡が語りつつ、「行く方知らずなりにけり」と前場から立ち去ってゆくのがワキには見えるのであった。

常座で正面へ向き［中入り］となる。ワキ僧たちは、たまたま通りがかった須磨の地に忠度の霊を弔うことになるのである。

5　アイ、浦の男がワキ僧に促され忠度の最期を語るカタリアイであるが、同時にワキとの交流もあり、アシライアイをもあわせ演じる。

〔読み〕〔名ノリ〕コトバで浦の男アイが登場して須磨に住む者と名のり、しばらく外へ出なかった。浦へ出て、花盛りになると聞く若木の桜を眺めようと言う。そこにいたワキ旅僧に気付き〔問答〕でどなたかと問いかける。アイの問いに、ワキは西国修行の僧と名のり、この地に最期を遂げた忠度の死と若木の桜との縁を質す。

アイは、まず計画される『千載集（せんざいしゅう）』に忠度がかねて入集されることを俊成に願いながら平家は勅勘（ちょっかん）を蒙る身であるゆえに叶わないのだが、一門の都落ちに途中とって返し、重ねて俊成に「いろいろおん頼み候へば」ようやく「よみ人知らず」として一首入集したこと、そして福原での戦（いくさ）に大手を源範頼（のりより）が五万余騎で攻め、一万余騎を率いる義経が搦め手「鵯越（ひよどりごえ）を坂落とし」攻めたので平家は叶わず、「御一門の人々」も討たれて落ちる。忠度が雑兵に紛れ落ちるところを岡部六弥太（おかべろくやた）が追いかけて呼び返し、両人組み討ちするところを岡部の郎等が背後から忠度の右腕を斬り落とす。忠度は「今は叶はじ」と六弥太を左の手で投げ捨て西に向かい、念仏を称えるところを岡部に首を斬られたと語る。

ついで若木の桜について、後代の人が「忠度の御旧跡」として植えたと申すが、また一説には「初めからござありたると申す」と言う。この「一説」は、桜には霊が宿ると言う民俗があり、その花の下（はなのもと）連歌が行われたが、忠度の霊がやどるにふさわしい所だと注解するもので、この一呼吸が緊張する場に花鳥風月の世界を重ね、後場に備える。能を解説する「カタリアイ」である。そして能の場に介入する「アシライアイ」で、ワキはアイの語りに納得しなが問いかける。気に掛かるのは「尋ね申すこと余(よ)の儀にあらず」、前に一人の老人が「若木の桜の子細を懇(ねんご)ろに」語り、「花の蔭に」姿を消した、それはなぜなのですかと問う。アイは、その尉面の老人こそ「忠度の御亡心(ごぼうしん)」であろう。僧としての御身、「懇(ねんご)ろにおん弔ひあれ」と依頼する。

〔補説〕 本説『平家物語』の都落ちと福原合戦を総まくり、補足もして略述し、若木の桜に絞って、ワキが前に逢った老人を忠度の幽霊だろうと観衆に解き語るのがカタリアイである。そのために忠度自身が、勅撰集への入集を依頼した歌の成り行きまで語ってしまう。

6　ワキ旅僧が須磨の関屋に旅寝する。

〔読み〕 ワキが脇座に座ったまま「まづまづ都に帰りつつ」アイから聞いた忠度の死を都の藤原（俊成の子息）定家(ていか)に語ろうと言いながら、前場に謡った須磨の関屋(せきや)に宿る。ワキツレとともに〔待謡〕上ゲ歌の一種で夕月(ゆうづき)も早やかげろい、友を呼びかわす千鳥たちの姿も見えなくなり、磯辺(いそべ)の山の「夜の花に旅寝して」、例の桜の木の蔭に旅寝しようとする。浦吹く風も花を気遣って吹くのだけれども、春に聴くからだろうか、その音に凄みがある。その須磨の関屋に旅寝するのだと謡う。

〔補説〕「海少しだにも隔て」ぬ「若木の桜」の「下蔭」での一夜を過ごすことになる。当然、後シテ忠度の亡心がワキの前に現れることになるはずである。第三段に語った「海少し」「隔て」ぬ『源氏物語』「須磨」の光源氏をも重ねる。

7　後シテ忠度の霊が登場してワキに思いを語る。

〔読み〕 予期したとおり後シテ、貴公子ながら、翳りのある中将もしくは今若(いまわか)の面を着けた忠度の霊が登場し、〔サシ〕さらさらと淀みなく恥づかしや亡き跡に姿をかへす夢の中(うち)

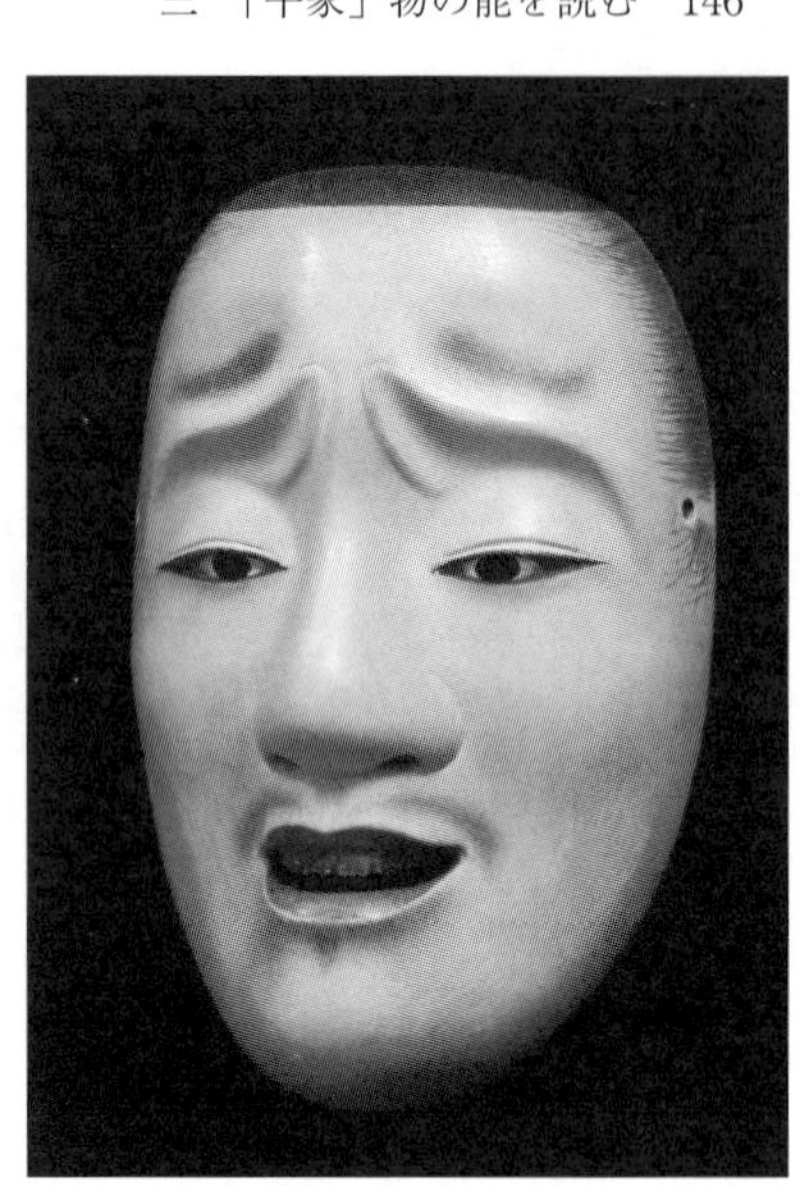

中将（保田紹雲作、田崎未知撮）

と恥じながら、この世への執心があるからである。

　迷ふ雨夜の物語、申さん為に

とは、これも『源氏物語』「帚木」の「雨夜の品定め」を踏まえた語りである。この世に迷う思いを語るために亡心（魂魄）になって来たのである。シテが正面へ向きただでさえ、

　〔クドキ〕恨みをくどくように妄執多き娑婆（俗世）なるに、

とは、敗兵としての遺恨と妄執の多いこの世であるし、朝敵となっては、なまじっか、

　千載集の、歌の品に入りたれども、

入集の望みは叶えられながら、「勅勘の身の悲しさは　読み人知らず」と書かれた遺恨こそが第一の妄執である。選集の勧めを果たしてくださった俊成その人もがすでに死去された。ワキに向かいそなた、

　御身は御内に在りし人なれば、今の定家君に申し

とは、前場でワキの語ったところを受けて、

　然るべくは作者を附けて賜び給へ

とは本説の「忠度都落」に、

　其身、朝敵となりし上は、子細に及ばずと言ひながら、うらめしかりし事ども也。

と語ったことを受けている。その歌人としての執念のゆえに、この妄執の世に現れて来たと言うのである。夢物語を

語るから、須磨の浦風も心して吹いてくれと見渡して常座へもどる謡う。

〔補説〕本説の『平家物語』の忠度の執心を能として演出するわけである。その忠度の思いを演じるのが世阿弥であった。本書の後半、「四　間(あい)狂言の世界」に論じる。

8　後シテ忠度の霊が着座のまま都落ちの際に俊成に歌を託したことを

〔読み〕地謡が語り手として文武両道の公達、忠度は、

〔クリ〕謡の最高音をまじえ回しなどのフシをまじえげにや和歌の家に生まれ

ワキも加わりシテ忠度の妄執を語る。〔地謡〕武士ながら「和歌の家に生まれ」、人間としての思いをもっぱら歌の世界に託したのだった。ワキが着座のまま中でもこの忠度は、

〔サシ〕さらさら淀みなく文武二道を受け

なさっている。〔地謡が〕後白河帝の代に『千載集』の勅撰、俊成が撰に当たる。シテが立ち、〔地謡〕が〔下げ歌〕低い音高の歌で寿永の秋の頃、〔地謡〕が〔上ゲ歌〕高い音高に上げ歌でせわしい中にも、都落ちの途中から都へ引っ返し、後白河院の勅命により『千載集』の撰に携わるはずの俊成を訪ね、「歌の望みを嘆きしに」、その入首の了承を得て「望み足りぬれば」、武士の道にたずさわり西海の波の上に、

暫しと頼む須磨の浦

とは、

源氏の住所(すみどころ)

光源氏の旧跡だから、

平家の為は由(よし)なしと知らざりけるぞはかなき

と物語の世界をそのまま源平の歴史として受けとめる能の世界である。

源平合戦と光源氏 本説の覚一本『平家物語』が語るとおり、忠度は俊成に勅撰集への入集依頼を果たして、戦場での討死を覚悟し、「憂き世に思ひおく事候はず、さらばいとま申し」て「前途程遠し思ひを雁山の夕べの雲に馳す」と謡いつつ都を落ちる一門を逐って戦場へととって返したのであった。

光源氏の物語が『平家物語』と重層して生きるのが現地である。源平抗争を語る場が、そのまま光源氏の物語と重なって現地の史跡となる。能がその本説である。

9 シテが一の谷合戦を謡う。

〔読み〕 再び最高音の〔クリ〕で橋掛かりへ進みシテがみずからの体験「一の谷の合戦」での敗走を地謡を借りて謡う。

さる程に一の谷の合戦、今はかうよと見えし程に、

人々が船に乗って海上に浮かぶ。カタリ 忠度も舟に乗ろうと汀へ向かうところ、振り返って見ると「武蔵の国の住人に岡部の六弥太忠澄と名のつて六、七騎」で追う。忠度が「これこそ望む所よと思ひ」組討ちしようと手綱をくって引き返すのを、岡部が組み付き、馬と馬の間に落ち、忠度が岡部を組み敷き討とうとするところを、〔地謡〕が上ゲ歌で「六弥太が郎等、御後より立廻り」、岡部の上におさえにかかる忠度の右の腕を斬る。左手で相手を投げる体で忠度はこれまでと岡部を残った左手で「取つて投げ除け」、そこをあけたまえ左手で拝み西方浄土を拝もうと、

光明遍照十方世界、念仏衆生摂取不捨

十方世界をあまねく照らし、念仏を唱える者は阿弥陀如来の誓い、皆、成仏させようとされると称えるところを組み敷く相手、扇を刀に見立て岡部が太刀を抜き「下よりも痛はしや」、とうとうはかなくも忠度の首を切り落とす。シテが岡部の視点で遺体を見つめ「思いをこめて」「六弥太、心に思ふやう」「傷はしやかの人の御死骸を見奉れば」とは、

六弥太が舞台に登場しない陰の存在で、それをシテが地謡に支えられ代行するのだが、言語行為として、自分を他者の身に立って見ることによって自己もが見えて来るのである。

ここで地謡は、完全に岡部の視点に立つ。見れば相手は若桜さながらの若さ、それがおりから〔陰暦〕九月の曇り空、降ったり止んだり時雨(しぐれ)に、まだらに色づく紅葉はまさに錦さながらの直垂(ひたたれ)を身に着けた相手、そのいでたちから見て、ただの武士ではあるまい、「いかさまこれは公達の」一人であろうと「御名ゆかしき処に」、不思議や箙(えびら)に「短冊(たんじゃく)」をさしておられる、その短冊に「旅宿(りょしゅく)の題をすゑ」「行き暮れて木(こ)の下蔭(したかげ)を宿とせば、ここでシテが立ち回り花や今宵の主(あるじ)ならまし」の詠に「忠度と書かれたり」、〔地謡〕がこれは疑いなく世に聞こえる忠度さまであったと知り「痛はしき」と謡う。修羅の世界を、まさしく幽玄の風体に結合している。

10　結末

〔読み〕〔地謡〕が〔キリ〕終曲部、一定のリズムにより中音の音高で謡い切るワキに向かって「御身(おんみ)この花の蔭に立ち寄り給ひしを」、これまでの経過を語るために「日を暮し」時を過ごした。〔崇徳(すとく)院の詠〕「花は根に鳥は古巣(ふるす)に帰るなり春のとまりを知る人ぞなき」を引き「我が跡弔ひて賜び給へ」、まさに「木蔭(こかげ)を旅の宿とせば花こそ主(あるじ)なりけれ」と忠度その身の化身が主である、その花の蔭を宿にすると言う詠歌どおりの結びとなる。とすれば、四十六歳で讃岐の流謫地に憤死を遂げた崇徳にまで思いを寄せる忠度である。

〔補説〕戦物語に中世の霊と言えば『保元物語』の崇徳院の思いまでも重ねる忠度の思いである。西行が崇徳の廟に詣でたと『保元物語』が語るのを重ねる。これが世阿弥、修羅能の世界である。

本説の物語を超えて、念願どおり『千載集』に一首採られながら、朝敵ゆえに「詠み人知らず」とされたことを不満に思うあまり修羅道に落ちた忠度を、堂本正樹は「平家の悪逆をほとんど担わない」、「剛勇武勇の士」ながら「平家の和歌を一手に引き受け」たとしながら、修羅道に堕ちねばならぬ武士の身であった。それを見届けることになるワキ僧たちであった。

まさに世阿弥が「物学（ものまね）」の修羅について、

ただし源平などの名のある人のことを、花鳥風月に作り寄せて、能よければ、何よりもまた面白し。これことに花やかなるところありたし（『風姿花伝』）

と言う。〈清経〉に比べて明快な、二番目修羅能の名曲である。

この忠度をめぐって忠度公園など、神戸市内・明石市内にそれぞれ数カ所の遺跡や地名（腕塚町）を残すのは、やはり能が現地に史跡を生み出したものである。

ちなみに忠度の都落ち、戦については本説『平家物語』に諸本の異同が多い。第五段に記したカタリアイが本説『平家物語』の語り本によるものであり、忠度と俊成の対面があってこそ可能になった能である。読み本の『平家物語』には、落ち人を怖れるあまり両人の直接対面がなく、忠度は持参した詠歌の巻物を外から投げ込んだとするものすらある。これでは能にならないだろう。語り本の『平家物語』を本説とする二番目物、修羅能に仕立てたものである。戦を相対化する能である。

参考文献

堂本正樹『世阿弥』劇書房　一九八六年
野家啓一『言語行為の現象学』勁草書房　一九九三年
山下『琵琶法師の『平家物語』と能』塙書房　二〇〇六年

安田登　『異界を旅する能』（文庫）筑摩書房　二〇一一年
片山慶次郎・阪倉篤義・早川義一「「忠度」の遺跡」『観世』、栗林貞一「忠度ゆかりの跡」『観世』一九六八年四月
坂元英夫・前西芳雄「座談会『忠度』をめぐって」『観世』一九七五年九月
永積安明「修羅能と平家の物語」『観世』一九七〇年八月

8　〈敦盛〉　同じ蓮の蓮生法師

背景　平家公達、敦盛という人　平忠盛の三男、経盛の末子と言われる敦盛は、無官のまま十七歳にして一の谷の合戦で坂東武士の熊谷直実に討たれた。本説『平家物語』巻九、一の谷合戦で、叔父、忠度同様、討死が語られる敦盛をシテとする修羅能が〈敦盛〉である。母は未詳、本説の『平家物語』によれば、父経盛が清盛の弟で歌人、敦盛の長兄経正は琵琶の名手として知られた。その家系からして、まさに世阿弥好みの平家公達の一人である。〈頼政〉〈鵺〉〈実盛〉〈忠度〉と並び世阿弥の『平家物語』に寄せる思いを示す能である。応永三十年（一四二三）以前の作だと言う。

〔読み〕

1　〔次第〕笛・小鼓・大鼓の囃子の中　ワキ蓮生法師が旅僧姿で登場し、敦盛の霊を弔おうと須磨、一の谷を志す道行を謡う。

〔次第〕リズムに合う七五調を繰り返し　夢の世なれば驚きて、夢の世なれば驚きて捨つるや現なるらん

この世が夢の世であると気付いて捨てたのがまことの現実であろう。物語としてのモチーフを早々と語る。〔名ノリ〕コトバで元は武蔵の住人熊谷直実が一の谷合戦で手に懸けて討った敦盛のいたわしさに、その菩提を弔おうと出家し、〔道行〕〔上ゲ歌〕の一種、上音で謡い始める「雲居（都）」の「雲」から「月」を出し、月が中世歌謡にも謡われる「淀の川瀬の水車」のように南へ回って淀・山崎を過ぎ、昆陽の池、生田川を経て、波が打ち寄せるこの須磨、一の谷に早く着いたと謡う。コトバで急いだので、このように一の谷に着きました。まことに昔の戦が今のように思い出されます。あれ、山の手の野原から笛の音が聞こえて来る、このあたりのことを尋ねようと思いますと語る。

能と現地　物語が語る道行の経路を源平合戦当時にもどせば、平家討伐のために、範頼が率いる源氏の大手(おおて)の軍がたどった道である。そして行く先が一の谷と言えば、そこでの合戦で討ち取った敦盛を弔おうと思う。だからこそ「実(まこと)に昔の有様、今のやうに思ひ出でられ」るのである。

一の谷に迫る背後の山の手の野からであろう、「笛の音」が聞こえて来る、その笛の主を待とうとするとは、早々と、この能のモチーフ、笛を見せる。なお「上野」について、今の須磨寺の地を古く上野と称したとする説（『西摂大観(せいせつたいかん)』）があるのだが、それこそ能の読みを現地に当てた今の地名で、「須磨の山の手の野原」とわたくしは見る。

　南に廻(めぐ)る小車(おぐるま)の淀(よど)山崎をうち過ぎて

定型の道行に（水車のように回る）「よ」（世(よ)と淀(よど)のよ）を重ね、菟原（ウナイ）と血沼（チヌ）の二人の男に求婚された女ウナイオトメが身投げしたという歌枕の生田川の伝説による歌枕までちりばめる、道行きを謡って一の谷に着く。歌枕の列挙が熊谷の現場に寄せる思いを謡う。

本説『平家物語』では、一の谷の合戦に敗れ落ち行く敦盛を直実が呼び返す。組んだ相手が若いことにに気付き、いったん助けようとしながら、続く味方の手に懸け討たせるよりはと、みずからの手に懸け、後世を弔おうと誓ったのだった。本説の『平家物語』では、子息の直家を思い浮かべるのだが、能ではそれを割愛する。熊谷はかねて敦盛に誓っていた約束どおり現地に着くのである。物語が能を造り上げる。

2　前シテと、その同行、いずれも直面(ひたおもて)の草刈り男らが仕事をおえて家路に着く。

〔読み〕一日の仕事をおえ、夕べの家路(いえじ)に着く。

登場の囃子でシテが登場し〔次第〕リズムに合う七五調の切り返し 草刈(くさ)り笛の声添へて　草刈り笛の声添へて吹くこそ野風(のかぜ)なりけれ

その草刈り男の吹く笛の音が野を吹く風に乗って聞こえて来る。志す家路もさぞかし須磨の海に沿って行くのだろうが、男らが向き合って朝、山に入り、〔サシ〕さらさらと淀みなく夕べには帰途、浦に出る心憂い暮らしをする身である。人に問われると、〔下ゲ歌〕音高を低く一人わびしく、〔上ゲ歌〕音高を上げ塩を焼く藻塩を垂らしつつ暮らす身の上と答えましょう。親しい友があってよいのだが、落ちぶれた身として疎遠になり、このようにつらい思いのまま過ごすのだと嘆く。

シテは常座へ、ツレは地謡座の前に行く。和歌の引用など、古典故事を踏まえた言説を、それにふさわしい曲節で謡う。

〔補説〕須磨と言えば「塩焼き」という「憂き身の業こそもの憂けれ」。須磨の浦から「少しが程の通路に」とは『源氏物語』「須磨」の、

（光源氏が）おはすべき所は、行平の中納言の、藻塩垂れつつわびける家居近きわたりなりけり、海づらはやや入りて、あはれにすごげなる山中なり

や、同じく、

須磨には、いとど心尽くしの秋風に、海はすこし遠けれど、行平の中納言の、関吹き越ゆると言ひけむ浦波、夜々はげにいと近く聞こえて、またなくあはれなるものは、かかる所の秋なりけり

を思わせる語りである。事実、能は行平の「わくらはに問ふ人あらば須磨の浦に藻塩垂れつつ侘ぶと答へよ」をも踏まえて、

問はゞこそ独り侘ぶとも答へまし、須磨の浦、藻塩誰とも知られなば、我にも友のあるべきに……親しきだにも疎くして、住めばとばかり思ふにぞ、憂きに任せて過ごすなり

と謡い、この須磨の浦で山に入り浦に出て藻塩たれつつわび住まいをしていると謡うのである。光源氏を介して、その本説である行平に思いを寄せる前シテの草刈り男である。シテでありながら面を着けぬ直面は、同行ともに草刈

り男ゆえの演出である。

3　ワキ蓮生の問いに、シテ草刈り男が常座に出て笛の由来を語る。

〔読み〕コトバの応答　ワキの蓮生が着座のままシテ草刈り男に、先ほど耳にした笛の音は、そなたたちの中のどなたかが吹いたのかと問う。シテがわれわれが吹いたものであると応える。

ワキが「あら優しや、その身にも応ぜぬ業、返す〴〵も優しうこそ候へ」と言うのは、早くも、塩焼きには不似合いな笛の音に、この草刈男の素姓がただ者でないことを感じ取らせる。

その蓮生の言葉尻をとらえ、シテは、人を見ばえのみで「勝る」とか「賤しい」とか評価してはならぬとことわざを引いてたしなめる。ワキが、これは仰せのとおり、〔カカル〕音を上げ相手に語りかけるように「樵歌（きこりの歌）牧笛（牧童の笛）とは」と切り出すのをきっかけにシテとワキの応答。木樵の歌や草刈り男の笛が聞こえて来る。『和漢朗詠集』「山家」の「山路に日暮れぬ、耳に満てる者は樵歌牧笛の声」が重ねられている。歌ったり舞ったり、吹いたり、遊ぶとワキと応答するシテの思いを地謡が受け、〔上ゲ歌〕高音域の歌でこの憂き世を渡るための身の業としては風流な心のあらわれ。笛としては「小枝蟬折」など「様々に、笛の名は多」くあるが、「草刈りの吹く笛」だとすれば「青葉の笛」と思ってください、住吉の浦ならば出入りする高麗船から高麗笛とも申せましょう。ここは須磨の浦だから、塩を焼くための海士の「焼残」（「頭焼」の異名）と思ってくださいと言う。

〔補説〕ちなみに「小枝蟬折」の名が登場するのは、本説『平家物語』巻四、「大衆揃」に源頼政の呼び掛けに応じて平家討伐の兵を挙げた高倉宮以仁王が「蟬折、小枝と聞こえし漢竹の笛をふたつもたせ給へり」を想起させ、こうした名器を列挙するのが、『平治物語』では語り本に見られる語りであるのだが、本説の他の話のモチーフを能が借り用いるのは、〈実盛〉でも、シテ実盛が頼政の詠歌を借りて「深山木」の老木にたとえるのだった。本説の『平家物語』を自由に使いこなす世阿弥らの作劇法である。ちなみに能は「小枝」を「さえだ」と読む。「高麗笛」に言及するのは、住吉の浦に高麗船の出入りを進めた（敦盛にとっては）中国との交易によって富を築いた、伯父清盛を連想させるのだろう。まさに「平家」物の能である。われわれ草刈り、木樵にとって、この笛は塩を焼く薪の残りと思ってくださいとつつましく言うのである。

須磨の浦をめぐって、行平から光源氏、それに本説からは高倉宮以仁王から平清盛までも想起して多層的な意味を含意する。なにしろ、明石市には光源氏が通ったと言う道があり，後述するように光源氏に並んで清盛の供養塔までもがある。能を介して『源氏物語』を呼び込み、その地に遺跡を残すことを思い知るだろう。ワキが須磨に着いて耳にした笛の音であった。その笛をシテは「海人の焼残とおぼし召せ」と『十訓抄』にも引かれる名器「頭焼」まで名器づくしを想起し、塩焼きの業と整合性を図り熊谷に対する謙遜をも示す。この間、シテは舞台を回り、ツレは切り戸口から退場しシテとワキのみの対話となる。三人の登場を岡田三津子は「華やか」さを狙ったものと言う。

4　シテ草刈男が、みずからの素姓を示唆し、ワキ熊谷の供養を感謝する。

〔読み〕コトバの応答　ワキが着座のままシテに呼び掛け、

不思議やな余の草刈達は皆々帰り給ふに、御身一人留まり給ふ

のはなぜかと問う。シテが、ただの草刈り男ではないことをほのめかし始める。どうしてかとあなたは言うが、夕波の寄せるようにわたくしは、あなたの念仏の声に寄せられてやって来たのです。一歩出てどうか「十念」を授けてくださいと乞い、ワキが、おやすいことと承諾しながら「それにつけてもおことは誰そ」と問う。シテが「真は我は敦盛の、所縁の者」だと答える。ワキは敦盛のゆかりと聞き、〔カカル〕相手に語りかけるように「所縁と聞けば懐かしや」と応じ、シテは合掌し、「掌を合はせ」念仏、ワキがシテと声を合わせて、中国浄土教の大成者善導の『往生礼賛』の冒頭、

衆生救済の仏の誓い「光明遍照」を「若我成仏十方世界」と置き換えて、もしわたくしが成仏すれば、あらゆる世界に光明を照らし、すべてを極楽へ迎えるのだがと応じる。

地謡はシテに代わり、その思いを受け、ワキに対し、〔下ゲ歌〕低い音高の歌でわたしをお捨てになりませぬように、一声だけでも十分なのに「毎日毎夜」弔ってくださるのはありがたいこと、わたしの名を申しあげなくとも、あなたが明け暮れ唱えてくださる、その名がわたくしですとこたえ、シテは姿を消してゆく。草刈り男が、実は敦盛の化身であったとわかり、〔中入り〕となる。

5　所の者、アイがシテ柱寄りの常座に立ち、一の谷での戦の経過を語る。

〔読み〕アイに対して名のり出るワキ熊谷蓮生。『謡曲大観』本によれば、これは狂言の定型に従い、須磨に住む「所の者」アイが、ワキ僧と対話する。ワキを務める蓮生その人が、一の谷合戦での敦盛の討死を語れとアイに乞う。修羅能の定型である。

寿永二年（一一八三）の秋、平家が都を落ちて福原に移るが、六万余騎の源氏軍に攻められて敗れ、一門は離散、敦盛は沖に難を避ける主上の御座船に乗ろうとするが、「小枝と申す御秘蔵の笛を本陣に忘れ」たとは、上述したように『平家物語』巻四の高倉宮以仁王の語りを重ねる。本説の世界（話形）を語りの定形形容譚のように自在に採り込む能の語りである。以仁王の場合は、郎等信連が気づいて王に届けることになるのだが、敦盛はみずからが引っ返して「笛をと」る。この笛への執着が敦盛の運命を決したとして笛を曲のモチーフにするのである。

敦盛が海へ馬を乗り入れるところを熊谷直実に声を懸けられ「やがて（すぐさま）取つて返し」波打ち際で組み落とされる。熊谷は相手が「十五六ばかりと見えて化粧して、鉄漿黒々とつけ」た若公達であるのに気づき、いったん助けようとするが、味方の土肥・梶原らが迫る。所詮は助かるまい、いっそのこと「熊谷が手にかけ御跡懇に弔ひ申さん」と首をかき落とした。遺体の「腰に錦の袋に笛の」差されていたのを、さっそくこれを大将に見せ、味方一同ともに、戦の場での相手の風流な笛への執着に涙を流した。

本説では、その後、相手の「御名を」と尋ねると、平家公達、琵琶の名手「経盛の御子無官の大夫敦盛」だとわかり、熊谷は相手が、わが子息直家と同年であることにたじろぐという父子の物語を重ねるのだが、能は、その経過を割愛し、もっぱら笛を介して直実の、敦盛への思いに絞り込む。

世の人々は、熊谷が出家して敦盛の御菩提を弔うと言うなら、当然、その場で救うべきであったのを、「その熊谷がこの所へ来れかし。打ち殺して敦盛の孝養に致したくとの申し事にて候」とアイが語るのは、熊谷のせっかくの慈悲、決意よりも、それを虚仮にしかねない世の人々の、敦盛その人への哀惜の思いを押し出すのである。

〔補説〕経過の推移に割り込ませ、敦盛への思いから能を**虚仮**にしかねない世の人の声が入るのだが、これに抗うようにワキが、実は、わたくしこそ直実だ、誓ったとおり出家したのだと告白するのが笑いを醸し出す。〈実盛〉などに見たカタリアイの洒落（ギャグ）で、しかもアイが納得して「左様にて候はば御宿を申さうずるにて候」とは、修羅能の定型、ワキ僧の宿乞い応答の型をそのまま採り入れながら、観衆とワキとの応答による笑いが一時、この場の緊張を解く。このカタリアイの芸が後半を活性化し盛り上げるのである。

6　ワキ蓮生がシテ敦盛の霊を弔おうとする。

〔読み〕ワキ蓮生が着座したまま〔待謡〕〔上ゲ歌〕の一種、高い音高で「これにつけても」敦盛の「所縁の者」として「弔ひの法事を為して夜もすがら念仏申」し、その菩提を弔うことにしようと謡う。

7　〔一声〕笛・打楽器の囃子で後シテ敦盛の霊が「十六」の面を着けて登場し、常座に立ち謡い出す。

〔読み〕〔一セイ〕リズムの合わない五七調須磨の浦と言えば、（源兼昌が）「淡路島通ふ千鳥のなく声にいく夜寝覚めぬ須磨の関守」と詠んだ、その須磨の関守のように千鳥の鳴き声に夜、目覚め、眠られぬと言うのはだれだろうとワキに問う。

〔補説〕 この草刈り男の正体、敦盛の霊、後シテが着ける面は、頬に小さな窪みの入った、しかもお歯黒で可憐な美少年で、敦盛が十六歳であったことから「十六」と呼び、観世流ではこの面を「敦盛」と呼ぶ。スタンカ・ショルツ・チオンカが、面の効果を論じたのであった。

8 シテはワキに対して敦盛（の霊）と名のり、ワキ蓮生と掛け合いで、ともに再会を感謝する。

〔読み〕 〔カカル〕相手に語りかけるように「いかに蓮生、敦盛こそ参りて候へ」とシテ敦盛（の霊）が名のり出る。ワキが鉦を鳴らして法事を営むと、（前の「いく夜寝覚めぬ」を受け）「まどろむ隙も」ないのに早々と敦盛がおいでになった。さては夢見るかと不審に思うと言うのを、シテは、コトバどうして夢であろうか。現世での執着によって地獄へ落ちる報いを霽らそうと現れたのだと語る。〔カカル〕ワキは情けないことをおっしゃる、一度、阿弥陀如来を念ずれば無量の罪も滅するという経文をたえず唱えるのに、何の因果があろうぞ、かつての罪も弔いに救われ、今はともに仏法を求める友であった。日頃の敵が今は法の友となっている。〔地謡〕が受け悪人の友を捨て、シテは正面へ歩み出て善人の敵を招けとは、このことか、有り難いことだ、夜もすがら懺悔の物語をしようと言う。

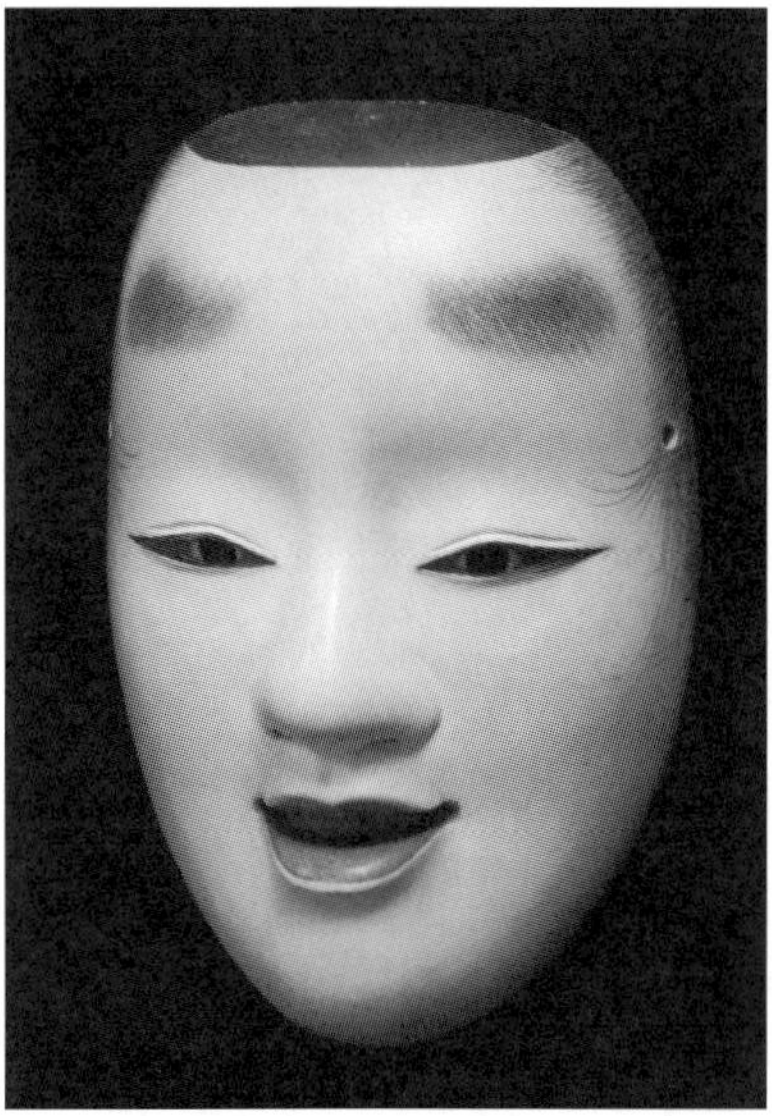

十六（保田紹雲作、田崎未知撮）

〔補説〕両人の応答の中に、目的を共に達成し、これまでの敵・味方の仲を越えたことを喜ぶ。天野文雄は「法の友」邂逅の喜びが曲の主題だと読む。シテの思いを地謡が「とても懺悔の物語」、さあ夜を徹して語ろうと言う。かくて熊谷と敦盛の両人のみの夢幻の世界が繰り広げられることになる。修羅能には珍しい救済の光が見える能である。

9　シテ敦盛の霊が、平家一門が都落ちして以後を回想する。シテが中央の床几に腰をかけ

〔読み〕シテ敦盛の霊の思いを地謡が謡う。

〔クリ〕曲の山場にむけて高音のクリ音をもまじえそれ春の花の樹頭に上るは上求菩提の機を勧め春、梢の先に花が咲くのは、人々に上を向かせて菩提を求める機縁を促し、秋、水の底に月が影を映すのは、菩薩が下って衆生を教化する姿を見せる。シテが〔サシ〕さらさらと淀みなく平家一門が門を並べて栄花をきわめ、兄弟が並び繁昌したのは、〔地謡〕が受け槿の花がわずか一日の開花を誇るのと同じであった。善行を勧める仏の教えにあうのが困難なことは、石を打って発する火のように瞬間のものである。それを思いもしなかったのは、まことにはかないことだったと反省する。

本説『平家物語』が語る、平家一門の奢りを、この敦盛の霊に語らせるのである。モチーフの一つをなすだろう。ドラマとしては〔急〕の段で、語り手としての地謡が謡い始める。

〔クセ〕曲の山場、物語るように「然るに平家、世を取つて二十余年」とは、「一昔の、過ぐるは夢の中」清盛が福原に居を構えて次第に栄花の道を歩み始めた頃を回想する。本説の物語で言えば、巻一「吾身栄花」で要約的に語ったところである。

それが「寿永の秋」には「四方の嵐に誘はれ」る葉のように海上、一門散り散りとなって、波に浮かぶ舟に臥すことを余儀なくされ、夢の中にも都へもどることはない。籠の中の鳥が、雲を思うように雲居の都を恋い、北に帰る雁

が列から外れるような有様。行方も知らぬ旅の身として日を重ね、年改まり「春の頃」、「この一の谷に籠り」、須磨の浦に住めば、前場に見たように『源氏物語』の須磨さながら シテは開いた扇を顔の前を上へあげて右へおろし「後の山風吹き落ち」、寒さが増さる海際に、夜となく昼となく鳴く千鳥の声、寄せ来る波にわが袖をぬらし、波にしおれる磯辺の枕、「海士の苫屋に」一門揃って住み、礒に生えた松のように須磨人として、夕べの炊煙を立て 脇正面へ扇を左右にはねながら 柴というものを折り敷いて山里に住む、都を落ちた身だと ワキへ向かって面を伏せ 嘆く。

〔補説〕平家が、さながら「須磨人になり果つる一門の果てぞ悲しき」と、これもみずから流謫の身となった光源氏さながらの身を重ねて嘆く平家公達、敦盛の霊であった。戦に敗れた一門の須磨での暮らしを、都を避けた光源氏に重ねる。平家公達の霊として、敵となった源氏から、『源氏物語』の光源氏を思い出すのである。遺跡が、この能〈敦盛〉を思い出させる。上述したように、明石市大観町の無量光寺・善楽寺戒光院には光源氏と平清盛の碑の並ぶのが、まさに能の世界である。

10　シテ敦盛が父経盛と今様を謡う一夜を過ごしたことを語る。

〔読み〕シテとワキのかけひきを地謡がひきとる。

シテがすらりと さても如月六日の夜

と言えば、物語では、（寿永三年）二月七日の一の谷合戦当日の前夜のこと、父経盛らとともに「今様を謡ひ舞ひ遊びしに」とシテが語り始める。〔カカル〕相手に語りかけるようにここでワキが思い出す。「その夜の御遊びなりけり、城の内にさも面白き笛の音」が寄せ手、源氏の陣にも聞こえて来たと語るのは、敦盛が最後まで持っていた ワキ 笛を奏して謡い遊び、シテ 今様朗詠の拍子を揃えて声をあげたのだった。一時、都となった福原・須磨でのはかない思い出である。修羅能には珍しく、やや速さの遅い〔中ノ舞〕を舞う。

〔補説〕この能の始め、ワキ熊谷が「あの上野に当つて笛の音の聞え候」と語っていた、「それこそさしも敦盛が、最期まで持ちし笛竹（ふえたけ）の」と、シテとワキがともに拍子をそろえ歌い舞う。シテにとって思いもしなかった両人和合の場である。佐成謙太郎（『謡曲大観』）が、このシテとワキの関係が現代物のような印象を与えるとするわけである。

11　終曲　敦盛が熊谷に討たれた経過をシテが語り、地謡が支えて謡いおさめる。

〔読み〕すでに源平戦の勝敗は決している。

常座にいたシテが〔ワカ〕朗唱風に　さる程に、御船を始めて　〔地謡〕がひきとり〔ノリ〕一字一拍のリズムで　一門みなみな船に浮かめば

敗れた平家の人々の　汀へうち寄せ　「御座船も兵船（に）も」シテが橋掛かりの方を向き乗ろうとするが、ともに沖へと遠ざかる。　拡げたげた扇と扇と左手を顔の前に合わせる

シテ敦盛が、なすすべなく　拡げたげた扇を胸の前で上下し　茫然とするところ、　シテは脇座へ　「かかりける処に」　地謡が受けて　橋掛かりの方を見て　「後より、熊谷の次郎直実（なおざね）、遁（の）がさじと追つ駈けたり」　常座へ行き扇を捨てる　とは視点が敦盛にありながら第三者の視点に切り変え、「敦盛も、馬引返し」、「波の打物」とは「波が打つから」「打ち物」を引き出し、　太刀を抜き二度切る　抜刀して「二打ち三打ちは打つぞと」見えたが、「馬の上にて引つ組んで、波打際に落ち重なつて、終（つい）に討たれて失せし身の」は、　常座へ行くシテを受ける　地謡が、わが身のなりゆくさまを客観視している。

前のアイ語りにも語り、そして本説の物語にもあった、相手の若さにたじろぐ熊谷語りは見られない。シテの視点で相手を「敵はこれぞと討たんとするに」で、　『謡曲大観』の著者は　「坐してワキに向ひ」と動きを記す。亡心、敦盛の霊が現実に目の前にする熊谷に斬ってかかろうとするのを本説に回帰して「仇（あだ）をば恩にて、法事の念仏して弔はるれば」、戦によって討ち取った相手をあなたが弔ってくださると言うのだから、あなたは敵ではなかった。「終（つい）には共に

（蓮の花の上に）生まるべき」、成仏する二人である。「蓮生法師」の名のとおり、蓮上の身となる仲、常座へ行き今は「敵にてはなかりけり」、かねて戦の場で、わたくしの亡心を弔ってくださると約束してくださった、そなたを救い主としてすがるばかりだ、「わが亡きあとを弔ってくださりませ、太刀を捨て合掌後世を弔ってくださりませ……」と結ぶ。

ワキ蓮生法師が期待したとおりの幕閉じになるのであった。

〔補説〕烈しい狂乱の〔カケリ〕は無い。敦盛の霊をシテとし、かれを弔う熊谷をワキとする能にふさわしい演出であろう。

本説の『平家物語』では、蓮生発心の由来を、能では敦盛が父経盛から相伝された笛に求め、

　狂言綺語のことわりと言ひながら、遂に讃仏乗の因となるこそ哀れなれ

と結ぶ。この「狂言綺語」は敦盛の笛を指す。笛を持っていた敦盛に対する熊谷の感動が熊谷の出家の直接契機をなしたと語るのである。敦盛にとって笛に寄せる思いが、その行動を促し、それに能は蓮生が敦盛を導いたと読むのである。

異色の修羅能　二番目、修羅能として想定される敦盛の修羅の苦悩が語られない、異色の能である。修羅能ながら、修羅の苦悩を救われるシテである。本説の物語が、熊谷の、笛をめぐる狂言綺語観による出家を語るのを能はつき破って、むしろ蓮生が亡心に十念を授ける、救済を主題とする能になっている。敦盛説話の出所を安居院聖覚と見る藪田嘉一郎の論があり、堂本正樹が「優美な修羅能」であると言うわけである。須磨の西方、一の谷の麓に敦盛塚がある。物語や特に能が生み出した供養塔であった。

参考文献

『西摂大観』明輝社 一九一一年
『播磨鑑』「明石郡」歴史図書社 一九六九年復刻
佐成謙太郎『謡曲大観』明治書院 一九五三年
ヘイドン・ホワイト『メタヒストリー』ジョンズ・ホプキンズ大学出版 一九七三年
堂本正樹『世阿弥』劇書房 一九八六年
山下『中世の文学 平治物語』三弥井書店 二〇一〇年
藪田嘉一郎「作品研究 『敦盛』上・下」『観世』一九七一年七・八月
片山慶次郎・岡田三津子「座談会「敦盛」をめぐって」『観世』一九九六年三月
スタンカ・ショルツ・チオンカ「修羅能と平家物語 転換の経過」『日本の叙事詩 平家物語における物語性と演劇性』リブヌーヴ 二〇一一年（仏文・未訳）
林望「謹訳能の本 敦盛（下）」『観世』二〇一六年三月
兵藤裕己「物語を語る主体と「作者」」『日本文学』二〇一七年一月

9　〈知章〉　討たせじと知章駈け塞（ふさ）がつて

背景　知章という公達　昔、旧師、永積安明から聞いたことだが、今と違って読みやすい翻訳が無く、苦労してヘーゲルらの歴史哲学を読んだと。その一人、史学の石母田正が、『平家物語』の語る、平清盛の四男知盛（とももり）が時代の転換を身をもって受け止め、

　平氏の運命についてもっともよく洞察していた人物の一人

で、生死の境に立てば子をさえ見殺しにする人間の生への執着と利己心のおそろしさを、そのままにさらけだしている人だと評価したのだった。一方で『平家物語』のことばの力に魅せられた劇作家の木下順二が群読の軸に、この知盛をすえたのだった。

修羅能〈知章〉の主役、知章（ともあきら）は、その知盛の子息で、母は高倉天皇の中宮徳子（とくし）（建礼門院（けんれいもんいん））の女官七条院（藤原殖子（しょくし））に仕えた治部卿局（じぶのきょうのつぼね）である。

平安末期、内部分裂が進む王朝社会に食い込む平家は、忠盛が鳥羽院に仕え、特にその子息清盛が藤原摂関家を押しのけ、ライバルであった軍事貴族の清和源氏をも退けて、王朝の中軸にあった後白河院（ごしらかわいん）に接近、娘を高倉（たかくら）天皇に入内させ、生まれた皇子を安徳（あんとく）天皇として即位させて栄花を誇ることになる。奢る清盛に対し院の側近、藤原氏ら中・下層の貴族の不満が鬱積する中、平治の乱に河内源氏と袂を分かち京侍（きょうざむらい）として生き残った摂津源氏の頼政が、後白河の皇子ながら、これも平家の陰になって不遇をかこつ以仁王（もちひとおう）をかたらって平家討伐を図るが敗れ、時代転換の捨て石になったことを〈頼政〉〈鵺（ぬえ）〉について読んだところである。かねて王の挙兵に促され、木曾に潜伏していた源義

仲が挙兵、伊豆に流されていた、その従兄弟頼朝も挙兵、事を知った清盛が怒り憤死した（巻六、「入道死去」）後、平家討伐の源氏軍が迫るとの報に平家は都を落ちて、いったん筑紫（九州）へ落ちるが、現地、緒形（緒方）に追われ、四国の阿波民部重能らに支えられて四国、屋島から福原に復し、京への還都を志すが、頼朝の指示により義仲を京から排した義経の兵に攻められて敗北を重ね、壇ノ浦へ追い詰められる。その平家公達の中に、一の谷合戦にこの知盛が子息知章を同行していたのである。

壇ノ浦での合戦に討死を遂げた武将としての知盛を世阿弥は採らなかった。世阿弥の周辺では、知盛の子息、知章の霊をシテに立て、その回想の中に知盛を謡い演じる修羅能〈知章〉を制作した。しかしながら、この能はやや敬遠されたらしい。前に修羅能〈実盛〉のカタリアイに『源平盛衰記』が関与することを論じたのだが、この〈トモアキラノ能〉にも『盛衰記』が浮上して来る。『源平盛衰記』は史料でない、編者の思いを濃厚に匂わせ、（注釈として）読ませるために造られた『平家物語』である。能との関わりから、逆に『盛衰記』の世界を照らし出すことが可能である。

世阿弥の時代、応永三十四年（一四二七）二月、久次の識語のある、古本〈トモアキラノ能〉が、奈良県生駒市、修験道の真言律宗の寺で、数々の能資料を伝え、今は能研究のメッカとも言うべき宝山寺に伝わる。世阿弥自筆本集に加えられることがあったが、この〈トモアキラ〉は別人の筆によるものらしい。自筆本とは言えないまでも、書写者「久次」は、特色のある用語、用字などから推して「世阿弥と近い関係のあった人」だろうと言う。〈トモアキラノ能〉の流伝から推して、世阿弥もこの〈トモアキアラ〉をかなり意識していたらしいが、作者は未詳。世阿弥の嫡男で、六代将軍足利義政に圧迫された元雅の作柄に近いとも言われる。能のグループ月曜会の人々や表章の努力にもかかわらず、テクストには、一部、未推敲にもよるものか不明の箇所があり、未完成当時の草稿本のままだったのかも知れない。ところが、世阿弥は平家琵琶の巻九、一の谷合戦「浜軍」を意識しつつ、『申楽談儀』で「平家節」（『平家物語』）を話題とし、〈知章〉の本説になったと思われる（未発見の）節付け本について、

　平家に、心得ぬ節の付けやうあり、「この馬、主の別れを惜しむと見えて」といふところを、三重に繰る。かやうのところをばことばにて言ひて、譬などを三重に言ふはよし。「ころは卯月二十日あまりのことなれば」（「大原御幸」）など、三重なる、わろし。かやうのことは、人に詰められては言葉なし。知りたるどし（能のよくわかる同志）、うなづき合ふことなり

と言う。能役者が平家琵琶を意識していた。その能の本説としたのは、『平家物語』でも、読み本ではなく、語り本であった。そのテクストの織り方、積層構造を見ても、平家琵琶と能は近い関係にあった。

　一、能の本を書くこと、……おほかたの風体、序破急の段に見えたり（『風姿花伝』第六　花修口伝）

などと見え、「段」の語が、使われて来た。「読み」を考える上でも有効である。

平家一門にとって節目となった、福原の西、播磨に接する一の谷での合戦、『平家物語』は「浜軍」を立て、知盛父子を語る。「平家」の譜本は、従兄弟、業盛との対比から知盛の動きを〈口説〉で語り、家来監物と知章の戦闘を戦を語るのにふさわしく、勇壮な〈拾〉で謡う。ここで場を変え、知盛と宗盛の対話を〈口説〉で語り起こし、平家の人々と別れを惜しむ馬の行動を叙情的な〈中音〉で謡い、知盛の宗盛との応答には、両人の親としての思いを込める、揺れの烈しい〈折声〉から、〈定型として〉揺れを鎮める〈指声〉を経て〈口説〉から〈初重〉へと少し音高を上げておいて下げ、句を閉じる。この間、わたくしの見る限り、知盛を語る言説には、いずれも〈三重〉ならぬ、音高が一段下がる〈中音〉を付しているのは、この能役者たちの評価があって改めたのだろうか。ちなみに『申楽談儀』が別に引く「大原御幸」の「頃は卯月二十日あまりの事なれば」も、現存本「平家」譜本では〈中音〉に押さえられ

ている。こうした経過の中に修羅能〈知章〉が造られたのだろう。しかし専門家の間では、「けっして人気曲ではなかった」「文芸性と芸態じたいにおける実りが、やや不足している」とか、「遠い曲」「内面的な実感がうすくて謡いづらい」など、あまり評価が高くないのはなぜなのだろうか。「詞章の稚拙さや、仏家の教理の引きかたの不整合が目に立つ」とまで言われる。

その〈知章〉を、評釈に努めた表章らが活字化した古本〈トモアキラノ能〉に従って読み、必要に応じ、現行の観世流謡本を参照する。他の章と違って、本文校訂にも言及するため読みづらくなることをお断りしておく。

父子の物語　『平家物語』の戦物語としての型の一つに、熊谷直実・直家や梶原景時・景季、平経盛・経正・敦盛ら父子の物語があり、いずれも戦を主導するのが父であるのだが、修羅能〈知章〉は逆に、父知盛の身代わりになる子息知章をシテ、主役に立て、本説『平家物語』とは趣きを異にする。

1　ワキの登場

〔読み〕　定型に従い、笛・打楽器による囃の囃子〔次第〕の中にワキ西国の僧が都を志して直面で登場、名ノリ座に出て、〔次第〕リズムに乗る、七五調、二句を繰り返す謡いで

春を心のしるべにて、春を心のしるべにて、憂からぬ旅に出でうよ

春の訪れに心が浮き立ち、はればれ（晴れ晴れ）（「春」と「はれ」の掛詞を使い）とした楽しい思いで旅に発とうと語り始める。傍点を付したように、音声を同じくする掛詞を続け、「いまだ花の都を見ず候ほどに」都一見を志すのは定型。「春」の縁語としての「花」を出す。なお、ここでワキが「見ず候ほどに」と言う敬譲語「候」は、舞台上、ワキ以外には、まだシテも登場していないから舞台上の対話ではなく、ワキ自身の一種のつぶやきのようにも見えるのだが、実は観衆に対する、みずからの名のりである。舞台と観衆の仲を取り持つアイのような役割をワキが持つことに注目

したい。ワキのはたらきの一部である。「このたび便船を乞ひ（都合の良い船に願って）、ただ今海路に赴き候」を現行の謡本は欠く。ワキ僧の出自が西国と言えば、後、現場での戦を謡う第九段への関わりから見て、〈碇潜〉にワキのことばとして「急ぎ候程に　早鞆の浦（下関）に着きて候　しばらく船を相待ち　便船を乞はばやと存じ候」とあるのを見れば、鞆浦からの便船であろうか。〈忠度〉〈敦盛〉がシテの霊と関わりのある僧をワキとするのと違って、まったく第三者としての、花の都見物を志す「西国方の沙門」がワキを演じ、楽しい船路であるはずなのだが……。

〔補説〕 源平の合戦、生田の戦に、これも父景時よりも子息景季をシテとする〈箙〉にも、ワキ西国僧が都を志して登場、本曲と同じ〔次第〕の謡いで「春を心のしるべにて　憂からぬ旅に出でうよ」とする。一つの型で、平家琵琶以上に類型・定型の相互利用が進む能の言説である。「春」は、続く「旅衣」の「衣」との縁語「張る」を懸けて〔上ゲ歌〕七五調、高い音高の歌で「旅衣八重の潮路をはるばると」を引き出す。「張る」は広く長い物を一面に広げる意である。和歌の修辞に由る、まさに**ことばのドラマ**である。「八重」には、志す都、「九重」をも示唆する。その都へは「なほ末（道のりが）ありと行く波の」行く先、まだ旅路があって、尽きることなく寄せる波をしのいでゆく。広々とした海も雲も見分けられず広がる汐路を漕ぎ渡るのだが、「我も（戦乱の）憂世の道出でて　いづくともなき（広大無辺な）海際や　浦なる関に着きにけり　浦なる関に着きにけり」。その「関」とは摂津と播磨の境である須磨の関である。と言えば〈敦盛〉や〈忠度〉さらにさかのぼって光源氏の世界までも浮かんで来る。その通り、まさに、

　これなん聞き及びたる須磨の浦とはこれかや

これこそコトバで「聞き及びたる名所にて候へば」とあるが、定型として、『源氏物語』や、期待される名所案内があるはずなのにそれが見られないまま、ワキ僧は「立ち寄りみばやと」目にとまる卒塔婆へと接近する。これでは、やはり世阿弥の意にそわなかったであろう。

2 ワキが卒塔婆に接近

〔読み〕「われ鄙の国より（花の都を志して）はるばると上り、この浦に上がり、これなる磯辺を見れば（名所ならぬ）新しき卒塔婆を立て置きたり。立ち寄り見れば亡き人の第三年のしるしと見えて（法華経の）要文さまざまに記し、（討死した）年号日付の誌の下に 物故平の知章と書かれたり。げにげにこの一の谷は、近頃平家の一門の（戦い敗れ）果て給ひたる所なり」と気づき、その知章とは一門の中のどなたでいらっしゃるのか、いたわしいことですと、（この能の原点となる）知章の仮の墓標、卒塔婆へと近寄って行く。

〔補説〕「第三年のしるしと見えて」とあるのは、仏事として一区切りをなす三回忌（死後二年を経過した第三年目の命日）に建立したとある。その死者の霊を供養しようと、ありがたい経文を色々と書き記し、討死の日付「年号日付の誌の下に」その卒塔婆の主として「物故平の知章と書かれたり」とワキ僧の視点で語る。ちなみに仏事としての「年忌」は一年経過した一周忌から、二年を経た三年忌へ、以後、七年忌、十三年忌……へと進む。「三年忌」も一つの区切りである。「須磨の関」と言えば、なるほど、源平合戦の古戦場である一の谷をひかえる。卒塔婆の主、知章とは平家一門の中の、どなたなのだろうか、ああいたましいことですと言い脇座へ行く。「あらいたはしや候」とは語り手としてのワキが観衆に向かって語る思いである。

3 前シテの登場

〔読み〕名高い須磨の浦であるにもかかわらず〈忠度〉や〈敦盛〉のような、アイによる名所案内（名所教え）を欠き、光源氏や行平の故事の引用も無い。それに墓の主、知章は本説『平家物語』を見ても花鳥風月ゆかりの公達ではない。

そこへ、掛素襖または水衣に、白大口という庶民的な姿で（所の）「ヲトコ」（里男）が直面で登場する。普通、ここでアイが登場するのだが、この男はアイではなく、実は前シテである。後場、後シテ、知章の幽霊となって登場するだろう。同じように、早々とシテが登場する〈忠度〉では草刈り男で、〈敦盛〉では老樵が前シテである。シテを登場させる構成法として、この能では、所の男が、アイのような直面の男で、狂言を思わせる装束でありながら、前シテとして登場するのである。

　ワキは、卒塔婆に見える知章は「平家の一門にてぞ御座候ふらんと　いたはしさに一遍の念仏を回向(えこう)申し候」と言う。この場合の謙譲語「候」は、現れた相手、「男」に対するワキの語り懸けである。その男が常座に立ちワキ旅僧に、なるほど「遠国(おんごく)の御(おん)ことならば」おわかりになりますまい、お教えしましょうと語り始める。シテ知章の霊自身が化身して所の男を演じ、みずからの前世を語るのである。わたくしのように、この能を見たことのない者に、そのテクストの読みから、その役柄の別がわかるだろうか。

　卒塔婆の主、知章は平清盛の三男、新中納言知盛の子息で、寿永三年（一一八四）二月七日の一の谷の戦で討たれた。「今日はまた如月(きさらぎ)七日なれば　第三年の追善に　ゆかりの人の今朝の間に立て置きたるしるし」だと言うのだが、「今朝の間に」立てたのは、命日に合わせたもの。すなわち文治(ぶんじ)二年（一一八六）二月七日のことになる。とすれば、なまなましい。「ゆかりの人」とは、知章の従者、あるいは平家一門の人だろうか。それがわからない。その卒塔婆を第三回忌の祥月命日(しょうづきめいにち)に念仏回向してくださる、ありがたいことです。諺に言うコトバに近い（カカル）で「一樹(いちじゅ)の陰に宿り一河(いちが)の流れを汲むことも　みなこれ他生(たしょう)の縁」前世からの因縁があるのです。遠国の方でいらっしゃるそなたが「ただ今ここに来たり給ひて、しかも忌日（三回忌、祥月命日）にあひ当たりて　一遍の念仏をも回向し給ふ事のありがたさよ」、よくよく弔っていただきたいと乞うのは能としては、狂言のアイ（所の者）が相手のワキ僧に願うのを、本曲では、前シテ自身が乞うのである。なお「一遍の念仏」とは、『一遍上人絵伝(いっぺんしょうにんえでん)』の巻一、伊予出立(いよいでたち)の場に大宰府の聖達(しょうたつ)上人との応答に見える「一遍」という法号に由来することを芳野貴典が報告した。ちなみに「一遍の念仏」

の語は語り本『平家物語』には見られず、読み本の延慶本では、維盛に熊野の聖が「無二ノ懇念ヲ至テ、若ハ十反、若ハ一反唱給フ物ナラバ」とあるが、それは「十反」に対する「一反」で、『絵伝』のような法号として定着した語ではない。

ワキはシテと〔掛け合〕でなるほど仰せのとおり「他生の縁のあればこそ」、前世からの縁により、このようにやって来て「無縁の利益」、縁故のない知章の霊に数珠を繰って回向できるのかと喜ぶ。男も「念ひの珠」念珠を「繰り」、シテとワキが合唱「（一見）卒塔婆　永離三悪道　何況造立者　必生安楽国　物故平の知盛成等正覚」と謡う。たまたま始めて見る卒塔婆を供養するのであっても、その功力により、三悪道に堕ちることを永く免れる。まして、このように建てられた卒塔婆に供養するのです、亡き平知章も、必ず安楽国へ生まれかわるでしょうと。ワキにとって相手の男は、素姓もわからない、「所の男」である。卒塔婆の主と、今ワキの面前にいる男が、実は同一人であるとは思ってもみない。ワキ僧が男と声を合わせこの偈を回向することによって、ともに成仏をと祈る。〔地謡〕が参加し、低い音高の歌〔下ゲ歌〕で斉唱死を昨日は人の上と思っていても、今日はわが身の上になるかも知れない。古本では、斉唱としての〔同音〕と記す。まして墓の主、知章が「弓馬の家人」であると言えば一層はかない命、知章の魂よ「法に引かれつつ　仏果に至り給へや」成仏をとげてくださいと謡う。まさか、ともに念仏を唱える相手が知章の霊の化身であることを、ワキは思いもしないだろう。この念仏を受けるシテ知章の霊がワキとともに謡うやはり斉唱で音高を上げ〔上ゲ歌〕で「ただ一念の功力だに　ただ一念の功力だに　三悪の罪は消えぬべし」、わずか一度のみ唱える念仏でも三悪道に落ちる罪は消えるだろうとは、上述の一遍にも通じる浄土門の影が見える。ましてこのようにありがたい『法華経』の読誦に、道中、通りがかりの旅僧までもが供養する、逆縁であっても功徳のないことがありましょうか、必ず成仏できましょうとともに喜ぶ。訳がありそうな里人と見られる男、（実は）前シテがワキとともに謡い喜び、テクストでは〔同音〕（斉唱）するのである。

4　ワキとシテの応答

〔読み〕カタリの応答、〔問答〕の形でワキ僧は、知章討死の後、新中納言（知盛）も「一所にて果て」られたのかと問う。シテ男は「いや知盛もすでに討たれ給ひしを」とは、この一の谷の戦の段階では寿永四年二月の壇ノ浦での決戦を迎えていないのに、知盛の死を先取りして語るのは、眼前の男が能を演じる現場では知章の生死の域を超える霊の化身であるからだろう。この後、第九段にも誤解しかねない先取りが見られる。ここは合戦後、丸二年を経過、三年忌当日の視点に立って語る男（知章の霊の化身）である。二年前の一の谷の現場では、知章が相手に「駈け塞がつて親を」助け、わが身は討たれた。「その隙に」知盛は宗盛さまの乗られた「御船」に参り「その関をば逃れ」られましたと言う。「関」は須磨の関。現行観世本はワキが「さて知盛も御最期は何とかならせ給ひて候ぞ」と問い、シテ知章の霊が「さん候（さよう）知盛は、あれに見えたる釣り舟の程なりし、遙かの沖の御座船に追ひ着き、助かり給ひて候」と繕って古本に見られる誤解の怖れを避ける。

　ここで知盛を救った馬、井上黒の生まれについて語り謡う。すなわち、一の谷で父知盛が「あの沖に見えて候ふ釣り舟の遠さほどなりし」「大臣殿（宗盛）の御船まで」たどり着かれたと語るのだが、「あの」「候ふ」とは、まるでワキ・シテの眼前に釣り舟が見えるのを指してワキに語りかけるように、語りの場まで現場に引き込む。ここでワキが想像する、知盛さまは「さてあの沖までは小船にこそ召されて候ひつらん」おられたのでしょうかとは、知盛が海中、小船で御座船に追いつかれたのかと想像する。「いや馬上にて候ひし」の「候」の多用も気にかかる。ちなみに「小船」とは、たとえば本説、物語の巻八「水島合戦」備前、水島で源氏を迎え討つ平家方より漕ぎ出した「小島がと（外）に小船一艘」など見え、能の本説の一つになったと思われる語り系、八坂流の第二類本、八坂本の巻八では、大宰府を落ちる平家一門が「小船に乗り給ふ」とある。
シテ（男）は「小船」ではなく、「馬上にて候ひし」と語る。その馬をめぐって、本説が「信濃国、井上（そ）だち」から名付けられたとある馬について、古本は、その「井上黒とて究竟の名馬」に乗った知盛は、その馬に助けられカタリで「二十余町の海の面をやすやすと泳ぎ渡り」主を助けた。ここで「その馬を乗せようとするが」を挿入しなければわかりづらい。「されども船中所なかりしほどに」追い返す。馬は「しばしがほどは船の辺りを泳ぎ巡りしかども」乗せる人もなかったので「元の水際に泳ぎ上がり この馬主の名残を惜しむと見えて 沖の方に向き高嘶きをし 足掻きをして立ちたりけり」と結び、「畜類も心ありけるかとて、見る人あはれを催しけり」と人々の思いを採り入れる。

故事を引用する謡いとして、歌の節で斉唱『文選』の注「越鳥（南の方の国、越の鳥）南枝に巣を掛け、胡馬（北の方の国、胡の馬が）北風に断えしも　旧郷を偲ぶゆゑなり」を引き、「胡馬は北風を慕ひ（慕うのだが）、この馬は西に行く船の纜につながれても行かばやと思ふ気色なり」とする。主、知盛を慕う馬の様子、その馬を第三者視点で思いやり語る。それにしても、シテ知章が、みずからの行動を語らず、父、知盛と馬の動きを第三者、語り手の視座で斉唱に加わるのである。現行の観世では斉唱ではなく、地謡が引き取って謡うために第三者としての語り手の視座に立つことができる。この間、視点の動きを見るのが〈知章〉の読みには有効である。

〔補説〕 平地の町や漁・農村では運搬に牛を使用したが、山村では（耕作にも）馬を使い、その馬のために馬頭観音を街道に祀る民俗儀礼となる。本説でも、知盛が日頃、この馬を「秘蔵して」「泰山府君」（朝廷で陰陽道から取り入れた祭事）を祀ったと語る。そうした文化基盤があった。この知盛を救った馬、井上黒の「井上」は信濃の井上であるから、丈の低い木曾駒である。本説では、知盛が馬を追い返そうとするのを、「阿波民部重能、御馬かたきのものに成り候なんず、射殺し候はむ」とするのを、知盛が「我が命をたすけたらんものをあるべうもなし」と制止した。石母田正や木下順二が、その知盛の対応に感動するのだが、能は重能を全く取り上げない。

5　前シテが素姓を示唆する。構成法から見て「破」の第三段に当たる。

〔読み〕〔ロンギ〕上音と中音の間をリズムをあわせて昇降し謡いかわす斉唱 そうするうちに早や日も暮れて「須磨の浦」と言えば、その取りあわせ「海人の礒屋（いそや）」、漁師（りょうし）の家に宿りして、親しい縁は無い者ながら弔おうとするワキ僧の供養を男は謝し、「げにありがたや我（われ）とても　よそ人ならず一門の」とは、シテが実は平家一門の者だと明かしそうになる。しかもその「内外（うちと）に通ふ」とはこの世の内と外を彷徨（さまよ）う亡者の身で、「後（のち）の世の闇」にいるのを、照らす夕月のように照らしてほしいと重ねて僧に願う。ワキ僧はシテがふと洩らした斉唱で「そも一門の内ぞとは」と言った、そなたはどなたかと問い詰める。シテ男は「今は何をか包み井の」垣根をめぐらす包み井戸のように隠しはしませんが、斉唱で世を離れ隠れ住むき亡き身は名も人に知られぬシテ、男が「白真弓（しらまゆみ）」名も知られない者ですと語呂をあわせつつ、「弓」の縁語として（矢が）「（はね）返る」から「帰（かへ）る」を引き出し、シテが立ち上がり斉唱帰ってゆく。その行方を見ると、須磨の里にも野山にもゆかないで海の「水際」へと、視線はシテの動きを逐い、山部赤人（やまべのあかひと）が「和歌の浦に汐満ちくれば潟（かた）をなみ芦辺（あしべ）をさして田鶴（たづ）なきわたる」と詠んだように水際の潟がないので鶴が「芦辺を指して」浮き沈みするように、男の後ろ姿が見えなくなってしまった。前シテ男が後シテの化身であったことを示唆しつつ〔中入り〕となる。

〔補説〕このシテのきわどい示唆が一つの見せ場であろう。

6　古本は後場へのつなぎ、能を解説するカタリアイを記さず、狂言台本の略語「シカシカ」ですませる。

〔読み〕『謡曲大観』が採用する大蔵（おおくら）流本によると、狂言（所の者）がワキに対話で知章の討死を語り、「アシライアイ」

を兼ねるアイを演じる。「須磨の浦に住まいする者」が登場、ワキ僧に気付き、いずれの者かと問うのは定型である。それにしても前シテ、所の「ヲトコ」を里人としたのは、やはりこのアイ「所の者」とまぎらわしい。

その狂言の前に現れるワキが筑紫からの僧と名のるのは、冒頭「西国方の沙門にて候」と名のっていたのを想定した鞆浦（ともうら）からさらに西へと動かして、アイに知章討死の経過を問う。アイ、所の者は、そこにあった卒塔婆こそ、まさに平家公達、知章の旧跡だと言い、前シテ化身の素姓を示唆するのは、修羅能の定型である。平家軍は寿永三年（一一八四）二月七日、一の谷の合戦に敗れて、知章が父知盛、家来、監物（けんもつ）と三人で落ちるところを、東武士、児玉党（こだま）一行に追われ、主を庇う監物（けんもつ）が追って来る先駆けの首の骨を射る。「大将とおぼしき者」が知盛に組もうとしたため、知章が父を討たせまいと組むところを、相手の郎等が知章を討つ。監物がその相手を討つが、みずからも討たれる。知章が討たれる間に、知盛は井上黒に乗り沖の御座船に着くが、船中が狭くて乗せられず、馬を追い返す。馬は、主との別れを惜しんで高嘶きし、足掻きしたのを、畜生ながらと人々が惜しむのだった。今日、二月七日が知章の祥月命日、これなる卒塔婆は「ゆかりの人」が立てたものと語る。ワキ僧は感動し、実は見かけた卒塔婆に追善とおぼしい法華経の「要文」があり、知章とあったが、いずくともなく若い男が現れ、ともに回向申し、その相手がさきほどそなたの話された物語を懇ろに語ったのだと言う。アイは、その若者こそ知章の「御亡心（ぼうしん）」であった、懇ろに弔ってほしいと乞い、ワキが了承するのは、本説『平家物語』をなぞり、わかりやすく解説するカタリアイで、ワキ僧の見たのが知章の「御亡心」であったと明かすアシライアイでもある。

7　ワキがシテの素姓に気づく。

〔読み〕ワキ僧は、「さてはこの」卒塔婆は、亡き知章のしるしで、「同じく」今現れた人も、その知章の「幽霊にてましますかや」と気づき、先に現れた「ヲトコ」の本身、後シテ知章の登場を待ち弔おうとする。このワキの思いは、

カタリアイを受けたもので、アイ語りを欠いては理解できず、わかりにくくなるはずである。

高音域の歌、〔上ゲ歌〕で夕波千鳥共寝して　夕波千鳥共寝して　所も須磨の浦伝ひ　野山の風も冴え返り心も墨（すみ）（澄）の衣手に

夕波に飛び交う千鳥も今はともに寝ていた。所は須磨、野山を吹く風も寒さをぶり返し、心もすみ（澄み）わたる墨染めの衣で「かの御経」（『法華経』）を読誦する。仏教の原点、あらゆる人の世が宇宙の一つと自覚することを説く。そのワキの読経に誘われて、後シテ知章が、直面だった前シテとはうって変わって、本体を現し、十六歳で死去した〈敦盛〉と同じ面、もしくは童子の面を着けて修羅道の苦しみから登場し、父、知盛をも語ることになる。

〔補説〕ちなみに「幽霊」の語は、芳野貴典が「世阿弥以前に……使用例が少ない」と言うとおり、『平家物語』の語り本覚一本には皆無、読み本の延慶本は、流罪される藤原成親の、北の方との離別、維盛と熊野をめぐって、また、その子息六代が熊野を「念仏行道して過去先考幽霊、出離得脱増進仏道」と見えるが、いずれも死者の霊の意に使う。能〈実盛〉と〈知章〉では、それを亡心、亡霊の意に使うのである。

童子（保田紹雲作、田﨑未知撮）

8　後シテ、知章の霊が登場

〔読み〕前シテ化身の男が、一声の囃子の中後シテ知章の幽霊となって面（上述）を着けて登場、常座に立ちワキ僧の読経による導きを〔サシ〕さらさらと淀みなく「あら尊の御

法やな」と感謝し、絶え間ない、わが修羅道の苦しみの中から、このように「妙なる法（法華経）のみ声」を受け、「魄霊」となって現れることを感謝する。前シテ、化身としての里人から本来の霊となって帰るのを喜ぶのである。「魄霊」を『日葡辞書』は「肉体を離れた霊魂」とする。それが、この須磨の浦に〔一セイ〕高音、七五調だがリズムに合わせない謡いで「浮かむべき」波のように「ここもと須磨の浦」に帰り、斉唱「後ろの山風」が「上野の嵐」となって吹き来るとは、現行の観世流謡本が「海少しある通ひ路の後の山風」を加筆して『源氏物語』「須磨」によることを一層明確にする。「上野」は「後の山」の野原に山風が吹き、『法華経』の読誦が、のびのびとはなやかな「ノリ地」で斉唱「草木国土　有情非情も　悉皆成仏」の偈、天台の本覚思想、草木や国土までも、万物ことごとく、心あるものも無いものも、いずれもが宇宙を形成すると悟り、「彼の岸」彼岸極楽に往き浮かび出ることができる、この世のあらゆる物がその宇宙だと教わる「ありがたさよ」とワキに合掌する。

9　後シテが登場し、ワキと応答

〔読み〕現れた後シテ知章の霊を、ワキ僧は不思議に思い、

〔カカル〕相手に語りかけるように不思議やな、夢現とも分かざるに、その様いまだ若武者の　さもち□立ち寄り
給ふは　そも誰人にてましますぞ

現存の古本には欠脱による不明の箇所がある。不思議なことに、夢・現ともなく優雅な若者がやって来る、そなたはどなたでいらっしゃいますかとワキが問う。後シテ知章の霊が、今さらだれかとお尋ねなさるのは、何と無意味なお言葉です。そなたの「御弔ひの忝さに　知章これまで参りたり」と名のる。ワキ僧は、先に第五段、前シテが「よそ人ならず一門の」と洩らそうとしていた、そこへそなたが現れたと。ワキは、さては「平家の一門を　目の当たり見奉ることよと　昔に帰る浦波の」打ち返すように昔に返り、後シテ知章が「浮織物の直垂」、細かい模様を浮き上

がらせて織った直垂に、「端匂ひの」裾に向かって色を彩りぼかした鎧を着てと語る。若男の「十六」もしくは「敦盛」（童子）の面とともに、その若者の武具、鎧を身に着ける。ワキが引き継ぎ「さもなまめける（はなやかな）御有様」とは相手に敬意を表すワキの思いを示す。特に童子ではなく、十六の面を着ける場合、その印象を強くするだろう。シテが「所もさすが」、所はさすが光源氏ゆかりのワキが「須磨の浦に」と言えば、〔上ゲ歌〕高い音、七五調で斉唱「おぼろなる（ぼんやりとではあるが）雁（仮）の姿や月の顔（現行本は「影」）雁の姿や月の顔、「おぼろなる」は仮の世を引き出し、「仮」を雁に転じて雁のとり合わせから「月の影」、その月の光が「写す」（写して浮かび上がらせる）、『古今和歌集』「ほのぼのと明石の浦の朝霧に（淡路の）（絵）島隠れゆく船をしぞ思ふ」を重ね、父知盛がたどりついた平家の船、御船が島かげに隠れて行くのを「惜しとぞ」名残惜しく思いつつ、別れた父の乗る船の漕ぎ行く跡の白波も懐かしい。いや、なつかしいと父をお慕いしても仕方がない、せっかくお救いした父も、「つひにはや憂き身を捨てて（壇ノ浦に）西海の　藻屑となりし浦の波」とは、後日壇ノ浦の合戦まで先取り見届ける知章の幽霊が、その浦の波が重なるように「重ねて（父子ともに）弔ひて賜び給へ」とワキに願う。幽霊となった知章が、早々と第四段にも見られたのだが、ここで壇ノ浦での父の行方をも織り込んで斉唱するのである。

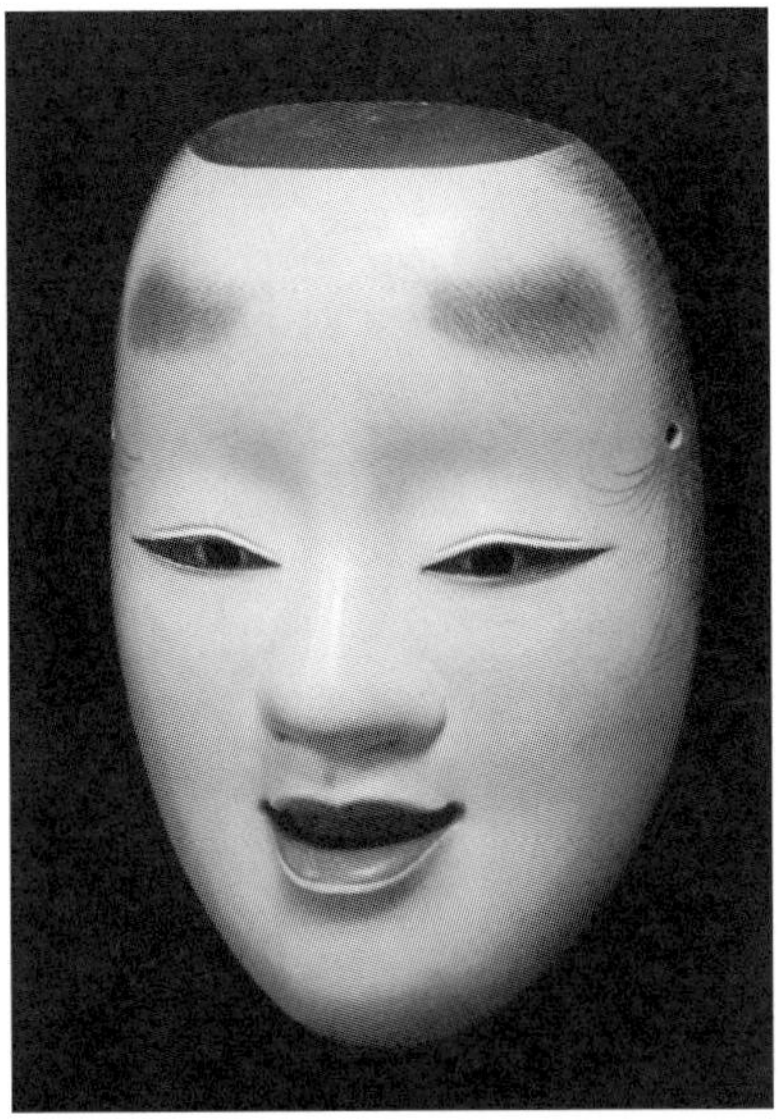

十六（保田紹雲作、田崎未知撮）

〔補説〕須磨の浦から光源氏の世界、『古今集』詠み人知らずの明石の詠（上述）を重ねている。本説『平家物語』

とは違って、子の側から父を語り演じる知章の霊が、父の行方をも見届ける父子の物語である。現行の観世流謡本では、ここでワキが「さらばその時の有様くはしく御物語り候へ」と促す。〈忠度〉の場合、後シテ忠度の霊がみずからの討死の経過を謡い語るのだが、本曲〈知章〉では、知章の幽霊が父知盛や一門の行く末まで語ってしまうのである。

10　斉唱で戦を語る

〔読み〕最高音の〔クリ〕をまじえ「さてもその時の有様　語るにつけて（敗戦の）憂き名のみ」（が）「立（たつ）田の山の」と言えば、紅葉の名所、その「紅葉葉の　紅」から（平家の赤旗）「紅（色の）なびく旗の脚」が「散りぢりになる（敗走する）気色（様子）にて」とシテが〔サシ〕よどみなく合戦を語り始める。後シテ知章の幽霊が語り手としての視点で一門の行方を見届ける。「主上（幼帝安徳）二位殿（帝の祖母、時子）を始め奉り、大臣殿父子（棟梁、宗盛父子）」斉唱で「一門（が）皆々」船に乗り海上に浮かぶ「よそほひ」（様子）は「ただ蒼波（青い海の波）の畝に」浮き沈みする水鳥のようである。

　ここには本説『平家物語』巻十一「内侍所都入」、一の谷から屋島を経て壇ノ浦の合戦の結末へと進み、知盛が入水する場面で、

　　海上には赤旗、赤じるしなげ捨て、かなぐり捨てたりければ竜田河の紅葉ばを山風の吹散らしたるがごとし、みぎはによするしら波もうすぐれなゐになりにける。

の場面を、この一の谷の場に重ね、（やがて討死することになった）父、知盛へ思いを馳せてゆく。第四段や第九段を思い出させる。それは前にワキ僧が「知章討死の時、同じく新中納言も一所にて果て給ひけるか」との問いに知章の霊が「いや知盛もすでに討たれ給ひしを」と壇ノ浦合戦まで見通して語ったことと照応する。行方を見届けるのが第三

者としての語り手の位置を保つ知章の幽霊である。

一の谷の現場にもどって、シテ知章の幽霊が語る。「その中に親にて候ふ新中納言（知盛）」、それに「われ知章（家臣の）監物太郎　主従三騎にうち成され」、沖なる「御座船」を志して「この水際に」うち出たが、斉唱で敵の攻めが烈しいので、またとって返して戦ううちに「知章監物太郎　主従」がここで討死をとげたと謡う。「その隙に知盛は」斉唱で「二十余町の沖に見えたる大臣殿（宗盛）の御船まで　馬を泳がせて追ひ付きて」乗り移り「甲斐なき命」を保たれたと語るのは、いずれも知章の幽霊である。

みずからの歩みを語るべき知章が語り手として父、知盛の思いを語ることにずれてゆき、斉唱で知盛を謡い、物語としてピークを迎える。〔クセ〕曲の山場、物語るように知盛は大臣殿（宗盛）の御前にて涙ながらに、「武蔵の守も討たれぬ（家臣）監物太郎頼賢も　あの水際にて討たるる」のを「見捨ててこれまで参ること　面目もなき次第なり　いかなる」（どのような）子が親のために命を惜しまないことがあろうか。一体、（どのような）親が子の討たれるのを見捨てたのだろう。「命は惜しきものなりと　さめざめと泣」かれたので、見る人も袖を濡らしたのだった。

以下、これは本説のまま、知章討死の後に語るのだが、宗盛が、知章殿は生まれつき「心も剛にして　良き大将」だったと、「御子」御自分の子息の清宗を見やりながら「御涙」を流されたので、船中に居並ぶ人々も鎧の袖を濡らされたと語る。シテ知章の霊が斉唱で宗盛の思いを語る。「武蔵の守知章は」「生年二八の春」十六歳の若さと言えば（わが子息の）清宗も同年で（宗盛の思いとしては）「ともに若葉の磯」に並ぶ松さながら、「千代を重ねて」栄えゆく累葉枝を連ねつつ　一門門を並べしに」「今年の今日」どうして「所も須磨の山桜　若木（知章）は散りぬ（なのに、われわれ老人が）埋もれ木の　浮き名漂ふ船人と　なり行く果てぞ悲しき」と右へ回り謡うのは、〈忠度〉でも「須磨の若木の桜」と謡うシテ忠度の思いが浮かんで来る。その「若木」の山桜が散った後、親の身が「埋木の　浮き名漂ふ」とは〈頼政〉にも見られた老いの身の悲哀、一門の衰運を悲しむ。関連する他の能の語りをも思い浮かべつつ、老若を対比する能の方法である。斉唱が支えながら、この知章の霊を第三者、語り手の視点で語るのが演者を苦しめるだろうか。現行観世では地謡が謡うが、古本では結びまで「トモ」（知章）がシテとして場をリードするのである。

〔補説〕知章・知盛父子を重ね、それを知章の霊が自分を軸にしながら、みずからを語ることに徹し切れず、宗盛と対話する父知盛の思いまでも語ることになり、はては知盛のためにその行動や愛馬、井上黒の行方まで語る、知章の幽霊になってしまうのである。こうしたところが観衆に混乱、ひいては違和感を抱かせたのであろう。観世流の関根祥六・祥人父子が堂本正樹との座談会でこの曲をとりあげ、特にこの段が「納得がいかない」と言い、祥六は「四番目の現在物だったら、まだやりやすいような気もする」と言うのだった。なるほど以上読んで来たように、関根父子の思いに同感するほかない。

ここでようやく知章がみずからの修羅の苦悩を謡う。

11 シテが最期を謡う。

〔読み〕〔ロンギ〕しっかりした応答を斉唱で「いたはしき有様の　同じくはご最期を　懺悔に語り給へや」と促す。ようやく知章の幽霊が、みずから成仏のために討死を謡うことになる。「げにや最期の有様を　慚愧懺悔（の思い）に現はし　修羅道の苦患免れん」と語るとは、修羅道からの脱出を志すシテ知章の霊が、その苦悩を語る、「鎮魂」である。父の身代わりとなって殉じたことが知章を修羅道へと導く。斉唱で「げに（まさにその通り）修羅道の苦しみの　その（戦うことに徹する）一念も最期より」語ろう。知章が「来りしままの敵にて」と謡うのが、わかりづらい。現行の謡本が「聞きつるままの」と改めるのは、あらかじめ聞いていたとするものか。あるいは、軍勢がこれまでと一向に減ることのないの意か。斉唱で「すはや寄せ来る」シテが「浦の波」のように攻め寄せる軍で、相手が「団扇の旗」を掲げるのは、武蔵七党の一、児玉党だな、何を「ものものし」仰々しいと言い放って、監物太郎の放つ矢に「敵の旗差し（が）首の骨」を深く射られ、「まつ逆様にどうど」落ちると、シテが「（旗差の）主人と思しき武者 斉唱 が新中納言知盛を目がけて駈け寄り討ってかかる。親（父）を討たせまいと知章が中に割って入り、その相手を「むんずと組んでどうど落ち　取つて押さへて首掻き切つて　起き上がるところをまた　敵の郎等落ち合ひて　知章が（の）首を取」ったので、知章は、ついにここで討たれ、そのまま修羅の苦界に沈むことになったのだった。思いがけなく「御僧の弔ひ」を受けるのはありがたいこと、「これこそまことの法の友よ」「まことの知章が　後の世を照らして」菩提を弔ってほしいと三度謡って閉じる。現行の謡本は「これぞ真の知章が　跡弔ひて賜びたまへ　亡き跡を弔ひて賜びたまへ」と刈り込む。

〔**補説**〕当事者、知章自身が、みずからの修羅道落ちの経過を語ることによって成仏の契機を造る、修羅能の構造に従って謡い、父知盛の思いから一門の滅びまでを斉唱で謡い切る。修羅道に堕ちる当人に、その結末を謡わせることによって成仏させる芸能であるが、〈忠度〉が忠度自身の解脱への行動を、〈敦盛〉がやはり敦盛自身の解脱を謡うのに比べて、古本〈知章〉のシテ知章は父の行方まで謡う過重な役割を演じた。修羅の物まねを

　これまた、一体のものなり。よくすれども、面白きところまれなり。

としながら、（武具の）

　持ちやう・つかひやうをよくよく伺ひて、その本意をはたらくべし（『風姿花伝』第二　物学条々）

と言うわけで、世阿弥としても見捨てられない能であったのか。今でも弔いの前夜、通夜の席で、参集する人々が、死者の生前を回想するのは、まさに死者が促すのだろう。

能を読み替える『源平盛衰記』と平家史跡　「平家」物の能の多くが『平家物語』の語り本を本説とするのだが、修

羅能の〈知章〉は、ワキ、旅僧の登場から、ただちに知章の霊の化身、（里の）「ヲトコ」をシテとして登場させ、その霊を供養する卒塔婆の前で、生前の討死までを語る中に、身代わりとなっていったん救った父知盛をはじめ平家一門の、その後の行方をも見通して語り演じる。この欲張った演出が、一曲の能として無理を来たしている。言説にも無理があり、未推敲の跡も目につく。そのためか修正を加えながらも上演の回数が少ないと言われる。本説の物語では、知盛が兄宗盛との対話で、子息知章を見殺しにした思いを語る。能は、その知章をシテとして、いったん救った父知盛をはじめ一門の行方を見通して、物語の語り手のように語る。世阿弥の周辺にいたであろう作者としては、知盛を修羅能のシテにはしがたい。しかし知章の行動があって物語の知盛の告白もあり得た。その知章をシテに立てるのである。

世阿弥の周辺で、どうしてこのような物語の読みがなされたのか。実は〈実盛〉の能に本説『平家物語』語り本を相対化するカタリアイの参加が『源平盛衰記』の言説と重なることを指摘したのだが、この知盛についても『源平盛衰記』が、その巻三十八「知盛遁二戦場一乗レ船」の章段を立てる。章段そのものが知盛を前に押し出し、父知盛が助かったことを語り本同様に語りながら、さらに、

知章ハ忽(ち)獲リ二勇兵(監物太郎頼賢)之首ヲ一、専顕ラシ二壮士之名ヲ一、遂救ヒ二父之死ヲ一、永亡フ二己之命ヲ一

と加筆して知章を顕彰する。それは能〈実盛〉にカタリアイとして参加した狂言が割り込んで、能や、その本説の物語をも虚仮にしかねないのと通底する。これが『源平盛衰記』というテクストの語りである。例えば、語り本の巻一の結び「内裏炎上（だいりえんしょう）」で、安元（あんげん）の大火、もとはと言えば院側近の北面の武士の狼藉に発する山門大衆の強訴（ごうそ）を退けた宮侍に対する日吉山王（ひえさんのう）の怒りとして、その使者である猿の放った火が延焼した事件を語る。その大衆を鎮めにかかったのが重盛。勅命により内裏防衛の先兵の任に着いたのが、その重盛の率いる軍で、強訴する大衆が担ぎ込んだ神輿

に矢を放ち、大衆の怒りを煽る結果になった。その先兵に立った成田兵衛為成なる男が、結果責任をとらされ左遷される。友人たちが別れの宴を催す。なぜ、こんな不条理な責めにあわねばならぬのか釈然としない。その屈託した思いで成田を見送る友人の一行が、酒に酔い、成田へのはなむけにと、鼻を削ぎ、腹を切り、はては自害して家に火を放つ。その結果が安元の大火になったと語る。この成田なる人物は不明で、あるいは『源平盛衰記』の創作による話かも知れない。しかも内裏への延焼を語るためにか、都、東南、樋口富小路から都の北西、愛宕山の方向、内裏に向かって「大炊御門・堀川」に向けて延焼するだろうと「盲の」「入道」が占ったとの話を記した上で、語り本が語る、山王の怒りから、その使者、猿が火を放ったことをも語る、これが『源平盛衰記』である。読み本の範疇に入りながら延慶本とは異質、『平家物語』異本の域を超えている。増補と言ってすませる語りではない。ちなみに『19階日本横丁』のように現代日本に距離を置いて喜劇タッチで書く作家堀田善衛は『平家物語』語り本を嫌い（『方丈記私記』）ながら、この『盛衰記』をそのまま引用して「酔漢」を書き、その旨を銘記したのだった。堀田なりに、成田に寄せる思いがあったのだろう。

平家、都落ちの中に、公達の一人として掲げながら、物語としては、この「浜軍」以外には目につかない知章を、『盛衰記』に示唆されてとりあげ、シテとする能〈知章〉を作ることになったのか。

神戸の史跡　神戸には「平家」の史跡、凝灰岩や花崗岩造りの石塔がある。例えば八坂流の語り本を本説にする能〈通盛〉が契機になって、神戸市兵庫区の、寺伝によれば行基開基、住蓮再興と言う願成寺に平通盛と、その恋人、小宰相を供養する「比翼塚」（供養塔）を造らせたことを〈通盛〉で述べる。井阿弥原作、世阿弥改作の修羅能〈通盛〉で、鳴門に通盛と小宰相の二人の霊がそろって登場するのが、この比翼塚の本説になっている。

平家の塚と言えば、十三重塔の清盛塚（供養塔）が早く弘安九年（一二八〇）の銘を残す。幕府の保護も得ていた奈良、

孝子　知章の墓（神戸市明泉寺、山下撮）

真言律宗の西大寺叡尊以下、松岡心平は、広く瀬戸内海周辺、律宗の手によるものと言う。香川県坂出市、白峰の崇徳陵もその類か。院のかねての指示により建立したとの説があり、宋人、伊姓の石工、心阿らの伊予の国まで及ぶのが、いつ頃まで遡れるものかわからないが、江戸時代には弘法大師信仰による、いわゆるお遍路の寺にも十三重塔が見られる。神戸市の長田区、西池尻の忠度の腕塚には五輪塔の外に十三重の石塔もあり、「腕塚町」の地名にもなっている。清盛塚以外の平家公達供養の石塔は、上述の通盛・小宰相供養塔から推して、「平家」物の能が本説となって神戸の各地に史跡や地名を残すことになったと思われる。忠度については明石にまで、忠度公園や腕塚町などが見られる。これも能〈忠度〉が本説となったのだろう。

知章と従者監物を顕彰する供養碑が旧山陽電鉄会社により建てられた。神戸の平家史跡を踏査された信太周から教わったのだが、地誌『摂津名所図会』に「前武蔵刺史平知章墓」と題し、「尻池村の北上、街道の南側にあり、討死の所は北の山手なりしが、享保年中（一七一六〜一七三六）並河氏、摂津志編集の時、ここに巡行し如此石表を立て、父に代つて討死したまふ、其美名を賞し、西海道往還の側、今の地に移す」とする、その知章の、供養のための五輪塔が同じ長田区、明泉寺に見られる。明泉寺は観応年間（一三五一）の創建と言われる。五輪塔は、密教で説く地・水・火・風・空を現し、鎌倉時代、文覚や曾我兄弟の塔があり、特に室町時代以後に盛んに建てられたと言う。須磨寺や須磨一の谷にある敦盛供養の五輪塔にも、その本説として能〈敦盛〉があったかと考える。

世阿弥が『申楽談儀』で、この修羅能〈知章〉について本説『平家物語』の曲節の付しように疑問を呈していたことを始めに記した。特に知盛と愛馬の仲に寄せる当時の芸能人の思いがあったのだろう。そして知盛ならぬ、その子息知章の顕彰碑まであるのは、江戸時代、能の流行を通じ京観世、謡いの流行によるもので、それだけ能や謡いの人口が多かった訳である。現地では「孝子」として顕彰する。

参考文献

石母田正『平家物語』（新書）岩波書店　一九五七年

小野勝年『日本の美術45　石造美術』至文堂　一九七〇年

松長有慶『密教』（新書）岩波書店　一九九一年

月曜会編『世阿弥自筆能本集』岩波書店　一九九七年

山下『琵琶法師の『平家物語』と能』塙書房　二〇〇六年

渋沢敬三ら編『甦る民俗映像』岩波書店　二〇一六年

正木晃『密教』（文庫）筑摩書房　二〇一二年

山川均『歴史のなかの石造物』吉川弘文館　二〇一五年

味方健「作品研究「知章」」『観世』一九九八年二月

関根祥六・関根祥人・堂本正樹『座談会『知章』を巡って」『観世』一九九八年三月

大谷節子「京都観世井上次郎右衛門門人帳」『神戸山手短期大学　山手日文論攷』二〇〇七年三月

山下「堀田善衛の「家」と文学―「酔漢」を読む」『名古屋大学文学部研究論集』61　二〇一五年三月

北村昌幸「『源平盛衰記』における京童部」『文化現象としての『源平盛衰記』』二〇一五年五月

山下「「平家」物の能と間狂言カタリアイ」『日本文学』二〇一六年二月
山下「堀田善衛『聖者の行進』を読む—全集の編集をめぐって」『名古屋大学文学部研論集』62　二〇一六年三月
芳野貴典「能の幽霊再考」二〇一六年度能楽学会での口頭発表

10　〈船弁慶〉　あら珍しや、いかに義経

はじめに　修羅能としては採り上げにくい知盛を、五番目物切能〈船弁慶〉は、後半のシテとする。劇的な性格のゆえに一般受けする能で、初心者向けの能でもあった。明治以降、上演の機会が多くなったと言う。わたくしの始めて見た能が、この〈船弁慶〉だった。現役時代に勤務先の大学のクラブ活動に謡曲部があり、学生たちの演じたのが、やはりこの〈船弁慶〉だった。源義経が、子方として登場する。それはなぜなのか。本書がとりあげるには、『平家物語』から離れる、室町時代中期以後の成立で義経に献身的に仕える弁慶を演じる『義経記』と重なるだろう。

1　ワキ弁慶と、そのツレが登場

〔読み〕　京から旅発つワキの一行が「今日思ひ立つ旅衣、今日思ひ立つ旅衣帰洛を何時と定めん」、「思ひ立つ」に「旅衣」から「衣」の縁語として、音声を軸に（衣を）「裁つ」を引き出すことばのドラマ。しかも旅立ちに早々と「帰洛」を思うとは、どういうことなのか。それはワキ弁慶が仕える主、源義経の思いである。兄、頼朝の代官として、敏捷な行動力を以て平家を亡ぼす戦功をあげながら、その性ゆえに「言ひかひなき者の讒言により」とは、梶原景時の讒言により、兄、頼朝の嫌疑を被ったのだった。ついに義経が都を落ちることになり、大物の浦（今の尼崎）に着くのであった。絶望的な義経。

〔補説〕　五番目、鬼物で、切能として頼朝の、弟義経に対する嫌疑をモチーフとする。その義経を子方が演じる。民俗では神に擬せられる子役である。その義経の一行が都を落ちるとは、遡れば『平家物語』で義経がたどった西国の平家を攻めるのとは逆の構造である。この能は、そこから始まるのである。思えばなまやさしい能ではない。

2　ワキが導く一行の道行

〔読み〕〔サシ〕さらさらと「頃は文治の初めつ方」の語りは、『平家物語』では、もっとも華麗な〔三重〕を節付けする美文だが、頼朝・義経兄弟の不和により子方が「道狭くならぬその前に」とは、怒る兄に妨げられぬ前に西国へと向かう。ワキが夜深く、雲井（都の）月を見おさめて行く名残の惜しさとは、義経の身の、あまりにも悲しい変わりようを代弁する。「一年」とは、本説、物語の巻七、「主上都落」、寿永二年（一一八三）七月のこと、源氏の木曾義仲が五万余騎で入洛して平家を都落ちさせた。代わって入洛した木曾義仲の蛮行。その翌年正月、頼朝の命により、弟義経は「むねとの大名三十余人、都合其勢六万余騎」を以て木曾を追い、討ち死にさせた（「木曾最期」）のであった。その義経の盛時に引率していた大軍が、今は「ただ十余人」〔下ゲ歌〕低音の歌節で「すごすごと」都を落ちてゆく。〔上ゲ歌〕に音高を上げ「世の中の人は何とも石清水」何とも言わぬが、石清水の八幡は、世の中が鎮まるか、濁るかは御存じであろう。その神を拝礼し、間もなく海の潮も「共に引く」ように大物の浦に着いたのであった。ワキ弁慶は、この大物の浦に見知る人がいたので、義経さまのお宿を整えるよう指示しましょうと言う。

〔補説〕本説『平家物語』とは対照的に、後日、逐われる身となった義経一行の苦難を語る。『義経記』後半に語る世界である。

3　現行観世謡本に欠くのを光悦本により補う。

〔読み〕ワキが〔コトバ〕で宿主アイと応答　ワキ弁慶が名のり、主君義経のために宿を乞う。アイ宿主は、義経の身辺警固に不安はないと請け合い、「奥の間へ」と導く。

4　ワキが子方に報告

〔読み〕ワキがコトバで子方に「恐れ多き申し事」でございますが、「今の折節」に（北の方）静殿を同行されますのは「似合はぬ様に」思われます。「これより御返しあれかし」と促す。子方、義経はさらりと弁慶が思うようにと承知し、ワキは前シテ静（御前）の御宿へ参る。シテ静が弁慶に何のご用かと問う。ワキ弁慶はこれまでの同行を神妙と思いますが、今は不都合と思います。都へお帰りをと促す。シテ静はわたくしの同行が「君の御大事になり候はば」やむを得ません、とどまりましょうと。前シテ静は若女の女面を着ける。静の縁起でもないことばにワキが「あら事々しや候」、とんでもないお言葉との弁解に、静はそれは「武蔵殿（弁慶）の御計らひ」でしょう。ならばわたくしが、じきじき義経さまに御返事申しましょうとのことばに、弁慶もあらがいかねて静を義経のもとへ案内する。子方がシテ静にこれまでの同行を感謝しながらも、以後、そなたが「波濤を凌ぎ下」るのは、「然るべからず」、まず都へ上り「時節を」待たれよと。静は弁慶の判断ではなかった、義経さまのお言葉だった、それを弁慶を恨みに思ったとわが身を恥じる。弁慶は、いや、「ただ人口（うわさ）を思し下すなり」、義経さまの御心が変わったわけではありません。この場に女性を同行するのを潔しとしない人々の噂を思うばかりですと涙を流す。ここで静も思い返すのだった。船路の門出に、高い音高の〔歌〕で波風も静をとどめるのか、義経さまとの仲を「木綿四手（弊）」を掲げ変わるまいと祈り誓ったことも定めないことだった。なるほど命は惜しいもの、命さえあれば義経様との再会も無理ではないと思い返す。

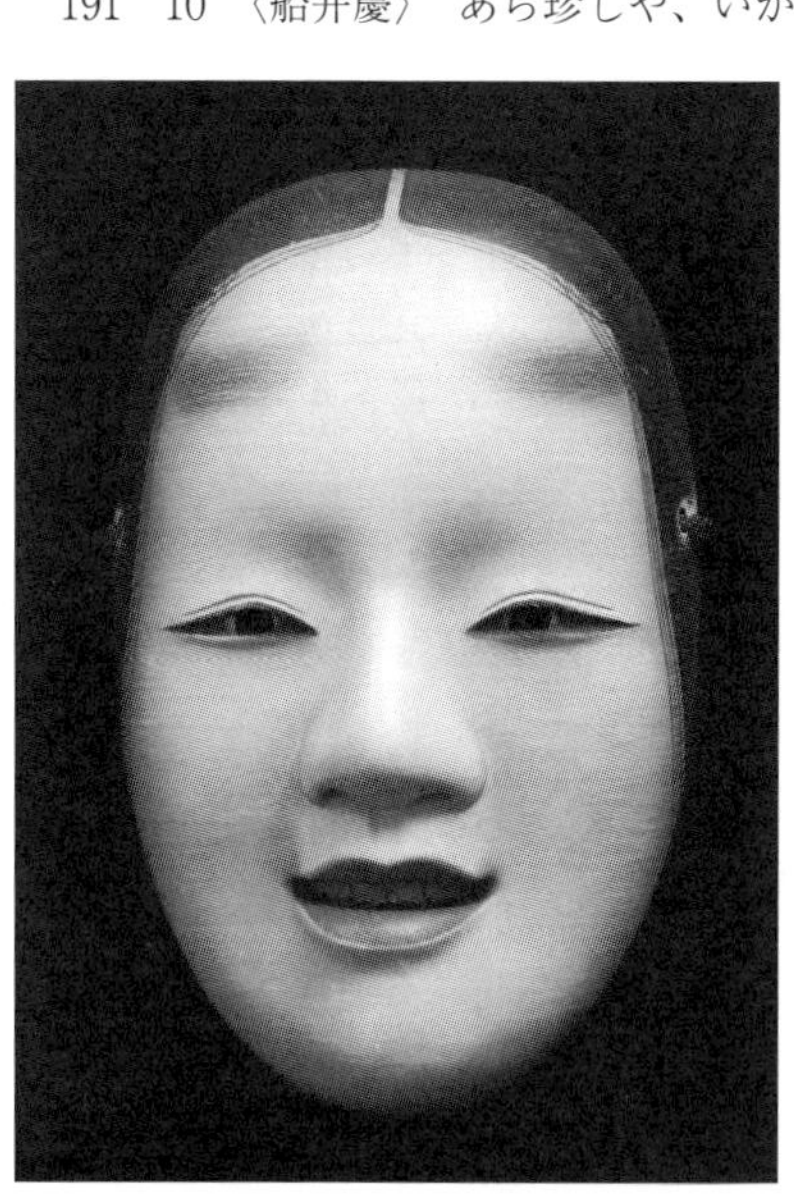

若女（保田紹雲作、田崎未知撮）

5 シテの別離

〔読み〕義経子方が静御前に（別れの）酒を勧めるよう弁慶に指示する。承知した弁慶は、御一行の行く末が千代まで栄えるようにと聞く「菊（きく）の盃」を語りかけるようにして勧めた。受けるシテ静は、義経との別れの辛さにかきくれて涙にむせぶばかりである。連歌の世界では「盃」と「菊」「涙落つる」が付け合いである。ワキは二人の仲をとりなし、前途が苦しからぬ船出であるように門出を祝い歌舞を一曲舞うようにと静御前に促す。シテは立ち上がり、時宜に叶った調子をとって、船出の平穏を寿ぎ、（義経の罪が赦され）京へ召し還されるようにと謡い舞う。帰洛を願った訳である。ワキがシテに（白拍子の装束）烏帽子をお着けくださいと願う。シテは別れの悲しさに舞うすべもない身だから恥ずかしいと〔地謡〕袖を振り狂女が狂い舞う〔イロエ〕で常座から舞台上を左へ舞う。

6　地謡が中国古典を語り説く

〔読み〕〔地謡〕が「伝へ聞く」として陶朱公が勾践を連れ、会稽山に籠り種々知略をめぐらして勾践の本意を達成したと子方の方を向いて謡い、舞う。〔地謡〕が〔クセ〕で物語り謡う陶朱公が越王の臣下として仕え、政治を行った上、天の道と心得て隠退し五湖に小舟を浮かべて楽しんだと謡う。『太平記』の語りに類似する、こうした故事のように義経さまが、いったん都を落ちて西国の海上へ赴かれることがあっても、罪のないことを申し立てされるならば、やがて頼朝も青柳が枝を連ねるように兄弟の仲をもどされましょう。どうぞ頼朝さまの御翻意を促されるようにと謡い舞って常座に戻る

〔補説〕頼朝と義経の不和を語るのは当時、世のタブーであった。それをこのように演じて世の平和を祈るのが芸能としての能であった。それにしても暗い能である。

7　シテ（静）が清水観音に祈念

〔読み〕〔ワカ〕短歌形式の謡で、地謡が「ただ頼め」、「ひたすら頼りにせよ」と謡い始め〔中ノ舞〕笛・打楽器の奏する中、ほどほ

どのテンポで舞い、シテが「ただ頼め、標茅が原のさしも草」われが世にある限りは、観音の利生があるものと頼みにせよ。

〔補説〕『新古今和歌集』釈教歌に、清水観音の神詠として「なほたのめしめじが原のさしも草われ世にあらん限りは」がある。それを重ねて義経の願い、都への復帰を祈念する。

〔ノリ地〕のびのびとはなやかに　シテが子方に向かって「かく尊詠の偽りなくは」地謡も加わり　観音の神詠に偽りがなければ、義経さまの復帰する世になるだろうと出船に乗り〔上ゲ歌〕高い音高の歌で　船頭に早く纜を解けとせかすので、子方（義経）も旅宿をお発ちになられ、（とり残される）シテ静は泣きながら〔地謡〕が白拍子の装い烏帽子・直垂を脱ぎ捨て涙にむせぶ。見る人も哀れに思うのだった。

8　アイ船頭のシャベリでカタリアイを伊藤正義の引用による。

残された静があわれであることを語り、頼朝が怒りを解き義経の復帰が叶うよう期待する。後半、アシライアイとなる。

〔読み〕〔問答〕アイ船頭がワキ弁慶に、静の離別を哀れに思ったと語りかけ、弁慶に促され、かねて用意しておいた、足の速い「御座船」を整える。

9　ワキ弁慶の従者、ワキツレに促され、一行が舟を漕ぎ出す。

〔読み〕ワキがコトバで　別れを惜しみ　シテ　静の思いを想像しながら出船を指示する。ツレ　従者が〔問答〕応答で「君（義経さま）の」仰せに、烈しい波風を避けるために「御逗留」だと言う。ワキ　弁慶は、義経さまが静との別れを惜しまれると察しながら、この場に及んで逗留とは義経さまの「御運も尽き」たと思う。文治元年（一一八五）十一月から思えば、その前年、元暦二年三月、兄、範頼らが「以っての外の大風」を恐れる中、義経は人々の声を却け、あえて摂津の神崎・大物から強行、平家攻めの船を出し、平家を追い込んだのだった。弁慶には、今も状況は変わらない、〔カカル〕

強く押して 再起を期して「急ぎお船を出すべし」と命じる。ツレたちも同意し「何処も敵と」夕（言う）波の立ち騒ぐ中を衝いて船を漕ぎ出すのである。アイが船を脇座に据える

〔補説〕義経にとって前年、人々が敵との応戦に、梶原が提案する、船の後退を想定して「逆櫓」を立てようとしたのを笑い捨て、風雨の中、五艘の船を出し、普通「三日にわたるべき処を、ただ三時ばかり」で阿波の地へ渡るという荒技を演じ、梶原景時から大将軍ならぬ「猪のしし武者」と非難されたのだった。この論争が、一因となって、後日、梶原は頼朝に義経を批判する。義経はこの現実を体験することになった。

10　観世謡本には欠くアイとワキの応答

〔読み〕アイ船頭がワキ弁慶と船出には幸いな好天気だと喜ぶ。アイは義経さまと頼朝さまの仲が好転して、そのあかつきには「西国の船司」をわれ一人に任されるよう、取りなしをと乞うのが、観衆を笑わせただろう。やがて空の雲行きが悪くなり波が荒くなる。同行するツレが「いかに武蔵殿、この御船には妖怪（変化の物）が憑いて候」と言う。ワキがあわてて、そんなことを「船中にては申さぬ事にて候」と制止し、寄せ来る波を鎮めようとする。アイが劇に参加するアシライアイである。

〔カカル〕語りかける「あら不思議や」海上を見れば、去る文治元年三月二十七日、西国で滅んだ平家一門の霊が浮かび上がる。このように義経さまの弱り目に「恨みをなすのも」当然あり得ることである。子方がサラリと 今更驚くことはない。平家が「悪逆無道」を積み重ね、仏道の、すべての者を救ってやろうとの考えにも背き、天命により海に沈んだ。〔地謡〕がその一門の殿上人が雲霞のように立ち現われ浮かんで見える。

シテが最高音高をもまじえ「桓武天皇九代の後胤、平の知盛（の）幽霊なり」と、知盛の怨霊が眼球に金属を入れた怪士の面を着け名のり出る。「あら珍しや」と呼びかけ、とりかかるように思いがけない浦波に船出の声に導かれ、知盛が、

壇ノ浦に沈んで行った、〔地謡〕潮波に義経をも沈めようと、夕波に浮かび長刀(なぎなた)をとりなおし、巴(ともえ)（うずまき）のように振り回してあたりを切り払い、潮を蹴りあげて悪風を吹きかける。そのために義経は目もくらみ、心も乱れて前後がわからぬ状態であると謡う。子方がくわわり〔地謡〕が〔ノリ〕リズムをあわせて義経は少しも騒がず抜刀し、生きている人に向かうように言葉をかけて直接対決、戦うのを弁慶が中に割って入り、刀では勝負にならずと数珠(じゅず)をさらさらと押し揉んで東方、不動明王に向かって「降三世(こうざんせ)」、南方に向かって「軍荼利夜叉(ぐんだりやしゃ)」、西方に向かって「大威徳(だいいとく)」、北方に向かって「金剛夜叉明王(みょうおう)」、中央に向かって「大聖(だいしょう)不動明王」の調伏の索(さく)（しばり）にかゝれと祈り祈ったので、さすがの悪霊も次第に遠ざかって行く。山伏姿の弁慶は力をあわせて船を汀へ漕ぎ寄せる。なおも追いかけようとする怨霊を追い払い、悪霊も潮に揺られ流されて「跡」は「白波と」なってしまったと結ぶ。室町時代の能にふさわしく、平家の後退、源氏の世を謡う。

〔補説〕シテが前場の静から後シテ知盛に変わっている。本説『平家物語』には不似合いな鬼能であった。『義経記』の世界である。

怪士（保田紹雲作、田﨑未知撮）

参考文献

山下『いくさ物語と源氏将軍』三弥井書店 二〇〇三年
香西精「『船弁慶』―作者と本説」『観世』一九六二年十一月
片山博通・香西精・永島福太郎「[座談会]『船弁慶』をめぐって」『観世』一九六二年十一月
表きよし「世阿弥から信光へ（前・後編）」『観世』二〇一六年四・五月
観世清和・福王茂十郎・村上湛「鼎談 観世信光の魅力（一・二）」『観世』二〇一六年十一・十二月
金子直樹「現代における信光作品」『観世』二〇一六年十月

11　〈通盛〉　通盛夫婦、お経に引かれて

背景　通盛と小宰相の供養碑　神戸市の兵庫区、元、北の丘陵から湊川が南下し、海へ流れ込んでいた、その堤防が、今の市民の歓楽街、新開地である。この地名が、その歴史を語っているだろう。ちなみに今の湊川は兵庫区の東端、平野から西へ向きを変えられ長田区へ入り南下して海へ注ぐ。一九三一年、神戸港へ入港したチャールズ・チャップリンがこの娯楽街を歩いたと言う。その新開地が南下する入り口、湊川公園の数百メートル西に浄土宗鎮西派の寺、願成寺がある。中世、湊川の流れがいかがであったかはわからないが、本説の『平家物語』に見える旧「湊川」は清盛ゆかりの福原の大和田に注ぐ川であった。願成寺は、元、上流の地、石井川、烏原の地にあった寺を、明治後期、この地へ移したと言う。その寺の墓地の一角に小宰相局と、その夫、平通盛夫妻の「供養塔」が並ぶ。これも寺とともに元の地から移された五輪塔で、室町時代以後に流行の石塔だろう。地誌が、

（小宰相に仕えた）局の乳母が建てたものにて

とするのはなぜなのか。元、行基の開基、真言宗の寺であったのを、安元二年（一一七六）浄土宗、源空の門弟として著名な住蓮が建てたとも言われる。夫通盛を戦に討たれ、失意のあまり入水しようとする主、小宰相を制止した乳母、呉葉が住蓮の義妹であったとも言い、小宰相と通盛の比翼碑のそばには、後鳥羽院の侍女松虫と鈴虫の碑も並ぶ。いかにも物語めいた寺伝である。背後に『平家物語』や能が透けて見える。（物語や）能が史跡をつくる。その「平家」の語り系、覚一検校が定めた本によれば、通盛が「湊川のしもにて」（近江、佐々木の木村三郎成綱と武蔵の住人玉の井四郎資景ら連合軍）「かたき七騎が中にとりこめられて討たれさせ給ひて候ひぬ」（巻九）との報せが、海上を漂う

願成寺内供養碑（山下 撮）

平家一門の中にいた通盛の恋女房、小宰相に伝えられ、小宰相は失意のあまり入水を遂げることになったのだった。

　神戸の各地に伝わる平家公達、忠度や敦盛、それに知章らの遺跡には能の影が見える。忠度について神戸には、物語を語るように、その遺跡、首塚や腕塚があり、腕塚町の地名としても残る。ちなみに忠度については明石市にも同じ史跡が伝わる。

　逆瀬川にある十三重の清盛塔には弘安九年（一二八六）二月の刻がある。松岡心平によれば、瀬戸内に遺存する石工による、律宗の布教が関わる。讃岐にも同じように崇徳院を弔う十三重の塔がある。

　小宰相は、参議藤原為隆の子息、憲方の次女で、鳥羽天皇の第二皇女、上西門院に仕えたことを物語が語る。

通盛という公達　通盛は門脇中納言従二位教盛の嫡男であるが、一門の知盛らとは違って武将としてよりは北の方への思いにこだわる人柄で、皇后宮大進資憲の娘を母とする。平家一門を仏敵として地獄へ落とすことになった原因、南都攻め（巻五「奈良炎上」）に副将軍を勤め、一の谷の合戦には弟教経とともに大臣殿宗盛の指示により「山の手を」「かため」ていた（巻九、老馬）。

　山の手と申は、鵯越のふもとなり

その固めの陣に、

能登殿（父、教盛）のかり屋に（通盛は）北の方むかへたてまッて、最後のなごりをしまれけり

弟教経は、兄とは対照的に豪勇の武将として、各地で、源氏に荷担して挙兵するのを六度にわたり、ことごとく追い散らした武将（巻九、六ケ度軍）である。その弟の怒りをかって、通盛は、

いそぎ物の具して人をばかへし給ひけり

と言う。「人」とは、言うまでもなく、名残を惜しんだ北の方、小宰相である。この兄弟を対比して語るのが物語としての構成である。武将としては冴えない通盛であった。この山の手の大将軍であった通盛が、源義経率いる搦め手の奇襲に遭って戦うが、

うち甲を射させて、敵におしへだてられ、おとと能登殿にははなれ給ひぬ、しづかならん所にて自害せんとて、東（生田）にむかッて落ち給ふ所に（巻九、落足）

「湊川のしもにて」近江源氏や、武蔵の笠井ら七騎に包囲され、討たれたと物語は語る。

同行していた「くんだ滝口時員」が、主通盛から日頃、わが身に万一の場合、死を北の方（小宰相）に伝えるよう命じられていた。その滝口からの悲報に接した北の方小宰相を後ツレ、通盛をシテとするのが二番目物修羅能〈通盛〉である。世阿弥の先輩格であった井阿弥の原作を世阿弥が改作したと言う。

1　名ノリ笛でワキ阿波鳴門の僧がワキツレ従僧を連れて登場。平家一門を追悼する。いずれも直面である。

〔読み〕〔名ノリ〕コトバでこれは阿波の鳴門に一夏を送る僧

と名のる。

本説『平家物語』の語る現地を訪ね、敗れた平家一門のために毎日読経するとは異例のワキである。〔上ゲ歌〕高い音高の歌で磯辺の岩山の松陰に待つ今宵、だれが呼ぶとも知れぬ白（しら）波の静かな浦に夜舟の楫音が鳴り聞こえてく

る、鳴門の静かな夜に暗い不気味な今宵である。

〔補説〕**鳴門と小宰相**　能の第二・四段に後ツレ小宰相が鳴門に入水することになる。「平家」の中でも八坂流第二類本に

月引きかくす夜(よ)は(半)なれや、阿波(あわ)の鳴門のくせとして(巻九、小宰相の身なげ)

とある。この八坂本との関わりは、〈清経(きよつね)〉にも見られる。ちなみに語り系でも覚一本は、屋島へ向かう途上の海上とし、鳴門の名は見えない。この能の地名特定は、鳴門が名所として喧伝されることになる時代だろうか。現地を鳴門とすることから、八坂流第二類本が能の本説として浮かんで来るのだが、八坂流でも、この第二類本は、逆に当地の伝による能を意識して改作したものかと思われる。八坂本の巻十二「吉野軍(よしのいくさ)」にも、落ち目になった義経の流浪を語る義経伝説の影を濃厚に見せている。

とりあえず、以下、八坂本を参照するが、「平家」諸本論は未解決の課題が多いことを銘記したい。改めて検討すべき『平家物語』諸本生成の課題である。

2　ここで後見が舟のつくり物を出す〔一声〕笛・打楽器の囃子の中シテ漁翁と前ツレ姥(おば)が舟に乗って登場、身の老いを思う中に耳にするのが読経の声であると言う。

〔読み〕〔サシ〕シテとツレが交互に重なるようにさらさらとすは遠山寺(とおやまでら)の鐘(かね)の声、この磯近く聞え候遠くから聞こえて来る日没を告げるシテとツレが唱和入相(いりあい)の鐘に、昨日・今日と過ごすが、明日もまた老いの身を過ごすことになりましょう。〔一セイ〕拍子は合わせないが七五調でそれにしても老いの身がいつまでもせわしいが、何を頼りとして過ごすのだろう。〔地謡〕が受け〔上ゲ歌〕高い音高の歌でつらい中にも、

心の少し慰むは、月の出汐(でじお)の海士小舟(あまおぶね)、さも面白き浦の秋の景色かなシテは右へ向く

おりから夕方の波が浦に音を立て、

鳴門の沖に雲つづく目付柱の方を向き淡路の島や離れ得ぬ淡路の島に向けて続く浦に、このはかなく憂き世を離れられず、世渡りに漁りをするを悲しく思う。〔サシ〕さらさらと淀みなく真っ暗な海が月を沈めて、その光も見せないとは、シテが重ねてその思いを謡う。ツレが舟で焚く篝火も夜中を過ぎて弱くなり、シテとツレが縒り括って編んだ苫から洩れる夜の雨の音、それに蘆間を吹き抜ける風音以外には耳にすることもない中を、夢とも現ともわからぬ読経の声が風音にまじって聞こえて来るのである。楫の音や「唐艪」の音をもおさえる棹をおさえこの読経の声を聴聞しましょうとシテとツレ小宰相が謡う。シテが面を伏せる視覚と聴覚が重なる場を語る。

笑尉（出目満志作、銕仙会蔵）

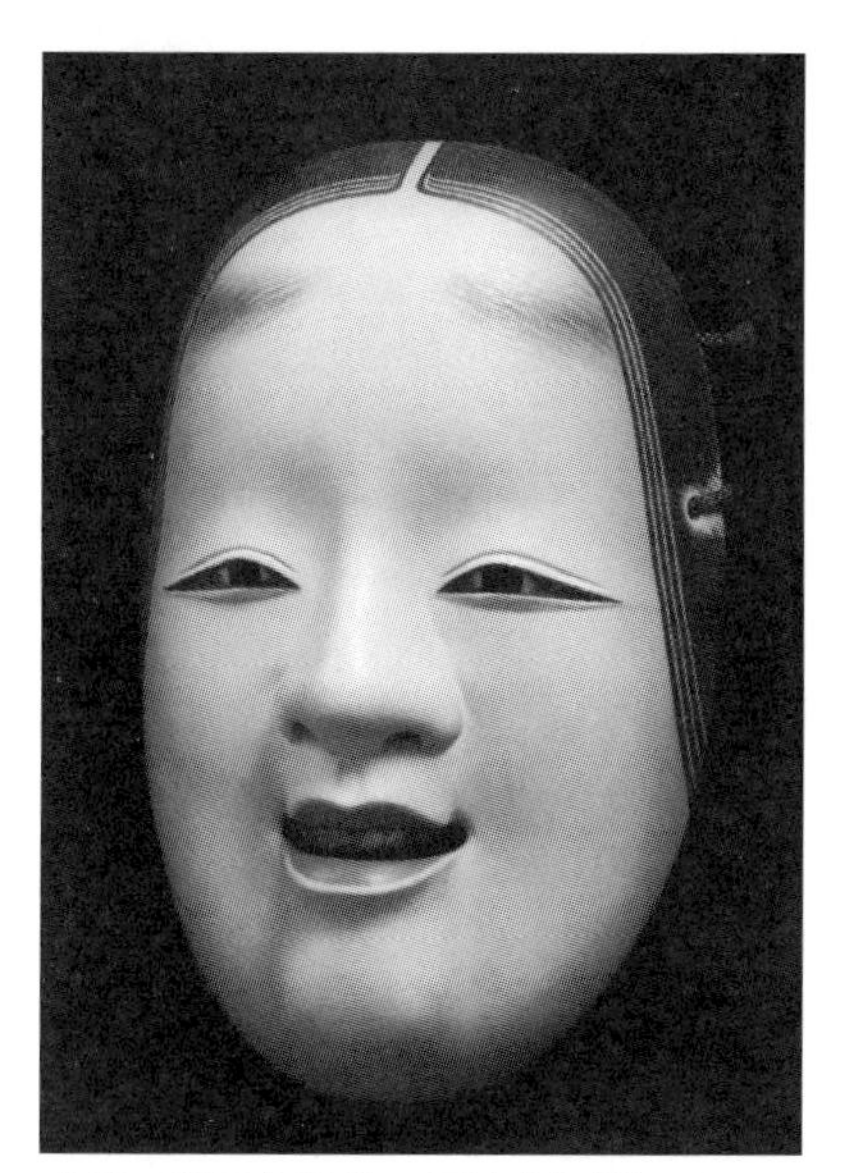

小面（保田紹雲作、田﨑未知撮）

〔補説〕雨と風の中、耳にする読経の声に耳を傾ける笑尉面の前シテ漁翁と、小面のツレ姥（小宰相）である。修羅能の型として、この両人はともに化身・亡心であるのだが、その本体はだれなのだろうか。ドラマとしては、まだわからない。

3　ワキ僧がシテに舟を岸へ寄せさせ、ワキツレ従僧に読経を続けるよう指示する。

〔読み〕ワキが〔カカル〕相手に語りかけるように 誰そや「この鳴門の沖に音する」「楫音」の主シテを、「誰そや」と尋ね、泊まりを定めない「海士の釣舟」と知り、ワキ 思うわけがあるので磯近くに寄せよと船頭に促す。

シテが舟を寄せて見ればワキ僧とツレ従僧が岩の上で読経する。シテ 漁りをするわが身は岸の蔭で ワキ「漁りする蘆火」を焚く。殺生する業とは思うのですがと言えば、ワキ僧は 経をひらき 読経は衆生を仏道へ導く「よき灯火に」なる、シテが合掌し その「鳴門（なると）の海」で思うこと、仏菩薩の誓い、広大な功徳は海のように深く、永遠に変わることのない不思議な御縁となって、その功徳はどれだけ多くの人に説いても功徳がなくならない『法華経』「随喜功徳品」だと謡う。

〔地謡〕が〔下ゲ歌〕中音の音高におさえ 暗い浦風にも蘆火を煽ぎ立てて聴聞するのはありがたいことです。〔上ゲ歌〕音高を上げ（「提婆達多品」に説く）女人も成仏するという経の功徳を姥はもちろんのこと、老爺も成仏の願いが聞き届けられます、蘆（を薪として焚く）火を清く明るくし、この読経をお続けくださいと、前シテ漁翁と前ツレ姥の思いを地謡が受けて謡うのである。

〔補説〕西一祥は、この前場が「岩上と小舟」での問答になっていることを評価し、中村格は「蘆火」「灯火」などの、一見稚拙に見える言葉の羅列に、観衆の理解を促す配慮を見る。

4　ワキに促されシテ翁（通盛）がツレ姥（小宰相）にこの浦で入水した人々のことを語るよう促す。

〔読み〕ワキがコトバであら嬉しや候、経を巻き火の光にて心静かに御経を読み奉りて候経を懐に入れ、ワキはまずこの浦が平家一門の敗れた所なので、その磯辺で毎夜読経するのをありがたいと喜ぶ。ついては、どのような方が、この浦で果てられたのか、くわしく語ってくださいと前シテ翁に促す。シテはおっしゃるとおり一門が討たれ、あるいは入水されましたが、中でも小宰相の局の死に様を、ツレに向きそなたも一緒に語られよと前ツレ姥に促す。

前ツレ姥が〔上ゲ歌〕高い声で歌語り始める。平家一門が、馬上から海士（あま）の小舟に乗り移り、月が照らすなか、舟の棹（さお）を操ることもあった。シテが〔サシ〕さらさらと淀みなくここ須磨の浦さえ都から遠いのに、思いがけぬ敵（義経ら源氏）に追い落とされ、

げに（武士としての）名を惜しむおのこ（男）

と言えば、その音からイザナミ・イザナギ両神の国生み神話にある「おのころ島」と呼ばれた淡路潟から阿波の鳴門に着いた。（通盛はすでに湊川で討死をとげている。能の現場に物語の世界が重なってゆく。）

小宰相が乳母に、どう思うかと問う。ツレ小宰相は頼みにする人々は都に留まり、通盛も討たれてしまった。今はだれを頼りとしよう。「この海に沈」もうと、「主従泣く泣く手を取り組み」舟端に出て二人ともにしおり乳母は「さるにてもあの海にこそ」ツレ沈もうとするのですねと常座に動き〔下ゲ歌〕音を下げ〔地謡〕が引き取って沈むべき身に先だって、涙をとどめかねてツレがしおり〔上ゲ歌〕音高を上げ「西はと問へば」、どちらが西なのかと問う。シテ翁が西方浄土を志しての問いである。地謡が受けて「月の入る」方を西方と見るのだが、「其の方見えず」、「大方の春」の夜の常として春ゆえに霞む、シテが面を伏せツレがしおりそれに涙に暮れるために見えないのだろうと言う。ここで乳母が涙ながらに局（つぼね）にとりつき、今のように物思いになるのは、あなたさまお一人ではありません、一門の公達が同じ状況にあられ

ます。身を投げようなどとは思いとどまってくださりませと、「御衣(おんきぬ)の袖に取りつく」のを、局が「振り切り海へ入ると見て」、姥もともに身を投げ、おりからの「満潮(みちしお)」の水の底に「水屑(みくず)となりにけり」と〔中入り〕となる。ツレ・シテともに後見座にくつろぐ

〔補説〕この小宰相は通盛の正妻ではない、西一祥は、その仲について、後藤丹治の説を引き、古典『狭衣(さごろも)物語』の影を重ねて読む。

ワキの面前にいた前シテ翁が、前ツレ姥ともに入水したと語るのは、本説『平家物語』の局と乳母を重ねつつ、能は前シテ翁（通盛）と前ツレ（小宰相）両人に置き換える演出である。本説では、侍女も続こうとするのをまわりの人に制止され、侍女は剃髪して主の菩提を弔うことになるのだった。この翁の本身、通盛、姥の本身小宰相の影が見えるのだろう。伊藤正義が井阿弥(せいあみ)の原作を世阿弥が全体的に改めたとする。

5 所の男アイが、ワキ僧に語る。狂言のカタリアイである。寛永(かんえい)九年版本による。

〔読み〕通盛と申し候ふは、兄弟五人持たせられてござある

通盛には五人の兄弟があると語り、通盛と小宰相のなれそめを回想し、通盛の討死を聞いて、小宰相と乳母が入水したことを語るのである。

〔補説〕本説では小宰相入水を語った後、二人のなれそめを回想として語る、通盛が小宰相を見初め、（上述の）仕える上西門院(じょうさいもんいん)の仲介によって結ばれながら、通盛が一の谷の合戦に討たれたことを悲しみ、夫を追って入水、乳母も後を追って入水をとげたと語るのだった。その本説の『平家物語』を改め、能の乳母の行方を語るのである。

6 ワキ僧と、その従僧ワキツレが『法華経』を読誦。

〔読み〕ワキとワキツレが〔待謡（まちうたい）〕〔上ゲ歌〕の一種 この八軸の誓ひにて

八巻から成る『法華経』の、仏がすべての衆生を救おうとする「一人も洩らさじの」「方便品(ほうべんほん)」を読誦し、シテの登場を待つ。

7　ワキが〔誦〕経文をリズムは合わないが朗唱する

〔読み〕如我昔所願(にょがしゃくしょがん)　シテが今者已満足(こんじゃいまんぞく)

と謡う。仏が昔から願うところが、今すでに叶えられ満足する。一切の衆生を導いて、すべて仏道に入らしむと読むところへ、後シテ若男、中将面(おもて)の通盛と、若々しい小面(こおもて)の後ツレ小宰相の霊が登場し、地謡が支えられるシテがまことにありがたい『法華経』であると謡う。

8　ワキ僧の問いにツレ・シテが小宰相・通盛の霊だと名のる。

中将（保田紹雲作、田崎未知撮）

〔読み〕〔カカル〕シテとワキ相互がセリフを掛けあい　不思議やな
さも艶(なま)ける御姿の

不思議なことだ、なまめかしいお二人の「御姿の波に浮かみて」見えるのはどなたかとワキ僧が質す。まさにドラマとしての能である。

ツレ小宰相の霊が、

名ばかりはまだ消え果てぬ徒波(あだなみ)の、阿波の鳴門に沈み果て

身は鳴門に入水して果てたが、名はいまだ消え果てず、世に噂されるあだ波の（地名を懸けて）阿波(あわ)（泡）のよう

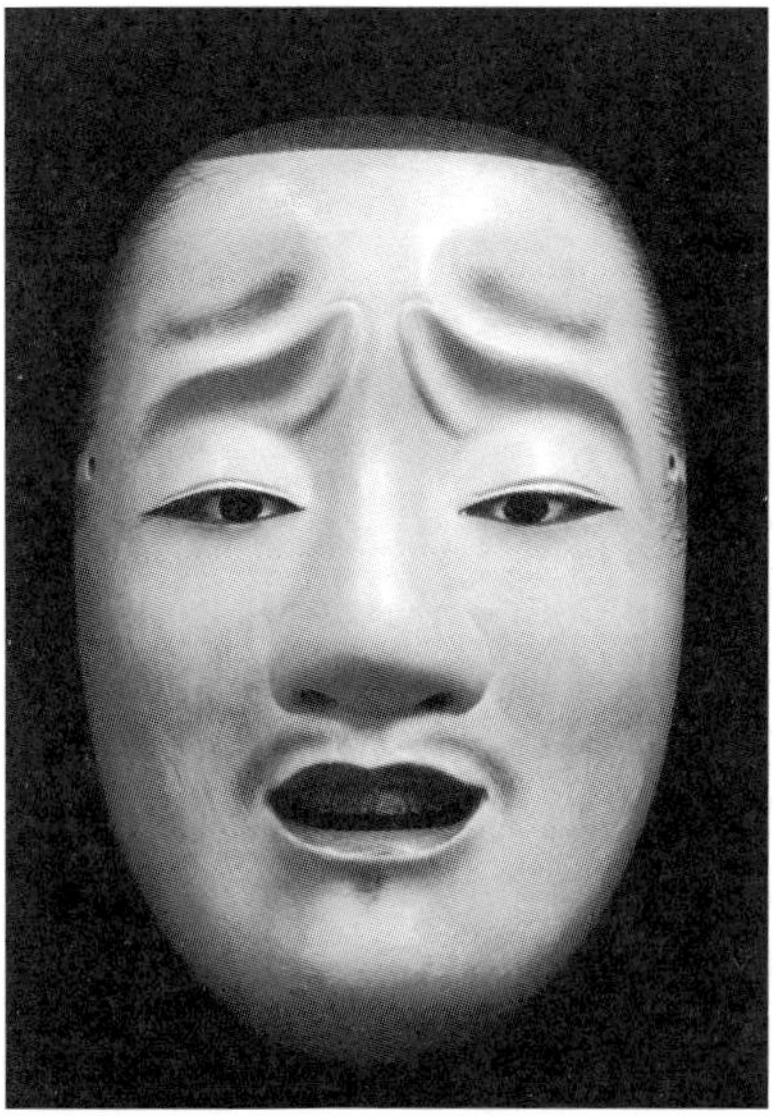

に波間に沈んで果てた「小宰相の局の幽霊なり」と答える。

　ワキがシテに〔カカル〕かたりかける今お一人、甲冑を帯び、立派な武具を身に着けるのはどなたかと問うと、シテが生田の森の合戦に天下に名をあげた武将、越前三位通盛が、生前の戦を語るために現れたのですと答える。修羅を語るための演出である。

〔補説〕能では通盛と小宰相の二人が霊となって再会している。二人の願いを叶える能の世界である。これが後日、願成寺の夫婦塚になるのだった。言い換えれば能が史跡の「本説」となっている。史跡の本説は能であった。

9　シテと地謡が戦の経過と通盛と小宰相の離別を謡う。

〔読み〕一の谷で小宰相と通盛の逢う瀬を、弟教経(のりつね)に戦をせかされ離別したのだった。シテが真中に行き床几に懸け〔地謡〕が〔サシ〕さらさらと謡い流すそもそもこの一の谷と申すは「前は海、上は嶮しき鵯越」の一の谷は、まこと、鳥でなければ足を立てるすべもない地である。

　ワキとシテが座って向き合い一門の棟梁宗盛に指名されて一の大将ながら通盛は、こっそりわが陣へ帰り、小宰相との悲しい別れを惜しむのだった。〔地謡〕が〔クセ〕曲の山場、物語るようにいよいよ戦の行方は明日にと決する。いたわしいそなたは、この通盛以外に頼れる人もない。都へ帰ることがあれば、忘れずにわが亡き跡を弔ってほしいと、別れの盃をかわす宵の間の、うたた寝の中に二人のかわす睦言(むつごと)は、あの中国、漢楚(かんそ)の合戦に、

　項羽(こうう)高祖の攻めを受け、数行虞氏(すこうぐし)が涙もこれにはいかでまさるべき、燈火暗うして月の光にさし向ひ（『和漢朗詠集』）

項羽が高祖に攻められ、別れの涙をかわした、その后、虞氏の別れに劣ることもないと、灯火も暗くなりゆくと朗詠を引いて謡う。

月の光の中でさし向かい語らうところを、弟教経が 地謡 早くも武装を整え、通盛殿はいずこ、なぜ遅々と時を過ごされるのかととがめる声に、 シテが橋掛かりを見通し はずかしい弟の声とあっては他人に声をかけられるよりも恥ずかしい。暇（いとま）申してさらばと言いながら行きかねる一の谷は、光源氏ゆかりの地で源氏への思いもあって、平家の公達としては 常座に行き幕の方を見て 行きかねる須磨の山を後ろにして後ろ髪引かれる思いの別れであった。

〔補説〕『平家物語』には見られない通盛その人の、小宰相との再会を実現して、その思いを謡う能である。地名 鵯（ひよどり）越（ごえ）の由来を地名学会では「標取（ひょうど）り」の意とし、摂津と播磨の国境の意だと言う。事実、現地には境浜の呼称が残る。現行の鵯の名は『平家物語』や能〈敦盛〉から得た名だろう。忠度について明石には忠度公園が、神戸には忠度塚や腕塚町の地名が残る。能が史跡や歴史の地名まで作る。

10 シテが常座を立ち 戦の経過とみずからの討死を、気分の高揚する中に語る。〔カケリ〕を重ね 常座にもどり

〔読み〕 シテがコトバで さる程に合戦も半（なか）ばなりしかば シテの耳に入るのは従兄弟に当たる経正が討死。 ワキの問いに〔カカル〕相手に語りかけるように ワキ 叔父忠度も シテ 岡部の六弥太に組まれて討死、

あつぱれ通盛も名ある侍もがな、討死せんと待つところに、

すはあれを見よ、好き敵（かたき）に

地謡が語り手として〔上音〕で 近江の国の住人、木村の源五重章（しげあきら）が鞭を揚げて駈け来（きた）る、相手の、

通盛少しも騒がず、抜き設けたる太刀なれば シテが太刀を抜き

打ち、返す太刀で相手と「さし違へ」、ともに修羅道の苦を受ける身となった。

兜の真向ちやうど

憐れみを垂れ給ひ、よく弔ひて賜び給へ 座る

とワキ僧に願うのだった。本説の物語には語らない最期の場を演じる能である。

能と『源平盛衰記』　本説の物語では、「湊川のすそにて」七騎に囲まれ、木村の手にかかって討たれたという報せを受けるにとどまる。それが能では木村との激突に、武将としての通盛を演じさせるのである。秦恒平は物語の性格の濃い『源平盛衰記』によるものとするのだが、異本とも言うべき『盛衰記』なりの読みを行う文化史的な状況に多様な想像を促すのだろう。多様な伝承をも採り込み、能を新たに演出するのが『盛衰記』である。

11　終曲

〔読み〕〔地謡〕が〔キリ〕一定のリズムで中音のまま「読誦の声を聞く時は」、『法華経』読経の声を聴くことが功徳となり、修羅道の悪鬼も心を和らげ、菩薩も慈悲深いお姿で来迎され、敵・味方ともに成仏を遂げる身となるのはありがたいことだと、通盛その人の思いを地謡が謡い抜く常座で合掌最期の場面を演じることによって、その死を再現する。通盛、その人の思いを演じる能である。室町時代の『平家物語』を受容し、本説とした能である。

福原の京の湊川、そして鳴門の海、今伝わる通盛と小宰相の供養塔が重なって見える、物語の世界が能として上演され、それが冒頭にふれた願成寺に、並ぶ二人の供養塔を造り上げたのだった。能を本説とする現場である。

参考文献

『西摂大観』明輝社　一九一一年
山下『平家物語研究序説』明治書院　一九七二年
伊藤正義『新潮日本古典集成　謡曲集　下』新潮社　一九八八年
千葉伸夫『チャプリンが日本を走った』青蛙房　一九九二年
中村格『室町能楽論考』わんや書店　一九九四年
秦恒平『能の平家物語』朝日ソノラマ　一九九九年
西一祥「作品研究「通盛」」『観世』一九七〇年七月

12　〈千手〉重衡の有様目もあてられぬ気色かな

背景　重衡という公達　世阿弥は修羅の世界を、

修羅の狂ひ、ややもすれば鬼のふるまひになるなり（『風姿花伝』第二　物学条々）

と虞れ、「面白きところ稀なり」とした。その修羅能も「花鳥風月に作り寄せ」ればと言って〈忠度〉や〈敦盛〉などで、犯した罪業ゆえに修羅道へ堕ちて苦しむ平家公達を救おうとする。〈千手〉は、清盛の五男として父母に鍾愛された重衡を軸に、かれの堕地獄を救おうとする、三番目、鬘物の能である。

一方、清和源氏ながら、一門の河内源氏と袂を分かって平治の乱を乗り越え、乱後、平家の栄花の前に不遇をかこつ摂津源氏の頼政が、天皇家でも同じく平家にそねまれた以仁王（後白河天皇の第三皇子）に挙兵を促し、三井寺を頼るが、同じ天台系ながら犬猿の仲にあった「山門」延暦寺の協力が得られず、「寺門」三井寺（園城寺とも呼ぶ）からの要請に応じた南都の大衆が王と頼政を助けようとした。これを攻める平家の軍が以仁王と頼政を宇治に討った後、重衡は、父清盛の命により、以仁王の謀叛に加担した南都を攻める大将軍を務め、夜戦の暗さに、

大将軍頭中将（重衡）般若寺の門の前にうッ立ッて、「火を出せ」との給ふ（巻六、奈良炎上）

結果南都を焼くことになり、その仏罰を蒙る。それを語る「南都炎上」は、語り系『平家物語』、いわゆる「平家」でも珍しく戦の凄惨さを語る。在家に放った火が風に煽られて延焼、王権を守護する東大寺や、王権を補佐する藤原氏の寺、興福寺を焼失し、死者「三千五百余人なり」と語った。戦とは、いつの時代も人を殺す行動である。その重衡をめぐって、能作者は二通りの能を制作・上演した。

修羅能〈重衡〉と鬘能〈千手〉　南都を攻めて滅ぼした罪により仏罰を蒙り、修羅道へ堕ちた重衡の亡霊が苦悩し、旅僧に救済を依頼する、修羅物でも（現行曲以外の）番外曲〈重衡〉（〈笠卒塔婆〉とも）がある。作者は未詳だが世阿弥が『中楽談儀』に〈重衡〉を引き、

ここぞ閻浮の奈良坂に

と語る。松岡心平は、重衡が重罪を一身に背負う苦悩を読み、元雅の作だと言う。

一方で、その重衡を救おうとする白拍子、千手をシテとする三番目鬘物〈千手〉（またの名〈千手重衡〉とも）があるのはなぜか。一場物、歌舞能で、〈重衡〉や本説の物語では主役を演じる重衡が〈千手〉ではツレとなり、千手がシテをつとめる。物語論から言えば視点を重衡からずらし、千手の側から読む能である。語彙や表現の類似から金春禅竹の作だとも言う。世阿弥の作だとする香西精の主張もあるのだが。それは宿場の〈女人〉をシテとする、中世文学における女を考える上で重要な〈朝長〉とも通底する。

頼朝が見参する重衡　京都、知恩院の霊宝とされた『法然上人絵伝』巻三十に、色白、高貴な美男として描かれた重衡は、虜囚として鎌倉へ連行された後、上洛の途中、法然上人に逢って「後生善処の事を申し合はせむ為に」、三つの基本的な修羅の一つ、悪を止め、善を修める戒を受ける。

『平家物語』には、この重衡をめぐって三人もの女人が登場する、その一人が千手である。重衡は「牡丹にたとへ」られる好男子とされたが、その行為から「花鳥風月に作り寄せて」作ることは到底望めないのを、戦物語のモチーフの一つになる「女人」千手が、主役を演じ、この重衡を救おうとするのである。

一の谷合戦で敗れた平家の重衡は乳母の子、乳人子に逃げ去られ、虜囚の身となり京へ護送され、さらに源頼朝に鎌倉へ召喚される。ところが東下りした重衡に頼朝は、みずから、

急ぎ見参して申されけるは

と語り始める。

「見参」とは、身分の低い者が、身分の高い者を訪ねてお目にかゝることを意味する語であるが、目上の者が、来訪した目下の者に会う意味にも使われ、その応対に一応の敬意や配慮がなされる。この重衡と頼朝との関係は、その微妙な関係である。

頼朝について、史実の建久三年（一一九二）を寿永三年（一一八四）に繰り上げ、後白河の院宣により、武家政権の長、幕府を主宰する征夷将軍に任じられたと物語は語る。『平家物語』の語り本では、その頼朝が敬意を表して重衡を「見参」して「申されけるは」として（頼朝、さらに重衡にも敬意を表し）南都攻め（炎上）の咎を問う頼朝に対し、重衡は臆することなく、南都攻めは、

故入道（清盛）の成敗にもあらず、重衡が愚意の発起にもあらず、（興福寺の）衆徒の悪行をしづめむがためにまかりむかッて候し程に不慮に伽藍滅亡に及び候し事、力及ばぬ次第なり（巻十、千手前）

と主張し、頼朝を感動させるのであった。一方、後日、同じく東国へ召喚される宗盛に対しては、頼朝が宗盛を嫌って、

おはしける所、庭をひとつへだててひかへなる屋にすゑたてまつり、簾のうちより見出し、比気藤四郎能員を使者で申されけるは（巻十一、大臣殿被斬）

穢れを避けて直接逢うのを避けたとするのとは対照的である。物語を本説とする能〈千手〉は頼朝の配慮により重衡の身の回りを介助する千手をシテとする。修羅能ならぬ、三番目物、鬘能とされる所以である。

1 ツレ重衡と脇座の床几に掛け、名のり笛でワキ狩野宗茂が登場し名ノリ座に立つ

〔読み〕〔名ノリ〕コトバで頼朝殿の御配慮により、その「御内」に仕える狩野の介宗茂が重衡の卿の身柄を預かって保護し、千手に、その重衡を介護するよう指示する。重衡さまは「朝敵の御事とは申しながら、頼朝傷はしく思し召され」「昨日も千手の前を遣はされ」た。この千手は手越宿（静岡市内）の長、女主の女で「優にやさし」く、日頃、頼朝が身近に召し使われたとワキ宗茂が説明する。千手は頼朝の指示により重衡に、「今日はまた雨中御徒然」無聊を慰めるために酒を勧めようとする。ツレ・ワキともに直面である。

〔補説〕狩野の祖は藤原南家で、伊豆の現地勤め、有力な在庁官人である。その主頼朝は能に直接登場せず、陰の存在で、重衡に会う場を語らないが、宗茂、それに千手を介しての重衡の扱いには、頼朝の思いが籠められている。

2　〔次第〕笛・打楽器の囃子でシテ千手が登場、ツレ重衡を慰める。

〔読み〕シテが常座に立ち〔次第〕リズムに合う七五調で重衡の心中を思いやって、

琴の音添へて訪るる、琴の音添へて訪るる、これや
東屋なるらん　大小前の方に向かって

顔立ちに深みのある若女の面を着けたシテ千手が、重衡を慰めるために琵琶・琴を持ち、「琴の音添へて訪（おとず）」れ、東国風の粗末な家に住む重衡を訪ねる。それは、

東屋のまや（切妻造り）のあまり（軒先）の雨そそぎ、
われ立ち濡れぬ、殿戸開かせ（催馬楽〈東屋〉）

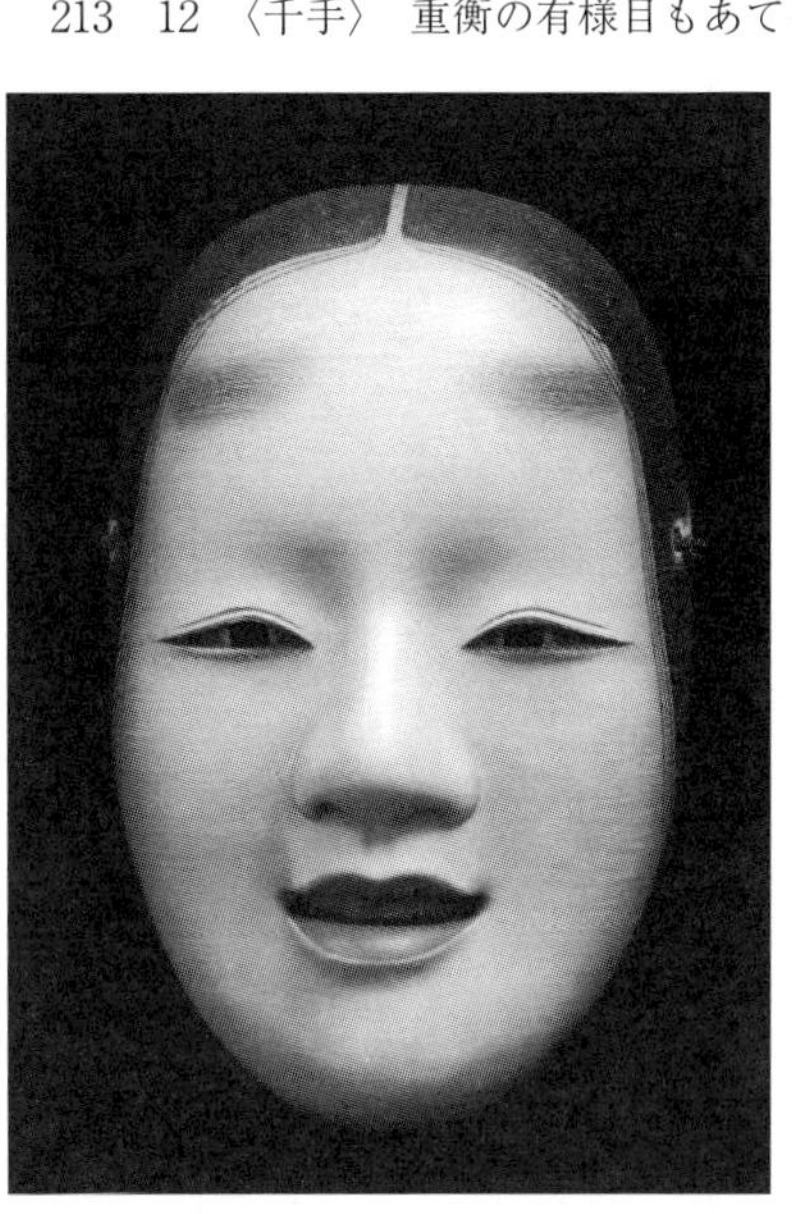

若女（保田紹雲作、田﨑未知撮）

をまるごと用いて「東(あずま)」に「わがつま」の意をも含め、東屋に身を置く重衡への千手の思いを謡う。そのシテ千手の視点から重衡の境遇を思いやる。二人の仲をも示唆する。

前を向き〔サシ〕すらすらと淀みなく 都では「春の花の樹頭(じゅとう)（梢）」のように栄えた重衡が、今は「秋の月の水底(すいてい)に沈む」、はかなく、見るもあわれな身の上、これまで「雲の上(うえ)」人であったのが、思いもしなかった身となって波に漂う舟のように、身寄りもない東に下り着き、これまでの戦の場での虜囚の身に戻られる御様子。低い音高の〔下ゲ歌〕で思いを残す都にも留められず、とどまることのない涙に沈まれる、いたわしいお身の上である。シテが〔上ゲ歌〕高音の歌で「陸奥(みちのく)（「しのぶ」の序）の忍ぶに」たえられない、おりから降りしきる雨の音に露にしぼむ思いから散り散りになる花のように思い沈み萎(しお)れてしまう、今日、この夕暮れである。

戦と女人　千手がおのれの思いを重衡の思いに重ね、その胸の内に同化してゆく謡いである。『平家物語』を本説としながら、主人公を「女人(にょにん)」の側から導く能として演出する。

3　シテ千手が案内を乞う。

〔読み〕コトバで応答 シテ千手がワキ宗茂に案内を乞う。頼朝の指示により重衡に逢おうとするのである。シテ千手の求めに、ワキ宗茂が身柄を預かるツレ重衡の御意向をうかがいましょうと応じ、千手を待たせる。囃子座の、観衆から見て左、太鼓方の前に座る

4　ツレ重衡が虜囚の身を嘆く。

〔読み〕脇座にいたツレが〔サシ〕すらすらと淀みなく 身(み)はこれ槿花(きんか)一日(いちじつ)の栄(えい)
この世の身は、咲くのが一日のみの槿花(きんか)（ムクゲの花）、命はカゲロウのようにはかない。わが思いとして、あの蘇武(そぶ)は捕らわれ人として胡国に捕らわれ、「岩窟(がんくつ)の内に籠められ」ながら、漢王への忠節を忘れず、（蘇武の生存を知った漢

王が派遣した）楊李の作戦によって「敵を亡ぼし」帰郷できた。その蘇武とは違い、わたくしはいつまでも敵陣に捕り籠められて縄目の辱めをこうむり、今日一日の命もわからない身であると嘆く。

5　ワキ宗茂がシテ千手の来意を告げるが、重衡が拒むのをシテ千手がさらにおのれの立場を主張するので、見かねた宗茂が千手を招き入れる。

〔読み〕 ワキが立ちツレに手をついてコトバで宗茂がシテ千手の来意を告げるが、ツレ重衡は、「只今は何の為にてぞ候ぞ、よしよし何事にてもあれ、今日の対面は叶ふまじ」今になってなにごとがあろう、対面は叶わずと拒む。ワキはもとの座にもどりその意をシテ千手に伝える。シテ千手は常座へ出て「これも私にあらず、頼朝よりの御諚（御指示）」で琵・琴をたずさえて参りました、重ねて申しあげてほしいとワキに乞う。ワキは、ツレの前に進みなるほど重衡さまが朝敵の身として遠慮されるお気持ちはもっともだが、それにしてももと思い返し、千手を招き入れる。シテ千手が東屋に立ち寄り〔上ゲ歌〕高音の歌で「妻戸（出入り口の両開き）をきりゝと押し開」けば、「御簾の追風匂ひ来る」とは、重衡の着物に焚きしめた香が、簾を通る追い風に乗って御簾越しに漂って来るのである。

視点は千手にあり、東国の果てで虜囚の身となりながら、都人としてのたしなみを忘れない重衡、その心配りに東女千手は、重衡の胸の内に都での春の花、紅葉の秋の思い出となって京に残るとおっしゃる相手の方はどなただろうかと思いやる。

『伊勢物語』の影　東下りと言えば、定型とも言うべき『伊勢物語』第九話、男の東下りが知られる。都に妻を残して東へ下った「昔男」、その昔男に重衡の身を重ねて思いやるのである。伊藤正義は、この『伊勢物語』との重なりから禅竹の作だ見る。

6　ツレ重衡、出家の許されないことをシテ千手に嘆く。

〔読み〕本説によれば、重衡は鎌倉へ下り着いて、さっそく頼朝に千手を介して出家の許しを乞うていたらしい。

重衡は開口一番、千手に対し、

コトバ いかに千手の前昨日あからさまに申しつる出家の御暇(おんいとま)の事 頼朝の御返事を 聞かまほしう候へ

と問う。シテ千手は 頼朝さまにお言葉をお伝えしましたが、朝敵の身である平家公達を、わが一存で出家を許すことはできぬとの頼朝の仰せに、〔カカル〕相手に語りかけるように わたくしからも、そなたさまの思いを察し、ずいぶん「こまごまと申し」懇願しましたが、御出家のことは、いたわしいことに叶いませんでしたと答え、しおる。

物語の語りとしては頼朝なりに法皇への慮りがあったのだろう。頼朝と法皇の相互依存の政治的関係を語ることになる。

シテ千手の答えを受けてツレ重衡は、コトバ 口惜しいことながら、一の谷で討死すべき身が思わぬ虜囚の身となり、こうして東(あずま)の果てまで恥辱をさらすことになるのも、前世からの宿縁とは言いながら、〔カカル〕相手に語りかけるように思いがけず父の命令により南都攻めの大将軍を務め、「仏像を滅ぼし人寿(にんじゅ)（人の命）を断ちし」当然の報い。これも前世の罪の報い、やはりお恥ずかしいことですと言う。返す言葉に窮する千手は、シテなるほど仰せのとおりですが、「かゝる例は古今(いにしえいま)に多き習ひと聞くものを」、自分お一人のこととお嘆きになりませんようにと慰めの言葉をかける外ない。しかしツレ重衡の思いとして、回りの人々がよくおつとめくださる 類ない、心憂い身の果て、シテ 昨日は都の春のように栄えながら、ツレ今日は東の春にやって来てシテ移り変わるわがツレ身を嘆く。シテ千手との唱和の形で重衡の思いを地謡が支えて謡ってゆく。

地謡が〔上ゲ歌〕高音の歌で ツレの思いを 思ってもみてください。まことに空蟬(うつせみ)の殻のようにはかないこの世のわが身、昔、栄花を極めた身が親しくした妻のいる都の宮中を離れ、はるばる東へ下る旅の身の果てを悲しむと語るのは、これも

『伊勢物語』「昔男」の思いに重ねる。やがてつらい最期を迎えることになる重衡が東国へ、流れる川の数々の橋、八橋を渡り苦しんで来たがと、重ねて『伊勢物語』を引き「蜘蛛手に物を思」いとは、自制しながらも気付くと、「かけぬ（思いもしなかった）情もなかなかに馴る、や怨みなるらん」千手に惹かれてゆく身がかえって恨めしくなると嘆く。ツレ重衡の思いを前面に出す〈千手重衡〉を表題にするテクストがある訳である。

【補説】 本説によれば、重衡は、頼朝に召喚され鎌倉へ下る前、義経を介して出家を願い出ていたのだが能はそれを語らない。本説の物語では頼朝の意向を考慮した後白河法皇が許さなかった。ひいては頼朝も重衡の出家を許さない。シテとの応答・唱和の中に重衡は千手への思いを深めてゆく。

7　シテ千手の誘いに、ワキ宗茂がツレ重衡のための酒宴を催す。ツレはわが身を、あの大宰府へ遷された菅原道真の思いに重ね来世での成仏を期待する。

【読み】 ワキ宗茂が、

〔カカル〕相手に語りかけるように今日の雨中の夕べの空、御徒然を慰めんと樽を抱きて参りつつ既に（いよいよ）酒宴を始めんとす

雨中のつれづれを慰めるために酒の宴を始めようとして樽を持参、シテ千手も酌を取り重衡の前に参る。ツレ重衡は、いつの間にか心ならずも盃をとりながら、やはり思いは霽れない。ワキ宗茂が、千手にとにかく慰めの舞いをと促す。

シテ千手は〔クリ〕最高音をまじえ昔讒言に遭って大宰府に左遷された菅原道真が、その思いを舞姫に託し、「羅綺の重たる、情なき事を機婦に妬む」薄物の衣をも重く、それを織った機織女を怨めしく思うと謡った朗詠（『本朝文粋』九）を重衡の思いに重ねて謡う。故事を重ねるための曲節を付しシテ・ワキ・ツレ三人がたんたんと〔クドキ〕思いをくどくように謡う。今謡われた朗詠は、おそれ多くも北野天神の御作で、この詩を謡うならば、それを聴く人をも守ろうとの御誓

だ。しかしツレ重衡として今生の望みはない、三人が声をそろえ、ただ来世救われるような朗詠を聴きたいとおっしゃるので、シテ千手は仰せに従って、（後中書王、具平親王の）これも朗詠、

〔一声〕やわらかくしっとりと　十悪といふとも、引摂す

十悪を犯した悪人であっても、仏罰をこうむることを自覚すれば、浄土へ救済されること必定と謡い慰める。シテ千手が、〔イロエ〕思いをこめて舞台上を閑かに一回りする。

〔補説〕本説『平家物語』巻八「戒文」で、重衡は東へ発つ前、許されて会った法然上人に、みずからを極悪の人と懺悔し、上人から称名念仏により救済されると導かれていた。その同じ教えを千手が謡い、重衡を慰めるのである。『平家物語』の世界に『伊勢物語』や同じ左遷の身となった菅原道真の思いを重ね、千手の思いに即して再構成した能で、重衡の思いに同化する能である。

宿場と源氏　ちなみに千手が属した宿とは、王朝の支配力を強めるために置かれたもので、〈朝長〉でも見た通り、東国との交流に当たった河内源氏、頼義系の義朝らが、その（多くは女の）宿場の長と婚姻関係まで結び街道に力を扶植した。当時、後白河法皇が美濃青墓の巫女としての色濃い遊女との交流を通して今様に親しむなど、貴族界にも遊女が参加していたのだった。

8　虜囚の身となったツレ重衡の思いを、シテ千手が大小前に立ち謡う。

〔読み〕〔クリ〕最高音で地謡が曲の山場を迎えて謡う。「さてもかの重衡は相国の末の御子」ながら、地謡が器量・性格は兄や弟たちをも超え、父母に鍾愛された重衡である。シテが〔サシ〕すらすらと淀みなくしかし時は動き平家は運が尽き、地謡が月の夜を通して、声をあげて啼く牡鹿さながらに嘆く。その鹿の角ならぬつの（摂津）国、生田川と言えば、ウナイオトメが身を投げたという伝説のある川、生田川での戦に平家の軍は、身を捨てて戦うが、シテ森の下風に吹き

219　12　〈千手〉　重衡の有様目もあてられぬ気色かな

散らされる木の葉の露のように地謡敗れたのは哀れであった。シテがツレに向かってしおる地謡〔クセ〕曲の山場、物語るようにシテが舞う副将軍であった重衡は梓弓を引き（退き）、逃げきれず、入水して果てることもできない。網を張り巡らすように源氏が包囲する中を遁れきれず、池の鯉のように生け捕られ、身をうろくずのように本説『平家物語』で、重衡がかつてのなじみ内裏女房に「涙川うき名を流す身なり」今一度逢える機会をと詠んだことを踏まえて、海を浮き沈みして憂き名を流す川、川越の重房の手に渡り、「心の外の都入り」思いの外の都入り、「虜囚の恥を都にさらすことになった」と謡うのである。重衡と内裏女房の物語をも引き込み重衡の思いを謡う。「川」から人名「川越」を引き出す音声言語による語りである。全く無駄のないことばの使用である。

地謡が重衡の思いを受けて謡う。雨が降ったり止んだりする夕べ、神が不在とされる（〈清経〉にも見られる）神無月のゆえに神頼みも叶わぬ時雨が降る「奈良坂や、（南都の）衆徒の手に渡りなば」とにかく、その場で死ねたものを、それも叶わず「また鎌倉に渡さるゝ」身となり、ここはどこかと言えば八橋を過ぎれば「雲居の都」をいつ見ることかもわからぬ三河（みかわ）の国、（『伊勢物語』の「昔男」の思いを重ね）「三河の国や遠く遠江（を経て）、足柄箱根うち過ぎて」明け方近い星月夜、鎌倉山に入ったので、憂き思いもこれまでと思った。音による連想からの掛詞、「箱」から「明け」の縁語まで連続させる道行である。

重衡は『伊勢物語』「昔男」同様、京に北の方、大納言佐を残すことを余儀なくされながら、「馴るれば」昔のように人らしさをとりもどして東の女人、千手に思いが傾いてゆく。千手もこの重衡の胸の内を思いやり、（橘広相の朗詠）漢の高祖に敗れた楚の項羽が敵軍に包囲され、楚の軍も漢に降って謡うシテ「四面楚歌の声」が聞こえる中に、陣中「数行虞氏が涙」同行する寵姫、虞美人が幾筋もの涙を流した、その虞氏さながら涙を流す。地謡こんな中でも気を取り直して舞っていると、思いが涙となって現れたのか、雪のように古枝の枯れた枝にも花を咲かせると言う千手観音の御利益があると言う、そのように重衡さまにも重ねて花が咲きますようにと願うのである。シテ千手は袖を返して 地謡「忘れめや」重衡さまとの御縁を忘れられませんと謡い、シテはゆるやかなテンポで優雅な〔序の舞〕を舞う。

〔補説〕 物語などによれば、事実は梶原景時が重衡護送の任に当たったらしいが、能では先行する能や故事を踏まえた朗詠を引きながら、中国故事をも重ねて登場人物の応答を演出するのである。

重房は桓武平氏系秩父氏で、本説の『平家物語』では琵琶の名手平経正を討ち取り、平知盛が身を救ってくれた愛馬、井上黒を岸へ追い返したのを入手し、後白河院に献じた。以後、その馬を「川越黒」と呼ぶようになったと本説の物語は語る。義経の北の方が、この重房の姉妹である。〈知章〉を思い出そう。

9 ツレ重衡とシテ千手の交感 シテは常座に立ち

〔読み〕 〔ワカ〕舞いの直後に謡う和歌の朗唱（雨宿りする）「一樹の蔭や 暮らしのための 一河の水（を共にするのも）〔地謡〕が皆これ他生の縁」と白拍子を謡いながら、〔ノリ〕一字一拍のリズムを基本として謡う ツレ重衡も「興に乗じ」琵琶を引き寄せ、シテが扇を開き シテ千手の琴に合わせて弾くと、〔地謡〕が「峰の松風（も）通ひ来にけり（調べを合わせ）」音を添えて来たり、二人は琴を枕にうたた寝する。

「短夜の仮寝、夢も程なく」シテ明け方になったかと、酒宴を止めるが、重衡の心中を千手はいたましく思いやる。本説では語らないが、一夜の契りを交わしたことを想像させる。この二人の仲は、曲の始めから想像できたところである。

10 終曲 重衡の別離、死出の旅に発つ。

〔読み〕 地謡が〔上音〕最高音高で謡う「かくて」勅命により重衡は、また都へ送り返されるため武士の手に渡り、鎌倉を発つ。シテが千手も涙に袖を濡らし、〔地謡〕がどうしてなまじっか、こんなにつらい契りを結んだのか、はや「後朝の」別れに、袖と袖に露のような涙、まことに重衡の様子は（千手には）「目もあてられぬ」ありさまだとシテと常座に出て地謡の唱和で謡って曲を閉じる。しおりどめ

〔**補説**〕本説『平家物語』では、翌日、重衡その人が「さても唯今の女房は、ゆうなりつる物かな、名をば何と言ふやらん」と問い、千手を遣わした頼朝も「夜部は中人（仲人）は面白うしたる物を」と納得するのだが、能ではそれを語らない。香西精は、そうした頼朝立ち聞きの「色消し」を無視したと言う。重衡の身の処理は結局、勅命により朝敵とするものであった。

伊藤正義によれば、千手の重衡への及ばぬ恋を演じる曲があり、能〈千手〉も「相思相愛の二人の愛の成就を朧化した」と言う。本説では千手が戦物語での「女人」のモチーフに従い、「信濃国善光寺におこなひすまして」重衡の菩提を弔い、わが身も「往生の素懐を」とげると先取りして語るのだが、能は重衡の思いに絞るために、千手の後日談は語らない。

堕地獄を自覚する重衡　南都炎上の仏罰により重衡が修羅道に堕ちることになったとは、『平家物語』が語る、重衡の大路渡しを見る京の人々の憐れみの声でもあった。「仏敵・法敵の逆臣」として奈良へ送られ、木津川のほとりで処刑される。かれが都へ護送された当時、重衡に仕えた木工右馬允知時が訪ね来ていた。重衡は（かねてこの知時を介して知り合った）内裏女房の行方が気がかりである。

重衡に命じられて、知時が、その女性を訪ねてみれば女房は、重衡が、かねて南都攻めに「（南都の）悪党おほかりしかば心ならずも堂塔焼失」となったのだが、「末のつゆ、本のしづくとなるなれば」大将軍として責めを負うことになろうと自覚し、語っていたと悲嘆するのだった。戦争中の空襲による炎上を『方丈記』に重ねて読む堀田善衛な

らば「結果責任」を自覚したと言うのだろう。本章の冒頭に述べた、犯した重罪のゆえに、その罰を背負って刑場へと歩む重衡の苦悩を描く〈重衡〉、またの名〈笠卒塔婆〉とは対照的な本曲である。

知時から経過を聞いた重衡が願い、許されてその女房を招き、迎えの牛車に「簾をうちかづき」別れを惜しむ。後日、重衡が斬られたとの報に、この女房も剃髪して重衡の「後世菩提を」弔うことになるのだった。

また重衡は鎌倉を発ち、京への道から山科を南下する途中、日野に住む正室、大納言佐に再会を果たして別れを惜しんだ。重衡が処刑された後、この北の方が「あつきころなれば、いつしかあらぬさまに」なる遺体を乞い受けて、法界寺に葬儀を営むことになる。鴨長明が『方丈記』を執筆した日野の地である。堀田善衛は、法界寺があり、親鸞誕生の地、それの足利幕府の余命を守り抜いた日野富子や後醍醐天皇に殉じた日野資朝の地でもあったと言う。こうした能を公演した場の現実が、幾層にも重なって、見る人に重衡の思いを体感させたはずである。

物語と女人　重衡に都合三人の「女人」が登場した。通盛の思い人、小宰相とは違って、主人公の行方に参画してゆく女性としての「女人」である。壇ノ浦に先帝安徳を抱いて身を投じた二位の尼は、女建礼門院に、戦には「昔より女は殺さぬならひなれば」生き残って先帝を始め一門の霊を弔えと「かきくど」いた。女院は大原寂光院に先帝をはじめ一門の霊を弔い、みずからも往生をとげることになる。この女院に最後まで仕えたのが大納言佐である。

「女人」として、武将を介護し、武将の死後、その霊を弔う。千手もその「女人」の一人。ちなみに『吾妻鏡』によれば、文治四年（一一八八）四月廿五日の条に、

> 今暁千手前卒去年廿四其の性大穏便、人々惜しむ所也、前故三位中将重衡参向の時、慮らずも相馴れ、彼上洛の後、恋慕の思ひ朝夕休まず、臆念の積もる所、若し発病の因と為る歟の由、人これを疑ふと云々

とまで記録するのである。物語は、これを善光寺の物語とし、能はその物語を本説としつつ千手との離別に絞った。

重衡と宗盛　一方、当時平家一門の棟梁であった長兄宗盛は壇ノ浦合戦で虜囚の身となり、これも頼朝に召喚されるのだが、道中、警護する義経に助命を嘆願する、一門の棟梁としては醜態を演じる。鎌倉でも、頼朝は庭を隔て、罪人にふれる穢れを排して「簾のうちより」訊問し、応じる宗盛は媚びへつらう振る舞いを見せ、人々の「つまはじき」にあったとするのは重衡の場合と対照的である。重衡と宗盛の違いを「女人」の配しようにも語るのが『平家物語』である。

『吾妻鏡』によれば、文治元年（一一八五）六月九日の条に宗盛を義経が、重衡を源頼兼（よりかね）が護送し、同二十一日に宗盛父子、二十三日に重衡を処刑したことを記録する。『平家物語』は、この両人を別の句（章段）に語り分ける。

ちなみに、これも禅竹の作かと言われる鬘能〈熊野（ゆや）〉で、東海道、池田の宿（浜松市内）の長（おさ）、熊野がシテとなり、宗盛がワキを演じる。池田の宿に病む老母の身を案じる娘、母子の思いをモチーフとするもので、『平家物語』では海道を下る重衡が、道中、この池田の宿に着き「かの宿の長者ゆや（熊野）がむすめ侍従」に会うとするが、重衡の「女人」を演じる千手とは異次元の女性である。禅竹の『平家物語』の読みをうかがわせる。

それにしても能が『平家物語』とともに宿場を原点として交流しつつ、各地に史跡を作ったことを文化史の課題として銘記したい。地獄に堕ちた重衡の霊が、罪を背負って歩くという番外曲〈笠卒塔婆（かさそとば）〉があることを記憶しておこう。

参考文献

堀田善衛『方丈記私記』筑摩書房　一九七一年
市古貞次編『平家物語辞典』明治書院　一九七三年

伊藤正義『新潮日本古典集成　謡曲集　中』新潮社　一九八六年
小松茂美編『続日本の絵巻　法然上人絵巻』中央公論社　一九九〇年
キンズブルグ『歴史を逆なでに読む』（上村忠男訳）みすず書房　二〇〇三年
山下『琵琶法師の『平家物語』と能』塙書房　二〇〇六年
伊藤正義『謡曲入門』（文庫）講談社　二〇一一年
山下『平家物語入門』笠間書院　二〇一二年
フロランス・ゴイエ『概念的枠組みのない思想―戦争叙事詩の機能』オノレ・シャンピオン　二〇〇六年（仏文・未訳）
香西精「千手―作者と本説」『観世』一九六二年三月
木原康次・斎藤太郎・檜太郎「鼎談〝千手〟をめぐって」『観世』一九六二年三月
松岡心平「元雅の精神的地平」『能を読む③』角川学芸出版　二〇一三年
山下「『平家物語』論の行方―重衡・宗盛と王権―」『軍記と語り物』二〇一二年三月

13　〈藤戸〉　思へば三途の瀬踏なり

背景『平家物語』と人民　作者は未詳、観世元雅の作かとも言われる四番目現代物〈藤戸〉は、「平家」物の能には珍しく、地方の民、浦男の悲劇と、その母の怨みを演じるドラマである。論功行賞を逸る中世武士の戦の実態を現地人の側から暴く。

本説『平家物語』巻九によれば、寿永三年（一一八四）二月、一の谷の合戦に敗れた平家が四国、屋島へ退く。しかし、その一の谷の戦で生け捕りの身となった平重衡は、源頼朝に召喚され坂東へ下る。三月には屋島にいた小松家の維盛が戦線を離脱し熊野へ登って出家、やがて那智の海に入水を遂げる。その重衡を白拍子が語る能〈千手〉であった。

同年九月、頼朝の弟、範頼が平家追討に西国へ発向、播磨、室の津に着く。これを迎え撃つ平家、小松家の資盛らが屋島から備前の児島に着く。源平が対決する状況の中での武将の行動を、珍しく源氏の側に立って語る物語である。

源氏の武将を主役に立てる能は少ない。その例外、功名に逸る源氏の武将の手にかかって不条理にも殺され、その遺体が捨てられることになる児島の浦男（漁夫）を後シテに立てる珍しい物語である。その浦男と前シテ、男の母の視点から戦の実態を暴いて語り、演じる。

戦と人民　古今、洋の東西の別を問わず、人間は覇権・権勢欲にかられ、物質的な欲望が重なって殺し合いを演じる。社会学の今村仁司が、人間の欲望を根幹に、他者に対する優越心、覇権意識が戦の原因だと言う。そして人民が捨てられることになる。

戦はむごい、だからこそ、夢幻の形で化身が現れ修羅道の苦を訴える能が中世に生まれた。中でも特に身勝手な欲に駆られる武将の惨さを語る〈藤戸〉である。しかも戦物語としては武将佐々木盛綱の行動を顕彰するのが、本説『平家物語』巻十「藤戸」であるのだが、能はその視点を逆転してしまう。

『平家物語』巻五、富士川での戦、源平の矢合わせに、

夜に入ッて平家の方より源平の陣を見わたせば、伊豆・駿河、人民・百姓らがいくさにおそれて、或いは野に入り、山にかくれ、或いは舟にとり乗ッて海河にうかび

と語るように、戦が始まると「人民」は身の安全を考え、戦から身を避けた者に手出してはならぬとされたために、当時のアジールであった山や海へ「逃散」したのである。実は、攻める側も、例えば巻三「山門滅亡」では、山門の下層、雑役僧である堂衆の騒ぎを鎮めるよう院宣により命じられた学侶側の大衆と官軍が命惜しさに先陣を譲り合い、「はか〳〵しうも戦はず」「かずをつくいて」討たれる始末であった。これが戦の実態であった。重衡が率いる平家軍の南都攻めに、逃げ込む興福寺の山門に火を放たれて焼き殺される人民であった。戦にさらされた中世の人々は、この能をどのように見たのだろうか。

備前の国、藤戸での戦でも無名の「人民」漁夫が犠牲になる、その人民を語り演じる。

源平合戦の行方に一つの期を画した福原・一の谷合戦に敗れた平家は、この間、阿波国最強の豪族、田口重能の扶助により屋島に拠点を構えていた。

屋島の平家　平家が都落ちして大宰府に着きながら、緒形（緒方）に追われて大宰府をも落ちる。物語によれば、さらに四国へ渡るのを受け入れたのが、この田口であった。

平家を東国勢、さらに鎮西の軍勢もが攻め来るとの噂に不安な平家公達。元暦元年（一一八四）七月、京では後白河法皇が、屋島の安徳天皇をさしおいて、故高倉天皇の第四皇子、尊成親王を神器を欠いたまま即位させる。前年、践祚（皇位を継承）していた、諡号は後鳥羽天皇である。

物語では即位礼に引き続き八月、除目（官位を与える儀式）を行い、京に滞在した源範頼を三河守に、義経を院の意向により左衛門尉に昇任させる。平家は、こうした京の動きを耳にしながら、旧都の京を偲び、懐旧の思いにかられていた。その九月、範頼が頼朝の指示により三万余騎を具して西国へ平家追討に発向するのだった。

本説『平家物語』藤戸の戦語り　『平家物語』の語り、一方流、語りの正本、覚一本の戦語りが始まる（巻十、「藤戸」）。範頼軍が勢揃えし播磨の室津に到着、対する平家も屋島から勢揃えして児島に到着。当時、児島へ渡る海峡であった藤戸を前に、渡る舟も無く源氏は手を拱いている。その中で近江の国、宇多源氏、佐々木盛綱が先懸けを狙い浅瀬を求めて浦男（漁夫）をかたらい、その導きにより事前に瀬踏みまでした。しかも盛綱は功名を独り占めしようと、男が浅瀬の所在を他言するのを封じるために、これを刺殺する。

翌日、平家の挑発に、浅瀬を知っていた佐々木が単独で飛び出し、これを制止する土肥実平ら大軍が後を追って海を渡り、一日戦い暮らして、平家は屋島へ敗退。後日、頼朝が佐々木に論功行賞を行うことを先取りして語り、戦物語を完結する。

この戦物語としての『平家物語』の主題は主役、佐々木の馬による渡海の快挙である。

平家琵琶の物語と能　音曲としての平家琵琶は能と同様、積層構造を持つ。江戸時代、一方流の前田派に比べ、曲節の付しようが内容に即する面の多い波多野派の『秦音曲鈔』によって見ると、源氏の勢揃えをシラブル型の、高い音高の勇壮な〔拾〕で語りながら、続いて語る平家の動きは、低い〔口説〕で語り始め、〔拾〕へと移る。この源平の語り分けが、戦物語としての合戦の行方を示唆している。佐々木の瀬踏みを、旋律を持たない、能の語りに当たる〔白声〕で朗誦風に語り、佐々木の先懸けを一字ずつわかりやすく、抑揚も少なく〔口説〕に抑えながら、大軍の渡海を勇壮な〔拾〕で、平家の後退を〔口説〕で語って、後日、佐々木への論功行賞を〔初重〕で謡って閉じる。音曲としての平家琵琶の定型構造で、それは佐々木の戦功を語る戦物語である。平家琵琶と能は音曲としても重なる。

この戦語りに先だつ句の前半、新帝の即位を、揺れの烈しい〔折声〕や、〔初重〕よりも音高の高い〔中音〕で謡うべきところを意外にも〔白声〕で語り、むしろ屋島で悲嘆する平家をメリスマ型、もっとも高い音高の〔三重〕で感傷的に謡い、平行盛の旧都をしのぶ詠歌で結んでいたのは、戦物語としては勇壮な旋律〔拾〕を軸にする「拾物」でありながら、平家の悲嘆を前面に押し出す「節物」としての曲付けによる。先行する巻九の始め、頼朝から賜った名馬「生けずき」による佐々木高綱の宇治川先陣などを語り抜くのとは対照的な構成法である。ちなみに高綱は、この〈藤戸〉の盛綱の弟でもある。

読み本の戦物語　〈藤戸〉の本説である『平家物語』の諸本の間に大きな異同はないのだが、物語で佐々木が先懸けする渡海に、読み本では、佐々木の先懸けを見て、続く源氏方の動きを、もう一つの見せ場として語る。すなわち上野国の和見八郎が平家方の讃岐国の加江源次に組もうとしながら転倒するのを見た和見の従兄弟の小林重高が加江に組み、そのまま海に沈む。これを見た小林の郎等、岩田源太が弓の筈を水中、「沫ノ立所」に入れて探る。これにとりついた敵、加江を引き上げて討ち、敵の腰にしがみついていた和見を助ける。この経過を早齣送りに語る。

『平家物語』の戦物語には、この種の早送り、相次ぎ討ちの対決が屋島合戦・一の谷合戦などにも見られる。巻九「宇治川先陣」で盛綱の弟佐々木高綱と梶原の先陣争いを契機に東国勢、畠山大軍の渡河を語るのと話形が類似する。それに宇治川の戦では東国軍の大串次郎が（元服の儀に）烏帽子を着せる親、畠山の腰にとりすがって渡河しながら先陣と名のって人々を笑わせたのは、上述、読み本『平家物語』の和見の戦語りと同形である。それに〈藤戸〉では、この佐々木盛綱を、

　昔より今にいたるまで馬にて河をわたすはものありといへども、馬にて海をわたす事……希代のためしなり

と語るのは、弟である高綱の宇治川先陣の語りを受けていて、むしろ、宇治川での先陣争いの語りにならって、この海渡しを語ったものとも見られるほど類似し、しかも対比的な効果をあげている。もともと山村で運搬用に使った馬を軍事に使った武士が河や、はては海で使うとは。これが中世の武士であった。

　ちなみに諸家の系図『尊卑分脈』は高綱の宇治川渡しを記すが、この盛綱の海渡しは記さない。ただし『吾妻鏡』は、元暦元年（一一八四）十二月七日の条に、馬による渡海を記し、二十六日の条に、頼朝の御教書を掲げ、その感歎のことばを記す。しかも、その十二月二日の条には盛綱の要請に頼朝が馬を遣わしていたと記している。『吾妻鏡』に、高綱の宇治川先陣の記録がないのはどうしたことなのか。『尊卑分脈』には、承久の戦に、一門の信綱が宇治川の先懸けを果たした、そして子息の重綱が父の馬の鞦にとりついて渡河を果たしたことをも記す。史実であるかどうかの域を超えた、物語や伝承に類似した素材の出入りがある。戦語りとして、先懸け・大軍渡し・後追いの——民話論の用語を借りれば「素材」があり、文字テクストとしての『平家物語』は、それらを組み合わせたものである。かつて高綱の宇治川先陣について史実であるかどうかが論じられたのであったのだが。

佐々木氏と馬　この佐々木は宇多天皇に発する宇多源氏で、盛綱は近江、佐々木荘の荘司秀義の三男である。秀義は清和源氏為義の猶子（養子）で、高綱の母は源為義の娘、盛綱は為義の養子であるとも言う。こうした人脈の中で、保元・平治の乱に河内源氏の棟梁であった義朝に従い、平治の乱の敗戦後、相模国の渋谷荘司重国方に身を寄せ、頼朝の挙兵当時から、この秀義の子息が源氏に参加していた。南北朝時代の『太平記』では一族から、派手で気まま

バサラ大名の異名をとる道誉らを輩出する佐々木氏であった。

『平家物語』諸本の語り　ところで、語り本でも古い形を伝える屋代本が、この、もう一つの見せ場、和見・加江・小林の矢継ぎ早、相次ぎ討ちを付加する。読み本と語り系の古本屋代本とでは人名表記に違いがあるが、相次ぎ討ちを語ることで重なる。室町時代の八坂流でも第一類・第二類本がともに、第三段に、この屋代本同様の早齣送りの相次ぎ討ちを語る。それに、これら八坂流の語りは、佐々木の武装を、

　しげ目結ひの直垂にかしどり（カケス）威しの鎧を着、五枚甲の緒をしめ足白（太刀の鞘についている、緒を通す銀の足金）の太刀はき廿四さしたる切り斑の矢頭だかにをひなししげどうの弓のま中とりむまにうちのり

など、屋代本に比べて、よりはれやかに語り、海渡しをおえたところで宇多天皇の「御苗裔」として名のりまであげさせている。

　しかし室町時代の一方流の語りは、覚一本にならって佐々木の渡海に絞り、和見・加江の戦は削除、佐々木の名のりも見せない。それに読み本は、佐々木が浅瀬を教えた浦男の口を封じるために刺殺したことを欠き、中でも『源平盛衰記』では、その浦人は佐々木の要請に応えて「小竹」を浅瀬の澪標として海中に差しておく。佐々木は、その労に報いるために男に「直垂一具」まで与えたのだった。覚一本などの語り本は、かわりに読み本に欠ける第四段の佐々木への論功行賞を付加した。

能〈藤戸〉の本説　能の背景、戦の実態を述べて来たのだが、四番目現在物の能〈藤戸〉は、この盛綱の論功行賞による所知入り「入部」に、浦男の霊を登場させるところから始まる。一方流語り本の覚一本などを本説としたと見てよかろう。まさに武士の所領ほしさの功名争いであった。作者は観世元雅かと言う。

1　本説の『平家物語』では主役になった佐々木盛綱が能ではワキを務め、〔一声〕笛・打楽器の囃子の中従者ワキツレを具して登

場。真中に立つ いずれも直面で、面は着けない。

〔読み〕ワキ佐々木盛綱と従者が所知入りを果たす。

〔次第〕七五調二句、リズムに合わせ 春のみなとの行末や、春のみなとの行末や藤戸の渡りなるらん

本説『平家物語』では、戦は九月、晩秋のことである。それを能が、戦のあった半年後のこととし、ワキたちは、暮れゆく春、目的の藤戸に着く。能が藤戸の「藤」にあわせ、『連珠合璧集』の取り合わせに見るように盛綱にとって得意な所知入りにもふさわしく春に改める。この盛綱の思いに重ねて、紀貫之の、

みどりなる松に懸かれる藤なれどおのが頃とぞ花は咲きける（新古今和歌集二・春下）

などを思い浮かべることもできる。

〔名ノリ〕コトバで ワキ盛綱が藤戸の戦の功績として賜った藤戸への所知入り、「入部」（着任）して名のる。その藤戸が春の朝日を浴びている。〔道行〕〔上ゲ歌〕の一種、七五調で高い音高しかも ワキとワキツレが向き合い 「秋津島の」と「秋」を出しながら、ここは日本の異名 秋津島を船で「浦伝ひ」する。波は静か、松吹く風ものどかな、治まる世に、新任領主として早くも藤戸に着く。これは源頼朝の拓いた世を寿ぐ所地入りとしての、ワキの登場である。ひいては能を公演する主を賛美することにもなる芸能であろう。

2 ワキ盛綱がツレ従者に、訴訟ある者は申し出るようにとふれさせる。

〔読み〕ワキが立ったまま コトバで ワキツレ従者を呼び出し、

皆々訴訟あらんずる者はまかり出でよと申し候へ

ワキ盛綱が始めてのわが入部に、訴訟のある者は申し出るようにとふれさせるのである。ワキは脇座の床几に掛け、ワキツレは地謡前に座る

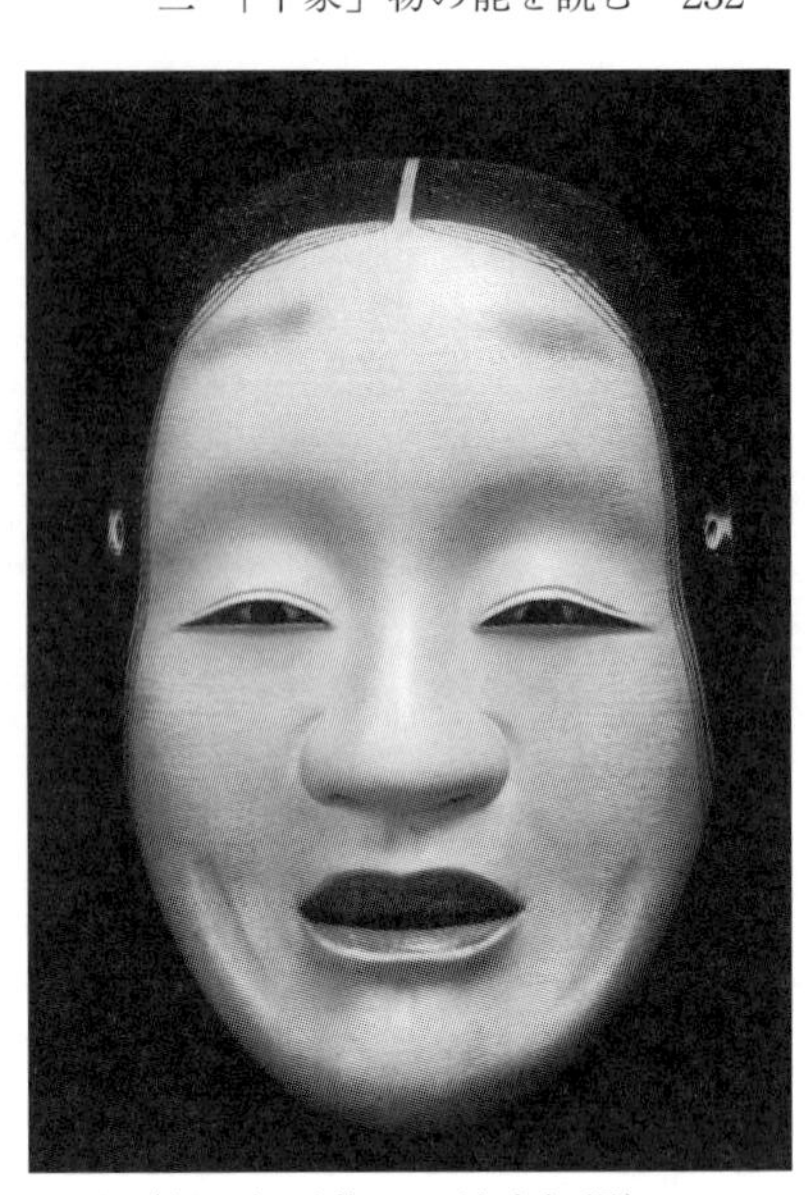

深井（保田紹雲作、田崎未知撮）

〔補説〕この領主の訴訟の受け入れこそ、本曲のモチーフであり、結びとも呼応する。

3　〔一声〕笛・打楽器の囃子　前シテ、浦男の老母が若女よりも肉付きが落ちた、頬にかすかな窶れがある更け女の深井(ふかい)もしくは痩せ女の面を着けて登場する。

〔読み〕ワキ盛綱(もりつな)に揺さぶりをかけるシテ浦男(うらおとこ)漁師の老いた母が、正面を向き　〔一セイ〕七五調だがリズムは合わない　老(おい)の波(なみ)、越えて藤戸(ふじと)の明暮(あけくれ)に

すっかり老いた身ではあるが、「昔の春の帰れかし」昔のような春にしたいと、老いの不安を胸に秘めて登場し訴える。

4　シテ浦男の母、老女の恨みにワキ盛綱が驚き怖れる。

〔読み〕シテ老女が恨みを訴える。ワキ盛綱は、この場の武士にふさわしく床几に掛けたまま　コトバで　不思議やなこれなる

老婆の訴訟ありげな泣き顔が気がかりで、なぜさめざめと泣くのかと訳を問う。シテ女は、立ったまま　〔カカル〕相手に語りかけるように　海士(あま)の刈る藻に住み鳴く虫のように世を恨み嘆くのは、世の定めだ、人を恨むのは止そうと思うのだが。荒々しい御領主がなさったこと、わが子は因果の報いだと言いながら、余りにもむごいこと。咎(とが)もない海士の「わが子」を殺し、波の底に「沈め給ひし」無情ななさりようを、憚り多いことながら訴えに来たのですと言う。

ワキ盛綱は床几に掛けたまま、コトバで何を言うのか「わが子を」波の底に沈めた「恨み」とは、聞き捨てならぬ、人聞き悪いと制止しようとするのを、シテはワキを見つめ世の噂になっているのに、それでも知らぬとおっしゃるのかと烈しく迫る。

〔カカル〕語りかけるようにシテは正面を向きそれを否定されるのなら、その殺害のありさまをはっきりさせて亡き息子を弔い、世にひとり生き残る母、わが身を慰めてください。そうすれば少しは「恨みも晴るべきに」、いつまでも隠し通そうとなさるのですか、いつまでも隠しきれない世の噂を知らぬとおっしゃるのですかと。

このシテ正面を向きの思いを地謡が受け、〔下ゲ歌〕低い音高ですっかり世の噂になっているのに、どうして隠されるのか、〔上ゲ歌〕音高を上げいつまでも生き続けることのできない仮の世に親子として生まれ来て、その息子が死んでしまえば死別の悲しみがいつの世までも続く、断ちがたい煩悩となっていつまでも苦しめる。ワキを見つめせめては沈めてしまった亡き息子の霊を弔ってほしい、わたくしにも弔わせてほしいと迫る。

〔補説〕自分一人の欲に発する武士に対する怨みを語る。人を欲望に走らせる戦を恨むとも言う。「世の人」の声、「人、民、人民（一般の民衆）（『日葡辞書』）」の声を引き込んで迫る能である。『平家物語』など戦物語に見られる声、人民レベルの声の導入である。王権の維持を祈る芸能ながら、その失政を責める曲である。

5　ワキ盛綱が狼狽しながら、シテの不慇さに浦男殺害の経過を語る。

〔読み〕ワキ盛綱が、
　コトバで言語道断、かかる不便なる事こそ候はね

さすがに狼狽するワキ盛綱は床几のままみずからの行動を「言語道断」と思いながら、相手の不慇さに、何を隠そう、その経過を聞かせよう「近う寄つて聞き候へ」と経過を語り始めるのである。

〔カタリ〕コトバでさても去年三月二十五日の夜に

と回想する戦の現場は寿永三年（一一八四）、本説『平家物語』の秋と違い、やはり春で、この語りの時からは一年前に遡る体験を再話し語り始めるのである。

海を馬で渡すべき浅瀬の所在を一人の「浦の男」に問う。その男の申すのに、さようです、月始めは東に、月末には西に浅瀬がありますと教える。盛綱はこれを「八幡大菩薩の御告と」喜びながら、戦功を一人占めしようと「家の子若党にも深く隠し」、おりからの月末に、ひそかにその男と二人きりで夜にまぎれて現場の浅瀬を見届けて帰ったが、「盛綱心に思ふやう」、

いやいや下郎は筋なき者にて

節操のない「下郎」のこと、浅瀬の所在を他の人に語ることもあろうかと疑う。武士の抜け懸け、功名争いである。人を押しのける欲望である。

盛綱は手柄を独り占めするために「不便には存じしかども」いきなり男をとって引き寄せ、二刀刺し、すぐさま海に沈めて帰ったが、シテは涙をおさえそなたの子であったのか。「よしく〵何事も前世の事」（因縁）と思い、今は恨みをはらすようにと促すとは、身勝手な武将である。

〔補説〕盛綱は、男の示唆を八幡の「御告」としながら浦男を「下郎」と見下す。本説の物語では、その男は浦の「案内しッたるはまれに候」と得意げに語り、佐々木も巧みに男を「すかしおほせて」小袖や鞘巻など与えていた。戦物語にふさわしく両人の駆け引きが行われていた。これらを能が削除し、老母の悲嘆と怒りを前面に押し出す。

6　シテ老母が涙をおさえワキ盛綱から男を沈めた所を尋ね、その場に出向き悲嘆する。

〔読み〕コトバでシテ母が盛綱に訴える。ワキの宥めに対し、シテ母が切り返し、

さてなう我が子を沈め給ひし在所はとりわき何処の程にて候ぞ

わが子を沈めたのはいったいどの辺りですかと迫る。ワキは、あれに見える海面に少し浮き上がった岩の手前の深みに死骸を深く隠し沈めたと語り、シテ母は正面を向きさては「人」の噂どおりだったと、その非情を重ねて責める。〔カカル〕相手に語りかけるようにシテは立ち上がって迫る、「あの辺ぞと夕波の夜の事にてぞありし程に」、あの辺りと言うが、海の夕波が、夜のことで、だれ一人現場を見る者もいない、それを狙ってのことだろう、そなたが、人には知られまいと思っても、男をあやめたという事実は隠しようがない。善い事は隠してなかなか伝わらず、〔地謡〕が参加し悪事はすぐ知れ渡ること、子を忘れることのない親である、その子を殺すとは、子に何の咎があると言うのか、何の報いなのかとワキに迫る。シテはくずれるように座り、涙をおさえ着座のまま正面を向き〔クセ〕曲の山場、物語として謡う。

地謡がシテを受けてまことに子を思う闇の道に迷うとは、今こそ思い知らされた。老少不定、無常の世であるとは思うものの、若い者を先立て、つれなく老い、生き残る老い鶴と言えばまさに眠りの中なのに、二十余年にわたる母子の仲、かりそめの別れも待ち遠しく思った。シテは涙をおさえ子と永遠の死別に再会はあるまい。一人老いの身が残されては杖柱と頼んだ海士としての、子を失って頼る者もなく、生き甲斐も生きるすべもない、つらい身ですから、シテはワキへ向きいっそのこと、亡き子同様、ワキを見つめわが身をも殺してほしいと身もだえし、「我が子」を返せと執拗に迫る。正気を失って乱れるのを見るのは「哀れなりけれ」とシテの嘆きを挟み込みながら地謡が語り手としても謡い抜く。シテは着座して涙をおさえる。

母と子　本説には登場しない母を能は前シテとして登場させる。その老母の怒りの物語として構成している。修羅がかりながら、その浦男の恨みを母が代弁して盛綱に訴え責めるところに母の恨みと子への執心、四番目物、世話能としての世界がある。本説の戦物語では、論功行賞をめぐる物語を、能では母子の恨みの物語に改めている。母親が息子の身を案じる世話能の典型としての〈隅田川〉とも通じることが言われている。

7 ワキがシテ老女の訴えの処理を家来に指示する。

〔読み〕 カタリで あら不便や候

さすがのワキも、シテへ男の母の訴えをもっともと思い、そなたが今更恨んでも致し方ないと宥め、亡き浦男を弔い、妻子をも身を立てさせよう。そなたは家に帰りなさいと促し、何よりも老母を手厚く扱うようワキツレ従者に指示しアイがシテを介護して帰す。シテは退場。これまでが前半で〔中入り〕となる。

8 アイ盛綱の従僕が、常座で男の老母を送り帰したことを報告し、主の非を責め、善後策を実行するよう促す。

〔読み〕 アイの語りを山本東次郎本によって読む。

本曲の第二段でワキの指示「何事も訴訟あらんずる者はまかり出でよ」とワキツレ（盛綱の従者）が触れたのを受けて、

さてただいま方々の、御前においてさまざまの恨み言を申さるるを聞いて、われらもそぞろに涙を流し申して候

数々の訴えがあった。中でもとして前シテが「成人の子を先立て」とは、子息、浦の男を騙し討ちされたことを訴えたのを受ける。アイは、その嘆きをもっともしながら、所知入りする佐々木盛綱が刺し殺した男を「管絃講をもつて御弔ひあらうずる」との仰せゆえ、「それをかたじけなしと思ひ」、いったん「わが屋へおりや」れと言い含める。

それにしてもとシテの思いをアイが語り、ワキ盛綱を責める。従者アイがワキ盛綱に浦男の鎮魂を促す。「お主の手柄」のために瀬踏みを教えた男を「刺し殺し、海に沈め」先陣の「御恩賞に預かり」武名をおあげになった。その老母の嘆きをもっともと思うが、いかが思われますかと質す。アイまでもがワキを責めるので、盛綱はアイ従者の言上を尤もとしながら、「弓取の習ひにて、名を後代に残さんため」だとは、まさに中世の戦の実態であった。しかし「あ

まりに不便なる」ゆえに「管絃講をもつて弔はう」、その旨を告げよと「管絃の役者」に指示させる。さらに「一七日」初七日の間は網を打つのをさしとめ「殺生禁断」を指示させる。

アイ従者がワキ盛綱の心中を語らせるための語りである。珍しい演出である。この烈しい責め、「カタリアイ」と言うよりは、アイ狂言が能に参加する「アシライアイ」で、狂言が得意とする笑いは見られない。

恨みを残す現場　盛綱の従僕がアイとして事の進行役を演じ、男の母への同情と漁師の霊の供養に管絃講を催すことをしゃべる。

しかし、この処置のみですませるわけはない。現地、行基の開基になるという真言宗、補陀洛山藤戸寺には、盛綱が源平両軍の戦死者を弔うために建てたと言う花崗岩の五重塔があり、周辺には先陣庵や浮洲岩などの盛綱と浦男ゆかりの地名や遺物の名が伝わる。能〈藤戸〉こそが、その供養としての遺跡を残すことになったとわたくしは考える。

修羅能では、アイが後シテの化身である前シテの素姓を示唆し、後シテの登場を導くのだが、本曲の場合、前シテ母の、ワキに対する怒りが後シテ、子息の男の霊を現場に登場させる。夢幻能にはならない、現在物である。

9　ワキ盛綱が、従者とともに浦男を弔う。

〔読み〕　ワキが正先へ出て正面を向き後シテの登場を待つ。

〔待謡〕高音の歌〔上ゲ歌〕の一種　様々に、とむらふ法の声立てて、弔ふ法の声立てて

海辺での憂き夜を徹してさまざまに弔う声、船の纜を「解」き、波に揺られながら夜となく昼となく法を説く経の供養。漁夫、生類をすなどる身であっても、「一切有情、殺害三界、不堕悪趣」、その『大般若経』の声を聴く者はその功徳により、悪道に堕ちることはないと心を鎮め、三界のあらゆる生き物を殺しながらも『大般若経』を読誦す

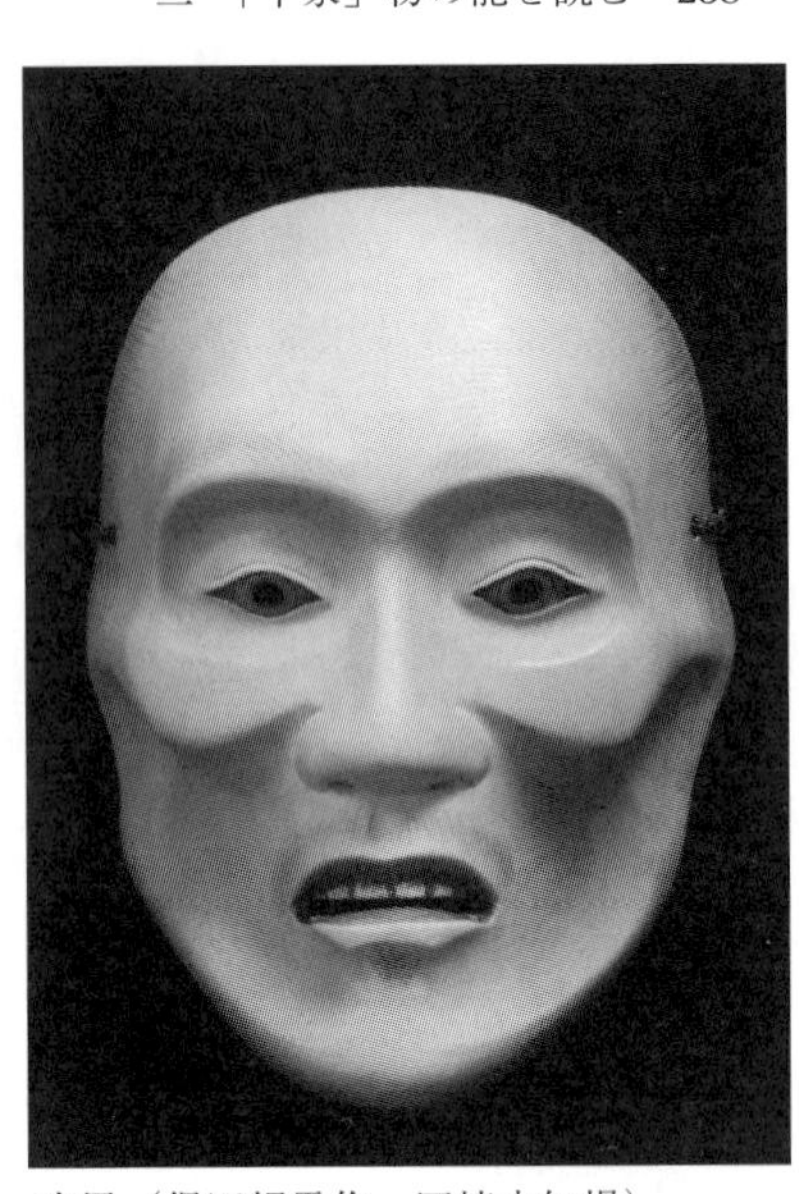
痩男（保田紹雲作、田﨑未知撮）

るならば悪道に落ちることはないと誦句を唱えて浦男の救済に努める。

10　〔一声〕笛・打楽器の囃子の中　後シテ浦男の霊が登場する。

〔読み〕　いよいよシテ浦男の霊が　常座につき正面に向き

〔サシ〕すらすらと淀みなく　憂(う)しや思ひ出でじ、忘れんと思ふ心こそ、忘れぬよりは思ひなれ

と登場し恨みを訴える。地獄の苦しみに、目のふちや頬が痩せ落ちた痩男(やせおとこ)の面を着ける。

浅瀬に導いたことで、不条理にも殺されることになり、つらいことよ、思い出すまい、忘れようと思う心の方が忘れないでいるよりも苦しい。それにしても、あだ波のように定まった心の無い者であっても、罪によって咎められるのなら重い罰をこうむるのもやむをえまいが、無意味な浅瀬の案内をしたことで、やるせない三途(さんず)の川の瀬踏みをすることになったと恨む。持ってゆき場のない恨みを吐き出すのである。

11　終曲　ワキ盛綱の面前にシテ浦男の霊が　杖をつき　現れ、ワキの供養により成仏をとげる。

〔読み〕〔カカル〕強弱をまじえ相手に語りかけるように　ワキがシテに、

不思議やなはや明け方の水上(すいしょう)よりけ（化）したる人の見えたるは、かの亡者もや見ゆらんと奇異(きい)の思ひをなしければ

ワキ盛綱の眼前、明方の海上かなたより、「かの亡者」、刺殺された浦男の幽霊が現れ、ワキは不思議な思いになる。

盛綱は、なになに恨みを言うために来たのだと言うのかと問う。浦男は恨みを言いつつ、弔いの管絃講はさること

ながら、「恨みは尽きぬ妄執」を直接訴えるためにやって来たと訴える。盛綱は、何とそなたは恨みを言うのか。男が責める、あの恨みを言う夕月の夜を思い返してみると、あなたは藤戸の渡りを教えよと言った。仰せの断りようがなく、川の浅瀬のような所を教えた、そのとおりに渡られた。馬で海を渡る前代未聞の功績により武名を挙げるのみならず、昔から今に至るまで馬で海を渡った例は世に稀なことであったので、この藤戸を含む児島の地を与えられた。それは、ひとえにわが教えによるもの。されば、その褒美をわれにこそ賜るべきに、と、正面を向きシテの思いを地謡が受け、〔上ゲ歌〕高い音高の歌で思いもしなかった、忘れがたいことよ、あの浮洲の岩の上にわたくしを連行し、氷のような刃をわたくしの胸に刺し、一命を奪われた。「肝魂(きもたましい)も消え〴〵となる処を」そのまま海底に深く沈められ、おりからの引き潮に引かれて、波に埋もれ木のように、岩と岩の隙間に当たって浮き沈みしつつ「藤戸の水底(みなそこ)の悪(あく)龍(りゅう)の水神(すいじん)」となって成仏できず、恨もうとしていたのです。そこへ「思はざるに御とぶらひ」、『大般若経』の御法(みのり)により、生死流転(しょうじるてん)する苦海を救済の船に棹さして越え願ったとおり彼岸に到り成仏できたとシテは杖を落とし結ぶ。

〔補説〕 恨みが解けたことを以て、逆にワキ佐々木の「入部」を祝い、源氏将軍を含め、治まる御代をことほぐことになる。これが中世の芸能である。

　木下順二が「たちまち成仏得脱してしまうというのではどうにもならない」と言う通りである。だからこそ能は『大般若経』を持ち出し、救済を図るのだが。

物語的状況　類似した能に四番目物の〈天鼓(てんこ)〉がある。不条理にも鼓を帝に取り上げられ殺害された少年、天鼓、帝がその鼓を打っても鳴らず、帝に訴える父が打つと父子の恩愛により妙音を発する。弔いのために帝が管絃講で天鼓を打つと、少年の霊が現れるという曲で、構造が〈藤戸〉と類似する。作者未詳だが世阿弥周辺、元雅(もとまさ)の作かとも言われる。

〈藤戸〉については、豊臣秀吉が、浦男の遺体を沈めたという浮洲岩を、聚楽第へ移し、さらに醍醐の三宝院に納めたと言うから、この時代の物語、特に能の力はすごい。物語が歴史として読まれたのだった。作者は未詳だが、元雅の可能性があるとも言う。

王権のための盛儀　改めて本説の物語を振り返って物語の連鎖（つながり）の中に置いて見れば、元暦元年（一一八四）九月、藤戸合戦がおわり、盛綱の褒賞を語った直後、京では義経が、京の治安維持のために検非違使五位尉に叙任される。「藤戸」の句の冒頭には義経は左衛門尉に叙せられていた。それに重なる抜擢である。

屋島の地の平家にとっては気がかりな京からの噂が届く。先帝と神器の還都を平家に拒絶された後白河法皇は、安徳天皇らには無断で、高倉天皇の第四皇子尊成を、前年八月に践祚させ、この七月に即位礼を挙げさせていた。世に二人の天皇を見ることになった京では、その大嘗会の大儀を行う。天皇の即位後、すみやかに行われるべき一代一回限りの盛儀である。尊成の践祚以後、すでに一年余を経過していて、延ばせない。ところが物語は、それを、

　同じき十一月十八日、大嘗会をとげおこなはる、去る治承・養和の頃より、諸国七道の人民・百姓等、源氏のために悩まされ、平家のために滅ぼされる。人民は家かまどを捨て山林にまじはり、春は東作（春の耕作）の思ひを忘れ、秋は西収（秋の取り入れ）のいとなみにも及ばない。

見て来たように戦を、この「人民」のレベルでとらえるのである。戦による世の疲弊にもかかわらず、

　いかにしてかやうの大礼も行はるべきなれども、さてしもあるべきならねば、（この大嘗会を）かたのごとくぞとげられける。

と語る。

佐々木の武名のために殺害された浦男は、まさに「人民」である。その新帝は、『平家物語』の終結部分に荒聖、文覚と対決の色を深め、やがて承久の乱の当時者になる後鳥羽天皇である。その大儀に対する物語の語りである。ちなみに鍛代敏雄は『尾張国郡司百姓等解』（平安遺文）などに「庶民」の語があること、中世には「国家公権を分掌する武家が（安全保障）を喧伝し、その施策を正当化するための言説に庶民が登場する」と言う。

この「庶民」の語は「平家」に見えず、延慶本が巻第三本「興福寺常楽会被行事」が納める『吉記』の文書に、肥後国の反逆者藤原高直が「庶民」に「蠹害」（そこない破る）を侵したと見える。「庶民」の語は延慶本『平家物語』に一語のみで、多くは「人民」を使用する。

〈藤戸〉の母子の思いを受けて、この「大嘗会之沙汰」を物語連鎖（つなぎ）の方法として読み続けるのが物語の読みである。語り本の多くが、この「大嘗会の沙汰」を「藤戸」の結びとして構成した訳である。

どうしたことか、この盛綱が仕えた範頼のその後の去就がはっきりしない。範頼は室津や高砂の遊女らと遊び戯れて、平家を追って詰めを怠った。帰洛したかどうかもはっきりしない。『徒然草』二二六段が、『平家物語』は判官義経について詳しく書いたが、範頼については多くのことを書き洩らしたと言う。平家が屋島に拠点を置いて以来、

　只国の費へ、民の患ひのみあつて、ことしもすでに暮れにけり

と巻を閉じる。こうした物語の進行を物語論では、**連鎖**とか**継起性**などと呼ぶ。能の作者や、観衆は、当然、この本説の語り、筋を知っていたはずである。ちなみに盛綱は、この前、巻九、一の谷の合戦に平通盛を討った主であるとする読み本もあり、戦物語における「素材」と、その行動の主を、諸本の間で、時に異にする。説話や口承の世界ではよく見られる語りである。劇作家の木下順二は、この〈藤戸〉を群読に再構成した。

東国系の武士の武勲談とは言いながら、宇治川先陣争いの物語とは違って陰惨な佐々木の物語を「人民」の目で謡っ

た能である。ちなみに江戸時代の音曲に詳しい橘幸治郎によれば、安永・天明の頃の短い〈範頼道行〉が、義経に替わり範頼を立て、頼朝を武家の始祖として仰ぐ。徳川の賛歌を演じるのである。

人民と歴史　中世における「人民」について『平家物語』が語ることは稀である。この〈藤戸〉や南都炎上の時（巻五）に火をかけられた「在家」が語られるにとどまる。その在家の人民については、むしろ『方丈記』が養和二年（一一八二）の飢饉により餓死した人民を仁和寺の隆暁法印が弔い、

京のうち、一条よりは南、九条より北、京極よりは西、朱雀よりは東の、路のほとりなる頭、すべて四万二千三百余りなんありける。

であったと記す。堀田善衛の『方丈記私記』を思い出す。わたくしは同じ状況が平家琵琶が行われる寛正年間にもあったことを指摘しておいたのだった。戦は、まさに棄民をもたらす。

参考文献

後藤丹治『戦記物語の研究』筑波書店　一九三六年
山下『軍記物語と語り物文芸』塙書房　一九七二年
伊藤正義『新潮日本古典集成　謡曲集　下』新潮社　一九八八年
山下『いくさ物語の語りと批評』世界思想社　一九九七年
小山弘志・佐藤喜久雄・佐藤健一郎『日本古典文学全集　謡曲集（二）』小学館　一九七五年
今村仁司『抗争する人間』講談社　二〇〇五年
山下『琵琶法師の『平家物語』と能』塙書房　二〇〇六年
フロランス・ゴイエ『概念的枠組みのない思想』オノレ・シャンピオン　二〇〇六年（仏文・未訳）

佐倉由泰『軍記物語の機構』汲古書院　二〇一一年
鍛代(きたい)敏雄『中世日本の勝者と敗者』吉川弘文館　二〇一三年
スタンカ・ショルツ・チオンカ『戦語りと平家物語の演劇化』リブヌーブ　二〇一一年（仏文・未訳）
片山幽雪『無辺光 片山幽雪聞書』（聞き手／宮辻政夫、大谷節子）岩波書店　二〇一七年
香西精「『藤戸』―作者と本説」『観世』一九六三年三月
木下順二「古典を訳す」『木下順二集13』岩波書店　一九八八年
岩松研吉郎「連載『平家物語』の謡跡を訪ねる4」『観世』一九九八年七月
山下「琵琶法師の『平家物語』」（文庫解説）岩波書店　一九九九年

14　〈屋島（八島）〉　瞋恚に引かるる妄執にて

背景　屋島の戦物語　源平両軍が直接対決する戦として、能〈屋島〉の本説『平家物語』は、巻七、寿永二年（一一八三）五月、入洛を図る木曾義仲を討とうとする平家の北国合戦、巻九、翌三年二月、その平家が義経ら源氏軍と対決する福原・一の谷の合戦、そして巻十一、元暦二年（一一八五）二月、海峡を守る軍団が待機したことから「団の浦」があった讃岐、屋島合戦から下関、壇ノ浦の合戦へと語る。世阿弥らは、特に一の谷合戦と屋島・壇ノ浦合戦に修羅能の本説を求めている。

その屋島合戦の物語を総まくりして演じ、義経を主役とする「弓流」に絞ってゆく、世阿弥作の能〈屋島（八島）〉である。『平家物語』の語りの展開、句を構成する場のつなぎ（連鎖）を見ると、

　大将軍判官義経の名のりと、そのいでたち、武装

に始まり、

　判官の評価をめぐって口舌を得意とする伊勢三郎と越中盛嗣（盛次）との「詞争い」
　平教経の矢を受けた判官に代わって殉じる佐藤継信
　那須与一の「扇の的」を介して
　悪七兵衛景清が三保谷を追い、錣を引き合う

へと展開し、判官の「弓流」でしめ括る。この連鎖（つなぎ）に、判官を軸とする物語としての構成が見られる。

ちなみに、その中の那須与一の話は、〈屋島〉の曲には含まれず、特別な演出、番組の曲名の左脇に小さく記す

「小書」として、三保谷と景清の錣引の代わりに語ることがあり、狂言の世界では特に重視し、重い習い物とされる。その訳はまだわからないが、扇に源平の行方を見ようとする神の意を語るためか。

河内源氏の武将と能　義経については、四番目現代物、観世長俊作の〈正尊〉で、ワキ弁慶のツレとして判官が登場するが、そのシテは義経に討たれた土佐坊正尊である。同じく四番目物、観世信光作の〈船弁慶〉は、ワキ弁慶に保護される義経を子方が演じ、前シテは義経の愛妾静御前、後シテが知盛の霊で、能にはなじみにくい知盛を、その霊として登場させた。

ちなみに義経の幼少期と、後半生、逃亡期を主に語る物語『義経記』は、兄頼朝に忌避される義経が都から北国へと落ちて行く物語を軸にするのだが、弁慶を前面に立て、義経は〈船弁慶〉の子方に近い存在となり、後半、八巻構成の終曲に近い巻七、同行する北の御方が亀割山で出産する若君に、弁慶が「御果報は御伯父鎌倉殿（頼朝）に似させ給へ」と念じ、これも四番目物〈七騎落〉を思わせる頼朝讃歎になりかねない。

源氏、特に頼朝を生み出す河内源氏を能のシテには立てにくい、なんらかのタブーがあったのか。おそらく室町時代から江戸時代の徳川まで、系図の上では頼朝を祖と仰ぐ源氏将軍が政治史を牽引したことがあるのだろう。知盛の霊を後シテとする〈船弁慶〉の義経を子方が演じるのは民俗で「七つ前は神の子」とも言われたことにも通じる。

そう言えば非業の死をとげる義仲も、能では、これを神、陰の存在として、その霊を鎮める、巴と兼平を修羅能〈巴〉と〈兼平〉の各シテに立て、この二人が義仲に代わって修羅に落ちることになる。

源氏を演じる能として、作者未詳、四番目物の〈木曾〉があるが、シテは義仲の従者、覚明、そのツレが義仲で、話は倶利迦羅合戦の前、八幡社に祈る戦勝祈願を語って、源氏賛歌の〈七騎落〉に類する。

この〈屋島〉は、戦が源氏の勝利におわることから勝修羅に分類され、『申楽談儀』に「修羅がかりにはよき能也」

と言うが、観衆には勇ましさが目につき、苦悩が伝わらないと言われ、本曲を敬遠する向きもあったらしい。シテの義経が頼朝の代理を務めながら、「追い詰められ」ると片山慶次郎は言う。

保元の乱から平治の乱へ、仇敵平家を源氏が討つ『平家物語』の読み本が、特に頼朝を軸に源氏賛歌の色を濃くする。『平治物語』の特に古本や、『平家物語』の読み本（延慶本）がそれである。その間、頼朝に冷視される義経の扱い、判官贔屓が盛んな京において課題になった。

義経と頼朝　壇ノ浦合戦で生け捕りの身となった平家の棟梁、宗盛を鎌倉へ連行する義経が『平家物語』では事前に梶原景時の讒言に遭うことになっているのだが、鎌倉への入り口、金洗沢で足止めされ、腰越へ追い返される。心外な義経は、平家を討伐するまでの苦節と功績を申し立て、その苦衷を頼朝の右筆大江広元を介して訴える、いわゆる「腰越状」で、その訴える内容は、物語が『平治物語』以来、語って来たところと重なる。不思議なことに、語り本の古態を伝える本や、読み本にこれを欠く本があるのはなぜなのか。鎌倉政権の編年記録に準じるとも言える『吾妻鏡』は、元暦二年（一一八五）五月二十四日の条に書状を載せ、広元がこれを目にするが、判官の嘆願に対して頼朝は「分明の仰せ」がなく、無言であったと記す。

源氏三代将軍の後、北条執権政治を経て、源氏である足利が政権を掌握する間、義経や義仲を修羅道に堕ちるシテに立てるのを避けたと思われるのだが、にもかかわらず〈屋島〉は、その義経をシテに起用する。それはなぜなのか。「物語」ならぬ能〈屋島〉は、どのように本説を活かしながら曲を構成するのか。

1　〔次第〕笛・打楽器の囃子でワキ、都の僧が従僧二人を連れて登場、その四国への道行を謡う。

〔読み〕 都から出るワキ旅僧が従僧と 正面先に立ち

〔次第〕リズムの合う七五調二句　月も南の海原や、月も南の海原や、屋島の浦を尋ねん四国を志し西国行脚する直面の僧が、正面を向き〔名ノリ〕コトバで名のり、月が南の海上にかかる屋島を訪ねようと、向き合い〔道行〕〔上ゲ歌〕の一種で七五調「春霞（が）浮き立」ち、入り日に雲も夕映えする中、京から西方を志して急ぎ歩む。海路を経て屋島の浦に着く。ワキが正面に向きコトバ日が暮れたので案内もなく、「これなる塩屋に立ち寄り一夜を明かさばや」と思う。

〔補説〕一般に見知らぬ人に宿を貸すことを禁じた中世に、この「塩屋」は、いかなる場なのか。やがて登場するシテ塩焼きの翁が立ち帰る、そのシテがやがて修羅へ落ちるべき亡霊の化身であることを明かすのを考えると、これは〈鵺〉の「洲崎の御堂」同様、公界「惣堂」に準じる治外の空間であろう。戦時疎開で体験したところだが、自由に薪を採ることを許された山を「野山」と称した。人里を離れ、猪に襲われるのを怖れたことを思い出す。

この冒頭ののどやかな光景は、やがて登場する義経の亡霊にとって、本説『平家物語』で、あの元暦二年（一一八五）二月、摂津渡辺から「北風木を折ッて烈しく吹」く中、強行、船を出して阿波へ渡った経過（覚一本「逆櫓」）とは対照的な世界である。

本書の後半、「間狂言」をとりあげるが、その山本東次郎本の狂言語り、アシライアイで「総じてこの所の大法にて、人の塩屋をわが存ぜず、わが塩屋を人に知らせぬ大法にて候ふが、われらはいまだ貸し申さぬに」とあるのがそれで、村の共有物とした惣堂に、ワキ僧は、それと知らず案内もなく入り込んだ。それは修羅能において異界からの霊が現れる空間である。

ちなみに世阿弥改作と言われる鬘能〈松風〉でも、ワキ僧が須磨の塩屋に宿を取ろうとするがいったん拒否される。その主、シテは、在原行平への恋慕に徹した松風の霊である。

2　〔一声〕笛・打楽器の囃子で老体のシテ漁翁がツレ漁夫を連れて登場する。

〔読み〕ワキの見る所へ前シテ漁翁が塩屋へ、ツレ漁夫とともに帰り来る。

〔サシ〕さらさらと淀みなく面白(おもしろ)や月海上(かいしょう)に浮かんでは波濤夜火(はとうやか)に似たり月を夜の漁り火と思い、中国淞江(しょうこう)の西岸に漁夫が湯をわかすために楚竹(そちく)を焚くと柳宗元(りゅうそうげん)の漢詩に謡う世界そのままを彷彿させる「蘆火(あしび)の影」が「ほの見え」始める「ものすごさよ」、さびしく不気味な光景である。穏やかな春の夕べの光景がうって変わって、凄みを見せるシテが卑賤な老人ながら、上品な感じの尉の一種、朝倉尉(あさくらじょう)の面を着けて登場する。両人が正面へ向き

〔一セイ〕リズムは合わない七五調四句月の出汐の沖つ波、月の出とともに、沖から汐が満ち寄せ来る中に、ツレ沖に霞んで見える小舟が漕ぎ寄せ呼び交わすシテ海士の声が聞こえる里が近くなる。

〔サシ〕さらさらとよどみなく一葉(いちよう)万里の船の道

一枚の木の葉のような小舟が帆に受ける風にまかせて広い海を漂う。夕べの空の雲の波も月の動きにつれて消えてゆき、霞んで見える松原の緑と海の緑が重なって見え、西方「海岸(が)そことも(どことも知らぬ)不知火(しらぬひ)の筑紫の海にや続く」のだろうとは、翁、実はシテ義経の亡霊にとって、生前の、屋島から九州に向かって壇ノ浦へと戦った合戦を重ねる思いを誘うだろう。往事の逆を行くみじめな義経である。

シテとツレが向き合って〔下ゲ歌〕低い音高の歌でここは、屋島の海岸、浦伝いに多くの海士(あま)の家居(いえい)では、〔上ゲ歌〕高い音高の歌で漁のわざに暇が無く多忙な中、波に霞みがかかり、海士の小舟がぼんやりと見える夕暮れで、浦吹く風ものどやかな春が心を引き立てると、シテがツレに向かって(いわくありげなシテ漁夫が、前にワキが立ち入っていた)「塩屋に帰り休もう」と謡う。ツレとシテが座る

3　ワキ旅僧が、帰って来たシテ漁翁に宿を借ろうとする。

〔読み〕　脇座に立ち正面に向きコトバでさらりと 塩屋の主の帰りて候

塩屋の主の帰宅を知ったワキ僧は、ツレ漁夫を介して宿を借りようとするのだが、前シテ漁翁は、お宿はおやすいことですが、「余りに見苦しく候程に、叶ふまじき由仰せ候」と漁夫に断らせるのを、ワキが重ねて宿を乞うのは〈頼政〉や〈松風〉と同じ型である。その塩屋は、この能では幽霊が現れる、村共用の「惣堂」である。

ワキは、いやいや見苦しいのはかまいません。「殊にこれは都方の者」で、始めて訪ねて来た浦を見るのに、どうか一夜のお宿をお借りしたいとワキの願いをツレが伝える。シテが「なに旅人は都の人と申すか」と態度を翻そうとする。前シテがその素姓を明かすことになるのと呼応している。

前シテ漁翁とツレ漁夫が〔カカル〕コトバで語りかけるように「もとより住家も蘆の屋の」、（ただ草を枕とする宿）草枕のようにお考えくださいとワキ僧を受け入れ、

しかも今宵は照りもせず曇りも果てぬ春の夜のシテとツレが向き合い 朧月夜にしく、（比べるべき）ものもなきから、敷物もない「海士の苫」とは、冒頭の「春霞」がたちこめる屋島の浦に着いたことを受ける。塩屋の粗末なことをシテが床几を立ち、地謡が受け「屋島に立てる高松の、苔の筵 真中に着き顔を伏せ（苔を筵とする）は傷はしや」と言いながら地謡が受けて、

〔上ゲ歌〕高い音高の歌 さて慰みは浦（牟礼）の名の（ように）、群れ居る田鶴を御覧ぜよ

と慰め、（藤原清正の詠「あまつ風ふけひの浦にゐる鶴は」を受け）「などか雲居に帰らざらん」いずれは、その鶴は京へ帰る、京から来ている旅僧も都へ帰るはずで、その「都と聞けば懐かしや、我等も元はとて」とシテが思わず涙に咽びしおり、その素姓を明かしそうになる。

〔補説〕このシテの思いを地謡が、異境胡国にあって郷里、漢を慕う蘇武が思いを訴える文を雁の翼に託したという故事、雁札説話まで思い重ねて謡う。「雲居（京）に帰」るはずの旅人にシテが「都と聞けば懐かしや」と思うのは、後半明かす、その素姓、義経の望京の思いを暗示する。京からの旅僧を前にした義経の化身である前シテ漁翁の思いである。

本説『平家物語』で、判官義経が屋島を攻めるのに、「高松の在家に火をかけて」軍が小勢であることを隠し、一日の戦をおえ、「日暮れければ、ひきしりぞいて牟礼、高松のなかなる野山に陣をとる」（「弓流」）と語るのを受けている。この高松こそ、

（判官の軍が）高松の在家に火をかけて八島（屋島）の城へよせ給ふ（巻十一、勝浦）

とあるように屋島合戦の主戦場であった。その攻め来る軍の大将義経が死後、修羅道に苦しむことになるのである。

4　ワキの願いに応じてシテが屋島合戦を走り語りに語る。

〔読み〕ワキが、

問答体のコトバで　いかに申し候、何とやらん似合はぬ所望にて候へども古、この所は源平の合戦の巷と承りて候

相手、シテ漁翁の素姓を知ることなく、屋島の浦で行われた「合戦の巷」の経過を「夜もすがら」その経過を承りたいと所望、シテが　おやすいことと承知し、床几に掛け

語り　いでその頃は元暦元年三月十八日の事なりしに

と語り始める。

以下、戦物語のあらすじをたどる。「海の面一町ばかりに船を浮かめ」は、安徳天皇を頂く御座船を第三者、語り手の視点で語る。汀に進み出た源氏の大将軍義経のいでたちは、本説物語の冒頭「赤地の錦の直垂に、紫裾濃の鎧

着て」をそのままで、その名のりも本説のままである。〔カカル〕語りかけるようにしかもその名のりを「あつぱれ大将やと見えし、今のやうに思ひ出でられて候」とは、シテ漁翁が、実は義経の幽霊であるのだが、語り手がその位置に立つ語りで、後シテとして登場する義経の幽霊自身の思いを語る。

以下、コトバ　シテとツレが着座のままワキへ　掛け合い、本説が語る伊勢三郎義盛と越中次郎兵衛盛次の詞いくさを「言葉戦ひ事終り」と、事実上その再録を省略してふれるにとどめ、シテ　五十騎ばかりの源氏が続く中に悪七兵衛景清が目をかけて追ううちに三保の谷は太刀を折って、いたしかたなく退くのを景清が追いかけ、〔カカル〕三保(みほ)の谷(や)の甲(かぶと)の錣(しころ)を後ろへ引き、三保谷が前へ引き両人が引き合う。片山幽雪は、この錣引きを普通、床几にかけて演じると言う。〔地謡〕が受け音の高さを中音に下げ　ついに　シテが両手を寄せて左右に開き　「（兜の）鉢附(はちつけ)の板より引きちぎつて、左右へくわつと」退（引）く。「これを御覧」になった判官が　左右を見回し　馬を汀へ寄せる、それを能登守教経が射る矢に、（義経が幼時を過ごした奥州以来の家臣）佐藤継信が庇って射倒され落馬し死をとげる。船中に平家方も佐藤継信の弟忠信に教経の童菊王を討たれて退く。その「継信最期」を、「錣引き」に続け要約して語るのである。

曲の山場を後場の判官に絞るために、この継信と菊王の源平相撃ちを契機として「相引に」引く潮とともに退き、「後は鬨の声絶えて、礒の波松風ばかりの音淋しくぞなりにける」。シテは脇正面を見て座る　後シテ義経その人の幽霊が登場するための場を造るのである。

平家と改元　見るように能は、時を「元暦(げんりゃく)元年」としている。実は本説では「元暦二年」のことで、能の誤解とするが、「元暦」の年号は京にあった治天の君、後白河法皇が京に帝の不在になるのを憚り、生年五歳で即位させた尊成(たかひら)こと、後鳥羽が安徳の「寿永」の年号を改めて立てた年号である。この尊成は高倉天皇の第四皇子で、屋島にある安徳の弟であり、「元暦」は、安徳天皇を擁する屋島の平家が関知しない年号であった。源氏であるシテ義経の思いとして、年数よりは年号を強く意識する。能は記録でない。
本説覚一本『平家物語』では平家が伊予の河野を攻め、討ち取った百五十六人の首実検を宗盛の宿所で行っていたところへ、七、八十騎の源氏が寄せるのを、平家は「高松のかたに火出できたり」「さだめて大勢でぞ候らん」と、御所の船を、「或いは一町、或いは七八段、五六段なンど漕ぎ出」すとある。能が見たように「海の面一町ばかりに船を浮かめ」とあるのも「大坂越」の「或いは一町ばかり（一〇九メートル）、或いは七、八段、五、六段なンどこぎ出したる」による。

5　ワキ僧の願いを地謡が受け、シテに名のりを促す。

〔読み〕シテは着座のまま〔ロンギ〕〔地謡〕とリズムをあわせ、交互に謡う「不思議なりとよ海士人のあまり委しき物語、その名を名のり給へや」と促されるが、シテはわが名を何と言うのか、夕波が引くと明け方となり、（その「朝倉や木の丸殿に名のりをしつつ行くはたが子ぞ」と歌われた）、これが、その筑紫の地ならば名のるのですが、ここは屋島の地、春の夜の引き潮になると修羅の時になります。その時になれば、修羅の苦しみを再現して名のることになりましょう。〔地謡〕いやそのおことばを聞くにつけて御老人のお名前を伺いたい。シテ老人が話をしているうちに今ははや春の短い夜も過ぎ、汐が引く朝方になれば修羅道に帰る時になるでしょう。その時には、わが名を名のりましょう。名のるとも名のらずともよし（よいではないか）よしつね（義経）の、この憂き世の夢を覚まさないでくださいと言って消える。

〔補説〕前シテ翁が、後シテ義経の亡心であることを示唆して退くのである。本説が語る、詞戦、錣引き、継信菊王の死を要約ですませて、総ざらえ、語り続けるのが能である。片山幽雪は、この謡いを「音階が低い」「水調子」によると言う。それは後場、シテ自身の行動を語ることに集中するための演出で、〔中入り〕となる。「夕波」「朝倉」「よし常」と音声を介して掛詞や縁語の修辞が続く。

6　アイが屋島戦を語る。

〔読み〕アイ狂言 常座に立ち の語りは能と違って固定しない。そのカタリアイとして目にした三種のテクストがある。いずれも能を見る観衆のための語りで、〈実盛（さねもり）〉の場合について述べたように能や本説の物語を虚仮（こけ）にする機能を持つ。その間狂言としての課題を本書の後半でとりあげる。

7　ワキは先に現れた前シテ漁翁を不審に思っていたので、その再登場を待つ。

〔読み〕ワキが脇座に着く中、ワキが

不思議や今の老人の、その名を尋ねし答へにもよし常の世の

「たとひ名のらずとも名のるとも、よし（よろしい）常（義経）の浮世の夢ばし覚まし給ふなよ」、その時を待てと語っていた。

常の「浮世（うきよ）」の「よ」の音を介し掛詞として「義（よし）」を付けることで、前シテの漁翁が引き際に義経の化身であることを匂わせていた。

ワキとツレが〔待謡〕（高音、上ゲ歌の一種の歌で）声も更け行く浦風の、声も更け行く浦風の、松が根欹（そばだ）て思ひを延ぶる苔筵（こけむしろ）

ワキは更けゆく夜の浦風を耳にし、松の根を枕に、苔筵を重ねて待っていた。

8　〔一声〕の囃子で後シテ義経が荒男の勇壮な平太（へいた）、または今男の面を着けて登場する。

〔読み〕シテが常座に立ち正面に向き 修羅の苦悩を語る。

〔サシ〕すらすらと淀みなく 落花（らっか）枝に帰らず、破鏡（はきょう）再び照らさず

（禅の教えに）落ちた花は枝に帰ることがなく、割れた鏡も再び物を映さないと言うように死んだ者が、この世に蘇（よみがえ）

平太（保田紹雲作、田崎未知撮）

ることがないのだが、にもかかわらず義経の幽霊が「妄執の瞋恚」のゆえに合戦闘諍の業を脱することができず、その霊魂が寄せ来る波のように娑婆に帰り、わが身を苦しめるのも深い罪業のゆえだと言って登場する。

〔補説〕 後シテは若男や、特に品格を重んじる白平太を用いることもあると言う。

9 シテ、義経の亡心が登場し 着座のまま ワキに名のる。

〔読み〕 ワキがかけあい 不思議やなはや暁にもなるやらんと、思ふ寝覚の枕より

不思議なことに早や明け方にもなろうかと思う枕元に現れた甲冑姿の武者を、ワキは判官義経でいらっしゃるかと問う。後シテが常座に立ち 義経の幽霊と名のり語り始める。「瞋恚に引かる、妄執にて」とは、西海を漂いつつ妄執、生死流転の苦しみに沈むと言う。

ワキ 愚かな心ゆえに生死の海とも見えるのだが、実は悟りの境地を示す月が、春の夜であるにもかかわらず、曇ることなく、心も澄んだ今宵の空に、ワキ 昔を思い出させる船や陸の合戦の場にふさわしい。悟り、解脱の思いを胸に月を思い描く。シテが正面に向き、地謡がそのシテの思いを〔上ゲ歌〕高い音高の歌で 武士として、屋島に来て弓を射る元の身のままながら、

又こゝに弓箭の道は迷はぬに、迷ひけるぞや生死の、海山を離れやらで、帰る屋島のうらめしや。とにかくに執心の残りの海の深き夜に、夢物語申すなり

執心が残ると嘆き語るのである。おのれの行動をうらめしい夢を見ているように物語を語り、みずからの執心解脱、浄化を図るのである。

〔補説〕このシテが、語り本の『平家物語』に見えない「瞋恚に引かるる」の語は、仏教で「瞋恚の炎」と言い、煩悩のうちでも、もっとも成仏の妨げになると言う。武士の身として屋島の地で弓矢の道に迷う執心により、夜深い海に夢物語をするのだと言う。何が「瞋恚」なのか。本説の物語がそれを語ってくれる。この後シテの登場については、大谷節子の論がある。世阿弥の『伝統録』の詩偈の読みを踏まえて「瞋恚に囚われて霊気魂魄が彷徨う世界に沈淪し、修羅となって我が身を苦しめている」と読む。わたくしは本説の読みから能の読みを行うのである。

義経の瞋恚　義経の思いをたどれば、寿永三年（一一八四）二月、一の谷合戦があった翌年、屋島に渡っていた平家を追撃し、おりからの嵐を衝いて摂津の渡辺から阿波へ渡り、讃岐の屋島へと転戦を重ねた。「弓箭の道は迷はぬに」、生死の迷いを「離れやらで」この屋島の浦にうらめしく帰って来たのだった。

能は、このように山から海へ、戦にこだわったことを「妄執の瞋恚」と見たのである。味方健は、「戦うことをおのが生涯とし、じじつ熾烈な闘志を燃やして戦」う主役が修羅道に堕ちることになったとし、伊藤正義は「絶頂期の義経と迷妄の義経を描く」と言う。

10　武名を重んじる後シテ義経の亡心が地謡に支えられ、

〔読み〕〔地謡〕が〔クリ〕高い音高の〔クリ〕で忘れぬものを閻浮の故郷に、去つて久しき年波の忘れることのできない、この娑婆の世界に現れ、年久しく去った、今、波の寄る夜にお僧の夢に現れ、屋島での合戦、「修羅道の有様顕すなり」修羅の世界を思い出し語るのです。シテは真中に行き床几に掛け義経の霊にとって、この屋島は、この能の原点である。

シテが〔サシ〕すらすら淀みなく「思ひぞ出づる昔の春」、あの戦場となった渚はここであろうか、回想が次第に現実の場として見え始める。あの時は月も今宵のように冴え渡り、〔地謡〕平家は船を並べて組み、源氏は矢先を揃え駒を並べ轡（くつわ）まで水に入って戦う。〔カカル〕語りかけるようにその時どうしたことか判官が「弓を取り落し」、おりからの引き潮に弓が遠く引かれてゆくのをシテは敵に弓を取らせまい、拾おうとする。馬を波間に泳がせて、〔地謡〕が近くにこれを見た敵がすぐに船を寄せ、差し出す熊手に判官をかけようとする。判官がいよいよ危うくなられたのだが、シテその熊手を危うく切り払って、ついに「弓を取り返し」渚（なぎさ）に上がる。

〔地謡〕が〔サシ〕さらさらと淀みなくその時、兼房（かねふさ）が申すのに、口惜しいおふるまいです。「渡辺にて景時が申ししもこれにてこそ候へ」、雨風をついて四国へ渡ろうとする時に、これを猪（いのしし）武者と批判した梶原景時と、あわやの口論があったことを引いて諫める兼房である。たとえ千金を打ち延ばして作った御弓であっても命にお換えになれるのですかと涙ながらに訴えるのに、判官は「弓を惜しむにあらず」と言葉を返す。〔クセ〕曲の山場、物語るように源平の戦は私の手柄のためでない、武将として名声は「未だ半ばならず」まだ十分ではない。だからこの弓を敵に取られ、弓の大きさから義経は「小兵（こひょう）」だと言われるは残念なことだ。たとえ討たれることになっても、しようがない。義経の運が尽きたと思おう。運が尽きていないなら、弓は武士の名誉、末代まで語りつがれるものではないか、そう思って弓を拾いとったのだと語られたので、兼房を始め、ほかの者まで皆感心して涙を流したのだった。智慧ある者は惑わない、勇者は命を失うことを怖れない、いよいよ勇ましい心から、やたけ心を奮い立たせて梓弓を敵の手に渡すまいとした。それはほかならぬ名誉のためである、惜しまなかったのは一命で、こうして身を捨てて後世にも武名を残すことにより名を記録におさめることになるのですと謡う。

兼房という人　この兼房は、本説でここには登場しない。四番目物の能〈接待（せったい）〉で、義経らが山伏姿で奥州へ落ちるのに佐藤館での山伏接待に屋島で判官の身代わりになって教経に討たれ継信の母が一行を接待する。その母が山伏一行の中に「判官殿の御傅（乳人）」として、「増尾十郎権頭兼房」が見える。

また三番目物〈二人静〉に吉野へ落ちる静御前にツレの菜摘み女が、衣川で討たれた判官の遺体の供をした「十郎権頭兼房」が肩にかけ火中に跳び込んで切腹自害した「忠の者」であることを語り、それを判官の傅（めのと）とする。

舞台には登場しない兼房を、回りの芸能から転用し、地謡が謡うのである。シテの思いを地謡が受け、物欲や覇権意識からではない、武人としての名にこだわる、まさに瞋恚の思いである。天野文雄が「武士のプライド」と読むのを、馬場あき子は「孤独と寂寞感が心に浸みる」と読む。


義経と梶原景時　兼房が判官をたしなめるのは、本説では渡辺から嵐の中を衝いて阿波へ渡ろうとするのを梶原景時が批判し口論になったのであった。

さかのぼれば、寿永三年二月、一の谷合戦に、兄範頼の率いる大手、生田の陣が膠着状態になるのを、背後の搦め手に回る判官の無謀な鵯越の坂落としにより突破口を開き、平家を讃岐の屋島へ後退させていた。その翌年の一月、屋島を攻めるために摂津の渡辺に船揃えする時に、頼朝股肱の臣、梶原景時が、舟を進めたり退いたり、自由に操作するために逆櫓を立てることを提案したのを、攻め戦に後退などと判官が嘲笑した。その判官を梶原が、戦の手だても知らぬ「猪のしし武者」と非難したのだった。ここでその景時の諌言を想起することが、兼房を登場させたのであろう。背後には無謀な判官を警戒する源氏将軍、頼朝の影が見える。

本説では、渡辺で屈辱を体験した梶原が、この後、壇ノ浦でも先駆けを申し出るのを判官が却けることになる。やがてこれが、後日、壇ノ浦合戦後、生け捕りにした宗盛父子を鎌倉へ連行する時に、梶原の讒言により兄頼朝の警戒心を煽り立てることになるのだった。

本説では、わが弓が「叔父の為朝が弓のやう」ならぬ「尫弱たる弓」が敵の手に渡り「嘲弄せんずるが」口惜しい。弓ゆえに「小兵なりと言はれ」るのを嫌った。その執心のゆえに成仏できなかったとする読みがあるのだが、能では、この弓落としに、弓に見立てる扇を落とし、一命を賭して弓を拾いあげる。

建礼門院が語る義経 『平家物語』灌頂巻、大原御幸のあった法皇を前にみずからの生涯を六道の輪廻にたとえて語る女院、建礼門院が、この屋島合戦における「いくさよばひの声」を「修羅の闘諍」として回想する。義経は、兄範頼とは対照的に神出鬼没の戦闘に邁進するみずからを能では妄執の瞋恚と見たのだった。しかも「惜しむは名のため惜しまぬは、一命なれば身を捨て、こそ後記にも、佳名を留むべき弓筆の跡なるべけれ」と〔クセ〕でみずからを顕彰するのだった。もっぱら行動に突っ走る、まさに修羅の妄執であった。シテが落ちた修羅道での鬨の声、矢叫びの音を勇壮な〔カケリ〕を舞った後、終曲へ。

11 シテ義経の化身が、壇ノ浦で教経ら源氏の軍と戦うことを地謡に支えられて謡う。

〔読み〕 シテが中音の高さの声でまた修羅道の鬨の声 上音に上げ 脇正面の方を向き〔地謡〕が矢叫びの音震動せり

シテが月明かりの中、夜を徹しての戦を義経の幽霊が地謡に支えられて謡う。

シテがコトバで「今日の修羅の敵は誰そ」目のあたりに見る「修羅の敵」として能登守教経を見るのは、この能では佐藤継信を討ち取る場に登場するのだが、シテが「なに能登の守教経とや、あら物々しや手並みは知りぬ〔カカル〕語りかけるように 扇を開き 思ひぞ出づる壇の浦」と語るのは、この屋島合戦の一か月後、壇の浦の合戦で義経を狙い続けた教経までもがここに登場して修羅の世界を〔カケリ〕〔翔〕狂乱の思いを烈しく謡い舞うのである。

〔地謡〕が〔上ゲ歌〕高い音高の歌で 今また娑婆の世界にもどって生死をかけて戦うことになった。まさに瞋恚の性ゆえである。娑婆の世界にもどり、生死をかけての戦い、山も海も「一同に」震動し、船からは鬨の声、シテ陸には波のように扇を打ち太刀を抜き盾を並べて戦う源氏の声、〔地謡〕が月の光にシテ剣が光り太刀を抜き、海上には平家の兜の星が光る。〔地謡〕が水を行くかと思えば空、空を駈けて行くと海同様の空の雲、太刀で斬る陸上での刀の斬り合い、海上での船の進退、駆け引きに正面を向き太刀を捨て扇を高く上げ浮き沈みする。その夢語りの間に「春の夜の波より明けて」敵と見えたのは、

群れ居る鷗、鬨の声と聞えしは、正面へ向き脇正面を向き浦風なりけり浦風なりけり、高松の朝嵐とぞなりにける
常座で拍子を踏む

と、夜明けとともに高松を吹く朝風の音となったと合戦を閉じる。

〔補説〕この壇の浦は古高松と牟礼の間に入り込む湾を挟んだ戦場である。しかし義経の幽霊が「思ひぞ出づる」壇ノ浦とするのは、やはり長門（下関）の壇ノ浦で、幽霊の思いとして年月の違いを越えて教経との対決をめぐる妄念を、この屋島に想起させる。芸能における地名については、なお検討を要する。まずこの能の戦場を壇ノ浦と名付けるのは、地名の由来として水軍軍団の浦だとも言う。能では本説『平家物語』の屋島合戦と壇ノ浦合戦とが重なる。ちなみに現地、高松でも壇ノ浦の呼称が見られる。この能〈屋島〉に由るものか。〈知章〉が同じ語りを行っていた。

「瞋恚」の性ゆえに兄頼朝に忌避され、破局を迎えることになるはずの義経を事実上のシテとし、全体を通して暗い本曲を「勝修羅」に数えることに疑問を呈する片山慶次郎の論がある訳である。ワキが見たのは、すべて夢の世界であった。その光景を観衆が見ているのである。構成からして夢幻能であり、そのためのアイやワキの働きがある。語り物ならぬ能の演出法である。語り・謡いのレトリックをも含め、〈頼政〉や〈実盛〉のような暗さがなく、その意味で勝修羅に数えるのも納得できる。義経を軸に進む能の結びが、判官を駆り立てた「瞋恚」である訳である。

三　「平家」物の能を読む　260

参考文献

伊藤正義『新潮日本古典集成　謡曲集　下』新潮社　一九八八年
山下『いくさ物語の語りと批評』世界思想社　一九九七年
味方健『能の理念と作品』和泉書院　一九九九年
山下『いくさ物語と源氏将軍』三弥井書店　二〇〇三年
今村仁司『抗争する人間』講談社　二〇〇五年
山下『琵琶法師の『平家物語』と能』塙書房　二〇〇六年
山下『平家物語入門』笠間書院　二〇一二年
片山幽雪『無辺光 片山幽雪聞書』（聞き手／宮辻政夫、大谷節子）岩波書店　二〇一七年
片山慶次郎「インタビュー〈屋島〉をめぐって」『観世』二〇〇三年十二月
馬場あき子「世阿弥と修羅能」『能を読む②』角川学芸出版　二〇一三年

15　〈大原御幸〉　山里はものの淋しき事こそあれ

『平家物語』の建礼門院　能の「本説」となった『平家物語』は諸本間の異同が多い。大きくは琵琶法師が語る語り本と、その成立に源氏政権がかかわり、頼朝の影の濃い読み本（延慶本など）とに分かれ、平家を語り鎮める語り本は一方流と八坂（城方とも）流に分かれる。一時、現存本の原型が延慶年間であることから史学が注目した読み本の延慶本は、語り本のおもかげをも見せながら記録や、物語を読み注解を書き加える、広義の注釈書としての性格が濃厚である。

「平家」物の能の大成者、世阿弥や、その周辺の能をとりあげて来た。能が読み本『平家物語』とも全く無縁でないことは、これまでにも述べたところだが、「本説」としたのは、琵琶法師の語った語り本である。中でも芸能者として名の知られた十四世紀後半の覚一検校が、京都での琵琶法師の統轄機関とした当道座の正本として定めた一方流本文の影が色濃い。ちなみに橘幸治郎の教示によれば、当道座は邦楽の集団として今も京都に健在であるのだが。八坂流でも能〈大原御幸〉の影が見えるが、それは逆に『平家物語』が能の影響を受けている。

語り本に対して『源平盛衰記』など読み本を直接、能の「本説」出典と見るには慎重であるべきだが、〈実盛〉のカタリアイや、〈知章〉の主題の設定に『盛衰記』の参加が見られた。それは「平家」物の能が逆に「平家」に新しい読みを示唆したのではと思わせる。室町時代の能には「平家」語りの芸能や、判官物語など、いわゆる室町時代物語（御伽草子）との間の交流も盛んであった。

「平家」物能の結びとして、一方流の影をもっとも顕著に示す鬘物の能〈大原御幸〉を読む。

本説としての『平家物語』の中でも、八坂流の諸本は、平家公達の中の嫡子、重盛の子息維盛、その子息六代御前の死、

> 三位の禅師（六代）きられて平家の子孫はたえにけり（八坂本）

を以て閉じる、いわゆる「断絶平家」で閉じるのを、一方流は、壇ノ浦の合戦に生き残った建礼門院が出家し、浄土念仏の拠点となった大原に隠棲、亡き母、二位の尼の遺言を守って一門の菩提を弔うと言う女院の物語を、座の伝法奥義（秘伝）伝受の儀とする別冊、灌頂巻として切り出す。その半ば中核をなすのが、女院を訪ねる後白河法皇の「大原御幸」と女院が語る「六道の沙汰」の句である。能の〈大原御幸〉には、特に一方流の『平家物語』が軸になっている。

幼帝安徳天皇を擁して、その身近に仕えていた外祖母二位の尼、時子（亡き清盛の北の方）が、元暦二年（一一八五）三月、平家にとっては最後の戦、壇ノ浦の合戦に臨んで娘建礼門院に、

> 男のいき残らむ事は、千万が一も有りがたし……昔より女は殺さぬならひなれば、いかにもしてながらへて、主上の後世をもとぶらひまゐらせ、我等が後生をもたすけさせ給へとかきくど

いていたと、大原を訪れた後白河法皇に建礼門院が語るのだった。壇ノ浦での決戦に、二位の尼が幼帝を抱いて入水を遂げる。安徳天皇の母后建礼門院も後を逐って身を投げるのだが、あいにく生け捕られて帰洛、出家して延暦寺の別所、大原の寂光院に隠棲、それを後白河法皇が御幸、訪ねるのであった。まさに母二位尼の予期したとおりの歩みをたどることになる女院であった。本説一方流の『平家物語』に、

> 文治二年（一一八六）春の頃

と言えば、頼朝が不仲になった弟義経の動きに神経をとがらせていた不安な当時、法皇が内々この大原への御幸を行

う。当時の政治状況として御幸は困難であったとも言う。

『平家物語』が『保元物語』『平治物語』とともに一連の源平合戦を語るのだが、この三つの戦物語を通して登場し、平家の行方を見届けるのが後白河法皇で、その法皇が異例「夜をこめて」御所を発ち、女院を訪ねる。忍びの御幸であった。作者は未詳だが、その御幸の物語を本説とする能〈大原御幸〉である。物語の世界では、旅立ちは早朝、卯の刻（六時頃）旅立ちが一般であった。それを敢えて夜中、人目を避けての御幸だとする。能は時刻に言及しない。女院は清盛の北の方、時子を母とする息女で、その時子の妹、後白河の寵姫（滋子）こと建春門院らの意向によって、その皇子憲仁、高倉天皇の中宮として入内、言仁（安徳天皇）の生母となったのだった。高倉上皇の死後、剃髪した建礼門院である。以下見るように、この女院がみずからの体験に一門の歩みを振り返って語るのが物語の別巻、灌頂巻「六道の沙汰」である。

能の〈大原御幸〉は出演者が十一名にも及ぶ。法皇をツレとし、同行するワキツレ廷臣の外、大原で女院に仕えたと言うツレ大納言局・阿波内侍、それに輿を舁くワキツレ二人まで登場する。法皇を始め、御幸の男子一行は面を着けぬ直面である。今でも上演時間二時間にも及ぶ大曲で、観世流謡曲等級では最も重い「重習」に次ぐ「九番習」に数えられる。これまでに取り上げた曲では〈藤戸〉〈俊寛〉が九番習であった。

1　ワキツレ廷臣とアイ従者が登場する。いずれも直面である。

〔読み〕女院が隠棲する大原への後白河法皇の御幸のふれ。ワキツレ廷臣が名ノリ座に立ち

〔名ノリ〕コトバでこれは後白河の院に仕へ奉る臣下なり

源氏との最後の決戦に敗れた平家一門が「長門の国早鞆の沖（下関海峡）」に水没、一門を逐って身を投げた女院、建礼門院が救われ、三河守範頼・判官義経の保護のもと、帰洛。王権のしるし、「三種の神宝」神器も無事「都に納ま」

る。現実には宝剣が見つからず、以後、王権の行方にこだわる『太平記』三十二が、後光厳天皇について「剣璽無うして御即位例無き事」の章段を立てるのだが、王権の安泰を祈念・謳歌する芸能は、この問題に立ち入らない。

女院が「都に移らせ給ふべかりしを」とは、京都へ帰洛するはずであったと言うのか、清盛の意向として後白河への入内が噂されていたらしい。しかし女院は、先帝（幼帝の安徳）と女院の実母「二位殿（時子）」の菩提を弔うために京からは遠く離れた大原の寂光院に隠棲する。女院としての姿勢を貫いたのである。それを後白河法皇が訪ねるとの「勅諚」にて、

行幸の道をも造り、その清め

をせよと指示が出る。アイが名ノリ座に出てそのふれを伝える。

この場合の「清め」とは、作者未詳、能の〈国栖〉に、

いかに姥、あの舟昇いて来う、心得申し候、

なに清み祓へ、清み祓へならばこの川下へ行け（川下の水で清め祓え）

とする、邪気を除く儀の意味である。

〔補説〕治天の君としての法皇の御幸を進めるための浄めの儀礼は、王権に奉仕する芸能としての儀である。本説の『平家物語』で女院と対話する物語の主役、後白河法皇が能ではツレを演じるが、ワキの中納言はまだ登場しない。アイ従者が御幸を進め、御幸の儀について指示を人々に伝える。

2 シテ女院が二人の女官ツレと登場し、山里、大原の寂しさを謡う。シテは中央で床几に懸け、その左右にツレ大納言局と阿波内侍が着座する。

〔読み〕シテ女院が〔サシ〕さらさらと淀みなく山里はものの淋しき事こそあれ

若女の面を着けたシテ女院の山里での思いを、ツレ大納言局・阿波内侍とともに謡う。二人ともに、やや面長の、若々しい小面を着ける。

寂しい山里ながら、人々の欲望が渦巻き、憂きことの多い俗世とは違って住みよい。粗末な「柴の樞」、山里の草庵、何かにつけて物を思わせるが、都からの音信も稀で人目につくことがなく安らかであるとは、本説の『平家物語』では「大原入」に、それまで「吉田の辺」に住んでいた女院が、

都猶ちかくて、玉ぼこの道ゆき人の目もしげくて

うき事聞かぬふかきおくへも入なばやとはおぼしけれども

「ある女房」の勧めによって、この遠隔の地、大原へ入御あったと語るのだった。物語としても、この念仏の聖地を

若女（保田紹雲作、田崎未知撮）

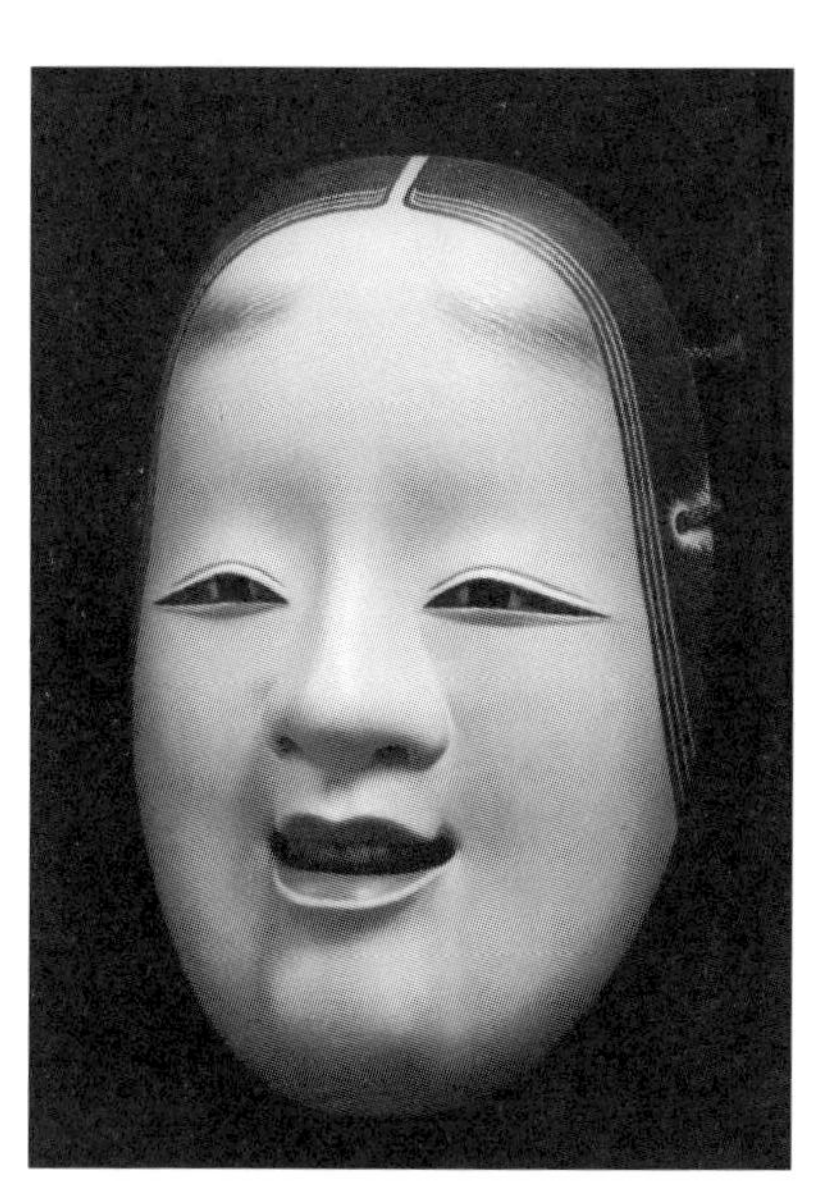

小面（保田紹雲作、田崎未知撮）

選んだのだった。

その大原への〔下ゲ歌〕低い音高の歌で御幸の道中、時に耳にするのは〔上ゲ歌〕音高を上げ賤しい山人、木樵が薪をとる斧の音、梢をわたる風の音、猿の声のみで、神事に使う葛のまきついた灌木や山野に自生する葛の葉が生い茂る。朗詠に謡う、孔子の門人で、清貧を良しとした顔淵や原憲の家のように草が繁茂し、雨が扉を濡らし、それが袖を濡らす涙ともなるのだと、本説『平家物語』灌頂巻「大原御幸」の言説をほぼそのまま引き、シテ女院と、身近に仕える二人の女人が謡う。

〔補説〕曲名〈大原御幸〉から推しても「本説」（出典）は一方流の語り本であると見てよい。作者は世阿弥説もあるが未詳、少し後だろうと言う。

3　シテ女院が大原での暮らしを謡う。

〔読み〕コトバで「いかに大納言の局」、シテ女院が、ワキ大納言局に「後の山に」「樒を摘」むことにしましょうと誘う。局も応じて、お供をして薪をとり、蕨を摘み採ってお食事にさしあげましょうと言う。これは石清水八幡の別当光清の娘、小侍従が、

しきみつむ山ぢのつゆにぬれにけり暁おきのすみ染めのそで（『新古今集　雑中』）

と詠んだように、落飾した女院が摘むものとしてふさわしい。

〔サシ〕すらすら淀みなくシテその例としてはふさわしくないが、暮らしを悉達太子が、父、浄飯王の都を出て、「檀特山の嶮しき道を凌ぎ、菜摘み水汲み薪とり〳〵」したのにたとえるとは、『法華経』「提婆達多品」を踏まえ、いろいろな難行をして仙人にお仕えになり、ついに仏道に入る願いをなしとげられたとか、わたくしも仏のためだから、仏に供えるお花をとろうと山深く入るのですと語る。この女院には（小野）小町伝説の核となった小町老残の姿も連想

されると言う。伝説上の人物と重なる能の登場人物である。

〔補説〕女院が大原でともに暮らす大納言局とは、「先帝（安徳）の御めのと」こと、亡き重衡の北の方で、壇ノ浦の合戦に生き残って帰洛し、女院とともに出家していた。

この寓居での家事、暮らしは寺院では、学侶のために雑用を務める行人や堂衆が行う。それを女院が大納言の局を誘って、直接手を下して行うとは、法皇らには想像を超える生活、これこそ出家の身の暮らしであった。天竺の都を出て、檀特山に入り仙人に仕え暮らした悉達多太子さながらである。本説では女院を訪ねる法皇の視点で語る女院たちの暮らしを、能ではシテ女院の思いをこめて地謡が支えて謡うのである。ここで女院は静かに退場し〔中入り〕となる。しかしさすがに間狂言は見られない。

4　〔一声〕笛・打楽器の囃子でツレの法皇がワキ中納言を具し、輿丁に輿をかかせて急ぐ。

〔読み〕〔一セイ〕ワキ中納言とワキツレ廷臣が七五調だがリズムは合わずここのへ（九重）の、花の名残をたづねてやまた青葉を求めて山路を行くことだ。

〔次第〕七五調二句をリズムを合わせ分け行く露も深見草、分け行く露も深見草、大原の御幸を急がん

山路を分け行くので露も深く、大原へと御幸を速めよう。

〔補説〕内裏のある京の都では、すでに時機を過ぎた桜の花の名残を見るのを、洛北、大原の地に期待し、露深い道を急ぐ。御幸の一行、ツレ法皇がワキ中納言を引き連れ、法皇の輿を舁くワキツレが同行する。ワキは、院の御幸に同行する万里小路中納言。藤原氏高藤系に万里小路を家号とする者があるが、時代が合わず、この中納言については未詳、職掌からの架空の人物か。その大原への道行きをツレ法皇やワキの視点によって謡う。本説に、

頃は卯月廿日余りの事なれば、夏草のしげみ、末を分入らせ給

とあった。

法皇の思いとして、これまで栄花の花を咲かせて来た女院の、今の様子を知ろうとする思いをも秘めた道行である。

ちなみに読み本系の長門本は、女院が、

　うき世をそむき、真の道にいらせ給つつ、かすかなる御栖居にて、行すませ給よし、法皇聞食してまぢかき程にもすませまいらせばやと、常はおぼしめしけれども、近習の人々、源二位（頼朝）のもれきかむこと、あしく候なんと各申されければ、思食づわらひつつ、むなしく月日を送せ給ひけり

と語り、登場しない陰の頼朝を示唆するのだが、能は、それを欠く語り本のままである。

5　ツレ法皇の一行が大原に着き、その一行の視点で寂光院の有様を見て謡う。

〔読み〕 ワキが一行は、御幸の脚、行幸を速め、大原へ御着、正面を向き

〔サシ〕すらすらと淀みなくかくて大原に御幸なつて寂光院の有様を見渡せば

大原に着き、一行中のワキ中納言の目を通して「寂光院の有様」を謡う。露を帯びた夏草が庭に茂り、青柳が枝を垂れる池には浮き草が漂って錦の織物さながら、正面を向き池の岸に乱れ咲く山吹、幾重にも連なる雲の切れ目から聞こえて来る山郭公の一声も、法皇の御幸を待ち兼ねるようである。

ツレ法皇がワキ中納言を見て「法皇池のみぎはを叡覧あつて」右の方を見てその思い、体感を謡う。「池水に」は、期待したとおり水面に「みぎはの桜散り敷き」て水面に花が散り敷く。地謡が受け〔上ゲ歌〕高音の歌あたりは古びた岩の間から落ち来る水の音までもがおもむき深く、緑の蔦がまつわりついた垣ね、美女の黛を引いたような遠景の山は、まさに絵にも描き尽くせない光景である。その中に鎮まる「一宇の御堂」は、時の経過に破れた甍を、（これは文字通り漢詩の世界さながら）、あたりに立ち込める霧が、まるで焚きこめる香の煙のようにただよう。朽ち落ちた板戸に月の光が

差し込み、仏前の常夜灯のように光り輝くとは、このような所を言うのか。まことに物寂しい光景であるとは一行の目を通して見る光景である。

〔補説〕本説、一方流『平家物語』の言説をなぞってワキ中納言らの視点で謡う。覚一本には和歌が重ねられていることを紙宏行が言う。清盛と対抗して来た後白河法皇が、人里離れ、平家一門の思いを帯びてその成仏を祈る女院を訪ね、大原、寂光院に到着するのである。

「かゝる所か物凄や」と、俗世にこだわる法皇には驚きの世界、人と人がせめぎ合う都の御所とは全く異次元の静寂な世界へとわれわれをも引き込む。出典がいまだわからないが、まさに漢詩の世界「甍やぶれては、霧不断の香をたき」が活かされている。

6　ワキ中納言が名のり、ツレ阿波の内侍に大原での女院の暮らしの様を聞く。

〔読み〕御幸の一行が寂光院に着き、

ワキが　コトバで　これなるこそ女院の御庵室にてありげに候

中納言の目に映る女院の庵室の様子。「これなる」庵が「女院の御庵室」のように見えますと法皇に言上。〔カカル〕相手に語りかけるように「軒には蔦(つた)、朝顔（が）這ひかか」り、ヨモギやアカザが深く戸をとざしているのを見て、ワキは改めて「あら物すごの気色やな」もの寂しい様子であると驚き、内へ向かって案内を乞う。

コトバ応じるツレ内侍が、どなたかとの問いに、地謡座の前に着座するワキは万里小路(までのこうじ)中納言と名のる。ツレでありながら留守を守る阿波内侍(あわのないし)が、人目まれな山中へ、どうして御幸あるのですかと問うのに、ワキ中納言は、

さん候女院の御住居御訪(おんすまいおんとむら)ひの為

の御幸と答える。

ツレ内侍が、女院は、この山の上へ花摘みにおいでなさって御不在でございますと言う。ワキがツレ法皇の前に手をついてその旨を法皇に伝え、ツレ内侍がしばらくここに御座をさだめられ、女院のお帰りをお待ちになってはいかがかと申しあげる。法皇の一行の視点で語る演出である。

相手の応対に、ツレ法皇が脇座で床几に腰かけ

やあいかに、あの尼前、汝は如何なる者ぞ

と問う。内侍が常座で膝をつき

げに〳〵御見忘れは

お忘れになるのももっともですがと答えるのは、法皇が、内侍にとって元はと言えば乳兄妹の仲であったことを思い出させようとする。そこで内侍は、

〔カカル〕相手に語りかけるようにこれは信西が女、阿波の内侍がなれる果てにて候

このようにあさましい姿でございますが、明日とも知れぬわが身でございます。かくなりましても、法皇さまをお恨みは申しませんと応じる。本説では、

母は紀伊の二位

信西の正室朝子だと言う。その娘である。いずれも保元・平治の乱を生き抜いて来た女房である。

コトバ法皇が、女院はいずこへお出かけかと問う。内侍が、女院は上の山へ花摘みにお出かけですと申しあげる。さてお供はだれかと法皇が問う。内侍は大納言の局が同行しております。今少しお待ちなさってくださりませ。まもなくお帰りになりましょうと答える。

〔**補説**〕中納言がワキをつとめるのは、法皇と女院の直の応答を避けるため。本説に見えないが法皇の御幸に同行す

る「公卿六人（くぎょう）」の一人とする能演出上の人物である。法皇の思いを受けて地謡が「かかる所か物凄や」と謡い、ワキをも「あら物すごの気色やな」と謡わせるのが能である。この「物すご」の語は本説には見えない語である。想像を超えて質素で閑寂な所での女院の「花摘み」である。本説では、

　さやうの事は、つかへ奉るべき人もなきにや

と驚く法皇に内侍が、

　五戒（ごかい）・十善の御果報尽きさせたまふによッて、女院さまが今かかる御目を御覧ずる

と『因果経（いんがきょう）』をも引いて説くのであった。花摘みとは、上述したように学侶のための雑用を務める行人（こうじん）ら、身分の低い人が営む業であったから。能は、こうした内侍の仏教に引きつける、本説が語る訓戒めいた応答を避け、もっぱら法皇ら一行の思いに絞って謡う。

　本説では寂光院の景観を法皇の目をとおして語るのを、能はワキの視点にとりかえる。法皇をツレとし、案内を乞う主体をワキに設定し、法皇と女院の間に距離を設け、応じるのがツレの一人を演じる阿波内侍（あわのないし）である。この女房、内侍は、後白河の執政を助けた信西（しんぜい）の娘で、その母は紀二位（きのにい）こと、藤原朝子である。実は信西の子息、貞憲（じょうけん）の娘（むすめ）であるから、信西には孫に当たる。と言えば『保元物語』から『平治物語』まで射程に入れる語りである。そして後白河にとって朝子は乳母だから、院と内侍は乳母を介しての兄妹に当たるのである。「内侍」は、大納言局よりも上位にあり、そのために老いを見せる「深井（ふかい）」の面を使うこともある。法皇はこの内侍を介して女人に接し、建礼門院との直接応接を避ける。

7　シテ女院が法皇の御幸と知って嘆く。

〔読み〕［アシライ］の囃子、笛、打楽器のリズムをあわせ橋掛の方からシテ女院が木の葉を入れて持ち、後ツレ大納言局が爪木、

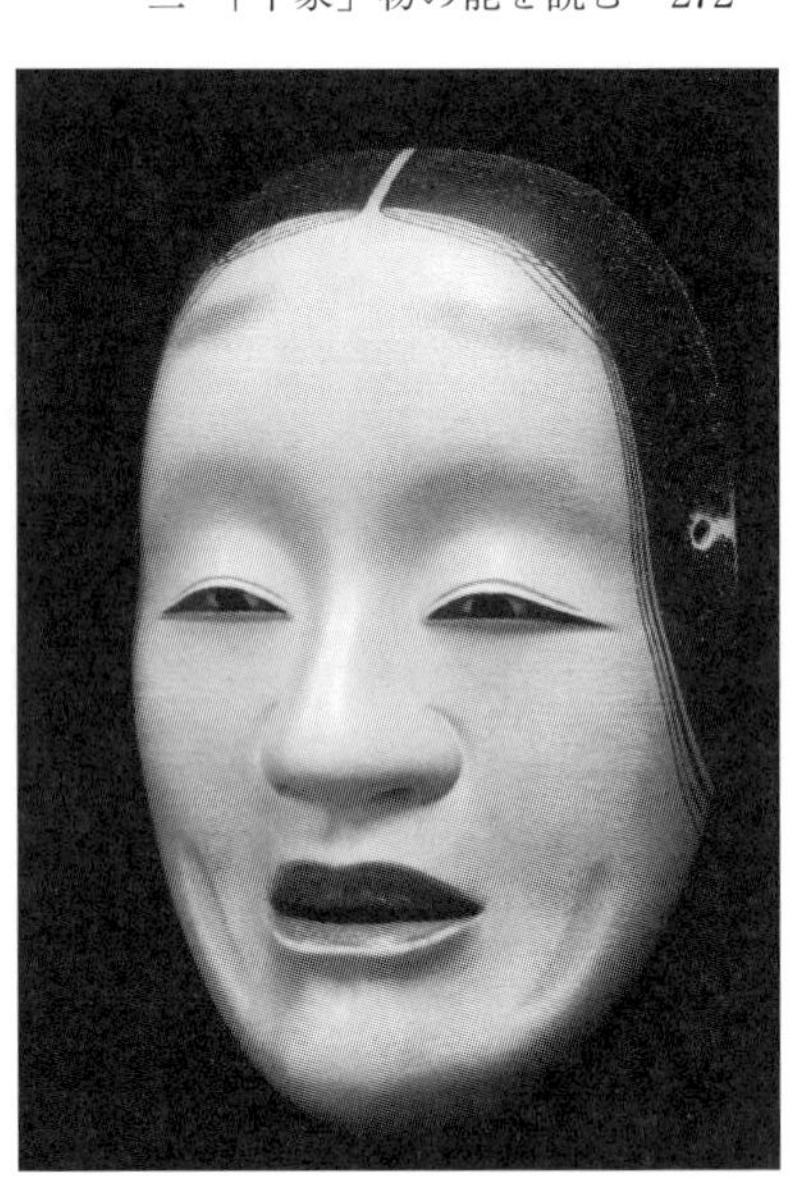
深井（保田紹雲作、田﨑未知撮）

花を持ち登場する。

〔サシ〕さらさら淀まず昨日も過ぎ今日も空しく暮れなんとす

日が暮れようとする。明日をも知れぬわが身だが、ひたすら「先帝の御面影」を忘れることもあり得ない。合掌して極悪の人でも他に方法はない、ひたすら成仏を願って弥陀如来のお名を唱えるのみ、主上（安徳）を始め二位の尼以下、一門の人々がひとしく悟りをひらき成仏するようにと祈るばかりです。女院に同行していた後ツレ大納言局が舞台の方を見て法皇の一行に気付く、庵の方に人の気配。局はコトバで「しばらく、ここに御休み候へ」と女院の下山を引き留める。

一方、女院の下山を待つ内侍がそれと気付き、法皇に語りかける。視点が女院側と庵の内侍らとの間を動く。あの崖づたいに女院がお戻りになられますと申しあげる。法皇は、橋掛の方を見てどちらが女院で、大納言局はどちらかと質す。拍子の合わない、弱い謡いで内侍が花筐を持たれるのが女院、「爪木に蕨」を添え持つのが大納言局ですと法皇にお教えし、一の松へ出てシテに向かって花筐を持つ老女。この老女には能〈卒塔婆小町〉の老残の姿が重なることが指摘される。

ここで視点を法皇一行から女院側に移す。内侍が膝をついて女院に申しあげます、法皇さまの御幸でございますと。〔カタリ〕相手に語りかけるようにシテ女院は、執心を残す俗世、入水しながら捕らわれの身となって憂き名を世に洩らすことになると悲しみ、しおる〔下ゲ歌〕低音の歌この姿を法皇にお見せするつらさに涙にくれるのである。〔地謡〕が低い音高の〔下ゲ歌〕でしかし法皇もともに俗界を離れ仏道に入る身だと思いなおす。〔地謡〕謡が女院たちの思いを謡う〔上ゲ歌〕高音の歌 一度の念仏にも衆生を救うとする阿弥陀如来の光明（こうみょう）に接することを期待し、柴の庵の開き戸のもとに、極楽からの聖衆の御来迎（ごらいごう）を願っているところへ、思いがけぬ今夕の法皇の御幸。昔、栄花をきわめた当時を思い出してしまう俗念を断ち切れないと嘆く。

げにや君ここに叡慮の恵み末かけて、あはれもさぞな大原（おおはら）や

シテ女院は、法皇がいまだに大原まで御心をおかけくださるのかとありがたく思い、大原までの途上、芹生（せりゅう）の里へ細道をたどるうち、おぼろな月の光を映すはずの清水こそ法皇のお姿を今も残すことだろうと思う。女院らの法皇への思いが、この語りを支えている。内侍はシテの籠を持ち、舞台に入り笛座の前に座る

〔補説〕「昨日も過ぎ今日も暮れなんとす」とは、本説『平家物語』では、御幸の還御を見送る女院らの思いを語るのだが、ここでは「明日をも知らぬ」女院の思いとして謡う。先帝を思い、一門の菩提を弔う女院にしては、法皇の御幸は想像もしないことだった。仏を慕う思いが、俗界にひきもどしてしまうのである。

8 シテ女院は、二の松から一の松へと進み ツレ法皇の御幸を目にして、その道中を思いやる。

〔読み〕〔ロンギ〕リズムを合わせシテと〔地謡〕が交互にところで、この法皇の御幸は一体いつの、どのような時、季節であったのかとは、物語る第三者としての語り手の問いである。シテ女院が応じ、

春過ぎ夏もはや北祭（きたまつり）の折なれば

春も過ぎ、賀茂祭の頃になったので、初夏、夏木立、青葉の中にまじる春の名残を惜しまれたことでしょうと御幸の道中を思いやる。〔地謡〕が受けそれは遠くの山に霞む白雲を、散ってしまったはずの花の形見と思われたのではないでしょうか。「夏草の茂みが原」をそこともなく分け入られた、その道の果てである、シテがここは、まことに寂光の

名にふさわしく「寂かなる光の陰」月日の過ぎゆくのを惜しむのです。〔地謡〕が日の光も明るく射す松の枝に咲きかかる、シテ池のほとりに夏にかけて咲く紫の藤、〔地謡〕がその花までもが法皇の御幸を待ち顔で、それに青葉の陰にかくれて咲く遅桜までが「初花よりも」かえって珍しいと思ってくださるなら、シテが舞台へと進みありがたい御幸を賜る粗末な「柴の樞」です。法皇のおいでをくださるような所ではないのだが、しばし法皇をお慰めする庵なのだろうかとシテ女院の思いを地謡が謡う。

〔補説〕本説では道中、道行きとして語った季節の移り、初夏の「夏木立」、遠山にかかる白雲が桜の形見のように法皇には珍しく思われたのだったが、能では、その法皇の道行きを、想像する女院の思いとして地謡に支えられて謡う。法皇の御幸を、むしろ避けたい本説の女院とは違った能の女院が、法皇と対座する。テクストの読みも微妙である。ちなみに観世清和が松岡心平との対談で、法皇の訪れを「彼女のいわば架空の日常の侵入者によって壊されそうになる。ここの心理描写がとても難しい。彼女の過去に引き戻されたくない」と読む訳であった。

9　シテ女院が、みずからの体験をツレ法皇に語る。

〔読み〕シテ女院は真中に座り、局はワキ中納言の次に座る。中の高さの声で謡う思はずも深山の、奥の、この大原の地に住居して、雲居の月をよそに見んとは

思いもしなかった。ありがたいことです。シテとツレの応答にこのように思ってはいましたが、深い山里に住んで、皇居で見た月を遠く離れて都の外に見ようとは。覚一本には古本の屋代本に比べて和歌の色が濃い。女院の思いをそのまま語る。法皇は先頃コトバ「或る人の申せしは」と、女院が「六道の有様正に御覧じけるとかや」、仏や菩薩の位に達した者でないと見ることのできない六道を見たと言うのを「不審に」思いましたと言う。「或る人」の噂にとは、宮廷内での噂としての意であろう。戦物語に見られる間接的な語りの方法である。応じる女院の語りを地謡が謡う。

本説では「六道の沙汰」の句として灌頂巻の中核をなす語りである。

女院は応えて、仰せはそのとおりですが、〔クリ〕最高音のクリをいれて つらつらわが身をふりかえって見ますと、平家一門は岸辺を離れた根無し草、〔地謡〕江のほとりにありながら、つながれていない舟のよう。六道思想に説く、〔サシ〕すらすらと淀みなく シテがまず天上界の楽しみも、身に着けた美しい玉の白露のようにはかなく、〔地謡〕が永い年月続けられることは叶わず、天人（てんにん）にも五衰（ごすい）があるように シテ 衰え消えてしまうこともできぬ命の中に六道を迷い歩くことになりました。〔地謡〕が〔クセ〕曲の山場を迎え物語の形で まず 源氏に追われて 西海を漂い、寄る辺ない舟のように海に臨みながら海水は飲めず、「餓鬼道」のような体験、ある時は荒磯に打ち返される心地して船中泣き叫ぶ声は叫喚地獄の罪人もかくやとあさましいかぎりでございました。シテが 陸上での戦は、〔地謡〕がまさに眼前「修羅道」の有様、恐ろしいことに度々の戦のために耳にする馬の蹄の音は「畜生道」の光景、目に見、耳に聞く、心憂き「人道」（人間界）の苦しみとなってしまい、まことにつらい身の果ては悲しいことでございますと謡う。本説に即しながら女院をシテとして、その思いを謡う、まさに鬘物の能である。

〔補説〕 戦そのものを語る修羅能でないために、本説に語る人名や地名は語らない。それに山里で体験した法皇の御幸に宮中で見た月を思い出し、所詮、法皇とわが身は世界が違うことを思い知ったとの思いを含意すると読むことも可能であろう。月は世俗を脱するために胸中、思い描く、よりどころである。

10 ツレ法皇に促され、シテ女院が先帝の入水など、壇ノ浦の戦を語り謡う。

〔読み〕 ツレ 法皇が女院に、

カタリの形で 実（まこと）にありがたきことどもかな、先帝の御最期の有様何とか渡り候ひつる、御物語り候へ

めったにない尊いお話でした。「先帝（安徳）の御最期の有様」がどのようにあられたか、語られたいと願う。

シテは〔カタリ〕「恥かしながら語つて」お聞かせしましょうとは、女院として生きながらえたことをうらめしく思うのだが、本説では母二位の尼から、生き残って一門の菩提を弔うよう遺言のあったことを語るのを、能では法皇の願いにより、

その時の〔壇ノ浦合戦の〕有様申すに就けて恨めしや

恨めしく思われますと語り始める。女院の本音がちらりと見える。

長門、早鞆の浦から筑紫へいったん退こうと一門申しあわせたが、心変わりした当地の緒方〔緒形〕三郎に追われ薩摩潟へ志しましたとは、本説の「大原御幸」には見えない設定、むしろ本説『平家物語』の巻八「大宰府落」や能〈清経〉までも思わせる語りである。

上り汐に支へ〔妨げ〕られ、今は斯うよと見えしに

おりからの上げ潮に妨げられ、今はこれまでと思うところで、能登守教経は、安芸の太郎兄弟を左右の脇に抱え込み、「最後の供せよとて」入水、〔カカル〕相手に語りかけるように知盛は、コトバ沖の舟の碇を引き上げ兜のように頭上に載せ、乳母子の家長と互いの弓を両手でとりかわし、そのまま入水したと本説の合戦を略述するのは、語りを先帝と建礼門院のたどった歩みに絞り込んで法皇の願いに応えるのである。

〔カカル〕相手に語りかけるように母二位殿尼のいでたちは〔本説のままで〕薄墨色の二枚重ねの衣を着て、〔柔らかくした絹の〕袴の裾を高くからげ、「女人なりとても」敵の手にはかかりますまい、主上のお供をしようと「安徳天皇の御手を取り」とは能の演出である。先帝の「何処へ行くぞと」のお言葉に、逆臣多くあさましき「この国」から、

極楽世界と申して、めでたき所のこの波の下にさむらふなれば

お連れしましょうと泣く泣く申しあげると、主上はそれなら「心得たりとて」東に向かって「〔祖神〕天照大神に御

暇申」し、〔地謡〕「十念の御為に」西に向かて、
シテが音の高さを上げ今ぞ知る〔地謡〕御裳濯川(みもすそがわ)の流れには、波の底にも都あり
天照大神の子孫ゆかりの五十鈴川(いすずがわ)の流れには、その底には都があるとお詠みになり、これを最後の御詠として「千尋(ちひろ)の底に入り給ふ」。わたくしも続いて身を投じましたが、源氏の武士の手に引きあげられ、命永らえ、このように再び法皇にお目にかかって「不覚の涙に袖しほるぞ恥かしき」と申しあげる。

〔補説〕本説をもあわせ考えると、この物語が語る女院の行動は亡き母が指示したところとは違って、法皇との再会を恥じる女院の思いを謡うことに重点を移している。本説の物語と通底する。この能〈大原御幸〉が現地に活かされて、壇ノ浦の現地に「みもすそ川」を残す。現地に史跡を残す能である。史跡の本説となった能である。

11　終曲　シテ女院、ツレ法皇との別れ。

〔読み〕法皇に還御を促す。

〔地謡〕がスラリと何時までも御名残はいかで尽きぬべき
お名残は尽きません、（お恥ずかしい姿を法皇にお見せしたくない）
はや還幸と勧むれば
法皇は輿を早め「遙々と寂光院を出で給へば」、シテ女院は「柴の戸に」〔地謡〕が受け暫くはお見送りされて、
御庵室に入り給ふ法皇は幕に入り、シテはしおりどめ
と結ぶ。日本古典文学全集は「ワキ、法皇へ向いて礼をする」と演出を記す。還御を促したのはワキ中納言だろうか。

〔補説〕女院の父清盛は、後白河法皇との協調を保つために、夫帝、高倉院を喪った悲しみさなかの徳子を法皇の後宮に入れようと考えたと言う。女院は拒んだのだが。その思いが本説には透けて見えるのだが、能の女院は全く、そ

れにふれず、生きながらえた思いを恥じている。女院の体験語りを、時に地謡が支えながら謡い続けたのを、ワキが還御を促す。なるほどワキとして中納言を立てた訳である。

建礼門院と琵琶法師の語り　大原における女院と、仕える大納言佐と阿波の内侍の死を本説の物語は、

遂に彼人々は竜女が正覚の跡を追ひ、韋提希夫人の如くに皆往生の素懐をとげけるとぞ聞えし

と結び閉じる。その「竜女」については、兵藤裕己が巻二「卒塔婆流」で、清盛が尊崇する厳島明神を、

これはよな、娑羯羅竜王の第三の姫宮、胎蔵界の垂迹也

とすること、天台座主にも昇った慈円の『愚管抄』に、物語も語る元暦二年（一一八五）七月四日の大地震を平相国（清盛）竜になりて振りたりと語る、これらの伝に琵琶法師の「水土の女神とその王子神を奉斎する」ことに結びつけて読む。物語の基層を掘り起こす兵藤の読みである。フィールドワークを通して肥後琵琶を体験した兵藤固有の読みが現代を相対化しようとするのだろう。

以上を以て、「平家」物の能の読みをおえる。

参考文献

麻原美子・小川栄一・大倉浩・佐藤智広・小井土守敏『平家物語長門本延慶本対照本文』勉誠出版　二〇一一年
兵藤裕己『平家物語の読み方』（文庫）筑摩書房　二〇一一年
山下『平家物語入門』笠間書院　二〇一二年
正木晃『密教』（文庫）筑摩書房　二〇一二年

田中緑紅・川勝政太郎・藪田嘉一郎・岡緑蔭「大原御幸をはなす」『観世』一九五八年八月
片山博道・川勝政太郎・栗林貞一・阪倉篤義「座談会『大原御幸』をめぐって」『観世』一九六〇年五月
久保田淳「作品研究「大原御幸」」『観世』一九八二年五月
紙宏行「『平家物語』灌頂巻の和歌的措辞」鈴木則郎編『平家物語〈伝統〉の受容と再創造』おうふう 二〇一一年
観世清和・松岡心平「座談対談観世清和に聞く禅竹の見立て幕を解くごとく」『能を読む③』角川学芸出版 二〇一三年
山下「延慶本『平家物語』が語る後白河法皇」『文学』二〇一四年一・二月

四　間狂言の世界

ポルトガル宣教団、日本イエズス会が一六〇三年に刊行し、翌年、増補まで行って日本語をポルトガル語で説明した『日葡辞書』（土井忠生・森田武・長南実編訳）。その Qiŏguen の項に、

キャウゲン（狂言）Curŭ cotoba.（狂ふ言）幕間滑稽劇、Qiŏguenuo yŭ, I. suru（狂言を言ふ、または、する）幕間滑稽劇を演ずる

と記す。この「幕間滑稽劇を演ずる」との言説は、狂言の劇としての注解にも及ぶ。それは、能の前場をおえ、幕間〔中入り〕に、後場に備えて狂言が能の解説をする、表章の言う「カタリアイ」を指すのだろう。それを「狂う言」「滑稽劇」と言うのは、いかなる劇だと言うのか。ちなみに『日葡辞書』は「狂う」を、

Curui, ŭ, ŭta　クルイ、ゥ、ゥタ（狂ひ、ふ、うた）ふざけたわむれる、または遊ぶ、

Mononi curŭ.（物に狂ふ）発狂する、または、狂気じみた事をする。（傍点、山下）

と説く。すなわち当時の宣教師は「ふざけたわむれる、または遊ぶ」「狂気じみた」幕間劇としての狂言を見ていたのだった。

狂言の「笑い」の機能を、修羅能の間狂言が示唆するとわたくしは考える。表章は、その間狂言を説き「後場への期待感を抱かせる役割」を果たすと言う。その「期待感」とはいかなる期待を言うのか。

狂言は、能の公演に挟まれて組まれる劇形式の本狂言と、能と共演する間狂言に分かれる。その間狂言は能に参加し、能の一役を演じるアシライアイと複式能の前場と後場の間に登場して能の解説を行うカタリアイに分かれる。劇形式の本狂言を能と能との間に演じるが、能の一役としても間狂言を務める。その間狂言は能の進行に参画する「アシライアイ（会釈間）」と、複式の能が前場をおえ、後場へ移るのをつなぐために能を解説する「カタリ（語り）アイ」に分けられるのである。

早く世阿弥が、いわゆる狂言を「ヲカシ」（『習道書』）と言い、『世子六十以後申楽談儀』にも、

> 狂言すべき者は、常住にそれなるべし（日常、それになりきっているべきである）。きつとして（急に改まって）、にはかに狂言にならば、（その）思ひなし（心構えが）大事なるべし

と言い切る。能番組の間に挟まれ、自立した本狂言が上演された、この「能・狂言併演の型式は」南北朝時代、田楽を介して確立したと言う。戸井田道三は「舞楽以前に一番め（能）がシーリアス、二番め（狂言）が滑稽という古くからの神儀的習慣があって、それにのって二の舞という言葉だけが、一般化してきたものと考えられる」と言う。「神儀的」とはいかなることか。この能と狂言の関係を大谷節子は、

> 能の重たさは狂言の軽みと共に味わうのがバランスの取れた摂取法

であろうと言う。「バランスを取」る「軽み」とは、どういうことか。

本書の〈実盛〉で、間狂言が能の世界をいったん虚仮にすることを見た。

ちなみに能と狂言の関係は、能舞台の構成（4頁）にも明確に見られる。間狂言のアイが演技の前後に坐る座を能舞台では、舞台の正面、本舞台の背後、後座（横板）口から橋掛りへ出た所に置くのはなぜなのか。狂言方のアイがそこに坐り、能に介助を買って出る。能の主役が面を着け、面の主になりきるシテを演じ、そのシテの相手役ワキは、

本舞台の四隅の柱のうち、正面客席に向かって左手前方柱、ワキ柱の前、ワキ座に坐り能の進行に参画するが、アイ、特にカタリアイは能の外（そと）にいて、直接には能に関与しないのである。

名古屋に五十余年を過ごし、この間、和泉流・狂言共同社（名古屋）の本狂言を見る機会に恵まれた。狂言のみを興行するものだが、これにわたくしが導かれたことを感謝する。

能公演の中に入る狂言の間狂言、カタリアイがわたくしを不思議な思いに駆り立てたのであった。そのきっかけが修羅能〈実盛〉であったのだが、〈屋島〉のカタリアイで、（橘幸治郎から提供を受けた資料によれば）二〇一四年三月、京都金剛能楽堂で虹彩会が催した「平家物語に寄せて」の間に演じた狂言、「扇の的（与一の段）」で三宅近成の仕方咄の力演に呑まれてしまった観衆が、結びにちらりと見せる笑いを聞き逃（のが）してしまった。この与一語りの結びが、わたくしは気になっていた。この間狂言が本狂言に演じる笑いの機能をも示唆するのではあるまいかと思う。わたくしにはそのきっかけが能〈実盛〉の間狂言、カタリアイであったのだった。

以下、まずこれまで読んで来た能の中の数曲の間狂言をとりあげる。能のあらすじについては重複を避け、必要に応じて引用するにとどめる。狂言が江戸時代から「シテ」などの役柄名を使用していて、今も使われる。改めて能と狂言の関わりを考えさせるのである。

参考文献

戸井田道三『狂言 落魄した神々の変貌』平凡社　一九七三年
岩崎雅彦『能楽演出の歴史的研究』三弥井書店　二〇〇九年
表章「間狂言の変遷―居語りの成立を中心に―」『鑑賞日本古典文学　謡曲・狂言』角川書店　一九七七年

北川忠彦「狂言能の形成」『国語国文』一九五九年二月。北川は狂言に「狂言能」の語を使う。

大谷節子「狂言の「をかし」―天正狂言本「柑子」を読む」『世阿弥の世界』京都観世会　二〇一四年

1　〈屋島〉の間狂言

改めて能〈屋島〉を思い出そう。屋島に着いたワキ僧に対し前シテ漁翁が、当地であった戦を回想して語る前場がおわると、〔中入り〕にアイが登場し、間狂言として観衆のために平家の景清と源氏方の三保の屋（谷）の錣引きを語る。いわゆるカタリアイである。能では、カタリアイが固定せず動いた、そのために能の雰囲気を破壊しかねないのを防ぐためであろうか、その間狂言の詞章を省略するのだが、『謡曲大観』引用本によると、ワキが登場し、

合戦の様態尋ねて候へば、唯今御物語りの如く懇ろに語り、よしつね(義経)の世の夢心、覚まさで待てといひもあへず、そのまま姿を見失て候よ

と、漁翁が姿を消した、その訳を質す。この問いにアイ、所の者が、

これは奇特なる事を仰せ候ものかな、さては義経の御亡心現れ給ひたると存じ候間、御逗留あつて義経の誠の様体を御覧あれかしと存じ候

と答える。前半ワキ僧が見た前シテ漁翁の素姓を亡き義経の「御亡心」であろうと説き、後場を示唆して語る。間狂言は、前場と後場をつなぎ「より詳しく説明すべく語りが長くなった」と言われるのだが、江戸後期には語りが短縮されることがあったようだ。

〈屋島〉の間狂言は、古く常のアイとして、景清と三保谷の錣引きを語った。室町後期の能役者の資料である『四座役者目録』によれば、織田信長が将軍足利義昭を招いた席上でのこと、狂言方の日吉空菴について、

親ハ弥右衛門ト云テ狂言ヲスル、小次郎元頼ナドト色々セリフ云タル事アリ、セウザン公方（将軍）ヲ信長へ御

成(なり)ヲナシ、能アリ、其時二番目八嶋也、御酒ノ中ニ進物共上ル、八嶋ノトキ、胴甲(よろい)上(たてまつ)ル、元頼、頓而(やがて)、アイニ那須ノ与一ガ扇ヲイ（射）タル処ヲ所望、其儘(そのまま)弥衛門カタル、

とあり、鎧（胴甲）の献上に、武具をそこなう景清と三保の屋の錣引きは不都合と〈那須与一語り〉に取り替えた。『謡曲大観』を始め、『日本古典文学全集　謡曲集（1）』、田口和夫の『貞享年間大蔵流間狂言本二種』『日本古典集成謡曲集』などが間狂言をおさめる。間狂言は本来、狂言師が自在に語り変えて観衆の目をひきつける、そのために多様な語りを行い、その一部が記録し残されることになったのだった。

『謡曲大観』によると、アイ、屋島の浦人が、塩田に塩を引くために登場、見れば「塩屋の戸が開いてある」。中にいたワキ僧に気づき、「何とて人の塩屋へ案内なしにはいりては御座候ふぞ」と質す。ワキは「主(あるじ)に借りて候」と応じるが、アイが「八嶋の浦に住居(すまい)仕(つかまつる)者」、われこそ塩屋の主だと名のる。塩焼きの長(おさ)とも言うべき人らしい。「塩やかせ度存候得共(たくぞんじそうらえども)、無レ隙(いとまなき)故にやかせ申(もうす)事もなく候」。「やう〱に仕廻申(しまいもうし)て候間(あいだ)」、所用をすませ、「塩屋の戸があひ（い）て有よ」と気付き、見れば、そなたがすでに入っていたと相手のワキ僧を咎める。アイはわれこそ塩屋の主、当所では「塩屋を人に知らせぬ大法」ゆえに「いまだ貸し申さぬ」と言う。この塩屋は個人の所有、それをワキ僧は浦人の共同所有、無縁の「惣堂(そうどう)」だと思った、そこへシテ幽霊が登場したのだった。なぜ「人に知らせぬ大法」があったと言うのか。文字化はしないが、村の申し合わせとしたのである。

能では、第二段、この旅僧が「塩屋の主の帰りて候」、それを見てワキが「立ち越え宿を借らばやと思」う。ワキの宿乞いに対してシテ（漁翁）は、いったん「余(あまり)に見苦しく候程に　叶ふまじ」と拒んでいたのを、ワキが「見苦しきは苦しからず候　殊に是は都方(みやこがた)の者にて」都人であると名のったためにシテは宿を貸すことになる。

それを間狂言では塩屋の主をさしおいて、先に小屋へ入り込んだことを「お僧は妄言(もうげん)ばし仰せ候ふか」と責める。

ワキは「いやいや妄語は申さず候」とし、「この浦は源平両家の合戦の巷と承り及びて候」と語り始める。間狂言は、能が台本に拘束されるのと違ってアイ自身のことばで語るため、上演の場に応じて即興的、自在に語り変えたのだった。**江戸期版本**によれば、能の前場に演じた、三保谷と景清の錣引きを再現して語る。能の前場では前シテがワキの旅僧を都の者と知って宿を許したのであるが、このカタリアイでも、ワキが案内を乞わずに宿を使ったことを「結句むつかしきこと」としながら、「都方の御僧と承り候ふ間、語つて聞かせ申さう」と、この浦での合戦を語り始めるのであった。相手が都人であるために許すのはなぜなのか。前シテの素姓がくせものである。

> 年号は元暦元年三月十八日のことにて候
> さても十八日の未の半ばより、酉の終わりまでの戦に

と観衆のために解説する体で語り、

その戦闘で景清がまず名のり、「一反り反つて三日月のやうなる」太刀を脇にかかえこんで汀に上がり、源氏に勝負を挑む。これからがカタリアイの本番である。源氏方、四、五十騎が応じる、その中の三保谷が先に進み出るが、両人の斬り合いに「切先より火焔を出だし」その三保の谷の太刀に「焼き切れ」があって、「ぽつきと折れ申し候へば」とあっては、物語を虚仮にしてしまう、破壊的なギャグ（駄洒落）である。逃げようとする三保谷を景清が追うのを、三保谷は、いったん本陣へ帰り「良き売り太刀」があればとは笑わせる、それを持って重ねて勝負をしようとするのを景清が追い、ついに甲の錣をつかんで引く。大力の両人が引きあい、三保谷が着る甲を、（兜の鉢につける第一のしころ）鉢付けの板からひきちぎられ、三保谷ははずみをくって「俯伏に転び」、おりから「三月の末のことなれば」「鼻の先が落花仕り」とは、桜の花を「鼻」に懸ける掛詞による笑い、これも即興に入れるだじゃれ（ギャグ）だが、『平治物語』の悪役、藤原信頼が戦に怖じ気づき、乗馬しようとして乗り越して落馬、鼻の先を欠いた話を思い出させる。同

じ掛詞ながら、能の世界とはやはり違う、意図的な笑わせである。

景清は、「仰(あおの)きに転んで、盆の窪に石文(いしぶみ)（石碑）が五つ六つ出で来(き)申し候」とは、頭の頂きにこぶを作った。そのこぶを「石文」にたとえる大仰な笑い。とたんに三保谷が景清の腕力の強いことをほめてひきさがる。これが笑わせる能の前場、「錣(しころ)引き」の戦をも虚仮にしかねない語りで、観衆を笑わせる。しかも前場、〔掛ケ合〕で要約して語った戦語りを補いながら、能の緊張を解き、ひいては後場の緊張に備えることにもなる。

間狂言でも大蔵流狂言間狂言二種は、貞享(じょうきょう)二年（一六八五）、紀州藩の狂言方、松井兵衛門が江戸滞在中、作成したもの。この二種の本には「平家」物として二十七曲を数える。その松井本〈八島（屋島）〉では、

その始めに塩屋への僧の立ち入りに、

　我等はかし申さぬにお僧はまふ(妄)言を仰らるる シカシカ

の（中略）「シカ〱」は、こうしたワキとシテの応答を指すのであるが、アイはそれを「我等も所には住(すみ)候へ共(ども)左様(さよう)の事委(くはしく)は不レ存候乍レ去(さりながら)」、「お僧の」「こきやうへ（みやげ）の物語」になるだろう「通夜物語申さふ（う）ずるにて候」は、江戸時代の早(はや)物語を思わせる語り口が笑いを誘う。「シカ〱」を挟み、これ以後、その間狂言の本題になるのだが、さながら心覚えのメモのような言説が内容を読みづらくしていて、「それらはすでに定型が成立していたので、記載を省略したのであろう」とは、表章の解釈である。ちなみに貞享本二種を紹介する田口和夫は、「能の本にはまず記録されることがない。問答のように有機的にかかわる所ではないから、狂言役者が自由裁量しても問題にならなかったということであろう」と言う。

「八嶋のかせん（合戦）ねんがう（年号）ハ　げんりやくぐわん（元暦元年）年中にも三月十八日の事にて有に」として戦場の様を語り始める。

ちなみに本説の『平家物語』諸本の八嶋合戦の言説の順序は、諸本の間に大きな異同がなく、大将軍義経の名のり、盛次と義盛のことば戦、佐藤継信の身代わり討死、那須与一「扇の的」、みほのやと景清のしころ引きから判官の「弓流し」へと続く。間狂言が、

平家は海のおもていつ（一）町斗に舟をうかめ、源氏ハ此なぎさに御ぢんの（を）すへ（ゑ）られ

と語るのは、本説平家琵琶「那須与一」の句の、

ころは二月十八日の酉刻ばかりの事なるに

として登場する与一を見守る源平両軍の思いを語る部分の語りの転用であるのだろう。

源氏の白はた平家の赤幡、春風にたな引き……小舟に取のり武者壱騎くがへあがるいか様なる者ぞと被二思召一
候へば

との語りの焦点化の主体は判官である。その武者が、

是は平家のさぶらひに悪七兵衛かげ（景）清にて有、判官殿にげむざん（見参）せん

と登場するのは、本説で「那須与一」の後、登場する「みほの屋十郎」との錣引きを演じて退く悪七兵衛である。本説では、この景清を討たすまいと後藤実基や金子らが登場し、その中に判官も加わり、判官の「弓流し」の語りとなるのである。

能も、後半、この判官の霊を登場させ、その「弓流し」から（平）教経とのたたかいを謡って結ぶのだった。間狂言は、むしろこの景清の「みほの屋の四郎」との「錣引き」に絞る。間狂言として可能な演出、カタリアイである。以下、仮名づかいは原本のまま引用する。

両人の戦いを「しのぎをけずり　つばをわり」戦うとする語りは室町時代に熟した、烈しく戦うことを語る定型表

現であるのだが、そのあげくに「みほの屋殿の（敬語まで使って）お太刀にやけぎれが有たるか」は、刃を焼いて鍛える時にできる裂け目であったかと問うのである。『日葡辞書』に「焼切れ　刀とか剃刀とかの刃部に横にはいっているひび割れ」とあり、この太刀の不出来から「はゞき（鍔の上下を固定する金具）二三寸おゐ（い）てぽつきとおれ候間」と語るのが、戦物語としても不似合いな笑いを誘う「ギャグ」で、その太刀の持ち主、

四郎殿のお仰には、太刀打おつて候間相手になる事もならず候ほどに、まづ太刀をとりて参り勝負をつけ申さんと、すこしみぎわを御のき候、

と、戦語りとしては、これを茶化す。不似合いな、語り手の登場人物の呼び方、その敬語の使い方もおかしいし、それに何よりも自分の刀が折れたからと、相手に待ったをかけるのが笑わせる。

言うまでもなく、本説に、この太刀折れなどは見える訳がない。そこを「景清殿」が追いかけて相手、みほの屋の「甲のしころ（錏）をつかふ（う）で引とゞめらるる」。その景清がみほの屋を追いかけて長刀の届くところを「長刀をば左の脇にはさみ、右の手をさしのべて」相手の甲のしころをつかもうとするが、相手は逃げる。「三度つかみはづいて、四度のたび、むッずとつかむ」。しばらく持ちこたへているところを「鉢つけのいたよりふつとひつきッて」逃げおおせるのである。この本説の戦そのものがおかしいのであるが、間狂言は両人が「たがひにゑひや〳〵とひかれたるは夥敷事にては御座なく候か」と、アイが聞き手、観衆に語りかけるスタイルをとる。その観衆への語り懸け、観衆の引き込みが笑いを誘い、緊張を解くのである。舞台で進むドラマを緊張して見る形をとる能とは対照的である。

しかも両人の引き合いを狂言が「此やしまのだんの浦が地震のゆるごとくゆらめひたと申が」と言う、おおげさな笑い。ちなみに「だんの浦」は、屋島の「（軍）団の浦」で、赤間の壇ノ浦ではない。宮田尚によれば、この壇ノ浦の地が現地では時代により変わるらしい。名所・旧跡は位置に変化や重複を来たすものらしい。

しかも大力、引き合いの結果、しころがひきちぎられ、両人ともに「一、二、町づゝもすべられたる」。みほの屋は「うつぶしにすべられたほどに、その比は三月中旬の事なれバ、花のさきが落花仕たる」とは、鼻の先を傷つけて出血したと言うのである。「また景清殿ハあをぬきに弐町斗もすべられた程に、ぼんのくぼに石ぶみがいできたと申」と言う。うなじ（首筋）の中央に石碑ができた、つまり首の裏側が腫れ上がったのを石碑にたとえる大げさな笑い。その結果「たがひにほめや（合）うて本陣え（へ）引れたると承候」と言う。「早物語」風の笑話になっているので、まさに「いづれも此浦にては面白き御合戦様〳〵御座有たる」となるのである。もと〳〵笑いの色の濃い本説の物語を、一層笑いを濃くしたと言える。

この語りの後に、アイはワキが見かけたという前シテの漁翁を「それハ疑所もなき判官どのゝ御ばうしん（亡心）にて御座あらふ（う）ずると存候」と説明を施しアシライアイの座にもどるのである。間狂言「那須与一語り」をもとび越え、アイは、むしろ早物語風の「平家節」（後述）に近い世界を以て修羅能の世界を笑いの中に包んでしまう。この「早物語」については橋本朝生が生前、気付いていたことを遺稿集にふれている。とにかく狂言方の苦闘を見せる間狂言である。

2　「那須与一語」の自立

前節で述べたカタリアイ、〈錣引き〉とは別に間狂言〈那須与一語〉がある。「替間」〈那須〉として、屋島戦の今一つの見せ場、那須与一の「扇の的」を狂言語りとして完成の域に達していると評される仕方咄で語る。能〈屋島（八島）〉の、特に小書（特殊演出）として「弓流」とある場合、この〈那須与一語〉が、カタリアイである。前に掲げた三宅近成の語った狂言である。

　総じて合戦物語などは、その場にて戦ひたる人の物語さへ、人々により違ひ候。いはんやわれらごときの者は詳しくは存ぜず候、さりながら

「仕方にまなうで御目にかけ申さうずるにて候」とは、みずからの名のりをして、まさに狂言として当時の口語で語り始めるのである。

　仕方咄は、狂言の役割として、観衆のための単なる解説役を越えて、一つの語りの演技になっている。そして結び、与一が首尾良く扇の的を射たのに感心した判官が、意外や与一に「乳飲ませいやい」「乳吸はせいやい」と言って、これも緊張した与一に意外な褒美をとらせることで観衆を笑わせるのである。

　その意味について幼時退行説と色好み説があり、わたくしは後者をとるのだが、いずれにしろ能の緊張を解き虚仮にすることにより、一時、息をつかせ、能の後場に臨む、その緊張を解く。その意味で後場、見る能の活性化を図る。サーカスにおけるピエロに当たるだろう。狂言の働きを示す重要な演出である。ちなみに問題の軍扇がかかわる扇を立てた美貌の女房、「傾城（けいせい）」を「遊君（ゆうくん）」とするのが上述の虹彩会での狂言であった。やはり幼児退行現象とは考えられまい。

　本説物語の繋ぎを果たす、特に後者の「与一語り」は、本説を簡略に網羅する意味をも持つ狂言方の参加により、だじゃれ（ギャグ）をもまじえながら、盛り沢山な能にもする演出である。

　もともと、かなり長い語りを行ったらしい間狂言、その一つが田口和夫が重いと評する〈那須与一語〉である。成立については未詳で、織田信長の時代にさかのぼるとも言う。

　貞享本大蔵流間狂言本の〈那須〉によれば、それを、

> 判官あまりのうれしさに、やああの与市をおくの間へつれてゐて、ち、すわせひやい、ち、のませいと、如レ此承てハ候得共、委は存も不レ致、先我等の聞及たるハかくのごとくにて候が、只今ハ何とおぼしめし御尋被レ成て候ぞ、ふしん（不審）に存候

とする。「ふしん」の実態が不明なのだが、後述の、ワキが見たとする相手、与一の行方を「委ハ不レ存候」、知らないと言うのか。あるいは、こうした演出がわからないととぼけるのか。

その与一を幼児扱いした、おどけた表現とするのが一般であるらしいが、当時の「乳」は人の母乳であろう。「奥の間で」「乳吸はせいやい」とするのも、そう読ませる。狂言〈子盗人〉の「乳母が乳を進ぜませう」とあるのも、哺乳動物である羊の乳の脂肪を固めた羊酪があったと見るよりも、子持ちの女性がその母乳を飲ませると見るべきだろう。扇を立てた美女は、平家の行方を占う巫女としての役割を演じた。後藤兵衛実基が紹介した与一の弓術、その首尾に命を賭けると神々に誓った本説『平家物語』の世界をも、この結びは虚仮にしてしまうのである。

それを「乳吸わせい」と言うのか。与一が射る扇の的を立てたのが女官で、しかも、その扇の行方が味方の士気をも左右する与一の行為であった。この状況設定と、結びをどのように読み解くのか。戦の行方を占う扇を立てた（聖職としての）女官を虚仮にする、色好みとするとの読みが可能であろう。

いずれにしろ能を見る合戦の緊張をもひととき緩めることによって、後半見る能の活性化に貢献する狂言語りであった。この源平にとって大事な戦の場に「乳」のとりあわせは尋常ではない。ちなみに『狂言記』のテクストは、

> けな者、こちへ来て、餅を飲ふ（う）で酒をくゑと御諚あつたとぞ申しける

と、室町時代に行われた早口ならしのために利用し、しかも「飲む」と「食う」を早とちりする、一種のだじゃれ（ギャグ）を取り込む。問題の結び「乳すわせい」を避けたものだろうか。

3　〈忠則〉（忠度）の間狂言

修羅能〈忠度〉に参加する大蔵流間狂言〈忠則〉では、まずアイ「津の国すまの浦に住者」が登場し、いきなり、

今日浦〳〵をもながめ、又若木の桜をも見て、心をなぐさまばやと存る、是に見なれぬお僧の御座候が、是ハ何方より御出被レ成候ぞシカ〳〵これハおもひもよらぬ事を仰候物かな

と言う。能に直接参加して演じるアシライアイである。「シカ〳〵」は、この場合、狂言が相手とする人、ワキ僧の台詞の省略を示す。もともと臨機応変、固定しない口頭アシライアイのセリフを文字化したテクストである。

シカシカ　能〈忠度〉の始めに登場するワキ僧がアイに、実は忠度の化身だが、前シテ浦の老人の素姓を問い、その場で前シテは姿を消す。それが「若木の桜」、つまり亡き忠度の墓標としての若木の桜であった。それをアイが、見て「心をなぐさまばやと存る」と言うのはなぜか。アイはその場にいた「見なれぬ」僧に気づき、その素姓を質す。「シカ〳〵」とこれもワキの台詞を省略せよと指示するのである。

能の前場で、ワキ僧が前シテ、浦の老人に出会い、「この須磨の山陰に一木の桜」があり、それが「ある人の亡き跡の標の木」と教わったこと、その老人に一夜の宿を乞うたところ、桜を指しながら「行き暮れて木下陰を宿とせば花や今宵の主ならまし」と応えたと言う。この歌を詠んだのは一谷の合戦で討たれた「忠度と申し人」で、この桜の木が（亡き忠度の）「ゆかりの人の植へ（ゑ）置きたる」木であると言われたことをアイに語る。

このワキの語りに対してアイは、「我等も此当には住候へども」、その忠度と若木の桜について「委ハ不レ存候乍レ去」として「およそ承及たる通物語を申さふ（う）ずるにて候シカ〳〵」と忠度の物語を語るのである。ちな

みに世阿弥が、当時見た古本〈トモアキラノ能〉でも間狂言を略して「しかしか」とする。

以下、この能のアイは観衆のために〈忠度〉の曲の本説「平家」を一人語りで語る。

忠度が文武両道にすぐれた「世にかくれなき大将」であったこと、その歌の師匠、俊成卿の『千載集』の撰に「歌の御人数にいらせられ度由」願う。これに俊成が「平家はちよつかん（勅勘）の御事なれバかなふまじいよし」を「御申候」、つまり忠度が朝敵として勅勘の身であるから、入集はかなわないとおっしゃったとまで早々と語るのである。その敬譲表現が示唆するとおり、歌の行方を先取りして観衆のために解説する、語りアイのはたらき（仕事）を演じる。

それを忠度は、この度の都落ちにも、わざわざ山崎から引き返して俊成卿を訪ね、重ねて「ぜひともと御なげきあつ」た、そのために俊成としては放置できず、『千載集』を「せんじられ候時、忠則の御歌を一首入れられたる」、しかも「さくしやをば付申されず」と聞いていると言うのである。これがカタリアイの前半である。かなり露骨な願いで、本説の物語の語りを越えて経過を先取りして語ってしまう注釈的な演出でもある。このアイの解説を受けて観衆は後場のシテの動きを見、そして聴くのである。このようにカタリアイは能の後場の観能を助け、能を引き立てる、これが狂言の能に対するはたらき（仕事）である。

そのカタリアイの後半「忠則の御さいごの様体」として一谷における忠度の最期を語る。すなわち源氏は六万余騎を二手に分けて攻め、搦め手の大将義経が「二月七日のあけぼのに」三千余騎で「一の谷のうしろひよ鳥ごゑ（え）」という「鳥も通がたきせつしよ（切所）」を落とす。本説『平家物語』「坂落」の内容（言説）を語り、驚く平氏が「東西へにぐる者も有、又前の海ゑ（へ）とびこむ人も有」と語るのも本説の「坂落」の「落しもはてねば、時をどッとつくる。三千余騎が声なれど」、それが「山びこにこたへて、十万余騎とぞ聞えける」は、村上の判官代康国が手より火を出し、平家の屋形、かり屋をみな焼払ふ。をりふし風ははげしゝ、くろ煙おしかくれば、平氏の軍兵どもあまりにあわてさわいで、若（もし）やたすかると、前の海へぞおほくは（馳）せ入りける

を要約して語り変えたものである。このようにアイは後場へのつなぎとして、長い語りを一人で音曲抜きで語るのである。

退く平氏の兵の中に忠度が雑兵（ぞうひょう）にまぎれて、「しづ〳〵と」落ち行く。これを岡部六弥太忠澄（おかべろくやただずみ）が「忠則を見付（みつけ）、御一門の人々とおもひよきかたきぞとめ（目）を付、いづく迄かのがし申べき、引帰（ひき）し御せうぶ（勝負）あれ」と呼び返すとあるのは、能では忠度ではなく、敦盛を呼び返す熊谷の「あれは大将軍とこそ見まゐらせ候へ。まさなうも敵にうしろを見せさせたまふものかな。かへさせ給へ」とあるのを転用した語りである。物語の中から語りの主体を取り替えることを辞さず、自由に裁量するのが狂言であった。

あるいは八坂流語り本の第四類本の、

能キ大将ト目懸テアレハ如何ニ大将軍トコソ見奉リ候ヘ悪無敵ニ後ヲバ見セサセ給候物哉還サセ給ヘ〳〵申ケレバ

が近いのかも知れない。中世芸能相互の交流があって、八坂流本「平家」が間狂言を意識した可能性がある。これまでの能テクストの成り立ち、出典を探す域を越えてしまう、当時の芸能であった。

間狂言ではアイが「忠則やがて引かへし、を（押）しならべてむずとくみ、六弥太を取てをさへてうたんと被レ成（なさる）ゝ処を」、敵の郎等が折り重なって二人で忠度を討ったというのは、本説や能〈忠度〉では二人の敵を相手に右の腕を打ち落とされながら『観無量寿経（かんむりょうじゅきょう）』光明四句の偈（げ）を唱える。そして右腕を失いながら六弥太を「つかうで弓だけばかりなげのけ」るのを割愛した結末である。それは、忠度の死を「見る人ごとになみだをながしたるとは申せども

委は存モイタサズ」と、その死の詳細な経過は省略しながら「又是成桜ハ若木の桜と申て名木にて候、いろ〳〵に申人候得共」と冒頭、アイが「又若木の桜をも見て、心をなぐさまばや」と言っていたことと重なる。

人々が「いろ〳〵に申」すとは、あるいは能〈忠度〉の依った『源氏寄合』に言う光源氏の須磨の名所を語るものか。アイは、それを「心なぐさまばや」と言ったのだった。

ところが能ではワキが早々と登場して、前シテ、浦の老人が「是はある人の亡き跡の標の木なり」と言い、しかも「手向の為に逆縁ながら」とも言っていた。このワキの台詞をアイ狂言の台本では、「シカ〳〵」と省略し、そのワキの語りに対し、アイが「是ハ言語道断ふしぎ成事を仰せ候物かな」と驚き、「扠は某の推量にはうたがふところもなき、忠則の御ばうしん（亡心）にて御座らふ（う）ずるとぞんじ候」と言っていたのである。

アイとしては、ワキが前シテとの対話の中で見た、前シテが回向しようとまでした若木の桜をめぐって、忠度の「御ばうしん（亡心）にて御座あらふ（う）ずる」と解くことに第一の仕事がある。それに本説『平家物語』の忠度の死をめぐって、忠度の歌への執着を強調し、前シテの指示した若木の桜を強調するところにアイの演出を見出すものと読めるだろう。しかも能では忠度の歌道への執着にもかかわらず、朝敵であるがゆえに名を記されなかったことへのこだわりがあった。それをアイは冒頭から『千載集』への入集の結末をも先どりして語ることで本説の世界を語り明かし、予告することで能の見所をも示唆する。まさに能の注釈的な解説である。現行の能では、これらを省略するが、古くは、能と競演することになりかねない演出を狂言が担っていた。幸いにも、能を支えるアイの台詞を文字として見ることによって、狂言の能を支えるはたらきを読むことができるのである。

4　〈敦盛〉の間狂言

平家公達の戦場での最期を語る修羅能を、間狂言がどのように語っていたのか。一の谷での戦物語として〈忠則〉が重なりを見せる能〈敦盛〉で、〔中入り〕に間狂言が参加する。カタリアイである。貞享年間大蔵流間狂言テクスト〈敦盛〉により読む。

アイ狂言の主役、一種のシテとも言うべき「生田の里にすむ者」が登場し、「今日ハちと罷出(まかりいで)なぐさまばやとぞんずる」と言う。「なぐさまばやと」と思った理由がわからないのだが、前の〈忠則〉同様、すでに先客がその場に登場している。能〈敦盛〉でのワキをつとめる、出家して蓮生を名のる熊谷直実である。

アイを須磨の浦の者とする演出がある。これは能のテクストから想像するのだが、前シテ草刈り男、実は「敦盛のゆかりの者」が姿を消したことについて、ワキがアイ、浦の者に敦盛の最期の戦物語を語るよう所望する。

　われらも所にハすミ候へ共(ども)かせん（合戦）などの事ハ、其にハにてあいたゝかひ給ひたる人々の物語も、人によりてちがひ申(もうす)に

と言うのは、この一谷の合戦で戦った武将もしくは公達が、各様の戦をしたことを言うのか。それとも、たとえば敦盛について、その語る人によって違ってくると言うのか。

　いわんやわれらがごときの者ハ念比(ねんごろ)に（くわしくは）ぞんぜず候、去(さり)ながら御尋(おんたずね)にて候間(あいだ)、きゝおよびたる通(とおり)物語申さふ（う）ずるにて候

と言うのは、後者、たとえば敦盛について各様の物語が現地に行われたことを示唆している。その知るところの一話

を話そうとするのだろう。

狂言なりに本説の物語が語る一の谷の戦物語を、一の谷と生田の両陣の間で戦い、「平家の御一門あまた打取いけ取などにせられ」た、その中の一人として敦盛を語る。

アイ狂言は、

> つねもりの御子敦盛、是も御船にめさんとて討て御出有

と、「つねもりの御子」とするのは、本説の物語、敦盛の死をめぐる、その討手熊谷と、敦盛の父経盛の、亡き敦盛の遺骸をめぐる父子の物語としてのやりとりを前提としている。『平家物語』諸本に、そうした語りを語るテクストもあった。その敦盛が、沖に待機する一門の船を志しながら、「大事の事にて候ぞ、御ひさう（秘蔵）のこ枝（小枝）と中笛を御本陣（陣）におかせられて候」と敦盛の、その笛に対する思いを語る。

> 御父（が）我すへの子たりといゑ（へ）共給りたる笛也、是を其まゝおかせられ、かたきの手にわたるならバ、後までのちじよく（恥辱）とおぼしめしけるが

本陣へ返して「笛を取なぎさへ御出」、沖の御座船に乗ろうとしたと言う。

狂言なりに、笛「小枝」への敦盛の思いを語るのだが、「かたきの手にわたるならば、後までのちじよくと」思ったのは、〈屋島〉における義経が取り落とした弓にこだわったとの語り、いわゆる〈弓流し〉のモチーフ（素材）の転用と考えてよい。ここにも、狂言らしい、語りの自由裁量がほの見える。〈忠則〉でも、同様、狂言なりに本説『平家物語』の言説を自由に取りこむ方法を見せるのである。

似た演出が能にも見えるところであった。笛をとりに帰るとしたのは、能〈敦盛〉の冒頭、ワキの耳に「またあれなる上野に当つて笛の音の聞え候」とあること、つまり笛を「素材」にする。事実、〈敦盛〉の後半でも、後シテ〈敦

盛の霊〉が生前を回想して戦場での夜遊びに「さしも敦盛が、最期まで持ちし笛竹」と語るのである。
能〈敦盛〉では、その最期の場に熊谷の手による敦盛討ち取りを謡う。間狂言、カタリアイでもその討ち取りの経過を要約して語りながら、能〈敦盛〉には見られないことだが、熊谷は（相手の）「こしににしきの袋に入たる笛をさゝれた」るを見ると語る。本説の物語にも「よろひ直垂をとッて、頸（くび）をつゝまんとしけるに、錦袋にいれたる笛をぞ、腰にさゝれたる」と語るのであった。

間狂言のあり方として、能〈敦盛〉では構成の上から割愛せざるをえなかった笛「小枝」を狂言が前面に押し出して語る。しかもその結びに相手が熊谷であることを知り、

　是ハ言語道断の事を仰候物哉（おおせそうろうものかな）、扨（さて）ハ熊谷殿にて候か

と驚き、

　只今熊谷殿の事申たるハ、此当りの者共のざれ事に申たるをふと物語申て候あいだ、われらの申分（もうしぶん）にてハなく候程にまつぴら御めんなされ候へ シカ〳〵

と半ば弁解するのは、冒頭、

　かせん（合戦）などの事ハ、其にハにてあいた、かひ給ひたる人々の物語も、人によりてちがい申（もうす）に、いわんやわれらがごときの者は念比（ねんごろ）にハぞんぜず候……

とためらいを示していたことと照応する。これも狂言の役割・演出が自由であることを示唆する。それにこれもアイの、

　誠に悪にもつよきハ善にもつよく御座有とハ御ミ（身）のうへにて候

とは、武者として敦盛の首を斬らざるを得なかった熊谷の身の上を語るもので、敦盛を手にかけながら、その敦盛の

後世菩提を弔うことになったのだった。

かやうの御こゝろざしを社(こそ)あつもりもひとへに請(うけ)よろこび給おふ（う）ずるにて候

それどころか、

又われらのかりそめに御めにかゝり候事も他生のゑんにて候あいだ御とうりう（逗留）の間ハ、見ぐるしく候へども御宿をまいらせふ（う）ずるにて候シカ〳〵

とワキをねんごろにもてなすことになる。そこに能ならぬ狂言のはたらきがあるのだろう。

まさに能の活性化に貢献していたのであった。「シカシカ」の省略は、例によってワキ熊谷（蓮生房）の台詞であったろう。

なおわたくしが名古屋を離れ、「東上り」して國學院大學たまプラザキャンパスでの第十七回の「狂言の会」を楽しんだ。当日山本凛太郎が〈鵺(ぬえ)〉のカタリアイを演じた。能の〈頼政〉で述べたところだが、頼政が鵺退治を行う。家来の猪早太(いのはやた)が鵺に「つつと寄り続けさまに九刀ぞ刺いたりける」と語るのだが、間狂言の一本は「十八刀にて突きとめられたと申す」と語り、「尤も今思ひ出いて御座る。九刀では御座らうが、疵(きず)をようで見たれば十八か所あつた」、「太刀にて突いたによつて刀が裏へ通つて疵が十八あつたもので御座らうず」と語るのは、まじめ顔の屁理屈、ギャグで、それが緊張の中に見せる笑いである。やがて間語りそのものが芸の洗練を高めるなかで削除されることになったものかと思われる。当日のアイもこの「十八云々」は省いていた。

5　むすび、間狂言の笑い

間狂言の「笑い」についてまとめておく。広い語義を有する「パロディ」の語が使われることがある。この語は、文学批評の世界では「特定の文学作品や作風を諷刺する目的でその特徴を誇張して模倣すること」とされる。

これまで狂言の「笑い」をどのように考えて来たかを振り返ると、戦後のリアリズム論の中で、批評や諷刺が論じられて来た。たとえば『看聞御記（かんもんぎょき）』応永三十一年（一四二四）の「公家人疲労ノ事」を「諷刺」と見た。しかし、実は、それは観衆に武家の畠山がいたことから触発されて演じられたものであろうと推測する論があるのだが、橋本朝生の展望によれば、その後の揺れをも見せ、改めて狂言の「もどき」「ざれごと」「ことば遊び」「おかし」などが指摘される中、その上演の場や時に応じて「和楽の笑い」「解放感」「諷刺」を見ることが指摘された。その「ざれごと」こそ、本書が「ギャグ」としたものである。能〈実盛〉について指摘した間狂言を思い出したい。

その際に考慮しておかねばならないのは、笑いの対象に対して、どのような機能を笑いが果たしたのかということである。その「笑い」は多様である。もともと能の上演に挟み込まれて上演されることに見るように、能との対照をなす。特に、本書では、「平家」を素材にすることから、能の修羅や鬼を考えておかねばならない。狂言の「笑い」は、能が踏まえる本説の世界、ひいては能そのものをも虚仮にする、ずらし、はずしが大きな機能をなす。その笑いは、受容者が感じとることである。座頭物狂言の場合、盲人が笑いの対象になるが、それは盲人に対する笑いと言うよりは、能に対して、醒めた、ユーモアに満ちた狂言師の演技を通して観衆が笑う世界で、狂言師の皮肉ではない。

多様な狂言の笑いについて言えることは、とにかく能との共演の場で、能の緊張を解く役割を演じた。特に、間狂言におけるアイが注目される。表章は、能の前場と後場とのつなぎとして、時に間狂言（語りアイ）を長くし、ワキが介入することもあった、室町中期以後に作られた能にアイの活躍する曲が多くなると言う。現行のアイでは想像できない狂言のはたらきが演出され、即興、自由に語りかえを行って笑いを誘ったのだった。謡い本では省略するのが常で、現在の謡い本もそれを踏襲し、その間、江戸初期から間狂言台本の文字化も進んだと言う。

当然、その笑いは、観衆や場に左右される。いずれにしても、この能からの離別が時には諷刺や批判とも感受され、能の緊張を一息、「虚仮(こけ)」にすることで、後半、能の世界を際だたせ、活性化をも行うのであった。現代では、この間狂言に観衆の笑いが聞こえず、しんと静まったままであることが多い。時には一息つくために退席してしまう人もある。せっかくの笑いをもったいないことである。

能を虚仮にできる時代は、社会の活性化が進む。対象を虚仮にする笑いの許される時代は希望が持てたのだろう。貞享年間の間狂言のはたらきに驚くのが現在のわたくしである。間狂言が、狂言の本来の機能を痕跡として残していた。なお大谷節子が〈柑子(こうじ)〉をめぐって、能との「バランス」をとったと言う。

参考文献

田中允『改訂増補四座役者目録』わんや書店　一九七五年
伊藤正義『新潮日本古典集成　謡曲集　下』新潮社　一九八八年
田口和夫『貞享年間大蔵流間狂言二種』わんや書店　一九八八年
橋本朝生・土井洋一『新日本古典文学大系　狂言記』岩波書店　一九九六年
橋本朝生『狂言形成と展開』みづき書房　一九九六年

橋本朝生『中世史劇としての狂言』若草書房　一九九七年
川口喬一・岡本靖正編『最新文学批評用語辞典』研究社　二〇〇三年
田口和夫『能・狂言研究』三弥井書店　一九九七年
岩崎雅彦『能楽演出の歴史的研究』三弥井書店　二〇〇九年
橋本朝生『続　狂言の形成と展開』瑞木書房　二〇一二年。亡き朝生氏の夫人、はるみさんの努力により刊行を見た。
表章「間狂言の変遷―居語りの成立を中心に―」『鑑賞　日本古典文学　謡曲・狂言』角川書店　一九七七年
大谷節子「狂言の「をかし」―天正狂言本「柑子」を読む」『世阿弥の世界』京都観世会　二〇一四年

五　「平家」物狂言について

はじめに

古く猿楽（申楽）に源を発した中世芸能としての狂言は能と対をなす。狂言があっての能であり、能があっての狂言だった。『平家物語』を本説とする「平家」物の能に参加する間狂言について、本説「平家」受容のあり方を考えて来た。「平家」を語った琵琶法師を軸にし、特に「平家」語り、「平家節(へいけぶし)」を話題にする狂言を「平家」物狂言としてとりあげる。いわゆる座頭物の狂言である。この「平家」物の狂言については、早くキャロリン・モーリーが座頭狂言を『平家物語』の受容として論じていた。

狂言を構成するもの　能は、演劇でありながら、そのテクストの基盤や構造の上から見て、語り物としての平家琵琶に通底する。狂言が能のアイとして、観衆のために能を解説し、間に「羽目外し」、だじゃれ、ギャグなどを挟み込み、能を見ている観衆の緊張を一時解くことで、緊張をかきたてる能の後場へと導いたのだった。

能と能の間に演じる本狂言についても、能との関係を抜きには考えられない。古く藤原明衡(あきひら)の『新猿楽記』がおさめる「妙高尼(みょうこうあま)が襁褓(むつき)乞い」なども、その笑いを見せたであろう。その笑いをどう読むかは、当時の猿楽を明衡がどう理解していたかを示唆する。狂言を、諷刺と見ることがあったのだが、「羽目はずし」（ギャグ）など多様な機能を有することを考えれば、「虚仮にする」笑いを考えるべきであろう。「虚仮」は、その反面、続く能の活性化をも促す。ちなみに山本東次郎は「神仏の偶像を人間界に引きずりおろす」と言う。

能が本説を重視し、固定するのに対して間狂言に見たように、狂言は口誦を旨とすることから民話の世界にも通じ、場に応じて自在に語り変えるものであった。上演形式としては台詞（せりふ）による対話劇として演じる。この意味で能とは対立する関係にあり、能が芸の世界を自立させ、観衆がそれを覗き見る形をとるのに、狂言は観衆と舞台の間に立って観衆に向かって話しかける形で演じる。そのために演じる人、芸人の、観衆に対する、その場、その場での思いが狂言の演出・演技にも反映した。世阿弥の時代にはこの狂言を「をかし」と称した。能との関係から「パロディ」とする論があるのだが、そのパロディが何のためのものであるのかを考えねばならない。上演の場で、観衆を前に芸を演じる人の思いが表れただろう。「（狂言が）成立した初期のころは、媚びを売るような演技や、下品な笑いがたくさんあった」、「卑猥な連想を呼ぶ演出が、昔の狂言にはかなりあった」などとも言われる。それを読むわたくしの読みが入ることを自覚しておこう。

能が芸能としての演出構造を持つように、ドラマを構成する狂言についても構造に即して、役者の位置づけが行われる。すなわち大名・冠者や僧などの名称を使う一方、シテ・ワキ・アドの役名を掲げる台本があり、これは現在も使われる。言うまでもなく能のシテ・ワキ・ツレを意識するものである。

その狂言でシテを演じるのは、文字通りドラマの主役で、このシテに対立し妨害する役をアドとする。アドは言うまでもなく民話・昔話で語り手の語りを受けとめ、支える「アドをうつ」と関わり、シテを導くワキに対し、シテを妨害するアドとして、構造的には、能のワキに相当する。舞いを軸にする狂言に限り、アドを能同様にワキ・アイとも言う。なお、大名物の太郎冠者について「本来弱い立場の人間がたくましく生き抜く姿を象徴しており、……自分では一所懸命だが」「客観的に見ると滑稽な姿にうつる」、「シテ（主役の時）は反抗的でお調子者、アドの時は、主人をサポートするしっかり者である」ともされる。

以下、民話論にならって、登場する複数人物の間で展開する行動を「機能」とし、その行動のきっかけ（モチーフ）をなすものを「素材」として区別しよう。

特に前者の「機能」は、ある人物、たとえばアドやワキがシテに対してどのように行動し、相手を動かすかを考えるための用語であるのだが、それはたとえば〈丼礑（どぶかっちり）〉において、「あたりに」住まいする男がアド役で登場し、シテにとってはワキあるいはツレ役の菊一が強要されて師匠シテ勾当を背負って川を渡ろうとするのを、このアドが相手の二人が盲目である弱みにつけこんで「身代わり」になって菊一に負われて渡る。あげくは、菊一の用意した酒をも奪い呑むという妨害の行動を行う。この主役シテと、ワキやアドとの間に「機能」がはたらく。アドがワキを欺き、シテの身代わりになりおおせて川を渡り、酒を「盗み飲み」するが、民話の記号論的思考から言えば、より広義にとらえるために、それらを相対化して、たとえば「欺瞞」「だまし」とでも呼ぶべきだろう。その欺瞞の素材として川渡り、酒呑みがある。319頁以後にとりあげて読む。

修羅能〈頼政〉の読みをめぐって、そのシテ頼政の能を虚仮（こけ）にする狂言として〈通円（つうえん）〉を考えたことがあった。「虚仮」としての読みは、わたくしが、これまでの狂言論を踏まえて考えていた概念であるが、英文学の富山太佳夫によれば、英国の王家についてアメリカの『パンチ』誌が、この語を（一カ所だが）使ったのだった。今回、能の読みをめぐって、〈実盛〉など、アイ狂言が、能を虚仮にすることによって、かえって室町の戦乱期に流行する能の活性化をはかっていることを論じた。狂言を考えることが能の読み、ひいては能が支える王権を活性化するだろうし、わたくしが主専攻とする戦物語でも、例えば『平家物語』を虚仮にしかねない『太平記』の読みにも繫がるであろう。

能が演じる修羅の世界に距離をとって、それを相対化し、しかも能とともに芸能として王権の活性化を果たしたのが狂言の世界である。

狂言の分類　能の世界に五類の分類が行われるように、狂言にも大名狂言・福神狂言・百姓狂言・座頭狂言・主従狂言・聟狂言・鬼狂言・山伏狂言・舞狂言などの分類があるのだが、平家琵琶との関わりを考える場合、琵琶法師を登場させる座頭狂言がある。それに登場する座頭が平家琵琶を語り芸とする当道座に属していた。それら座頭が「平家」語りを表芸とすることでも平家琵琶と無縁ではあり得ない。事実、狂言〈丼礑（どぶかっちり）〉などでは、登場する当道座の盲人が私制ではあるが、検校・勾当などの官を有し、その官を得るために、いわゆる「平家節（へいけぶし）」を謡い、語る。現実の平家琵琶に対し、その「平家節」が笑いを誘うのである。

狂言の構造　かねがね平家琵琶の音曲をも加味して物語を読むのに、能の積層構造論に学ぶところが多かった。狂言の読みにも、この構造論を利用できないものかを、能〈頼政〉〈鵺〉と関わる狂言〈通円〉に試みたのだった。

狂言を読み進める過程で気づいたのは、やはりその構造である。特に狂言相互の間に構成要素を共通にするものがあり、いわば各種の要素をパッチワークのようにはめ込みながら曲を構成することが多い。能の構成にも、曲の間で転用の見られることを考えたのだった。民話の世界にも通じる。

もともと物語や芸能は無名性の世界であるのだが、狂言は、特にこの無名性の顕著なことが、その曲としての構成のあり方をも支えている。作者を問題にすることのできない昔話や神話などに見られる話素を文学批評では「モチーフ」と呼ぶことがある。それに相当する日本語が容易に探せないのは、物語や説話をどのような観点から読むかが、いまだ統一を見ていないためなのだろう。さしあたって「素材」と呼ぶことにする。

複数の素材が構成単位となり、「欺瞞」など、狂言の中の人物が他の人物に対して何をするのか、つまり人物の行動、その機能が課題になる。文学批評では「トポス」と呼んでいる。このトポスに当たる日本語がまた探せない。それに本書では、能の〈忠度〉〈実盛〉などについて、ギリシヤ語の「場所」「共通の場」から「原点」の意味に使っている。民話の世界では「趣向」の語をあてる向きもあるのだが、前の「素材」とは別次元の概念として、これを「機能」としておく。もっとも音楽用語としては、くり返し現れる、複数の素材をつなぎあわせる機能としての要素をモチーフと呼ぶこともある。「主題」の語を使いたいのだが、それは作品テクスト全体の読みを通して読者が読み取るべき中心的題目の意としてとっておくために、あえてこの語の使用を避けた。用語の多様性については、なお課題としておく。

話としての狂言は、このように素材をめぐる登場人物の行動としての機能が軸となって「曲」を構成する。

一方で曲を、物語が展開する場の変化、そこへ登場する人物（批評用語では「キャラクター」と呼ぶ）の出入り、移動により「段」を、「機能」や「素材」の変化により構成する。これらの「段」の中に、時に小唄や舞、「平家節」などの素材が介入する。

次に考えておかねばならないのは、登場人物の配置である。「平家」物として、しばしば盲人、座頭が登場し、その従者としての、たとえば「菊一」などの座頭、これを妨げ、盲人の行動を妨害したり、あざむいたりする道行人（通行人）や、盲人の妻らが登場する。能のシテやワキ、ツレなどに対し、かれらを妨げるのがアドである。しかしこれらの区別が、また容易ではない。この三者が、狂言では、アドが、シテもしくはワキを妨げる。批評用語としてはキャラクター論の「プロタゴニスト」（主人公）に対する「アンタゴニスト」（主役に対立し、競争する人）、それに「フォイル」（引き立て役）が相当するものか。

時にこの三役の名称を使用するのが天理本の『狂言六義』である。その中の〈びしや門連歌〉において、鞍馬詣を提案する「一人」をワキとし、やがて梨の実を争うことになる対立役をアドとし、その両人の仲を持つ毘沙門が［一セイ」の曲節で登場する、その主役をシテとする。その曲節名が示唆するように、全く能仕立ての狂言である。こうした演出は狂言が固定化を進める江戸時代のことだろうか。

〈楽阿弥(らくあみ)〉では、ワキ僧が［次第］のはやしで登場し、伊勢大神宮へ参る途中、「松に尺八をあまた切て懸けられ」る所を見る。おりから通りがかったアイに、そのいわれを問う。やはり能がかりの構成である。アイにその尺八を楽阿弥が吹き死にした、その跡だと教わり、ワキ僧が尺八を奏するところへ、シテ楽阿弥の幽霊が登場することになる。そのシテがワキに尺八を吹くよう促され、「いやいやそれはらくあみが、御尺八をよご（汚）す也」といったん拒む。やがて両人が尺八を吹くことになる。「尺八」を神聖視したことは、普化宗の虚無僧が用いたことにも見られた。それを虚仮にするのである。


このシテ楽阿弥とワキ僧の間に、一種の対立のきざしを見せるのだが、その抜書になると、ワキ僧であった人をアドとする。上述のテクストに見せたワキの揺れを見る場合、このアドと、シテ楽阿弥の対立劇と見ることも可能である。シテ楽阿弥の尺八演奏が人々から「かしまし」と嫌われると、いったんためらうのを僧が演奏を促し、両人の合奏となる。このアドの位置づけは微妙で、現に今回依拠した底本ではワキとして位置づけしている。『狂言記拾遺』などのテクストも同じである。狂言の中に、能の色の濃い狂言が、ワキとアドに位置づけする抜書があるのである。言い換えれば、それほどアドとシテの対立構造が顕著である。

〈たこ（蛸）〉では、日向国(ひゅうが)（宮崎県）から都見物を志すワキ僧が播磨の清水の浦に着き、卒塔婆を見る。所の者であるアイにその由来を問い、大蛸を弔う卒塔婆であると聞く。アイがこれを弔ううちに、シテ、蛸の幽霊が現れることになる。「抜書」では、ワキに向けてシテの蛸の幽霊が現れ、菩提を弔ってほしいと願うが、浦人への恨みのゆえに成仏できないと訴える。

後半、再びその蛸の幽霊が現れワキ僧に供養の謝意を述べ、浦人を恨んだわけとして、調理されたり、はり蛸にされた事を語り、ワキの供養によって成仏できると喜びながら退場する。これでは成仏をすら虚仮にしかねない。構造的に能仕立ての狂言で、そのためであろう、アドは登場しない。『狂言記拾遺』のテクストも同じである。

〈ゆうぜん〉は、ワキの笠張りが出家し、若狭から上洛して笠取（かさとり）の明神に参る。村雨が降る中、シテ祐善（ゆうぜん）の幽霊が現れ、生前、張った傘が雨に濡れて分解してしまったため、人々に利用されず、その恨みから幽霊になったのを、このワキ僧に供養を乞うて成仏する。これもシテ祐善とワキ僧の能仕立ての狂言であって、アドは登場しない。

能〈頼政〉の頼政の死を笑いとばす狂言〈通円〉が、この〈ゆうぜん〉に似ていて、ワキの旅僧が、アイ、所の者の導きにより、大茶立てに果てたシテ通円の幽霊を弔う。

〈双六（すごろく）〉は、双六にうちこみながら負けが続く甲賀（こうか）の男ワキが、憂き世を退いて出家しながら、東国の双六の名人、九郎藏（くろうぞう）に手ほどきを受けようと東国へ下る途中、九郎藏の卒塔婆を見かけ、アイ、所の者の導きに、その九郎藏の幽霊を弔う。シテの幽霊が双六の由来を語りつつ退場する。

〈黄精（ところ）〉は、ワキ奥丹波（おくたんば）の僧が京見物を志し上洛する中に、能勢（のせ）で卒塔婆を見かけ、アイ、所の者から、山人に掘り出され調理されたシテ、幽霊を弔うという。前の〈たこ〉と同工の、能仕立ての曲である。

以上、『六義』に即してシテとワキを立てる狂言を見て来たのであるが、いずれも能仕立てを志向した曲で、狂言に想定される、いわば虚仮役とも言うべきアドが登場しない。唯一の例外曲が〈びしゃ門連歌〉であるのだが、同じ参詣人のワキ甲とアド乙との間に対立の関係は無い。シテの毘沙門が、このアドとワキとの対立を消去していると言うべきであろう。聖なる能があって、それを活性化するための狂言の笑いがあったのだった。

高橋睦郎が茂山一門のために制作した〈豆腐連歌〉が、やはりシテ・アド・ワキの役名を使用している。

参考文献

ウラジミール・プロップ『民話の形態学』大木伸一訳　白馬書房　一九七一年
佐々木八郎『語り物の系譜』講談社　一九七四年
ディートリッヒ・サンデル『虚構の方法』ホルト・リンハート　一九八三年（英文・未訳）
山下『軍記物語の方法』有精堂　一九八三年
横道萬里雄『能劇の研究』岩波書店　一九八六年
ジェラルド・プリンス『物語論辞典』遠藤健一訳　一九九一年五月
山本東次郎『狂言のすすめ』玉川大学出版部　一九九三年
リンダ・ハッチオン『パロディの理論』辻麻子訳　未来社　一九九三年
北川忠彦・橋本朝生・田口和夫・永井猛・関屋俊彦・稲田秀雄『中世の文学　天理本狂言六義』三弥井書店　一九九五年
橋本朝生・土井洋一『新日本古典文学大系　狂言記』岩波書店　一九九六年
川口喬一・岡本靖正編『最新文学批評用語辞典』研究社　一九九八年
山下『琵琶法師の『平家物語』と能』塙書房　二〇〇六年
富山太佳夫『笑う大英帝国』（新書）岩波書店　二〇〇六年
小林責・西哲生・羽田昶『能楽大事典』筑摩書房　二〇一二年
野村萬齋（網本尚子監修・解説）『What is 狂言』檜書店　二〇一三年
ツベタナ・クリステバ編『パロディと日本文化』笠間書院　二〇一四年
『ZEAMI』三号　森話社　二〇〇五年十月
キャロリン・モーリー「『平家』能と座頭物狂言」エリザベス・オイラー、マイケル・ワトソン共編『雲霞の如く―源平争乱関連謡曲の研究と翻訳』コーネル大学　二〇一三年（英文・未訳）

1 〈柑子〉の行方

「平家」を語る座頭 「平家」とは、『平家物語』語り本の略称である。それを「平家」物狂言の分類に立てた一つの理由は、たとえば、後述の〈丼礑〉のように、「平家節」を語る座頭が登場し、芸能者としての盲人の、一種の宮座（同業団体）とも言うべき当道座に属する琵琶法師、そして、かれの語る「平家」をどのように狂言化するかを考えるためである。

いわゆる座頭物の一曲に〈柑子〉がある。狂言方として大蔵・和泉の二流が伝わる、その大蔵流の虎明本によれば、遊山を所用があると口実して出かける主人が預けておいた貴重な三つなりの柑子（みかん）を、帰宅後、太郎冠者に返せと迫る。すべて食べてしまった、この太郎冠者の言い逃れが観衆を笑わせる。狂言の笑いについて、大谷節子は本曲〈柑子〉をとりあげ、その笑いがどこにあるかを考える。

1 主の登場

〔読み〕 此あたりにすまゐする主が登場し、

さてもめでたひ（い）おりなれば、われらがやうなるものまでも、御一門のめしいだされ、御ゆさん（遊山）の御人数に罷成、おびたたしきゆさんをいたす事じや

遊山への参加に召される「御人数」に加えられると言う。遊山を主催する人（大名か）は登場しない陰の人である。こうした**陰の存在**は能にも見られた。現実に舞台に登場する「主」をシテとしておこう。「主」の役名は、編者、池

田廣司・北山泰雄に従う。

シテである主が太郎冠者を呼び出す。天理図書館の『狂言六義』は、この太郎冠者をシテとするのだが、ドラマの演出からすれば、「主」の指示を壊すアドが太郎冠者であるのだろう。虎明本の冒頭はわかりにくい。

2　シテ（主）とアド（太郎冠者）の応答

〔読み〕帰宅したシテ、主が「夜前立（やぜんたち）さまに、なんぢにものをわたひ（い）たが、それはあるか」と質す。「夜前」昨晩、遊山に出かけた時が「立さま」（発つ時）である。ちなみに狂言初期の覚え書きとも言うべき天正本は「昨日のおさつしやうに」とあり、校注者の表章は「御雑掌」の字を当てる。その「雑掌」もてなし、引き出物を主への土産として持ち帰るように命じられた太郎冠者であったのか。それを主が返すよう催促したのであろう。虎明本には、脱落・省略があるのか、わかりずらい。

ここで、シテと、その主に同行したアド、太郎冠者はうそをつき、やがて、それがばれるのだが、「わたくしもおつぎ（もてなしの次の間で）御酒をたべひ（い）と仰せられて、御ていしゅのし（強）ひさせられて」とある「御ていしゅ」貴人こそ、前に想定した陰の人である。太郎冠者は、酔いにかられて主が預けておいた物を食べてしまったのを、偽って覚えていないと言い逃れしようとする。実は、主が、その遊山の主催者、陰の貴人から「雑掌」として提供されたものが「三つなりのかうじ」であった。天正本が「三なりのかうぢ」とする。

こうじ「かうぢ」とは、「唐より渡」るとされた柑子で、古く「橘」にも通じるものとされた。橘は内裏、紫宸殿の南、桜と並び称された右近の橘のように神聖な果物である。古く唐に渡った学問僧、道顕が持ち帰ったとされ、その葉や、実の皮、種が薬用に供された。室町時代の百科辞書である『壒嚢抄（あいのうしょう）』には、「柑ヲ俗家不レ植」とし、『続古事談』一「王道后宮」に、又この御時（堀河帝の代）、或人、内裏へ柑子の木をまいらせたりけるを、なにがしのつぼにうへて、愛せさせ給ければ、蔵人・滝口などあつまりて、木をからさじとて、家をつくりおほへりけるを、為隆参てこれをみて、あれは何事ぞ、さる事やは有べきとて、御倉の小舎人をめして、散々にこぼたせてければ、木、程なくかれにけれども、人、ちからもおよばず、君もおほせらるる事なし

と言う。なんだか狂言を思わせる為隆である。

『徒然草』第十一段にも貴重な実として、

神無月の頃、ある山里に心細くすみなしたる庵あり……　かくてもあられけるよと、あはれに見るほどに、かなたの庭に大きなる柑子の木の枝もたわわになりたるが、まはりをきびしく囲ひたりしこそ

興ざめて見たとあるのも、この柑子に寄せる当時の人々の思いを物語っているのだろう。説話研究の場でも、橘と並んで柑子、特に三つ成りのそれを招福・致富のシンボルと見ていたとされる。その「三つなりの」実と言うから、大変な引き出物であったわけである。その「柑子」が、狂言のモチーフ、聖なるものであろう。

その返却を求められて、いったん知らぬとしらを切るところに、アドの、シテに対する、だましの機能を仕組んでいる。その「三つなりのかうじ」を指摘されて、しらを切れずとさとったアドの太郎冠者は、言い逃れを考える。それが狂言の笑いの一つである。

昨夜、場を立ち去る時、「おのおのさま」が「ざれ事を仰せられ」た。その時は、「是は三つなりのかうじにて、ふく（福）」だと言われたので、「大事の事じやとぞんじて」、懐へ入れたとは、上述の柑子の文化を踏まえる。その聖なる物を虚仮にすることになるのである。

ここから、だまし（言い逃れ）の機能、三つの柑子の行方追及が始まる。すなわち、まず一つめの柑子は「ほぞ（果

実についている萼・蔕）がぬけて、ころころ」と転がった。そこでアドは、場所が邸の門の内であったことから「かうじもんをいでず」、つまり「好事門を出でず、悪事千里を行く」の諺をもじって、「柑子」の出て行くのを差し止めた。『毛吹草』『わらんべ草』などに見えることが指摘されている。その上で、走りかかって柑子を取り上げ、「にくひやつめじや」と、皮をもむかず「其のまま口へおしこふ（う）で」噛みくだいて喰ってしまったと言う。この秀句（しゃれの句）による機能としての「言い逃れ」が観衆を笑わせる。

シテが重ねて、残る二こを返せと言う。アドは、二こを懐中に入れて行く中に、「某がつか（柄）なが（長）の大つばにあたつて」つぶれてしまって、「ひやひやと仕つた」ので、「ふがひもないやつじや」（だらしないやつじゃ）と、今度は「かはをとり、すじまでよう取て」それも食べたと言う。「つか」「つば」などの縁語として、この（武芸に）「ふがひもない」（役立たない）と言う。柑の皮むきを武技になぞり、笑いをひめたパロディとして演じる笑い、おかしさである。

そこで三度、主は「今一あらふ（う）」と追及する。それに対しアドは「爰に物がたりがござ有、かたつてきかせ申さう」と本題「平家節」を語り始める。パロディーとしての笑いを誘う。

その素材（本説）は、平家琵琶、巻二、「大納言死去」に語る物語である。平家に背く鹿谷謀叛が発覚して硫黄島へ流された三人の流人の中、成経と康頼は「さる子細あつて」赦され帰洛したが、「しゅんくわん一人」が島に取り残された。そのように三人の中、一人残された俊寛に寄せる同情をシテの主に話しながら、三つめの柑子の行方を問われ、アドは「それも太郎くわじやが、六はらへおさめてござる」と返事する。罪人を咎めるはずの六波羅に「腹」を「秀句」として重ねることによって言い逃れようとするのである。ただの掛詞ではない、秀句である。本説の物語で、その死霊が平家の行方に災いすると怖れられた俊寛を笑って、その怨霊の恨みを「虚仮」にする。本書二の2〈俊寛〉に述べた。ひそかにわたくしは思う、能〈俊寛〉の上演にこの狂言〈柑子〉を競演させるとどうなるだろうか。

3　シテの退場　追い入りの退場となるのである。

〔読み〕この間、天正本では、柑子の行方を「うせる」から「つぶれる」などと言って、喰うとは言っていないことが指摘されている。

以上、「柑子」は「平家節」の素材を重ねながら、全体をアドのシャベリによる「だまし」（言い逃れ）と「秀句」の機能で括って一曲を構成している。天正本でも、この構成に大きな異同はなく、三つめを「それがし酒なにした」とおさめるところを、（平家ゆかりの）「六波羅（腹）へおさめた」とするところに虎明本の工夫が見られるわけである。六波羅とは、言うまでもなく、もともと平家の屋敷があり、鎌倉時代、京都管理のための六波羅探題のあった地でもあった。大谷節子は天正本が、この落ちを欠くことを指摘している。そして古代ギリシャの劇場を念頭に能の重いのを軽くし、「バランスの取れた摂取法」を能に見ている。太郎冠者の「道化ぶり」を論じるのも注目される。狂言カタリアイからの連想として能〈俊寛〉をも虚仮にしかねない。結果的に後半の俊寛の悲劇を活性化する。

『六義』が開曲の素材を欠き、秀句を「是もたべて御ざる」とし、『狂言記』は『六義』同様、開曲の素材を欠きながら、秀句の結びは、「はや太郎冠者が六はら（腹）に納まりぬ」とする。シテの大名が、その秀句に気づかなかったとするのか、「やい太郎冠者、一つの柑子を渡せ」と追及、アドが「これも太郎冠者がくだされて御ざる」わたくし太郎冠者がもらって食ってしまったと突っぱねる形で閉じている。

〔補説〕これら複数のテクストを通じて、「柑子」という聖なる素材を、アドが「秀句」や「平家節」の素材を使い分けしながら、シテ、主（あるじ）をあざむき「横領」するという狂言である。対象の素材が「三つ成りの柑子」という聖なるものであり、それを「虚仮」にし、ずるく、主からだまし取るアドの横領に、狂言としての笑いがある。

ちなみに虎光本は、虎明本同様、第一段の「夜前の座敷」を設定しながらシテの主自身が大酒呑みであったために、引出物（ひきでもの）を忘れ、いったんアドが忘れたとしらを切り、シテが三つ成りの柑子を思い出して追及するところに工夫があるが、全体の流れ、素材や機能の編成に大きな異同はない。狂言の構成と主題設定の方法に自由裁量があるわけである。

神が降臨する場である蹴鞠の場に座頭たちを配して、そこへアドを登場させ、その場を虚仮にする〈鞠座頭（まりざとう）〉も、この類の狂言に属するのであろう。その「鞠のかかり」は、たとえば『太平記』巻二十三「大森彦七が事」で、

その時正成（の幽霊が）庭前なる鞠のかかりの柳の梢に近々とさがつて申しけるは、正成が相伴ふ人々には、まづ後醍醐天皇……

以下、同行する幽霊を列挙する、聖なる霊的な場であった。それを笑いの対象、虚仮にするのが狂言である。

上述したように大谷節子が天正本に即した読みを行い「俊寛の悲話と柑子の顛末との落差はおかしみを誘発したであろう」としたのだった。いわば本説との落差に狂言の笑いを見るのである。そのはたらきを能とのバランスをとるとするとわたくしは大谷の論を読む。

参考文献

古川久『日本古典全書　狂言集　下』朝日新聞社　一九五六年
池田廣司・北原泰雄『大蔵虎明本狂言集の研究　中』表現社　一九七三年
橋本朝生『大蔵虎光本狂言集　三』古典文庫　一九九一年
北川忠彦・橋本朝生・田口和夫・永井猛・関屋俊彦・稲田秀雄『中世の文学　天理本狂言六義』三弥井書店　一九九五年

橋本朝生・土井洋一『新日本古典文学大系　狂言記』岩波書店　一九九六年
稲垣泰一「橘と柑子の話」『新編日本古典文学全集　今昔物語集③』小学館　二〇〇一年
永井猛『狂言変遷考』三弥井書店　二〇〇二年
大谷節子「狂言の「をかし」―天正狂言本「柑子」を読む」『世阿弥の世界』京都観世会　二〇一四年十月

2　〈丼礑（どぶかっちり）〉の川渡り

座頭を嬲る　「平家」物、座頭狂言に数えられる〈丼礑〉を大蔵流の虎明本によって読む。江戸時代には、視覚障碍者への偏見があった。

盲人の座の寄り合いに参加するために上洛しようとする勾当と、かれに従って同行する座頭を見た道行き人が、座頭ら二人が盲目である弱点を突いて嬲りものにする。それを見て楽しむ通行人、アドの狡猾さを、われわれが笑うドラマである。なぜわれわれは笑うのか。ちなみに「勾当」は、当道座に属する盲人の官で検校に継ぐ官である。

和泉流の『六義』は、勾当をシテ、当道座に所属するひらの座頭をワキにする。

1　シテ、勾当が登場し、ワキ座頭を呼び出す。

〔読み〕是は辺土（片田舎）に住居致すこうとう（勾当）でござる

勾当が「都にざとうの寄合」があるので、それに参ろうと思うと菊一を呼び出す。この菊一の名はパターン化して別の座頭狂言にも見え、シテに連れ添う従者としてワキをつとめる。その役割は、能の役の名を借りるものながら、能のワキとは異なる。むしろ能のツレの位置を考えてよい。シテ（勾当）・ワキ（菊一）にアドが加わる。このアドが曲者である。

「辺土」に住む勾当が菊一を呼び出す。その「一」名から推して、当道座の中の覚一など一方流の盲人を想定するもの。

ちなみに当道座では、この一方流のほかに京の八坂を拠点とする八坂流がある。後者は城順など「城」を頭にすえることから城方流とも言った。その座の拠点を、京都から幕府を頼って江戸へ移すその当道座に属していた。座外の、ただの盲人ではない、私制の官ながら、とにかく権威を持ち、幕府の保護を受け世に畏れられた当道座所属の盲人であった。江戸には京の「総検校」とは別に座の管理のために「惣録」を置いたが、能や狂言の世界での拠点は、やはり京を軸としたものと思われる。

盲人には多くこの「一」名が見られたが、当道座の中でもその一方流が、室町時代後期には八坂流を凌ぐ力を持つようになっていたことが、座の動きをたどることによって見えて来る。

都で「座頭の寄合」とは、京では当道座を統括する総検校の職屋敷清聚庵での年中行事として、疫病、御霊を鎮める「涼み」や「積塔の会」を指すが、ここはその企画のための寄り合いか。中世の芸能としての猿楽が大和や近江を拠点に確立してゆく。狂言も座頭物として、後述の〈川上〉のような狂言があるのだが、清水寺や因幡堂を舞台にする狂言もあって、座頭物狂言は京の色を濃くした。

平家琵琶は早くから京都の貴紳に接することで座の確立をはかり、やがて地方の盲僧、特に室町時代から江戸時代にかけて、奈良や北九州の盲僧と烈しく対立するのだが、この当道座と座外盲僧の対立が当道座の拠点を京都から江戸へと政治権力に接近を深める。それが狂言でも、「平家」物、いわゆる座頭物狂言に色濃く見える。

ワキの菊一は、いち早くシテ勾当の上洛の意向を知って「用意を改めて御座る」と言い、「ささへを持」っていた、酒も用意していたと言う。この「ささへ」（酒）がドラマの一つの素材になる。

両人が旅立つ。ただしこれを、大蔵や和泉に属さない、古い台本を伝える『狂言記』は「嵯峨へ参らう」、遊山のためとして、当道座の世界からの逸脱を示している。

2　両人の京への道行。

〔読み〕シテ、勾当がワキ、菊一のために、

何とぞして官をさせたひ（い）と思

う。特に江戸時代になって、先祖を源頼朝に遡るとする三河武士の松平家康が清和源氏の得川を念頭に徳川政権を立て、その支持を受けることによって東国の王権を守る役を務めた。当道座の座頭が大名や将軍のための法華頓写（ほっけとんしゃ）などの宗教儀礼に従事し、平家琵琶を語った。見返りとして幕府が芸能を保護して、座の統制を厳しくする中で、私の官ながら官位をはじめとする座の規程を詳細にし、『当道要集（とうどうようしゅう）』や『当道大記録』など式目を制定した。

こうした状況の中での発言として、シテ勾当が主人となり、弟子であるワキ菊一への配慮を示す。ワキも要領よく勾当のために「ささへ」を用意する心づかいを示していた。

そのシテがワキ菊一に「官をせねば平家をかたる事がならぬ」と言う。「平家」を語ることと、官の昇進が連動していた。当道座に入ることが「平家」の語りを保障し、官金としての配当を与えることを保障していた。兵藤裕己がフィールド体験を踏まえて論じるような地神経を以て村に貢献する座外、盲人本来の生態とは隔たりを示す。

シテ（勾当）は、ワキ（菊一）に「平家」語りの下稽古を始めるよう促す。ワキも「平家」語りの稽古を望んでいた。シテとワキの結びつきが強いことを示唆する。この点、「平家のけいこ」が「申てみれ共（ども）なりかねまする」とする『六義』や、この両人の盲官語りを全く語ろうとしない『狂言記』との落差は大きい。

〔補説〕特に『狂言記』は当道座からの離れが色濃い。虎明本では、ワキが、勾当の「平家」を「人がほめまらする程に、私もうれしう御ざる」とまで言う。両人の仲は、前の「ささへ」の用意とともに一層緊密である。シテはワキに促されて道中、「平家」を語ることになるのだが、シテはワキの望みを「推参な（不相応な）事を云（いう）、身共（みども）が平家はかたる所が定（き）まつて有」といったんは拒む。それは、やはり「平家」語りが、上述したような状況の中で式楽化し格

式を厳しくしていたことを示唆する。これを省く『六義』や『狂言記』の当道座からの離れは明らかである。
シテが「平家ぶし」を語る。一つの素材である。『狂言記』は、これをも省く。この狂言の「平家節」とは、琵琶法師が「平家」のかたわら、むしろ余興のすさびとして語った「早物語」風、もじりの芸能としての〈一の谷〉語りである。この「はや（早）ものがたり」が、本説の『平家物語』を虚仮にするパロディとしての笑いの対象となっていた。

能のアイ狂言として、一人で演じる仕方話〈那須与一語〉よりは、この狂言は遊びの色が濃い。

　抑一谷の合戦やぶれしかば　源平互にいれみだれ　かかる者はおとがいをきられ　にぐる者はきびすをきらるるものもあり　いそがは（忙）しき時の事なれば　きびすをとつて　おとがひに付　おとがひを取てきびすに付したれば　はやうず事と（生えるにしても）　きびすにひげが　むつくりむつくりと　はへたりけり　ふゆにもなれば　きれうず　事とおとがひにあかがりが　ほつかりほつかりときれたりけり

は、狂言にとっては本説とも云うべき平家琵琶の戦語り、たとえば、巻十一、「法住寺合戦」の、

　軍の行事朝泰は人より先に落にけり　行事が落る上はとて　皆我先に我先にとぞ落行けり　余りにあはてさはいで　弓取る者は矢をしらず　矢取る者は弓を知らず　或は弓の筈物にかけて得はづさで捨て逃るもあり　或は長刀さかさまに突き　我足突き貫く者も多かりけり

のもじり、ギャグであろう。それも「おとがひ」と「きびす」のつけ違いがもたらす「ひげ」と「あかがり」のとりあわせに早物語風の語りの摂取があり、笑わせるのである。

盲人が「平家」を語った後、余興として語る早口語りである。能の間に語るカタリアイのギャグが、そのおもかげを見せていた。江戸音曲では「チャリ」と呼んだ。この「平家節」を一つの素材と見てよいだろう。座頭として、本

来ならば、しかるべき座で語らねばならぬ「平家」を、道中「なぐさみに」語るところ、それに、その語りそのものが本説としての平家琵琶を虚仮(こけ)にしている。ひいては能が本説として仰ぐ「平家」をも虚仮にするところにカタリアイ狂言が成り立つことを述べた。ひいては、この笑いが当道座の固めを促進する芸にもなったのである。それが次第に敬遠され、無意味になってしまったのだが。座頭物狂言と早物語との関係については、キャロリン・モーリが早く論じていた。

この「平家節」を聞き手としてのワキが「やんや　人のほむるも道理で御ざる」とほめる。『六義』は、「「……」と語、菊一ほむる」と筋書を記すにとどめる。その手順をより細かく定めた。『狂言記』は略式の上演形態として、この第二段を省略し、アド、道行き人を出しての見せ場、川瀬渡りへと急ぐ。

3　「川渡り」の場に入り、アド、道行き人が加わる。

〔読み〕この「川渡り」が一つのモチーフ（素材）である。シテ勾当が、

いや川の瀬（浅瀬）のおとがきこゆる

と言う。しかも「水が出たやら、瀬の音が高い」とも言う。両人にとって厳しい状況が出現する。ワキが「渡り瀬はどこがよう御ざらふ（う）」と質し、シテが「つぶてを川へうつて見よ」と指示する。シテ・ワキともに失明者であるために聴覚は鋭い。視覚や聴覚に障碍のある芸能者を組み合わせる〈きかず座頭〉が想起される。そういえば〈きかず座頭〉のシテの聾者をなぶり者にしようとするアドの盲人が、菊一を名のり、これが「平家」を語るのだった。中世の芸能が座の制度化を進める中、このような障碍者を笑いものにする、差別が徳川時代の現実としてあった。戸井田道三によれば、シテ自身の中にワキに対する人間の悪の素質があって、アドの悪を誘発させるものがあったと言う。ブレヒト流の「異和効果」を引き、「座頭の無力さをもまた笑殺しなければならないもののようだ」とも言うの

だが、こうした笑いが当道座の保護、ひいては秩序保全にも貢献したのであった。

同じ盲目の身で、従者の位置にあるワキ菊一が石のツブテを打つ。このツブテが、民俗としては、神事の一つである。川渡りの素材と「ツブテ打ち」（石合戦による吉凶の占い判断）の儀である。それを妨害するのが俗界のアドである。水深により「どんぶり」の音が「どぶかつちり」へと変わることで渡る浅瀬を探し出す。

その浅瀬を両人が渡ることになるのだが、シテ勾当が「さむひ（い）程に、負ふ（う）てくれひ（い）」と要求する。両人がともに淵を渡ったのでは狂言にならない。橋本朝生は、保立道久の説を引き、「奴僕（ぬぼく）」としての身分を見る。盲目である不安に、菊一は「私が渡る分さへあぶなう御ざるに、何としてこなたをおふてわたられませう」と拒む。「瀬渡り」と「背負い」の二つの素材が重なる。

これに介入するのが、道行き人である。ワキにいたずらをして妨害するスッパとも言うべきである。そのアドが「此あたりにすまひ致す者で」「川むかひに少用有て参る」と言うから、川の状況については熟知しているはず。それゆえに不案内の盲人を嬲りものにしようとする。この間、シテとワキは、背負え、負うまいと互いにいさかいをするのが笑わせる。アドはその隙を突くからひどい。

あきらめた菊一、それはこれまで見て来たシテ、師匠への（官位をめぐる）負い目があるだろう。勾当を負おうと「手を後へ回す時」アド、道行き人が川を渡るのに「さむひに負はれふ（う）」と、菊一の背に負われて渡ってしまう。

一人、元の岸に残されたシテ勾当が「何とておひをらぬぞ」とワキを責める。事情を知らぬワキ菊一が、意外や「いつの間にそちへ御ざつたぞ、いぢの悪ひ（い）事をなさるる」と怒る。この怒りがおかしい。アドのしわざと知らぬワキの、シテへの誤解が笑わせるし、悲しくもさせるだろう。複層する笑いである。やむなくワキが元の岸へ引き返し、今度はシテの体を確認した上で渡るのだが、せっかく先ほど確認しておいた浅瀬を誤り「爰（ここ）はふかひ（い）と云て、二人ながらはまる」。怒った勾当がワキの耳をたたき、濡れた衣を絞りながらわめくのを見たアドは「おかしがりてわらふ（う）て、よろこぶ」。両人の川渡りが失敗し、ずぶぬれになるのが素材であり、両人をだまし笑うのがアドの機能である。

場面は、転換して対岸に移る。

4　アドが妨害。酒の行方

〔読み〕　ぬれねずみになった二人の盲人、されば、

せめて、今の持つたささへなり共（とも）おこしおれ

濡れ鼠になった盲人二人。第二段に、ワキが機転を効かせて持参していた「ささへ」をシテがよこせ、寒さを払うために呑もうと言う。ワキが腰の「ひやうたん」を取り出し、シテに呑ませようとする。物語としてのつながり（継起）である。ここでまたもや先ほどのアド、道行き人が脇から手を差し出し、その酒を自分の器に移し呑んでしまう。「盗み」である。酒を呑めないシテが怒り、アドに「横取り」されたと知らぬワキが「今のほどもつたに、のふ（う）でおいて、のみがくしをあそばす」、シテが意地悪をすると「誤解」するのである。先ほどの川渡りの誤解のくり返しである。誤解の重なりが笑いを促す。

虎明本では、重ねてアドが盗み呑みすることになり、シテ・ワキの口論となる。アドが両人の争いを「挑発」するためにシテの頭を扇でひっぱたく。それと知らぬシテがワキを怒る。シテの身にしてみれば、この酒の一人占め、「打擲」が重なって怒るのももっともなこと。両人が盲目ゆえに、杖を探すうちにアドは二人の頭を二度ずつ打って退場する。見る観衆の笑いは複雑であったろう。

5　シテとワキが相打ちし退場。

〔読み〕　残されたシテとワキが相手を手探りで探しかねて、

ししやう（師匠）と弟子と互いにはらをたてて、そこでもなひ（い）所を

空をたたきあい、ついにふれあって相打ちとなり、ワキがシテを打擲して入る、つまり地位が逆転するのをシテが追い込むことになって閉じ、当道座の官を虚仮にしながら、笑いのうちに閉じる。この盲人に対する笑いは、後に演じる能を暗くしなかっただろうか。狂言の笑いをしのぐ能の力演が期待されたろう。

まとめ　以上を整理すれば、

第一段、シテとワキの登場、上洛の素材。

第二段、上洛の道行き、酒、盲官、「平家」語りの素材。ここにはもじり、だじゃれ、ギャグもある。

第三段、川渡り、つぶて打ち、背負いと失敗の素材に、アドの妨害とたぶらかしが機能としてある。

第四段、酒盛りと打擲の素材。ここでもアドのたぶらかしが機能としてある。

第五段、シテとワキの争い。アドのあざむきを素材とし、ワキがシテとの逆転を演じる機能。これではいったん当道座の格式をも虚仮にしてしまう。それでも存続する当道座であった。

第三段で登場するアドが、盲人の官にもかかわる神聖な世界をぶっこわしにするのが狂言である。この間、第一・二段に見たシテとワキの関係も、アドの介入により破壊されてしまう。その中にも勾当という官は存続するのであった。

〔補説〕　ちなみに、この座頭物の場合、『六義』は、最後の場で、まずシテが杖でワキを打ち、ワキ（菊一）も杖で仕返しにシテを打つ。そこでアドがワキ菊一の「手をとってこか（倒）」し、菊一が怒るところを、アドは重ねて公当（勾当）の「足をとってこかす」ところから両人の相打ちとなる。

『狂言記』では、最後にアド、道行き人が声を出して両人をからかい、怒った二人の盲人がアド道行き人を追い入れることになる。一つの解釈であるのだろう。これも大蔵流の虎光本では、いったん菊一が勝ったと喜ぶのをシテが追い込むことになる。アドの介入がシテとワキの地位を逆転する。つまり当道座のきまりを虚仮にするのである。江戸時代には、当道座を笑いの対象にすることで、結果的に幕府が保障する座の活性化を行う「祝祭」であった。しかし、このような、笑いによる活性化も秩序の締め付けが厳しくなっては、次第に困難になる現実であった。そして能も固定していったのだろう。

当道座の盲人と狂言

それにしても座頭狂言の笑いは何だろうか。この〈丼礑〉に見るように、アドとしての道行き人が勾当と座頭の菊一をなぶりものにして笑うのだが、笑うのは観衆、受容者であり、われわれ観衆である。その笑いの対象が幕府により保障される当道座の勾当であり座頭である。私制ながら幕府が承認する当道座の規程（式目）を狂言は虚仮にして笑う。その笑いに、当道座に属せない座外の盲人や、幕府の権威をかざす当道座の盲人に対する、当時の屈折した人々の思いがあったことは、室町末期から当道座の座頭と座外の盲人の対立、紛争があったこと、『座中天文物語』などの記録に見るとおりである。その座頭を笑い物にするのが、この狂言である。座を制度的に支えたのが京の総検校であり、幕府に仕える江戸の惣録であった。幕府の秩序としては災いをなす修羅の恨みを能で鎮め、狂言の笑いで当道座のガス抜きをするのか。受容者が当道座の盲人を笑い、座は笑われることによって芸能としての座を維持する。それは道化にも類するだろう。〈どぶかっちり〉という音声を文字化、視覚化した見識に驚くばかりである。ちなみに江戸前期の杉山和一は、鍼術により幕府に召しかかえられた。

能・狂言役者が盲人をどのように見ていたのか。それは、以下、四番目物の能〈蟬丸〉を見てみればよい。

シテは逆髪宮、ツレは、その弟の蝉丸宮で、能テクストに、

> 是は延喜第四の御子蝉丸の宮にておはします

とあるように、延喜の帝の第四子だとする蝉丸は、その髪の異常な形ゆえに「王城鎮護の境界地逢坂山」へ追放される。帝の意を受けてワキ侍従の清貫の手で捨てられる。姉の逆髪とともにその障碍をかかえることが、人々に畏怖される。松岡心平によれば、王権の秩序を保つために「統合不可能な部分を……顕在化、形象化し、……これを捨棄することにより自己の安定化・活性化をはかる」。この姉と弟は、その穢れを担って、排されると言う。

この王権との関係については、当道座の盲人が、座の祖神天夜の尊を、

> 人康親王の御事也、抑も此尊は人王五十四代仁明天王第四の皇子孝光天王御同腹の御弟也、此宮始めは弾正尹の宮共申 又常陸の大守を兼給ふ故、常陸の宮共申（す）後に洛陽東山科の御所に御座します故山科の宮共奉申也、然に天夜の尊は人王五十八代孝光天王の王子と云ひ伝へしは御子と御弟との間違と見へたり

と『当道大記録』が記すのと通底する。『当道要集』でも、

> 祖神天夜の尊ハ山城国宇治郡山科郷四宮村柳谷山に跡をとどめおはします四宮是也

として近い言説を見せている。この当道座の伝承は、〈蝉丸〉に類似する。つまり座の盲人たちは、王権を支える芸として座を固めるのである。それが芸能であった。〈景清〉の能において平家一門の再興を志す景清は、盲目となり日向の勾当を名のり、「さすがに我も平家なり」と「平家」語りであると言う。幸若舞の〈景清〉は、いったん頼朝に捕らわれて斬られるところを、清水寺観音の利生により助命され「秩父殿の小刀を請ひ取つて、両眼を刳り出し」盲目になったと言う。結果的に王としての頼朝に仕え、その王権を支えることになるのである。この頼朝を祖と仰ぐのが家康ら徳川将軍であった。

つまり盲目とは、このように王から、その障碍のゆえに、王の穢れを担って廃されることで、王権の秩序を保つ。まさに芸能者の姿でもあった。その意味で、能について説かれる後戸（うしろど）の芸能があり、畏怖される芸人がある。畏怖と、その障碍のゆえに笑いものにされる両義的な存在であった。同じことが盲女として北国の人々の瞽女に寄せる思いとも通底する。

すなわち瞽女たちの信奉する『御講組の御条目』に、

謹（つつしんで）で惟（おもう）に人皇（じんこう）五十二代、嵯峨天皇、第二の宮、女官にて相模の姫、ごぜ一派の、元祖とならせ給ふ事、忝（かたじけなく）も下賀茂（しもかも）大明神、末世の盲人をふびんに思召（おぼしめし）、かしこくも尊の腹にやどらせ給ひ、腹内より御目しひて御誕生ましまし

と説くのも同じ語りである。こうした盲人たちを笑いの対象とするのは、座の神聖性に揺さぶりをかけることによって、座の活性化を促すことにつながった。座頭琵琶に限らず、狂言そのものが、本来、能の神聖性を揺さぶり、虚仮にし、活性化することで、能を支える芸能としてあったのだった。

これを盲人の側から言えば、畏怖すべき盲人みずからを笑いの対象として場から外すことにより、かれらの王のための座を活性化し、支える。その再生のための笑いを担当するのがアドであった。たとえば〈鞠（まり）座頭〉の蹴鞠（けまり）の場〈かかり〉は、楠正成（まさしげ）の幽霊が、その討ち手であった大森彦七（おおもりひこしち）にとりつこうと「庭前なる鞠の懸かりの柳の梢に近々とさがつて」脅すとあるように（『太平記』巻二十三「大森彦七が事」）神が遊泳する神聖な場で、それを座頭が演じる。それをアドが入って妨害するのである。こうした座頭盲人を狂言が笑いものにするのは、まさに芸能の成り立ちを語っているのだった。現代の芸能の意味を考える上で示唆に富む〈どぶかつちり〉であった。

なお、私制の当道座については明治の始めに廃止されるのだが、現実には邦楽の世界が京都に当道座を、名古屋に

国風音楽会を持続していた。

参考文献

池田廣司・北原保雄『大蔵虎明本狂言集の研究　中』表現社　一九七三年
戸井田道三『狂言　落魄した神々の変貌』平凡社　一九七三年
加藤康昭『日本盲人社会史研究』未来社　一九七四年
渥美かをる・前田美稲子・生形貴重『奥村家蔵当道座・平家琵琶資料』大学堂　一九八四年
橋本朝生『大蔵虎光本狂言集　三』古典文庫　一九九一年
北川忠彦・橋本朝生・田口和夫・永井猛・関屋俊彦・稲田秀雄『中世の文学　天理本狂言六義』三弥井書店　一九九五年
橋本朝生『中世史劇としての狂言』若草書房　一九九七年
田口和夫『能・狂言研究』三弥井書店　一九九七年
松岡心平『能〜中世からの響き〜』角川書店　一九九八年
津田道子『京都当道会史』京都当道会　二〇〇二年
宮成照子『瞽女の記憶』桂書房　一九九八年
山下『いくさ物語と源氏将軍』三弥井書店　二〇〇三年
大津雄一『軍記と王権のイデオロギー』翰林書房　二〇〇五年（その書評　山下『国文学研究』一四八　二〇〇六年三月）
兵藤裕己『琵琶法師―〈異界〉を語る人びと』（新書）岩波書店　二〇〇九年
橋本朝生『続　狂言の形成と展開』瑞木書房　二〇一二年
キャロリン・モーリー「「平家」能と座頭狂言」『雲霞の如く』コーネル大学　二〇一三年（英文・未訳）

3　「やけ地蔵め」の〈川上（かわかみ）〉地蔵

はじめに　座頭狂言で、盲目の身を嘆くシテ、座頭が、その妻と演じる〈かはかみ（川上）〉がある。奈良県吉野郡川上村を舞台とする。当地の地蔵は『和漢三才図絵』に、

　地蔵堂　在二和田村之東ノ川上ニ一　役（えん）ノ行者以テ二出ノ現地蔵尊ヲ一居二掌中ニ一

と見える。

　今回、テクストとして数種類を見るが、テクスト間の異同の意味を考えるために、もっとも詳細な大蔵流虎明本を軸として読む。寛永十九年（一六四二）、大蔵流宗家十三世の弥右衛門虎明が筆録したテクストである。必要に応じ、役割の名については『狂言六義』の用語を使用する。観衆の側に立って読むわたくしの読みをも虚仮にしてしまう狂言である。

〔構造〕　盲目の夫が川上地蔵に願懸けし、いったん開眼しながら、その妻の悋気ゆえに再び失明し、笑いの中に夫婦相愛の仲にもどる。

　橋本朝生は、諸テクストを展望して、

　　男の浮気性と妻の嫉妬深さを大きく扱い……世間一般の弱い人間の姿が象徴され……盲人夫婦を宿命に打ちのめされつつ愛を選んで立ち去るというように「あわれ」に描こうとする

と読む。野村萬齋は「喜劇の範囲を超えた味わいがある」と言う。

1　盲目の夫、座頭が登場

〔読み〕罷出たる者は、此あたりに住居するもので御ざる、某かやうに盲目と成事、女共がしわざでござる

とは大変なこと、それがどういうことかを演じるのが〈川上〉である。

其故は、かりそめにやみめを煩て御ざるが、ぶやうじやう（無養生）にいたひ（い）て、かやうに罷なつて御ざる

とも言う。『狂言記』は、「ふと目をわずらふて」と言い、『六義』は「前世の因果にや」と言う。

諸本が異同を示す中で、虎明本が早々と「女共がしわざ」と語るのは『六義』と重なる。この女が後への伏線をなし、座頭物ながら女狂言に数えられる訳である。冒頭からシテとしての盲目と、その妻との関係を示唆している。

シテの盲目が「げんぶつしや（験仏者）」と言われる「川上の地蔵」に参って「目のあくやうにきせい（祈誓）を致さうと存る」と言いながら、「かやうの事も、談合いたさひ（い）ではならぬ程に」とは、単に不在中の留守を妻に依頼するものかどうか。この後の妻の思いへの伏線ともなる失明を、さきの「女共のしわざ」と言っていたのが気になるし、その妻に「かやうに盲目となる事、そなたのねがひであつた程に、さぞ満足であらふ（う）」とも言う。この夫の発言を女が否定するのだが、夫は、

不断そなたのねがひに、目がつぶれたらばよからふ（う）、めがあひ（い）て有に依て、わき女（「目」を掛ける）をあそばすとおしやつたほどに

と女の本音を暴き立てる。夫が眼病にかかり「失明」したことを女が幸いとしたとするのである。これでは夫を虚仮にする女である。

図星を指された女は、「それははらのたつ時に言ふ事も」あろうが、夫の失明を願う女などいるはずがない。それどころか、そなたも日頃から神仏に開眼を祈って来たではないかとまで言う。女の戸惑いを語りながら、とにかく相

愛の夫婦となることを示唆していることを憶えておこう。

夫の座頭が、この女の言葉を受け、川上地蔵に「ふた七日か三七日（みなぬか）か」断食で籠もろうと言う。女は、盲目である夫の身の危険を慮って制止しようとし、盲目のままでも「わらはがかせいでやしなひまらせう（ましょう）」と言うので、夫は少し譲って「さあらばまづ七日」断食して籠もろうと言い、さすがの女もこれを止められず、「わらはもとも〱こもらふ（う）」断食に同行しようと執拗に迫る。なぜなのか。この両人の「駆け引き」がくせものである。結果的には、これが二人の仲を固くすることになるのだが。

妻の猜疑心には、夫の女ぐせを監視しようとの思いがある。それを夫が、

いやそなたは、子共もおほし、とせい（渡世）もなりかぬるに、とも〱（いっしょに）おじやつては、何共（なんとも）なるまひ（い）程に、留守をあそばせ

との応対も、夫の魂胆が透けて見える。夫はやっとのことで女を宥め、留守にとめおくことになる。

以上、夫と妻が交わす応答から言えることは、眼病から夫が失明したのを、女狂いを止めさせる好機と悦ぶ女に対し、失明を不自由として地蔵に開眼の願懸けしながら、日頃から多情な夫、この不安な女と男の駆け引き。夫が提案する断食の日数をめぐって、なおも夫の浮気を警戒する女（妻）。ようやく一七日（ひとなぬか）を条件に断食籠もりを納得させて安堵する夫。眼病を病む中に「女共がしわざでござる」と言ったのは、この夫に浮気の疑いと妻の「悋気」があったと言うのだろう。断食日数の駆け引きがあり、夫は同行しようとする妻の申し出をも退けるのであった。観衆の胸の中に多様な笑いを醸し出すだろう。

〔補説〕この第一段に男の浮気と妻の悋気による駆け引きが「機能」としてあり、地蔵への断食籠もりが「素材」としてある。『狂言記』は、この悋気を欠く。そのために、女房の「まづお地蔵様へ七日籠らせられい、おれも連れだ

つて籠もりまして、湯茶でも進じやう」と言い、この申し出をことわる夫も、「子共」の世話のためにと妻を制止する。『六義』も、この「悋気」を欠く。これでは狂言が成り立つだろうか。ともあれ、このように「素材」「機能」を自由裁量して演じるのが狂言の演出で、その組み合わせにより多様な狂言を生み出すことになるのである。

2　シテ盲目の登場

〔読み〕盲目が地蔵参りに、

　なふ嬉しや、急でまいらふ（う）よ

と喜ぶところに、夫の本音が透けて見える。男は、その失明が前世からの因果の道理（因縁）によるものならば絶望的、あきらめて干死しようとも覚悟する、その決意ゆえの断食とは大変な決意。因果による失明でなければ、地蔵が開眼してくださるとは、地蔵に対し「脅迫」すら見せている。これでは、地蔵信仰を「虚仮」にしかねない夫の願掛けである。いかにも狂言の世界である。

『狂言記』にはこの「脅し」が見られないが、「女どもはことの外悋気（ほか）深い者で、一日も手放しはせまいと思」ったとつぶやくのは、やはり、虎明本のように失明の原因として妻がかかわっているらしいことをも匂わせる。地蔵が対応に困惑すると言うのである。

夫が参籠し通夜するうちに「あつと云て」開眼する。しぐさの一つである。ここで、この後もシテの運命を左右する本尊は、舞台上に現れず、陰の存在としてあり続ける。これを陰のワキとしておこう。能にも見られた演出法である。

願が叶えられて目が開く。夫は、開眼したからには、もはや不要と杖を捨て帰路に着く。これが、また一つの伏線となっていることを覚えておこう。

〔補説〕杖は、巡礼者や盲人にとって霊力を与える聖具である。それを捨てるのである。杖が一つの「素材」であることが、やがてわかるだろう。

3　妻が地蔵へ向かう

〔読み〕わらはが所の人（夫）は、川上のお地蔵へこもられたが見廻（みまい）にまいらふ（う）と出かける。「見廻」と言うが、これまでの読みから考えて猜疑心があるのだろう。その二人が道中、ばったりめぐり逢う。

夫の開眼をともに喜ぶのだが、一種のアドを演じる妻は、五、六日間断食した夫に全く窶れの見えないことを不審に思う。むしろ夫が「みる〳〵として、一しほわかうなつて」いるとは夫への悋気を見せて笑わせる。ところが夫は、これも地蔵の「はからひで、ひだる（ひもじく）もなし、それに依（よっ）てやせもせぬ物であらふ（う）」と言うのを、妻は、たれぞ「酒さかなをもとりとゝのへて見廻（みまい）にいきてがあらふ（う）」と言い、「やいわ男、わらはもそれがふしんにあつた程に、人にとうたれば、いふたものがあつたいやい」、夫に浮気すると語る者があったと言うのか。鎌を掛けて白状させようとするのであろう。地蔵の利生を楯にとって妻をだまそうとする夫、その本音を見通す妻、この両人の駆け引き。夫が打ち消すのを女が怒って白状させようと夫を「引きまわす」。まさにわわしい女である。とたんに、また夫の目がつぶれ元の盲目にもどる。それを女はいつわりに失明のまねをしたとまで怒り、重ねて夫をひき回して閉じる。地蔵が言ったとおり、やはり妻との縁が因縁となっていたことを明かす結末である。女の悋気を原因と見るのであった。地蔵にも救えない男女の仲である。

〔補説〕なるほど橋本朝生が「わわしい女」と見る訳で、『六義』のテクストが前世の因果の仲とする。「わわしい女」と言えば、山へ行かぬ怠け者の夫を鎌を結びつけた棒で脅す女物の〈鎌腹（かまはら）〉がある。しかしこの狂言も妻に責められ腹を切ろうとしながら腹を切れぬ男を笑い者にするところに笑いがある。男の面子を虚仮にするのである。

　この〈川上〉の場合、せっかくの地蔵も女の悋気に閉口して元にもどしたのか。これでは男女の仲をとりもつはずの地蔵信仰をも虚仮にしてしまう。意外な方向へ進み始める。

4　夫が「また目がつぶれた」と驚く

〔読み〕　それを夫が、

　宿世（すくせ）に目がつぶるるとは、かやうの事であらふ（う）

と嘆くのを、悋気に駆られる妻が「にくひ（い）やつめが」と引き回して追い入れることになる。虎明本の別書には、「さりながらもおぢざうも、わらはがの（退）くまひ（い）と思ふて」とは、アド役の妻が、このままでは引くまいと地蔵が再び目をつぶしてくださったとまで言うのだから笑いもの。「利生」を虚仮にして笑ってしまう。これが地蔵の利生とあってはどうしようもない。橋本朝生は、この間「宿執に目のつぶる」の諺の素材を見る。

『狂言記』では、妻が夫の再失明までも偽りと怒って追い込む。これを『六義』では、夫が妻に地蔵の示現によるとして離縁を迫る。妻が怒り、離縁を拒否する。やむなく離縁をあきらめる中に再び失明し、元に戻すことになる。

　この『六義』に従えば、妻との結婚が原因となって失明し、いったん地蔵に祈願の結果、開眼しながら、妻の悋気ゆえに再び失明することになったものと読める。田口和夫は、仏の意志に翻弄されながら、夫婦の互助があることを見る。霊験利生を以て名をなす地蔵が、このように元どおり失明させて閉じる。世に言う地蔵信仰の霊験を逆転、「虚仮」にしてしまうのが狂言である。この間、多様な観衆の参加が、それぞれの読みを深めてゆくだろう。結果として、この笑いの中に、かえって川上地蔵への信仰を強めることになったのだろう。

　思えば冒頭、夫が「女共がしわざでござる」と言った訳である。それは夫婦喧嘩型である。妻の悋気が、せっかくの地蔵の利生を無にしたと云うのである。

この逆転の裏に、「陰」の存在である地蔵を困惑させるのだが、この間の事情を虎明本では、別記の形で、「又」として地蔵尊は、男が「今までの女にそふた故に」目をつぶした。それを「あの女にそはずは、目をあけてとらせう」として開眼してくださったのにと、女との経過を語るのであった。この夫と妻との縁を地蔵は因果としていた。夫妻の悋気と地蔵の利生までも虚仮にしてしまうのが狂言の笑いである。

「あつ」と言って開眼したのだが、立腹した女は、「わらはにそひ(添)たうもなさに」「あつ」と言ったのだろうとまで詰め寄り、夫も、地蔵が「ひらにさやう仰られた」と認める。妻が、離縁のことわりもないまま、無断に本尊に誓ったと重ねて男を追いつめる。本尊は、女が離縁に応じまいと思って失明させたのであった。浮気と悋気の攻防に翻弄される夫妻ながら、振り回されて途方に暮れるのは地蔵ではないのか。困惑する地蔵が笑いを誘う。こうなっては盲人夫婦と地蔵との攻防である。

女は「このうへはなを〳〵そ（添）はひ（い）でならぬ。こちへわたしめ（いらっしゃい）と云て」男を背負って入る。杖を捨ててしまっては、こうなるしか仕方あるまい。これでは離縁も成り立つまい。二転三転、結果的に夫婦和合になってゆく笑いである。杖を捨てたことが夫婦の仲を元にもどすのである。

〔補説〕地蔵が夫妻の仲を因果による悪縁と判断して男を失明させたらしい。それを男が地蔵の意に添って妻を離縁するものと見て開眼した。その地蔵の考えを男が女に明かしたので女が怒る。女は離縁を拒否する。とたんに地蔵は男を無事とも言うべきか元の盲目にもどしたのであった。狂言テクストの基本構造である。夫婦の仲にとっては、これが地蔵信仰の利生になろうとは笑い物である。

陰のワキ、地蔵の立場から見れば、因果のゆえに失明させた。それを夫婦が和合しようとするのを地蔵が怒って妨害する。〈川上〉地蔵は、強気の女の悋気が夫婦の和合をもたらすことを好まないと云うのか。地蔵の霊験談としては和合を語るべきを、その逆の利生を演じることになる。その利生や信仰をも虚仮にする狂言であるから驚きである。

諸テクストの演出　女の悋気を『狂言記』も示す。『六義』では、シテが地蔵の示現に、「ちといだしにくい事があれ共（ども）」、まず帰って話そうと、杖を捨て、帰路につく。一方、妻が「心元ない」と地蔵を訪ね参るのに出会い、夫の開眼をともに喜びながら、実はと夫は、さきの地蔵の「いだしにくい」示現を語り始める。すなわち通夜して祈る場に地蔵が現れ、失明の原因を「その子細は、そちが添うている女房が大あくゐんの女じや。さうさう（すぐさま）女をいなせい」と言って眼を明けてくださったと言う。女が、この告白は、夫の身勝手な口上であると想像するのは、上述して来た経過、想像から自然であろう。これら三本のテクストの比較が、背後に隠れてしまった事情を明かすことになろう。

妻とのめぐりあいによる失明ながら願掛けが叶って、それが女の悋気に遭って地蔵が元の失明へともどすという狂言である。この悋気、地蔵への祈願とその逆転を構造として、断食・通夜・開眼・留守・再会・離縁などを「素材」とする狂言である。

正保（しょうほう）三年（一六四六）頃、山脇和泉流元永道意の筆になると云われる『六義』のテクストは、シテ男が「前世のゐんぐわ（因果）」ゆえの失明、しかも物心ついてからの失明ゆえに迷惑すると地蔵への願を掛け、その旨、女房に語る。その際に男は「身どもが目は、うぬしが是へきてからつぶれた目じや」と言い、女も「其通りじや」と認めていた。

夫は、盲人の願をかなえるという川上地蔵へ参る。期待通りに開眼する。

夫は帰宅する途上、無用になったと杖を捨てる。途中迎える女と会って開眼を確認して喜びながら、夫が言うのには、実は「お地蔵さまも、たゞは目をあけてくだされぬ、ちとおこのみがあつてあけさせられた」と言う。不審に思う女の追及に、いったんそれを隠そうとするが、抗しきれない。追及と告白。そこで夫は開眼の経過を再現して語るのだが、地蔵は、これまで訴え、祈願のなかったことを慮外とし、実は「そちがそ（添）うている女房が大あくゐんの女じや、さう〱（早々）女をいなせい」、つまり離縁することを条件に開眼してくださったのだと告白する。地蔵信仰を逆転する笑いである。婚姻と言えば縁結びが神仏信仰になるのが普通である。

女が「神仏と云物は、わるひ（い）中をもよひ（い）やうに守るこそ神仏なれ」、なのに地蔵が夫婦の仲を悪くし、離縁せよとは以ての外と女が怒るのも正当な怒りである。しかも男は女に追及されて、地蔵に対し女との離縁を誓っていたと告白する。女は「あのやけ地蔵の、かさ地蔵が、はらたちや」と地蔵に対し罵詈雑言を浴びせ、はては晴眼者の男はほしくない。夫は晴眼になって別の女房を迎えようとするのだろうと責め、夫の喉に食いつこうとし、縁を元にもどすようにと執拗に迫り、脅迫するのである。

結局、夫が後退して、女と今まで通り添いとげようと和合する。いったん明けてくださった目を、まさか地蔵がつぶすことはあるまいとたかをくって帰途につくところへ、はたせるかな、とも言うべきか次第に見えなくなったと言い、杖を捨てていた夫を妻が背負って入る。杖を投げ捨てた、その結果、妻が夫を背負い、夫婦の和合が完成する。つまり地蔵の利生を虚仮にしながら、結果的に利生を強化することになるのである。この間、妻の、本尊への怒りと夫への脅迫を「機能」として付加している。せっかくの地蔵本尊の利生による開眼を、妻の脅迫により拒否し、元通り失明させることになる。本尊としては、地蔵の利生を拒否する夫婦に対する見せしめになろう。この間、虎明本に見たような男の浮気、女の悋気は後退する。本尊の利生をも拒否しながら結果的に夫婦愛を肯定し、利生を再活性化する。なんともはや、すさまじい狂言である。

愛知県立大学蔵『和泉流秘書』が〈川上〉をおさめる。江戸中後期の写しと言う。そのテクストでは、地蔵尊に開眼を祈請しようとするのを、女は無駄だと制止するが男を制止できず、女が手を引いて参ろうとするのを男は留守をせよと制止。男が「身共が女共をほむるハ如何なれどもあの様な深切な者は御ざらぬ」と感謝している。やがて男の夢に地蔵が現れ「羽箒（はねぼうき）を持て文（呪文か）の（を）となへ三度目をなでたらば開目させて」やろうと示唆すると見る。これも狂言の自由裁量による素材の添加である。

やがて帰途につくところ、迎えに来る女と再会、男の指示に従い羽箒を見つけ、これで男の目をなでる中に開眼する。「羽箒」は説教浄瑠璃にも見られる素材である。夫婦ともに相手が年老いたことを思い知る。始めから二人の仲は良好。しかし男は、本尊の言葉を思い出し、「そなたとは悪ゑん（縁）ぢや」と言われたと告白し離縁を迫る。女が恨み、地蔵に悪態をつきながら男も納得して元にもどる。

男はいったん開かれた目が、そうたやすく再びつぶれることはあるまいと、杖を不要と捨て帰りを急ぐうちに失明、杖を捨ててしまっては「よし〳〵夫（それ）も前世の事と思ひ」、女に手を引かれて入る外あるまい。

この『秘書』のテクストでも、浮気・悋気の「機能」を喪失、もっぱら前世からの悪縁による夫婦ゆえの失明、それをいったん開眼させながら、女の怨みのゆえに、本尊が悪縁を復活させ、男は再度失明する。

これを陰のワキである地蔵尊の観点から見れば、二人の仲は悪縁ゆえに離縁すべきであった。その地蔵への誓いを破ったために悪縁が復活、しかも二人の仲が良くなったとする狂言である。男が参籠を語った時に、いったん女は、相手の盲目を不自由とせず、願懸けを無駄だと制止しようとした、その女の姿勢が一貫している。地蔵信仰本来の利生を虚仮にしながら、二人の仲を回復させる地蔵であった。

狂言記　今一つのテクスト、元禄十三年（一七〇〇）刊行の『狂言記』がある。シテが「ふと目をわづらふ（う）てめくらとなつた」と川上地蔵への七日間の願掛けを思い立つ。その失明の事情を語らないのだが。同行しようとする女を抑え、女も承知の上、男は七日の籠もりを行う。男が参籠する。

その途上、

女房どもはことの外悋気深い者で、一日も手放しはせまいと思ふたが、嬉しや、合点して籠れと言う。参籠の場面、本尊の示現を簡略に語り、見舞いに参る女との再会に、まず女が、男に窶れのないことを不審に思い、悋気から男の浮気を疑い夫婦喧嘩するうちに男は再び失明する。女は、その失明を信ぜず男を追い入ることになるとはひどい。

このテクストは、虎明本と同じ、男の浮気、女の悋気という「機能」は有しながら、本尊が援助の思いを投げ出す訳を不明にしている。あるいは、男の祈請ゆえに、いったん開眼したのが、女の悋気、それを促す男の浮気もあったものか。この男女の不和により本尊は、利生の誓いをとりやめてしまったことになる。悋気型のテクストと見るべきであろうが、前後照応を図る伏線に欠け、笑いが乏しい。

以上、数種類のテクストを読んで来た。それぞれのテクストがどのような成立の経過をたどったかは、調査テクストの数が限られるので、意を尽くせないのだが、その経過の違いはさておき、すべてのテクストを通して共通するのは、地蔵尊への願掛けにより、いったん開眼した男が、女が介入することにより再び失明するという基本構造である。陰のワキとしての本尊をも加え、夫妻の行方を決定するものを男女の悪縁とするのが基本構想であり、この因果を地蔵も察知したと見届けている。

この間、男の浮気と女の悋気をからませ、その悪縁であることを確認する。この悋気の機能を希薄にするのが夫婦愛型になるのか。それを、なぜ地蔵はいったん開眼させたのか。その読みがテクストの異同をもたらす。それは夫、女の両人がその悪縁を離れる可能性を見たためか、それを結果的に元の悪縁にもどさざるをえなくしたとする、この基本構造は変わらない。

すさまじい妻である。その介入が地蔵尊の利生という本来の型を逆転、虚仮にしている。しかし逆説的に言えば、男に悪縁を自覚させることで夫婦仲が回復するという反面教師的な利生を施す地蔵でもあった。

いずれにしても霊験あらたかとされる地蔵尊の利生をいったん虚仮にするわわしい女の登場である。男の浮気、女の悋気、その背後に男の因果をおきながら、この両人の行動に地蔵が振り回されるのを見るのだが、地蔵の面目は丸つぶれ。しかも夫婦の仲を復活するという落ちでは夫婦の悪縁を自覚させる役割を果たした地蔵であった。とにかく笑いを多層的に重ねる、凝った狂言である。観衆も楽しんだことだろう。読みを進めるわれわれが振り回される狂言である。ちなみに狂言師の野村万作が、後述の〈釣狐〉と並んで、この〈川上〉をとりあげる訳である。こうした地蔵信仰や、わわしい女を演じ得た時代は活性化の可能な時代であった。観衆であるわれわれの見方、読み方によって地蔵の意図が変わって見えるだろう。

「笑い」は笑う者の優越性を前提とするが、思えば、この〈川上〉は、その笑いをも虚仮にしてしまう恐るべき狂言である。好色の男ゆえに振り回される悋気な妻が、川上地蔵をも閉口させる。思えばありがたい地蔵であった。笑うのは、観衆のわれわれである。川上地蔵へ参る人は、この狂言を見て一層、参ることになっただろう。この多層的、多義的な川上地蔵の信仰を、いよいよ盛んにしたことは間違いあるまい。地蔵信仰の利生を虚仮にしながら川上地蔵の信仰を一層活性化する狂言であった。

型にはまるはずの地蔵霊験が、思いがけない多様な読みを可能にする狂言である。

参考文献

池田廣司・北原保雄『大蔵虎明本狂言集の研究　中』表現社　一九七三年
北川忠彦・橋本朝生・田口和夫・永井猛・関屋俊彦・稲田秀雄『中世の文学　天理本狂言六義』三弥井書店　一九九五年
橋本朝生・土井洋一『新日本古典文学大系　狂言記』岩波書店　一九九六年
橋本朝生『中世史劇としての狂言』若草書房　一九九七年
田口和夫『能・狂言研究』三弥井書店　一九九七年
橋本朝生『続　狂言の形成と展開』瑞木書房　二〇一二年
野村萬齋『What is 狂言』（網本尚子監修・解説）檜書店　二〇〇三年
小谷成子・野崎典子『和泉流秘書　翻刻・解題』六　『愛知県立大学文学部論集』二〇〇六年三月
野村万作「この道」『中日新聞（夕刊）』二〇一四年四・五月連載

4　〈瞽女座頭〉と座の式目

複雑な夫婦仲を演じる〈川上〉とは違って暖かい夫婦、ともに盲目の障碍を持つ瞽女と座頭を演じるのが〈瞽女座頭（ござざとう）〉である。大蔵流の虎明本により読む。

あらすじ「つま」（夫）を持たぬ瞽女が、伴侶を得ようと祈るために清水寺に参り、観音の導きによりめぐり会った座頭と夫婦になる。

和泉流の『六義』〈清水座頭〉は校訂者が座頭をシテとする。内容から推測すれば、シテと言えば、それを妨げるはずのアドを立てるべきだが、妨害者は登場しない。むしろごぜ（瞽女）がシテを助けるワキもしくはツレを演じると言ってもよい。

1　シテ座頭が登場

〔読み〕

ごぜさきへ出て、まかり出たるものは、此あたりに住ゐするものにて候、某此年になれ共、つまをもち申さぬので、人々から「妻観音」として配偶者を定めるのに御利益があると信じられる縁結びの清水観音へ参り、妻乞いの祈禱をしようと言う。能仕立ての演出である。清水観音が素材、妻乞いが機能である。

2　シテの名のり

〔読み〕わにぐちをさぐりてたたき

罷出たるものは、此あたりにすまゐ仕るざとうにて候、今めかしき申事なれども此としまでつまをもたひ（い）

（もたない）で、何共（なんとも）めいわくにぞんずるあひだ、清水の観世音けんぶしや（顕仏者）にてあると申（もうす）程（ほど）に、いそひ（い）でまいり、妻の事きせい（祈誓）申さばやと存る

と、盲人のしぐさの中に名のりをする。

〔補説〕「今めかしき」、今さらめいて改まった言い方について、やり方が当世風で新奇であるとするが、『六義』の〈清水座頭〉では、瞽女の側が先行、「はづかしい申事（もうしごと）なれ共（ども）、此としになるまで、おとこを持（もって）まらせぬ（いませせん）」、年老い、目も不自由で「めいわく（迷惑）」であるとする。『壒嚢抄』五に、

> 男鳥（おとこ）、人ニ打害サレテゴザリケレバ、軈（やが）テ妻（つま）鳥他ノ雄ヲ儲（もうけ）テ、イマメカヽヽシク打具シテアリキケレバ、卵カヘラデクサリニケリ

とあるのは、男女の仲のうわついた笑いを表す語であろうか。『六義』が「はづかしい申事」とするのも不当ではあるまい。虎明本では、「今めかしき」の語に、期待に胸のはずむ座頭の思いを籠めるのであろう。

その虎明本で、座頭が「いそひ（い）でまいり」とし、

> かやうの事をとく思ひよつたらばよからう物を、一日〳〵とくらひ（暮らし）（い）て、今いきあたつて候

いよいよ窮したと言っていることばにも、その思いが見えるだろう。

ここで両人が通夜することになるのだが、まず瞽女が「つづみをたたいて、うたをうたふ」、すなわち「秋のくれ〳〵、わがゆくさきは見えずして」の「くれ」とは、季節の暮れと目が見えぬこと（盲目）を懸け、一人身としての孤独、不安を謡う。

> 今さむそら（寒空）になりぬれば、ころもかへぞ悲しき

と言うのは、季節が寒くなるのに、その衣替えも一人で考えねばならぬと孤独を悲しむのである。

中世芸能者としての瞽女は鼓をたたいて『曾我物語』などを語っていたのだが、狂言での座頭は「平家節（へいけぶし）」を語ることになる。

「抑（そもそも）一の谷の合戦やぶれしかば……」は、前章の〈丼礑〉で勾当が菊一に語って聞かせた「平家」である。シテ・ワキ両人の芸能としての「素材」である。ともに引用として定型化している。

ところが大蔵流の虎光本〈盲女座頭〉では、まず座頭が瞽女の謡を、

ああ姦（かしま）しや〳〵、盲女めが通夜すると見へ（え）て小唄を諷ふ

と盲女を蔑視し、盲女に対抗して座頭が「平家」を語るのを、瞽女は「是〳〵まんまと返報を返して御座る」と受けている。両人の芸の応答、「機能」と解する演出である。もともと両者の対立を演じる曲であったのかも知れないが、これでは〈川上〉型の狂言になりかねない。虎明本は、それを作りかえる。

3　シテとワキの出会い

〔読み〕　虎明本では、まず瞽女に夢想があり、座頭が夢の告げを受けて「西門にたつたを妻と定めよ」とあったとし、西門へ向かう。両人が（素材としての）杖で相手を探り当てることになる。〈川上〉の杖捨てを思い出すだろう。

ちなみに『六義』は、第一段から順序として一貫するのだが、まず瞽女が「あつあつ」と、これはともに定型、二声あげ、観音の示現があり、

あらたな事や、わらはにおとこをくださるる、一の西門にたつたをつまにせよとある

と言い、西門へ向かう。座頭がやはり「あつあつ」と言い、それも瞽女と同じ行動に出る。

4　両人の名のり

〔読み〕　両人が西門で「今夜の御れいむ（霊夢）の人か」と、ともに盲人同士が互いに杖で相手を探り当てる。大蔵

流の虎明本では、座頭が「われ観音に参籠中、祈念をするにかくばかり、もしもしさやうの人やらん」と問い、これに瞽女が「我はぬしなきからころも」の「から」に「唐」と「からつぼ」、つまり一人身であることを、前に「今さむそらになりぬれば、ころもがへぞかなしき」を受ける形をとる応答であるのだろう。

これを座頭が、

さては夢想のすゑ二人とをり（通）て、たがひに、目みえぬ中なれど

とあるのは、さきの杖による探り当てから、ともに盲目であることを知ったというのであろう。

妻問いには、陸奥国の風習として「ちつか（千束）たてぬる錦木（にしきぎ）も、あはでくちぬるならひなるに」とあるように、男が女を恋した時、たき木を毎日一束その女の家の前に立て、女が承知した時にその木を取り入れるが、承知しない場合には、三年も続け、それでもだめな場合にはあきらめると言う。この狂言の場合、両人が見て来たような相手を求める思いから、「時をもうつさず、夫婦となるぞうれしき」と思いが通じあったと言うのである。虎光本は、瞽女が「のふ（う）いとふしの人こちへ御座れ」、シテの座頭も「心得た〳〵」と応じる形をとる。それに虎明本・『六義』ともに、座頭が瞽女を負うて入ることになる。

〔補説〕以上、四段の構成を以て清水観音の利生により妻乞いの願がかなうことを演じる。

天正本にも〈ごぜざとう〉がある。ただ出会いの場としての西門が見えず、両人「下向する」ところで出会い、まず瞽女が相手の「ざい所はいづくの人やらん」と問い、「我が名を何とあかし（明石）がた（潟）、うら（浦・恨）むべき人もあらばこそ」と拒み、主、連れ添いのない一人の身であると言い、「時をもうつさず夫婦となるぞうれしき」と喜び、座頭が「ごぜの手をとりて帰る」でしめる。名のりに「秀句」の機能を加えてはいるが、全体の構成として現存諸本との大異はない。「あかし」は在所としての明石と「あかす（名のる）」を懸ける。「恨む」は「明石の浦」を

掛けながら、目の見えないことを人としてうらめしく思うのか。能の言説の方法と変らない。

清水寺の西門　ちなみに虎明本などに見られる清水寺の西門は、慶長十二年（一六〇七）の建築と言う中門の轟門の西に位置する。西門を両人出会いの場にすることに特別な意味があるのだろうか。ちなみに『曾我物語』と瞽女の関わりを考える中で、この西門に「女瞽」がいたことが指摘される。

京都臨済宗相国寺の『蔭涼軒日録』文明十九年（一四八七）五月二十六日の条、納涼会に、

建仁当（今の）紀綱韓蔵主、胸敲之乞食、清水寺西門女瞽等学レ之、一座快笑シテ、及二薄暮一酔帰

とあり、やはり西門を瞽女の場としている。物語の成り立つ場（トポス）、土地を示すのであろう。

前の〈川上〉の座頭の、妻との間の、半ば痴話喧嘩、すさまじいいさかいとは違った、穏やかな盲人同士の妻乞いを一曲に仕立てている。

座の規定　ただ、ここで気になることがある。それは、江戸時代のことではあるが、享保二年（一七一七）の『座頭式目』に、

瞽女之作法ハ座頭中間之古法を相守万事中間よりの差図を受くべし

と、瞽女は座頭たちの当道座に従属し、さらに、

座頭之妻に瞽女を持事堅法度（禁止）

それを、もし夫婦になろうと言うのなら、

夫婦之由壱人ハ芸を止メ

ることを条件とし、それも旅行には夫婦同道を禁じたと言う。

これは座頭の当道座の側の御法度である。特に江戸幕府の治世下に厳しくしたと思われる。当道座では、他の芸能

団体に対する差別意識が瞽女集団に対してもはたらき、それを支配下におくことを通して両者の間の交流を禁止するむきがあったのだろう。

しかし一方で瞽女の側では、江戸時代に瞽女仲間をとりしまる制度上の母を軸とし、その規律を守り、ひいては瞽女宿をつとめる農家の期待にこたえることもあり、結婚を禁じていたようである。瞽女集団のおきてとして婚姻は法度として追放処分となり、時に年季奉公期間の取り消しという厳しい処分をも受けたのであった。

座頭・瞽女両集団のおきてを考えた場合、この狂言〈ござとう（瞽女座頭）〉のような両者の妻乞いがはたして可能であったのかどうか。もし御法度にふれることであったのなら、この狂言を演じる狂言役者や、それを見る観衆は、いったいどのような見方をしていたのか。

実は、早く十三世紀に見られる瞽女の集団は、地域により分断していて、当道座のような全国的な規程はなく、思いの外に婚姻についても金銭支払いなどにより可能であったらしい。それになんと言っても、こうした規程の定められたこと自体が、現実には、背く者の多かった事実を物語っているのだろう。

一つの見方として、この両集団の法度を徳川政権下の管理のために定めた規程で、中世には、この狂言に見るような仲が可能であったのかとも考えられる。上演記録などからも探ってみることが必要であるのだろう。近世には瞽女が座頭について音曲を学ぶこともあった。時に座の確立を図るために厳しさを増すこともあったらしい。少なくとも、これらの狂言を盲人の自嘲とは考えられない。

座頭の世界　〈瞽女座頭〉を〈清水座頭（きよみずざとう）〉とも言う。『狂言集成』がおさめる、その〈清水座頭〉に、

目の見えぬ程物憂い事は御座らぬ。殊に女の事なれば、一入（ひとしお）難儀に思ふ事で御座る

とあり、その「物憂さ」の主因を障碍者ではなく、社会全般と生活環境に求めていると言う。男の盲人と違って私制

ながら当道座には入れない瞽女であった。瞽女は当道座の下位に立ち、その管理の下に入っていたらしい。

『天正狂言本』の〈ごぜざとう〉は、台本そのものと言うよりも演出本の形態をなすために、その台本テクストとして見るには無理があるのだが、まず座頭が登場して清水寺に参り、「又ごぜもこもる」、この登場の順序に何か意味があるのだろうか。ここで歌、

よろづのだふ(堂)のつちめくら〱　つま戸のなき（妻のないこと）ぞかなしき

を唄うのは座頭なのか、それとも瞽女なのか。あるいは両人の合唱なのか。その唄の意味も「とう」の音を介して「堂」「土」「蔵」「つま戸」などの縁語を重ねながら、つま戸もない蔵の中同然の、暗闇の世界に盲目の身を嘆き、連れ添う妻もないことを悩み妻を求めるのである。

「ことば」で「さてじよんぎやくに下向する」とは「順逆」順序を逆にして退出すると言うのか。この間、清水観音の示現があったはず。その順序が逆と言うのは、登場した順序とは逆に、つまり、まず瞽女が、その後を座頭が続いて退出したと言うのか。事実、虎明本では、まず瞽女が座を立って清水寺を出ることになる。清水寺の山門として重要文化財の指定を受ける轟門のさらに外側の門が西門である。この西門が、上述したように瞽女たちの芸の拠点になったらしいが、座頭にとっても、当道座の覚一など「一(いち)」名(な)を名のる一方流に対して、「城一」など「城」名を名のる城方(じょうかた)流を、その拠点から「八坂」を称した。言い換えれば両芸能集団にとって、この清水界隈は座頭・瞽女と縁の深い土地であった。

しかも特に江戸時代以後、式目による限り、両者の交流は御法度であったにもかかわらず、古く室町時代には両団体が至近の距離・空間にあったことをどう考えるのか。

「つちめくら」を当道座に属さない下層の盲人であるとも言う。そうだとすれば座の法度は問題にならないのか。

しかし、この狂言の盲人が「平家節」を語っていること、それは当時の座の盲人たちについて、『経覚私要抄』文明三年（一四七一）正月十四日の条に、参賀に訪れた十五人の盲目の中に、

能有る者申すべき由仰せの間、早物語之を申す

と見えるなど、得意とした「早物語」のスタイルによるものである。

座に属する盲人が平家琵琶よりも、この早物語を得意にする者があるという現実があった。それに座頭物狂言の盲人が、菊一の名や、（私制の官ではあるのだが）検校・勾当の官名を登場させ、盲人の官を笑いものにする狂言であるのも気がかりである。

天正本〈ごぜざとう〉

天正本では「ふし（節）」で、「やがてつへにてすいしたり」と謡うのか。前の両人の唄の唱和の中に互いに杖で相手を探り当てたと言うのだが、まず座頭が杖で相手のいることを知り、続いて瞽女が「こなたもつへにてすいしたり」と相手を杖で知る。

ただ今ここにて合申、ざい所（生まれ）はいづくの人やらん

と座頭が相手の在所を質す。当道座としては、いわゆる「在名」を問うたのだが、

我が名と何とあかしがた　うら（浦・恨）むべき人もあらばこそ

は、座頭自身の名のりであるのだろう。「明石……浦」と言えば光源氏を思わせる。現に『源氏物語』では、須磨・明石に明石入道が登場し、琵琶法師のまねをして語っていた。それに一方流の中興の師匠と言われる覚一の在名が「明石」であった。この地名は鎌倉市内にもあり、それは播磨の明石を模したものか。覚一のことが伝わるのは、なぜなのか。「明石」の地名を共通軸として生じた話なのか。そしてそれは当道座と鎌倉幕府とのつながりをも物語るもの

だろうか。わたくしにはわからない。識者の教示を乞う。

「さて主(ぬし)なきはなれ(放)駒」とは瞽女自身の名のりであろう。男女の仲の互いに名を明かすことは、言うまでもなく両人の仲がまとまったことを示唆する。「わらはも今夜の夢(む)さう(想)のつげ(告)　わすれがたくぞおぼへたる」とは、瞽女が見た霊夢のままに相手に従うことを言うのであろう。そして「同」とあるのは能の「同音」つまり両人唱和の形で「ちつか立しにし木ゝのあわで朽にし世の中の」とは、上述したように、古代陸奥国の民間習俗としての、女のもとに通う男が千束もの錦木を立てて通いながら、婚姻が実らなかったのに対して「時もうつさづ（ず）ふうふとなるぞうれしき」と、この狂言では、明らかに民俗を克服する形で、たちまち二人が意気投合してしまったと言うのであろう。『源氏物語』の光源氏の世界までをも想定して、陸奥の国の民俗を「虚仮」にしながら、二人の合意を語るところに、この狂言の笑いがあったものと読める。

その後の、この曲の台本に大きな異同はないのだが、虎明本で、後から登場した座頭が「清水の観世音へ験仏者にてあると申程(もうすほど)に」とあるのは、〈川上〉にも見た霊験あらたかな神仏を崇拝する定型句である。『六義』では、シテが、「それがし妻をもたぬ、目くらの事なればそおうと云女房もない」とは、明らかに当時の実態か。そこで通夜の場にまず瞽女が、「あきの暮〱わが行さきは見えもせで」と唄うのに、座頭が「一の谷かつせんを云て」とは、いわゆる早物語風の「平家節」を唄うもので、ここで座頭が「なに者やらふ（う）うたうたうてかしましい」と言っている。

虎光本がやはり「アヽ姦(かしま)しや〱、盲女めが通夜をすると見へ（え）て小唄を諷ふ」と悪口を言っている。上述の第二段でも，この傾向が見えた。両者の対立が、この後の展開にいかなる意味を持つことになるのか。虎光本が、

互に目見へぬ中なれど契りとなれば嬉しやな　千束立たる錦木もあわで枯れぬるためしも有に　時もたがへず夫

　　婦と成るぞ嬉しき

と、無事ハッピーエンドへと進むところに天正本のおもかげを伝えているのだが。

間に座頭が語る〈平家ぶし〉は一の谷戦と言いながら、平家琵琶のもじりとしての早物語風の語りである。それに何よりも盲人同士の婚姻が、座の禁制を破ることであることなどが笑いを醸し出すと言える。

それに比べて大蔵流茂山千五郎家の〈月見座頭〉の上京の男の後半の変身は、あまりにも残酷である。せっかくの月見の体感も叶わぬ座頭を突き飛ばすとは。それはせっかくの風流の世界、ひいては能を虚仮にしてしまうのだが、仮説によれば、そのことによって成仏を願って締める能に感動させるものであったのか。

参考文献

竹村俊則『新撰京都名所図絵』一　白川書院　一九五八年
池田廣司・北原保雄『大蔵虎明本狂言集の研究　中』表現社　一九七三年
加藤康昭『日本盲人社会史研究』未来社　一九七四年
白井永二編『鎌倉事典』東京堂出版　一九七六年
北川忠彦・安田章『日本古典文学全集　狂言集』小学館　一九七二年
佐久間惇一『瞽女の民俗』岩崎美術社　一九八三年
橋本朝生『大蔵虎光本狂言集　四』古典文庫　一九九二年
北川忠彦・橋本朝生・田口和夫・永井猛・関屋俊彦・稲田秀雄『中世の文学　天理本狂言六義』三弥井書店　一九九五年
宮成照子『瞽女の記憶』桂書房　一九九八年
内山弘『天正狂言本　本文・総索引、研究』笠間書院　一九九八年

藤田隆則『能の多人数合唱』ひつじ書房　二〇〇〇年
梶原正昭・大津雄一・野中哲照『新編日本古典文学全集　曾我物語』小学館　二〇〇二年
ジェラルド・グローマー『瞽女と瞽女唄の研究』名古屋大学出版会　二〇〇七年

5 〈釣狐(つりぎつね)〉に「平家」の影

はじめに　「平家」を語る琵琶法師の団体、当道座に所属する盲人、座頭が関わる「平家」物の狂言を読んで来た。五十余年、名古屋に住んで和泉流狂言共同社（名古屋）の公演に接する機会に恵まれた。現役時代の晩年になってようやく狂言の読みに手をつけ始めた。どこまで進められたのだろうか。狂言界で「猿（靫猿(うつぼざる)）に始まり狐（釣狐）に終わる」と言われ、一つの区切りをなす。その〈釣狐〉の読みをめぐって、わたくしなりに狂言論の行方を試論として考えてみたい。大蔵流の虎明本〈つりきつね〉を軸にして読む。

あらすじ　一疋の狐が仲間の狐を捕らえる「いたづらもの」猟師に、狐釣りを止めさせようと、猟師の伯父、僧白蔵主(はくぞうす)に化けて猟師に狐の怖ろしさを語るが、相手の正体を疑う猟師の仕掛けた若鼠の揚げ物に惹かれるのを危うく遁れる。

構成　薩摩藩が重く信仰したと言う稲荷信仰が対象とする狐が、世に狸と違って畏怖されたことは、井上ひさしの喜劇物語、狐と猿の合戦を語る『腹鼓記(ふっこき)』を見ても明らかであることを山口昌男が解説で文化記号論的に論じている。能と対(つい)をなす狂言は、登場人物の動きによるセリフ劇であるが、能の〔中入り〕にカタリアイとしても参加するのだった。

ドラマを構成する役割分担として、狂言は能を意識し、シテやワキなどを立てるテクストがある。しかもこの〈釣狐〉では狂言固有の、シテ狐の相手役を演じるアドを登場させる。多くは、このアドとシテの対立がドラマを構成するのである。

読みの上から、能の積層構造にならって「段」の区切りを想定する。〈釣狐〉は、大きな段落として序・破・急の三部から成る。

民話学にならって、シテとアドの間で展開する行動を「機能」、行動のきっかけを「素材」と考える。

〈釣狐〉は、師匠の許しがなければ演じられない「習い物」の一つ、「大習（おおならい）」と称される秘曲である。扮装・演技ともに苛酷、高度の技術を要する「極重習物（ごくおもならい）」で、能を強く意識する。すなわち、シテの登場を、能のそれよりは簡略ではあるが、笛と打楽器の〔次第〕囃子で始める。〔急〕の段の前に、〔中入り〕を置くテクストまであることも、能への意識を見せている。

見ることのできた八種類のテクストを通して、まず登場人物として、シテである「とし久しくすむ」狐、それと対立する「このあたり」の「いたづらもの」アドの男（猟師）があり、それにシテがアドと対決するのに、舞台には登場しないが、シテが化ける、白蔵主を陰の存在、ワキとしておこう。この**陰の存在**は、能でも〈兼平（かねひら）〉〈巴（ともえ）〉における義仲、〈鵺〉における頼政などに見られ、狂言でも、たとえば〈川上（かわかみ）〉の地蔵がやはり直接には登場しないが、シテの声を通して、間接的に登場する。白蔵主（はくぞうす）は、アド男の伯父に当たる、寺の僧である。シテ狐が、その白蔵主に化けてアドを教え諭すのである。密教では、狐がだますとの俗信を退けるのだが。

ここで、わたくしの体験を語っておきたい。〈釣狐〉を数回見る機会に恵まれたのだが、二〇〇七年一月、名古屋の和泉流、狂言共同社、鳳の会で、井上菊次郎・靖浩父子の芸を見ながら、能の〈鵺〉を思い浮かべてしまった。それはなぜなのか。この疑問がこの章執筆の直接のきっかけとなった。今回、田崎未知の斡旋によって佐藤友彦の御好意により狐と白蔵主の面を撮影、その写真を掲載できることを感謝する。

本曲の構造を、網本尚子は、計略↓発覚↓争い↓逃走の「筋立て」に見る。わたくしの言う「機能」の「つなぎ〈連鎖)」である。序・破・急の三段落から成る。

〔序〕シテ狐がアド白蔵主に化ける、いわゆる計略の機能Ⅰ、アド、男の狐釣りを阻止しようとする機能Ⅱ。

〔破〕シテ狐が白蔵主に化けてアド男を訪ね、狐が神とされる由来を語り、殺生戒を犯す狐釣りを止めよと制止・教訓する機能Ⅲ。とりあえず男は断念すると言う、偽りの機能Ⅳ。シテは念入りに男に狐釣りの罠を捨てさせる「諫止」、これは機能Ⅰの変形である。

〔急〕男がシテの行動に不審を抱いて若鼠の油揚げの罠を仕掛け、シテの古狐がこれに惹かれる。「誘惑」機能Ⅴである。シテはアドの思惑どおり罠にかかりながらアドから「逃走」する、機能Ⅵである。

以上、大きく三段の構成と六つの機能は、必ずしもすべての〈釣狐〉のテクストが文字化していない。全体の枠組みは変わらないのだが、シテとアドの行動も多様に変化する。機能としてのシテとアドの駆け引き、それを構成する素材を使い分け、演技・演出に各様の工夫を見せる。この異同が、狂言の当意即妙性を示し、それは民話の世界にも近い。

ちなみに、シテの登場と教訓、逃亡のみをテクストに指示する天正狂言本が、この狐語りを文字化する。天正六年(一五七八)の日付があることから天正本と称される。狂言演出の心覚えで、しかも古態をも伺わせる重要なテクストである。

「抜書(ぬきがき)」ということ　時代は下るが『狂言六義』も、破の段、この狐語りを「抜書」として本文から切り出し、しかもその開曲を、

次第　名残の後の古きつね、〱、こんくわひのなみだ成らん　名ノリ　道行　すみなれし我(わが)古塚を立出て、〱足にまかせて行ほどに、〱漁師(れうし)のもとに付にけり

と始め、

「抑狐と申は神にておわします……」

と語る。全く能の世界のもじりである。ちなみに『六義』は、多くの「抜書」を別冊仕立てとし、その翻刻・校注に、「抜書」のあるべき場所を明記している。是永真理子は、この本文と抜書が筆者を同じくし、両者の間に「重複や矛盾がある」ことから、ある程度別個のものであった、その間の揺れは、当時の狂言の流動性を持っていたからだろうと言う。

橋本朝生は、『六義』と「抜書」が対応する関係にあり、演者の手控えと見られる天正本の系譜をひくもので、中身から言えば、「この方（抜書）が核であり、これに六義が付加されたという見方もできよう」と言う。

事実、たとえば〈猿座頭〉では、シテ勾当の酒盛りの場での歌と「平家節」を、〈見ずきかず〉では、耳の聞こえない相手に対する菊一の悪口を、〈川上〉では、女房の悪態に再び失明するところを「抜書」としている。いずれも曲としての中核をなす部分と読める。上演には、三段構成の中の〔破〕の段に語った、それを「抜書」としたのは、上演のための演出本とも言うべき天正本が、あえてその狐語りの部分をテクストとして文字化しているように、狐の神聖なることを語る、この狂言の中核部分、主題的契機とする。

この「抜書」のありかたは、『平家物語』諸本の中で、当道座の語りテクストのうちの屋代本が「義王」の話、「流砂葱嶺事」、それに「剣巻」などを「抜書」とすることについても示唆を与える。すなわち『平家物語』論において、それらの「抜書」をテクストの成立過程における加筆・増補と見ることがあったのだが、この『六義』から類推すれば、語り本「平家」物語においても重要な素材をなすものとして「抜書」にしたと見ることができる。その意味で、この〔破〕の段の素材、狐語りの読みは示唆に富む。能と狂言の読みが『平家物語』の諸本論から読みにも返ってゆくこと、能〈清経〉論でもとりあげておいた。

曲の冒頭、いきなりシテが登場するのは、能にも〈鞍馬天狗（くらまてんぐ）〉などの例があるが、この〈釣狐〉の場合、シテの狐が、陰のワキ、男の伯父である白蔵主に化け、その面をつけて出る。能の前シテが後シテの化身となって登場するのを意識して演出しているのだろう。ワキの道行で始めるのも能の型に通じる。しかもその化けは男を騙すためであり、以下、その化けの皮が剝がれるところに笑いがある。

このように緻密に能を意識しながら、それを「虚仮」にしてゆく。何よりも中世における密教の異神、狐を虚仮にして笑わせるのである。

ちなみに狐そのものは登場しないが、〈狐塚〉で主がシテの太郎冠者に「きつねづかの田に」群がる鳥を追わせるよう指示する。太郎冠者は、「今日は日がさがつた、……此中も、くれ時分には、きつねづかの古ぎつねがでて、人をなぶると申」すからと拒むが、拒みきれず出かける。後から、太郎を助けようと次郎冠者が出かけるが、太郎冠者は、かれを噂の古狐が化けて出たと思い、これを燻りでふすべて化けの皮を剝がそうとする。この主の意図を虚仮にするのが笑わせる。天正本でも〈あぶりぎつね〉の名で、殿が、

二人よび出し、山田へ鳥鹿おひにやるとて、此比（ころ）はばけ物はやる、よふぢん（用心）せよとゆふ、せう（主）（主人）のまねどしてくる。かまひてゆだんするな

と言って送り出す。しかも「心もとなきとてむかひに行」く主を、太郎冠者が主の警告を思い出し、さては「ばけ物よ」と打擲し「火よばわりてあぶる」として見える。狐が人に化けて人を騙すとする、民話を逆手にとった狂言である。

狐は密教、異神、だきに天とし、また稲荷信仰として怖れるべき獣であった。京都、伏見稲荷大社は、平安時代以

来、渡来民の秦氏が狐を稲作に関わる霊獣として祀り、空海が公的に拓いた真言密教東寺の鎮守神としたのだった。狐が持つ両義性である。

それにイナリを野干と言い、わが国では、これをダキニと同一視した。ダキニは死に臨む人の精気を奪うことによって死に至らしめたと言う。つまりダキニがとりつかないと死にきれない。逆に言えば、ダキニを降伏させることにより命を延ばすこともできたとする、両義性を持つ怖るべき異神でもあった。

ダキニ天はおそるべき奪精鬼ではあったが、その法を修する者には超能力を与える霊格として信奉され、……そうしたダキニの迫力を仰ぐことにより、己れの所望を短期間に達成するための福徳法があったとも言うわけである。

『源平盛衰記』巻一に、清盛が蓮台野で逢った狐を射ようとするが、黄女に化けた狐は貴狐天王、つまりダキニ天であることを明かしたので、清盛は狐を救い、それを祀る法を行ったために平家一門の繁昌を見たとも語る。『平治物語』でも、京の異変、信頼の挙兵を知り熊野参詣の途中からとって返す清盛らが、戦勝を祈願してまずこの大社に参ったとするのだった。聖なる畏れるべき狐をどのように語るのか。以下、〈釣狐〉の構成に従って読む。

1　シテの登場

〔**読み**〕多くのテクストがシテの七五調を主とする〈次第〉で謡い始める。能の演出に倣っている。その前シテは、白蔵主の面をつける。

わかれの後になくきつね、こんくわいのなみだなるらん

大蔵流の虎明本が「わかれの後になくきつね、〳〵」、和泉流『六義』の「抜書」が「名残の後の古きつね、〳〵」と始めるのは、男と牝狐の異類婚を語る説経〈信太妻〉の母子の別れ、室町時代の物語『木幡狐』や、瞽女唄の

〈葛の葉〉などにも見られる型を本説とする。

〔補説〕網本尚子は、狐に「ある程度成長した子を母が強く咬んで、自分のもとから去らせる」「習性」があると言う。狐と人の異類婚は、『日本霊異記』上巻二「狐を妻として子を生ましめし縁」と見え、その児が異常な能力を持つことを語っていた。早く折口信夫が、さらにそれを受けた徳江元正も指摘するところである。

芥川竜之介の芋粥の話で有名な『今昔物語集』巻二十六の利仁将軍の敦賀の婿入り先の「御前」に狐が乗り移って、聟殿、利仁の訪れをいち早く敦賀の邸に伝えた。「狐は変化有る者なれば」その駿足をとばして報せたのだと語る。〈釣狐〉の基盤には、こうした狐の文化・伝承が存在した。

〈釣狐〉の出始め〔次第〕も、やはり母としての牝狐と、その子（人）の別れを示唆している。この〔次第〕の謡いが、シテ狐に対する観衆の同情をかきたてるのである。『狂言記』では、そのシテが「われは化けたと思へども〳〵人は何とか思ふらん」とするのは、化けた白蔵主として現れるためであるが、狐に関する今一つの、化かすという否定的な狐像があることを前提とする。

対して敵役にまわる男。安政賢通本〈今悔〉は、始めからアドとして登場させ、その名ノリに始まり男は狐釣りを楽しむと言い、「しかしながら若狐ばかりで面白うござらぬによつて、何卒古狐の大きいを釣りたいものでござる」と罠をかける場所探しを始める。機能Ⅴの変形で、いきなりアドの、シテ古狐に対する挑戦を語り始める。アドとシテの対立を冒頭から設定し、ただちに話の核心部に迫る語りがアドを主役として位置づけ、笑いを強調する。

ちなみに、このシテである狐をぬいぐるみの服装で登場することがあるように、視覚的にもリアルであることを武蔵野大学での狂言の会に、羽田昶が野村萬齋と対談したことを注目したい。

2　シテが白蔵主に化けて登場する

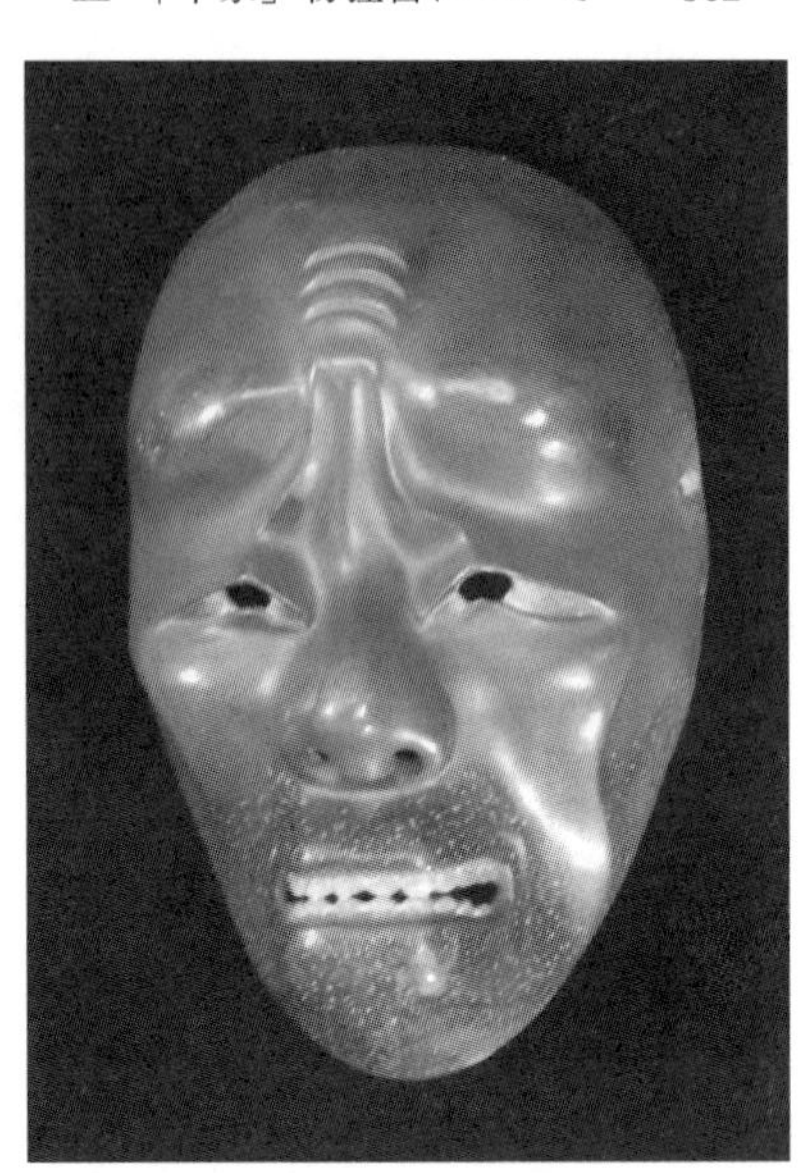
白蔵主（狂言共同社蔵、田﨑未知撮）

〔読み〕狐が名ノリ出て、
　このあたりにいたづらもののありて
狐を釣るため、同僚は減り、わが身にも危険が迫る。そこで、男の狐釣りを制止するために一策を考える。男の伯父で寺の坊主、白蔵主の面をつけて化けて出、男を制止するために教訓しようとするのである。僧と、その甥、男の殺生のとりあわせが笑いを誘う。

〔補説〕ちなみに、この「白蔵主」については、『無門関』の「百丈野狐」の話からの連想による、禅僧の名と言われる。百丈和尚が語る、五百生の間、野狐の身に堕ちた老人が、百丈和尚に乞うて野狐の身から脱するという話で、禅宗との関わりを示唆する。川瀬一馬が、堺、少林寺の塔頭、耕雲庵に伯蔵主と名のる僧が稲荷明神を信仰したことを指摘する。臨済宗大徳寺派の寺である。この伝を伝える『堺鑑』が江戸時代のものであるので、狂言との関係は明確でない。佐竹昭広が、その名の源を、前の「百丈」に想定するが、〈通円〉のように、狂言が現地へ逆流したとも想定する。能・狂言が現地に歴史を作ることは能〈忠度〉などでも述べた。

　ところで、この僧について、天正本は「西大寺と名のつて出る」とする。田口和夫は、この南都律宗の、殺生禁断を説く西大寺とするのが本来の形だと言う。西大寺に関する砂川博の論がこの想定を補強する。シテが化けて現れるが、その化け方に不安を感じていた。流派分派前の古い『狂言記』は、狐が首尾良く化けられているかを「まづ水鏡（かがみ）を見せう」と水鏡に自分の姿を映して見る。わたくしが、そのおかしさに能〈井筒（いづつ）〉の業平を想起するのは深読みだろうか。この想像が当たっているなら、両者の間の落差が笑いをかきたてるだろう。化けの確認、「水鏡」が素材で、アドとシテの騙しあいの機能Ⅱを強調していると言える。ここで虎明・虎寛・山本・和泉各本のテクストでは、シテのセリフとして、男が犬を飼っていないことを幸いだと言うのは、生活文化史としても興味深い。犬と狐の不仲は『日本霊異記』下巻二「生物の命を殺して怨を結び狐と狗とに作りて互に相報ひし縁」があるし、それは物語『木幡狐（こはたきつね）』にも見える。

本曲の場合、後半の〔破〕の第二段で狐退治の命令を受ける三浦・上総両介が犬追物の技を訓練して臨むことへの伏線としてもある。特に大蔵流の虎寛本・山本東次郎本のテクストでは、「是はいかな事、今遠（ママ）いで犬が啼たれば、近くで啼くかと存てびつくりと致（いた）いた」と言う。犬への怖れが素材をなす。これら素材の添加が、怖るべき狐を演じながら、それを笑うのである。

3　狐が化身した白蔵主シテがアド（男）と応対する

〔読み〕アドが応対に出るのは、すべてのテクストに共通するのだが、虎明本と『六義』は、シテが「いや〳〵、なふ〳〵むさや、こちへよらしますな」と、白蔵主に化けた狐がアドを遠ざける。シテのアドへの怖れ、つまり素姓のばれるのを怖れる機能Ⅱの変形である。この〔序〕の段では、シテの決意と化身、その化け露見の怖れが主題をなす。愛すべき狐の笑いである。

4　〔破〕の段　狐の戦略として、狐語りによりアドを脅し、諭そうとするのだが

〔読み〕古狐の化けた白蔵主が男に狐釣りをやめろと言う。アドの男は、

　きつねをつった事はござらぬ

としらを切る。狐釣りの噂をいったん「それはいつはりで御ざる」と否定するアド。それをシテは、そなたが狩った狐の祟りを人々が怖れているから止めるようにと念を押す。「みな〳〵き（来）ておしやる」（虎明本）とは、狐仲間の噂を言いながら、それを狐の怒りを怖れる人々の声だとだまし言うのである。

『狂言記』は、ここで両人が押し問答の末、シテが「此上からは、甥を持つたとも思はぬ、ふつ〳〵と中違でおぢやる」と「義絶」の「脅し」をかけて立ち去ろうとまでする。脅しの機能Ⅲに、さらに「義絶」を加える。

さすがのアドもいつわりきれず、実は釣ったと告白する。虎寛本のアドは、

> ふと人に頼まれまして一二疋釣りまして御座るが、夫より段々面白う成て、いか様狐の十四五疋も釣りませうか

と弁解しながら悪乗りし、『六義』は、その釣った狐を、

> かわをはいで、身はれうりしてたぶる、かわ（は）ひつしきにもいたす、ふいごうのかざ口にもつかふ

と言い、和泉本は、それに加えて「骨は黒焼にして膏薬錬に」売るとまで言う。

アド男のシテに対する逆の「脅し」に、悪乗りして引敷・黒焼などの素材を加え、脅しの増幅を図る。上演の場での狂言師の芸の見せどころである。こうした素材の付加が狂言の流動性を見せる。

そこでシテは化けた白蔵主にふさわしく仏教で説く五戒の中の、特に殺生戒を重視することを説く。「説法」の機能Ⅲである。

> 惣じて五戒のうちでも、せつしやうちうたう邪淫妄語といへば、せつしやうをいましむる事がかしらじゃ

アドはシテの訓戒に納得するのだが、和泉本では、アドは「去ながら爰に大きな古狐が一疋ござる何とぞ夫を釣うど存て」、「きやつめを釣たらば止りませう」と言う。それはこの後の〔急〕への予告をなすアドの執念を新たに機能として加えるのである。

〔補説〕以上が〔破〕の第一段であるのだが、ここでシテは狐の執心の怖ろしいことを「狐語り」に語る。修羅能などの〔中入り〕に登場するカタリアイにも相当する。簡略な演出本である天正本までもが、

　そうぢ（じ）てきつねは神にてまします天ちくにてはやしろの宮たいたふにては……

と文字化して残し、『六義』がこれを聖典「抜書」として別置、わざわざその冒頭に〔次第〕〔道行〕の謡いを添付して、この部分のみでも語りになり得る。

その第二段としての狐語りは、まず天竺・震旦・本朝の三国にわたって狐が神であるとする。

　そうじてきつねは神にてまします、天竺にてはやしおの宮、たうどにてはきさらぎのみや、我朝にてはいなり五社の明神、是ただしき神なり

その執心の深いことを言い、具体的な例として鳥羽院の時の玉藻の前の怪異（実は狐）が院を悩ませたこと、これを三浦・上総両介に命じて射させたこと、その狐が討たれながら殺生石となって、生前の執心の深さを持続したことを語るのが基本的な骨格である。わたくしが「平家」物能の〈鵺〉を想起した語りである。このモチーフ（素材）が芸能としての軸をなすものと見られる。

折口信夫が言うように、異類としての狐の、人や王への接近、言い換えれば王はたえずこうした異類に狙われる存在であったし、その狐が逆転して王を守護する神にも成りえた。狐の両義性である。あたかも、いったん怨霊となった道真が北野天満天神になったように。能や本説を虚仮にする狂言のはたらきが確認されよう。

ただ鳥羽院の宮中の作法を見習うために昇殿を許された貴族の子弟上童としての玉藻の前が院を悩ませたところを『六義』では、院御所での歌合わせ管絃の座に大風が吹いて殿中の灯火をすべて消してしまう、とたんに玉藻の前の身体が金色の光を発して殿中を明るくするという怪異を加える。陰陽道の安倍泰成が占って女の本性を狐と見抜くのだった。

ここでも『六義』は、その狐が中国で幽王の后となって「七御門まで」滅ぼしたとする故事を引き、ここで薬師の法を行うとまで指示したので、女は狐になって那須野へ逃げ去ったとする。この言説の基盤には、室町時代の伝承や物語が存在し、それらを以て加筆するテクストがあった。

5　ツレの介入

〔読み〕狐語りの続きである。院がそのままでは放置できぬと三浦・上総両介を召し、犬追物の武技で那須野に狐を退治するよう指示する。『六義』で、狐が「尾頭七ひろにあまる」大狐となって現れたとするのは、能の〈殺生石〉などにも見られる素材で、それは和泉本が〈破〉の第一段でアドが大狐の退治を志したことと照応する。『狂言記』、茂山本ともに、この三浦介・上総介の二人が、それぞれ狐を射止めたと語る。緻密な前後の照応を見せる。ここには、頼政がたた井の早太を同行する〈鵺〉の影が見える。

〔補説〕玉藻の前の素姓については、室町時代の物語『たま藻のまへ』など、種々伝承があった。すなわち臨済宗の寺、相国寺の瑞渓周鳳の日記『臥雲日件録抜尤』の享徳二年（一四五三）二月二十五日の条に、林光院主脩山の話す「射狗事」がある。すなわち「鳥羽院御宇」玉藻前なる美女が帝の寵愛を受けた。女は「天竺唐土之事」に精通したが、この女のせいで帝が病む。女のしわざと占ったところ、女は狐となって逃げ去った。那須野に下った狐をとらえようとするが、逃げ足が速くてつかまらない。そこで武士に命じて犬追物の武技を習わせ、上総介に命じ、これを射殺させた。その尾に二本の針があり、上総介がこれを頼朝に献上、狐の霊験により頼朝は天下を平定。上総介は源氏の武者で、犬追いの芸がこの時に始まった。また、この狐は周の褒姒の化身したものであると言う。頼朝王権を支えるものとして、この種の異類が見られる。頼朝以来、源氏将軍を讃歎するための語りであろう。

今一つ、これは室町時代の史書『神明鏡』上、第七十四代鳥羽の条に見える。帝紀の形式を踏襲するものであるのだろう、帝の治世十六年、天仁(てんにん)・天承・永久・保安(ほうあん)の改元があり、退位して院となる。近衛天皇の代、久寿(きゅうじゅ)元年（一一五四）仙洞(せんとう)御所、つまり鳥羽院の御所に美女「玉藻ノ御方」がいて、女は天人の化現、聖象の影向(ようごう)（尊い化身）かと思われるばかりの学識を見せ、院の寵愛を専らにしたが、この女のために院が病み、安倍泰成(あべやすなり)の占いにより玉藻の所為、実は那須野の狐の化身で、元はと言えば『仁王経(にんのうきょう)』に言う天羅国(てんらこく)の千人の王の首を集めて祀ろうとした「塚ノ神」で、唐土でも周の武王の后、褒姒(ほうじ)となって王を滅ぼし、やがて本朝に渡来し、主上を悩ますのだと占う。

そこで帝の聖体を守るために太山府君(たいざんぶくん)を祀り、その御幣の役を玉藻に務めさせようとしたところ、女は嫌って那須野へ逃げ出した。幽界を支配する太山府君を、狐として嫌ったものか。その瞬間、院の御悩は平癒した。そこで東国の名将、三浦・上総両介に命じて、その狐を射させた。その時「赤犬一疋出サレケリ、勅ニ随(したがい)之ヲ射」。以後、犬追物の武技としたが、この狐の腹に仏舎利をおさめる金の壺があり、これを院に献上、狐の額にあった白玉を三浦介に賜った。「尾ノ先ニ針二アリ一ハ赤シ」、それを上総介に賜り、「狐ヲバ宇治宝蔵ニ納メラレ」たとし、「那須ノ殺生石ハ此霊也」と言う。

仏舎利・白玉・赤針の関係が不明確であるが、これらの史書から鳥羽院をめぐって狐の化身、院を悩ます玉藻の前が実は那須野の狐だと占い、三浦・上総両介に退治させた物語があったと言うのである。

この史書、特に後者と関係があるのが、上記、室町の物語『たま藻のまへ』である。

近衛院の代、久寿二年（一一五五）、鳥羽院の御所に美女、玉もの前がいた。天人の変化(へんげ)、「やうじゅう」の影向(ようごう)かと人々に評され、院の寵愛を受ける。内・外典に精通し、院を感心させる。

九月のこと、清涼殿での詩歌管絃の御遊に、その女の身が光を発し人々を驚かす。女は管絃の音楽についても豊富な知識を持ち、次第に院を怖れさせ院は発病。種々祈禱を行うが験(しるし)がない。泰成が召され、「玉ものまへのわざにて候」、これを「うしなはれば」平癒すると占う。

さらに詳しく質したところ、那須野に棲む齢、八百歳、丈七尋、尾二つある狐で、『仁王経』に言う、斑足王に千人の王の首を切って祀らせようとした塚の神が漢土の褒姒から本朝、玉藻の前となり国王になろうとしたと素姓を明かす。院の病が篤くなり、泰成は泰山府君を祀ろうと、その御幣取りの役を玉藻に指示するが女は嫌って姿を消す。ここで上総・三浦両介が召し出され、那須野の大狐の退治を命じられる。両人が現地に赴くが狐の逃げ足が速く、両介は犬追物の武技を稽古の上、扇の的に向かった那須与一さながら神々に祈ったところ、その狐が姿を現し、ようやくこれを射止めると語る。明らかに『平家物語』巻十一の「那須与一」の語りを借りている。

この旨、使者が都へ報告、以後、犬追物の行事が始まる。狐の腹に仏舎利、額に白い玉、二つの尾の先に二振りの剣があり、その赤い剣を上総介がとり、これを頼朝に奉じた。その瑞相により、頼朝は天下を平定したと言う。源氏讃歎の語りである。

この長い物語は、『神明鏡』と重なる。いずれが先行するかはわからないが、南北朝末には成立していたろうと言う。網本は、前半のおどおどしい狐の変容を、登場人物が、思わず、わが動作に酔いしれてしまう、北川忠彦が言う狂言の「忘我性」を示すものだとする。田口和夫は、天正本との比較から、狐語りの怪奇的な部分を、能〈殺生石〉のモドキかとし、その形成の場を、永井猛の調査を踏まえ、「南都禰宜流・京流の狂言であった」とし、天正本冒頭の「西大寺」をも、この語りの中でとらえようとする。成立と転成の場をともに奈良とするものか。いずれしてもおそるべき狐の執心である。

今回、気づいたのは、実は、この狐語りの中核部分の背後に、『平家物語』を本説とする能〈鵺〉の影が見えたことである。それは、あくまでもわたくしの読みによる。成立論を指向するものではない。

〈鵺〉は、王を脅かす怪鳥、その排除を語る物語である。話形として、怪異から王の守護を語ることで、この〈釣狐〉と重なる。本説の物語では頼政の武勲談として二度、近衛院もしくは二条院を悩ましたとする鵺を登場させ、それを退治するよう指示された源頼政が鵺を退治するのに郎等井早太（いのはやた）を連れて、二人が続いて矢を放つ。もしくは頼政自身が二本の矢で鵺を射止めたとすることに対応するのが、特に『狂言記』や『六義』のテクストである。しかも、この頼政の鵺退治をめぐって、『源平盛衰記』巻十六が、鳥羽院に仕えた美女、菖蒲前（あやめのまえ）に頼政が懸想していた、それを知った鳥羽院が、頼政の思いを確かめた上、この美女を賜ったと語り、その後に、鵺退治を語るのである。

この『盛衰記』と関わりがあると思われる『平家物語』の語り系のテクスト竹柏園本（ちくはくえん）が、近衛院の時の頼政の鵺退治の話に、頼政が「藤壺ノ菖蒲ニ心ヲ懸」けたことを語り、その頼政の思いを確認の上、褒美として菖蒲前を賜ったとする。鳥羽院や近衛院の美女、その院に災いする異類、鵺や狐を登場させること、いずれにしても王権をめぐる異類と美女をとりあわせる。狂言〈釣狐〉に能の〈鵺〉、特に、その退治に狐から鵺を連想したのは深読みに過ぎるだろうか。王を悩ます化け物、これを退治する武人（もののふ）の芸、それにからまる美女の登場と、これに幽王と褒姒の狐をからませる。それにその魔性退治に三浦・上総介を指名するのは、これも『盛衰記』など読み本の『平家物語』において頼朝の挙兵に武名を馳せた三浦義明と上総広常を連想するものである。

事実、狂言の注釈も、能〈殺生石〉の注を踏まえて、この両名をあげている。狂言の背後にあったと思われる伝承に、上述したように頼朝の天下平定をからめていて、この三浦・上総の両名を〈鵺〉に重ねて登場させた。こうして〈釣狐〉の背後に、わたくしは『平家物語』の基盤としての源氏の物語を思い浮かべたのだった。

6　シテの行方

〔読み〕狐は射られながら、なおもその執心から大石となる。人間はもちろん、畜生鳥類も、「その石のいきほひにあたつてし（死）する、せつしやう（殺生）をする石なればとてせつしやう石とは付けられた」と結ぶ。

〔補説〕 この話について、五番目物の能〈殺生石〉があることは、すでに指摘されているところ。能のワキ僧、玄翁（げんおう）。これは実在が指摘されているのだが、かれが奥州から上洛を志す途中、那須野の石に着く。そこへ前シテ、里の女が現れ、近づくなと制止する。と言えば、狂言〈釣狐〉の〔序〕の段、その結びでシテがアドに近寄るなとする制止の機能は、やはり、この能の影を見せている。

ただ、能の場合、里の女、実は殺生石から現れる野干（やかん）（狐）が不本意にも僧を殺すことを自制して断念するのだが、狂言の場合は、シテの狐がその本体を見破られるのを怖れての断念だった。その差異の落差が笑いを醸し出す。

ワキ僧は、この石が殺生を犯すわけを問う。そこで里の女が語るのに、鳥羽院での管絃の夕べ、風に灯火が吹き消される。とたんに、玉藻前が光を発し、それ以後、帝が病む。召された安倍泰成が王法を傾けようとする玉藻の前の所行と占い、調伏の祭りを催そうとするや、玉藻御前がたちまちその「もとの身」狐になって「那須野の草の雲露」と消えたと語り、実はわが身が、その石魂の化身であると告白して「石に隠れて失せた」と語り、〔中入り〕となる。遡れば『平家物語』の幽王と褒姒の物語の場の再生である。この狂言は、まるで読み本『平家物語』や『太平記』を思わせるように故事を引用する。

能〈殺生石〉の後半、ワキ僧がその石魂の成仏を祈るところに後シテ石魂（野干）が現れ、実は「天竺にては斑足太子の塚の神、大唐にては幽王の后褒姒」として現れ、「我朝にては鳥羽院の玉藻の前と」成ったのだと語り「王法を傾け」ようとしたが「三浦の介、上総の介両人」が指名されて「野干は犬に似たれば」犬追物のわざで討たれた。狐は、なおも石となって執心を残したのを、玄翁の導きにより立ち去るのだと語り結ぶ。その経過を語り、演じるのが王権に奉仕する芸能であった。三浦・上総両介の名をも含め、狂言と重なるし、特に『六義』・茂山本・和泉本では玄翁その人も登場する。この能〈殺生石〉が狂言〈釣狐〉の本説であることは確実である。

　本説の採り方に狂言の各テクストの選択があるのだが、『六義』で玄翁が「かの石にむかってかつ〔喝〕す」と杖打つのは、この後の〔急〕の場でのシテの罠に対する仕打ちに通じる。それに三浦・上総両介を登場させて二の矢をととのえるのは、上述したとおり、『平家物語』や『源平盛衰記』の頼政の鵺退治を想起するものであろう。その意味で、この〈釣狐〉を「平家」物の狂言とも読めるのである。

　特に、この〔破〕の段の後半、狐語りに能〈殺生石〉はもちろんのこと、『盛衰記』の頼政から能の〈鵺〉まで想像してしまうのだが、これらがどのように成立の状況を示すのか。おそらく能が狂言の背後にあるのだろうが、『六義』などに引用として玄翁が登場し、この玄翁が応永三年（一三九六）乃至七年に没した実在の禅僧であったとすれば、能や狂言が、それ以後の成立となる。『盛衰記』をも含めて、これらの成立については、なお成案を得ていないのが現状である。

　折口信夫が、上述の『信太妻』をめぐって、

　伝説の流動性の豊かなことは、少しもぢつとして居らず、時を経てだん〳〵伸びて行く。しかも何処か似よりの話は、其似た点からとり込まれる。併合は自由自在にして行くといった、伝承の語り、その言説のあり方を示唆しているのであろう

と鮮やかに論じたのだった。まさに民話の世界である。

7　シテとアドの応答

〔読み〕　シテは、この「殺生石」の話を引いて狐の執心の恐るべきことをアドに語り、狐釣りを断念させ、罠を捨てよと指示するのであった。狂言としての上演にあたっては、適宜取捨選択したのであろう。折口は、狐の執念深さに

狐（狂言共同社蔵、田﨑未知撮）

ダキニの修法の対象として使われたことを考える。アドは罠を脇へ寄せる。シテはそれを見届けて帰るのだが、ここでも『六義』で「抜書」に先立つ本編の〔破〕の第一小段に、

　ここにふるぎつねが壱つ御ざるが、是をつつてからとま（止ま）らふ（う）と云事をまへかたに云てよし、みるまへにて、わなをすつる

とするところにアドの男の古狐に対する執念を語る。これは〔破〕第一段、和泉本がシテの訓戒をいったん承知しながら、「去ながら爰に大きな古狐が一疋ござる」何とかこれを釣ってから思いとどまろうと言っていたことと呼応するだろう。

〔補説〕『六義』の「まへかたに云てよし」とは、この和泉の台本のあり方に通じるのであろうか。虎明本でも、この間の経過を、〔急〕の段で、実はアドがシテを不審に思って「わなをすつると申て、きつねのよう参る所に」置いておいたと語る。狐の魂胆を見透かす、シテとアドの駆け引きのおかしさがある。アドはシテに対する手前、罠を捨てたと言いながら、実は「狐を釣らずには」なるまいと罠を張っておく。〔急〕の場で、シテがこの罠に再会し、誘惑させられることになる。

　なお和泉本で、アドが罠を捨てる前に、シテはいったん見ておきたいと所望、これを見ている。この罠の処理については、この後の〔急〕の段において確認しなければならない。

8〈急〉の段　逃げ込み　シテの思い

〔読み〕安堵したシテが帰途につく。罠を捨てさせた喜びに、小唄を唄って帰ろうとする。狂言で一つの見せ場とする素材である。

元の「わがふるつかへ」もどろうとするところで本体の古狐にもどっているわけである。

9　シテの結末

〔読み〕シテは「きもをつぶす」。捨てさせたはずの罠を「かへるみちに、はりすまひて」あるのを見つける。狐語りに語ったような、畏怖すべき狐のこの後の滑稽なしぐさ。男の偽りを怒りながら、その罠に仕掛けられた揚げ物の匂いに惹かれる。これまで同僚を犠牲に追いやった罠への怒りに仇討ちとして杖で打つしぐさ。しかも、その匂いに惹かれる思いをも抑えきれない。『六義』では、シテ狐は、罠との再会を「いぬると思ふたれば、きどくな、又わなのところへきた、とかくくへと云事であらふ（う）ほどに、くわふ（う）」とまで自己正当化する。古狐としての理性、一方で罠に魅惑される狐の本性としての弱さ、それゆえのおかしいしぐさ。永井猛が、本来「釣られまいとして罠を相手にいろいろな仕草を物真似によって笑わせる狂言だった」と言うのも、この狐の弱さを指すのだろう。当初の怒りと、誘惑に対する弱さ、その葛藤が、芸として、この段の見せ場をなし、罠にかかるところで笑いの極点に達する。『狂言記』を除くテクストが、ここで狐は身軽になろうと、白蔵主のいでたちを脱ぐところで〔中入り〕に入る。

〔補説〕迷うシテの、罠への接近の手順にテクスト間の異同がある。この構成を区切りと見れば、ここからが〔急〕の場となる。田口が言うように、白蔵主から狐への面の取り替えも必要としたろう。鷺流では〔中入り〕がなく、同じ面で処理した、狐に早変わりする演出もあったと言う。〔破〕から〔急〕へ、狂言の見せ場の工夫がある。

ここで改めてアドが登場し、これまで白蔵主の訪問に不審の念を抱いていたことを言い、そのために捨てると見せかけた罠を場所を変えてしかけて置いたと言う。テクストによって、前後の罠の関係にわかりづらいものがありながら、その流動性を物語っている。

シテと別れた直後から不審がる和泉本でのアドは、すでに罠が荒らされていることに気づき、相手が古狐であったことを知ることになる。問題の〔中入り〕を設けるかどうか、それをどこに置くかによって、このアドのシテへの行動、経過も変わってくるわけである。

構成が、機能のあり方をも左右する。事実、『狂言記』は、シテが「鼓座へ飛入」るところでアドが登場し、「伯父坊主の異見を聞ふ（う）とは申（もうし）たが、狐を釣らずには、いる事はなるまひ（い）」と改めて罠を仕掛けることになるのである。〔中入り〕の区切りを見せながら、それは「狐、生にて出る」とあるように、扮装を取り替える便法として考えた場の構成である。これをいったん楽屋へ〔中入り〕させる虎明本や虎寛本は、より強く場の構成を意識したものと言えるだろう。

虎寛本のテクストが〔中入り〕の後のしぐさを細かく指示する。つまりシテとアドの罠をめぐる攻防に重点を置くことを示唆している。この後の経過を、『六義』は、

杖で一度、手をつかへて足斗（あしばかり）も、はらばいもあり、わなを取てすつる事もあり、其内はしがかり（橋掛かり）への（退）く事、かんよう也、いろ〳〵ふんべつあるべし、後には、われとわなをとつて首にかゝつてから、アド「狐がかゝつた」と云て引こむ時、「すこん〳〵」とないて、手を合ておがむしまひ也、引こうで留る、又わなをだまひてぬけてにげこむ、おい追い入もあるか　杖のさきにわなをかけて一ぺんもつてまわるしまひ、面白きもの也

と〔追い込み〕で留める。

いずれにしてもアドは失敗に終わるのであろう。天正本のとめ、

おぢではなふ（う）て古ぎつね　後きつねになりてわなにかゝる、おひ（甥）出て引入る

は、狐が男の訓戒に失敗したことでしめるもの。その後のことは語らない。異類婚で始めた開曲との、この照応が哀話をも虚仮にしてしまう。本説としてあった能〈殺生石〉の、執心深い狐を、結局、獣性を吐露する狐として笑う、侵犯・虚仮にする笑いの世界である。

この古狐が罠を懸けたままで逃げ去ることになれば、さらにそのおかしさを強くするだろう。野上豊一郎は、罠にかからないように油揚げを食うことが、奸智な「大いたづら者の」アド、人間に対する諷刺であると見る。野村萬齋は、「もともと暗いイメージの狐が人間に化け、狐の本性に重ねて表現する」と言う。

狂言を「をかし」の芸能と見る佐竹は、この野上を引き、笑うべき狐の失敗と、その暗い敗北・悲劇の対立を読み取る。網本は、この佐竹の論を踏まえながら、静岡県の民話を見て、〈釣狐〉の「素材は、やはり「狐の失敗」の明るい側面だと考える方がふさわしい」と言う。能〈殺生石〉〈鵺〉ともに、異類が災いをとどめ、王権を守護して閉じる。その異類を虚仮にするのが狂言である。この間、文化史的に見て、狐の呪力も退化してゆくのであろう。稲荷信仰は生業守護・現世利益の信仰へと展開してゆく。商売繁盛の神となる。

狐は、見て来たように、古代から、畏怖される面と、愛すべき面、両義性を持っていた。そのことが、このような笑いの対象になり、狐のイメージを変化させていった。田口は、天正本に〔中入り〕がなく、一貫して狐の面で通す〈釣狐〉に古い形を想定する。その変化を、江戸時代の上演の経過を探って、寛永頃、江戸中期から後期にかけての変化だろうとも言う。

今後、狐信仰をめぐる文化史の探求がさらに求められるだろう。狂言の読みが単純に見えて、きわめてむづかしく

多様であり得ることを、〈川上〉に感じたのだが、この〈釣狐〉の場合についても、同じ思いにかられる。それをさらに歴史や文化史の中で位置づけするむづかしさを改めて痛感する。

むすび 狂言〈釣狐〉の一方に能の〈殺生石〉がある。この両作の関係について「パロディ」の語が使われる。二〇〇七年度、中世文学会のシンポジウムの課題が「中世文学とパロディ」であった。この便利な語を、どのようにとらえるのか。パロディと称される現象がいかなる意味、機能を持つのか。何のためのパロディなのかが疑問で、その語を使うことに躊躇するものがあった。そのあげくに、「虚仮」の語を思いついたのだった。

この「虚仮」という語は、本来、仏教語で、実質を伴わない、いつわりの意、真実の反意語とされるのだが、わたくしは、対象をはぐらかす、その笑いの意と考えたのだった。それは必ずしも戦闘的な批評や批判ではない。しかも、その対象に対して何らかの力を持っていることも確かである、だからこそ笑いがあるのだろう。諷刺にもなるだろう。リンダ・ハッチオンは、この語の定義として「類似よりも差異を際だたせる批評的距離を置いた反復である」「皮肉な顚倒」を、その機能としている。

わたくしが、かつて「このような虚仮を可能にする時代は、なお事後に、虚仮にされている対象の再活性化が期待できるのだが、それができない時代になれば、笑いは閉ざされる」と結んだのだった。狂言の笑いの時代による変遷を改めて歴史的に考えねばなるまい。

「平家」物の狂言を読んで来た、わたくしの結論である。能がシテ一人主義であることは、早く野上豊一郎が論じたところで、狂言についても主役である、いわゆるシテを演じる狂言師が、それぞれの思いを芸に託すのだが、述べて来たわたくしの読みがどこまで狂言師の思いに通じるのかわからない。

薩摩藩がきつねを信仰していたし、東京、渋谷の元の観世能楽堂の側に、また平家ゆかりの地、門司の御所神社の側にも稲荷社がある。なぜなのか。

本書の最終調整を進めるおりから、和泉流狂言師、八十三歳の野村万作師が、東京新聞によれば「万感」の思いで〈釣狐〉を演じると言い、わたくし自身、その姿をテレビでも見たのだった。狂言の習得について、〈靫猿〉の子猿に始まり〈釣狐〉で一人前の狂言師になると言う。わたくしの能・狂言の学びもこれからだと思うのだが。

参考文献

小山弘志『日本古典文学大系　狂言集　下』岩波書店　一九六一年
池田廣司・北原保雄『大蔵虎明本狂言集の研究　中』表現社　一九八三年
井上ひさし『腹鼓記』(復古記)(文庫)新潮社　一九八八年
『瞽女唄』上越市　一九九一年
『新日本古典文学大系』56のうちの橋本朝生校注『狂言歌謡』岩波書店　一九九三年
リンダ・ハッチオン『パロディの理論』辻麻子訳　未来社　一九九三年
山本ひろ子『異神』平凡社　一九九八年
川島朋子『京都大学蔵　むろまちものがたり』10　二〇〇一年
砂川博『平家物語の形成と琵琶法師』おうふう　二〇〇一年
永井猛『狂言変遷考』三弥井書店　二〇〇二年
野村萬齋『What is 狂言』(網本尚子監修・解説)檜書店　二〇〇三年
山下『いくさ物語と源氏将軍』三弥井書店　二〇〇三年
北川忠彦・橋本朝生・田口和夫・関屋俊彦・稲田秀雄校注『天理本狂言六義』三弥井書店　二〇〇四年
岡野弘彦・田村善次郎・櫻井敏雄ら『日本の古社　伏見稲荷大社』淡交社　二〇〇四年

山下『琵琶法師の『平家物語』と能』塙書房　二〇〇六年
大森惠子『稲荷信仰の世界』慶友社　二〇一一年
橋本朝生『続　狂言の形成と展開』瑞木書房　二〇一二年
ツベタナ・クリステワ編『パロディと日本文化』笠間書院　二〇一四年
折口信夫「信太妻の話」『三田評論』大正一三年四・六・七月
川瀬一馬「能狂言釣狐考」『宝生』一九三五年八月
野上豊一郎「狂言の諷刺と諧謔」『文学』一九四七年八月
佐竹昭広「釣狐―『をかし』の性格―」『国語国文』一九六五年一月
北川忠彦「狂言の性格」『日本の古典芸能』平凡社　一九七〇年五月
徳江元正「渋川版以前―「木幡狐」の場合―」『文学』一九七六年九月
是永真理子「天理本と和泉古本における「六義」と「抜書」との関係について」『藝能史研究』64　一九七九年一月
田口和夫「〈釣狐〉の形成と展開」『芸能史研究』74　一九八一年七月
網本尚子「狂言「釣狐」試考」『楽劇学』2　一九九五年三月
田﨑未知「狂言台本比較を通してみた狂言台本の構成―雲形本〈釣狐〉に即して―」『愛知淑徳大学言語文化』10　二〇〇二年三月
鈴木彰（口頭発表）「島津氏源姓由緒考序説」軍記・語り物研究会大会　二〇一二年八月
羽田昶・野村萬齋「猿に始まり狐に終わる」『武蔵野大学　能楽資料センター紀要』27　二〇一六年三月

後書き

冒頭で述べたチャップリンの名画〈ライムライト〉へもどる。パントマイムにより喜劇を演じて来たカルベロが老境に入り人々に見放され、昔の大道芸に帰ってゆく。

一方、暮らしのために文具店に勤めるバレリーナのテレーズが、貧乏とスランプに苦しむピアニストのネビルに五線紙と楽譜を廉価で与え、これが発覚し失職する。リュウマチだと言うが、実は失意による心身症から脚が立たなくなり、ガス自殺を図る。カルベロがこのテレーズを救い、保護するために、自分の妻だと偽って保護・養育し、立てるまでに回復させる。以後、両人が相互に叱咤激励しあって立ち直ってゆく。

再会したピアニストのネビルがテレーズのためにピアノを伴奏、テレーズはプリマドンナの座を獲得。帝国劇場での公演にカルベロが賛助出演して成功。喜ぶカルベロ。年齢の差を超えてカルベロを愛するテレーズ。それを拒み、ネビルとの仲を取り持とうとするカルベロ。バレーとコメディの相互依存を夢見ながら息をひきとるカルベロ。

わたくしが本書の課題を思いついたきっかけは、このチャールズ・チャップリンの晩年一九五一年の作〈ライムライト〉であった。大道芸としてのパントマイムを演じる喜劇役者カルベロに救われる、不振ゆえの心身症からだろうか歩行もできないのが、文字通り（脚が）立ち直る若いバレリーナ、テレーズとカルベロとの相互依存が演じるドラマであった。韓国の映画監督、オ・ミョルが、この名作を「笑いの中に逆に悲しみを慰めていく」とも言ったのだった。

本書を読んでくださる皆様に、わたくしの『平家物語』への思いを語っておきます。わたくしが特に『平家物語』を読んだ訳は、母校の神戸大学、文理学部に国文学科が増設され、国文学を学ぼうとした時に、当時、在学していた教養部の指導の先生、笠井清先生が指導生を連れて神戸の『平家物語』の史跡歩きをしてくださいました。それがきっかけで物語を読むうちに国文学科初代の主任教授荒木良雄先生が、当時、まだ明石の郊外であった、天台系の太山寺へ訪書旅行をしてくださいました。荒木先生は元、旧制の姫路高校の教授で、そのお勤めの余暇を縫って明石の奥の太山寺へ通われ、十巻本の『曾我物語』にめぐりあわれ、その調査を軸に『曾我物語』三遷論を発表、国文学界に一旋風を吹き込まれたのでした。その太山寺に巻一から巻四までの『平家物語』の残欠本のあることに気づかれ、ちょうど活字本で『平家物語』を読んでいたわたくしに、できればその四冊本の『平家物語』の素姓を考えてみてはどうかと誘われたのが、わたくしの生涯を決定することになったのです。以後のわたくしの歩みについては、これまでの拙著に譲りますが、とにかく『平家物語』が、それを読む人々の読みを促す物語であって、その作者や成立もさることながら、むしろ人々がどのような思いから物語を読んだかを問うことが課題になるのでした。教養部の指導教官であった笠井先生が学生を連れて、源平合戦の舞台を歩かれたのも、その物語の読みとしてあった訳です。以後、こうした思いがわたくしを導きました。

『平家物語』については、『平家物語』に並ぶ軍記物語のもう一つの大作『太平記』にも見られるように、その成立論が課題になって来たのですが、わたくしは、むしろ受容の過程で本文として定着した語りの流布本や覚一本を対象に、それをいかに歴史の物語として「読む」かに関心を移して来ました。本書の前著として『平家物語の生成』をまとめた訳です。近年、文学批評として「読む」が課題になっています。

その、いわゆる物語受容論の一つに能が浮かび出ます。そうした思いで能の読む『平家物語』を読むうちにめぐり会ったのが〈実盛〉に見られるカタリアイでした。その思いを広げたのが今回の著になったのでした。

以下、目次に即して、その概要を述べておきます。

まず語り物としての『平家物語』をドラマとして構成した能を読むということに、いかなる文学的な意味があるのでしょうか。『平家物語』は、あくまでも物語であること、この事実を歴史学者ながら石母田正さんは心得ていらっしゃった。その後の史学者は、時に史料としてとらえようとされることがあります。そうした観点から、『平家物語』の諸異本の中でも、多分に史料を含むと考えたのでしょう、いわゆる「読み本」で、延慶年間当時の『平家物語』の形態を濃く伝えるとも考えるのでしょう、源頼朝の影が色濃い延慶本をとりあげるのが一般でした。そこには物語として読む姿勢が欠落しています。琵琶法師によって語られ、それをドラマとして再構成した能を読むとは、いかなることかを考えねばなりません。そしてその物語がとらえる戦とはいかなるものであるのかを考えました。これが本書冒頭の二章です。

ついで本論としての能の『平家物語』の読みです。「平家」語りの読みに絞るために十五曲をとりあげました。各曲ともに段を区切り、その段の順序に従い、「読み」進めました。

ドラマとしてのテクストを読むために、能の謡い、登場人物の動きを簡単にふれました。謡曲としての謡いとシテやワキたちの動きを目障りにならないように、しかもその謡いや動きを理解できるように記しました。むずかしい作業でした。どこまで成功しているか不安ですが。この注解の作業の中で気づいたことを「補説」として付記しました。

面（おもて）や、わたくしを導いた現地の写真も掲げました。現地の観光案内などのお世話になりましたことを感謝いたします。

文中でも申しましたが、能・狂言の面の写真掲載をお許しくださった面の制作者、保田紹雲さん、観世流の銕仙会、和泉流狂言共同社（名古屋）、その仲介の労をおとりくださった田﨑未知さん・武川芳樹さん・佐藤友彦さんや、御助言をいただいた山中玲子さんに御礼を申し上げます。

人文学のあり方が問われる厳しい中での本書の出版です。お引き受けくださった汲古書院、直接、そのお世話をしてくださった大江英夫さんに心より御礼を申し上げます。

狂　言

曲　名　索　引

＊能・狂言の読みを行う本書である。その読みの中で、能・狂言ともに、相互の乗り入れのあるのが、この中世芸能である。その読みを支えるために本書で言及した能と狂言の曲名索引を作る。

＊一応、能・狂言を別立てにするが、その所出箇所には相互の乗り入れがある。

能

あ行

か行

さ行

た行

な行

著者略歴

山下　宏明（やました　ひろあき）

略　歴

1931年生まれ、神戸大学文学部卒業。
東京大学大学院博士課程修了、文学博士。
中世文学専攻　名古屋大学教授、愛知淑徳大学教授を
経て86歳の現在に至る。

主要著書

『平家物語研究序説』（1972年　明治書院）
『軍記物語と語り物文芸』（1972年　塙書房）
『軍記物語の方法』（1983年　有精堂）
『平家物語の生成』（1984年　明治書院）
『平家物語の成立』（1993年　名古屋大学出版会）
『語りとしての平家物語』（1994年　岩波書店）
『いくさ物語の語りと批評』（1997年　世界思想社）
『いくさ物語と源氏将軍』（2003年　三弥井書店）
『琵琶法師の『平家物語』と能』（2006年　塙書房）

『平家物語』の能・狂言を読む

平成三十年二月八日　発行

著　者　山　下　宏　明
発行者　三　井　久　人
整　版　左　口　昌　克
印　刷　富士リプロ㈱

発行所　汲　古　書　院
〒102-0072　東京都千代田区飯田橋二－五－四
電　話　〇三（三二六五）九七六四
FAX　〇三（三二二二）一八四五

ISBN978－4－7629－3638－8　C3093
Hiroaki YAMASHITA ©2018
KYUKO-SHOIN, CO., LTD. TOKYO.